KB072714

# 내가바로
# 세종대왕의
# 아들이다

# 내가 바로 세종대왕의 아들이다 13

유아리 퓨전 판타지 소설

초판 1쇄 찍은 날 § 2021년 4월 20일
초판 1쇄 펴낸 날 § 2021년 4월 27일

지은이 § 유아리
펴낸이 § 서경석

총괄팀장 § 노종아
편집책임 § 이민지
디자인 § 소소연

펴낸곳 § 도서출판 청어람
등록번호 § 제387-1999-000006호
등록일자 § 1999. 5. 31
어람번호 § 제1-3133호

주소 § 경기도 부천시 부일로 483번길 40 서경B/D 3F (우) 14640
전화 § 032-656-4452  팩스 § 032-656-4453
http://www.chungeoram.com
E-mail § chungeorambook@daum.net

ⓒ 유아리, 2020

ISBN 979-11-04-92339-5 04810
ISBN 979-11-04-92193-3 (세트)

FUSION FANTASTIC STORY
13
[완결]
내가 바로 세종대왕의 아들이다
유아리
퓨전 판타지 소설
도서출판 청어람

# 내가 바로
# 세종대왕의
# 아들이다

# 목차

제1장

[외전] 열린 백과사전

열린 백과사전에 오신 것을 환영합니다.

해당 항목은 관리자의 허락 없이 편집 불가능한 문서이며 함부로 훼손하거나 근거 없이 악의적인 내용을 기재 시 영구적인 차단 당할 수 있음을 고지하는 바입니다.

고조(조선)

[광무제]에서 넘어옴.

○ 후한의 황제 유수에 대한 내용은 광무제(후한)를 참조하십시오.

분류: 고조(조선) | 조선 제국사

조선 제5대 국왕 겸 초대 황제

연호: 광무(光武)

묘호: 고조(高祖)

시호: 개천신무성효제(開天神武聖孝帝)

출생: 3747년(서기 1414년) 11월 15일 충녕대군 사저

사망: 3853년(1520년) 12월 8일 미주 왕부 (106년 1개월 3일 38749일)

능묘: 광릉(光陵)

재위 기간: 3779년(1446년) 1월 24일~3801년(1468년) 10월 28일 (22년 9개월 4일 8313일)

미주왕 재위 기간: 3802년(1469년) 12월 5일 ~ 3840년(1507년) 3월 14일 (37년 3개월 9일)

섭정 세종 이도(1441년 ~ 1446년)

성종 이홍위(1462년 ~ 1468년)


1. 개요

대한조선제국의 제5대 국왕이자 초대 황제. 휘는 향(珦)이며 자는 휘지(輝之).

훗날 학문의 아버지로 인정받아 성조로 추증되어 유명한 세종 이도와 소헌황후 심 씨 사이의 8남 2녀 중 둘째이자 장남.

조선 황가 최초의 적장자 출신 황제.

묘호인 고조보단 광무제로 통용되며 이하 항목의 호칭은 광무제로 통일.

조선제국의 초기 칠현제 시대(태종 – 성조 – 고조 – 성종 – 선종 – 문종 – 명종)를 이어간 명군이자 명의 제후국이던 조선을

제국으로 일으켜 세운 장본인.

그의 치세 당시엔 명목상 상국인 북명을 의식해 외왕내제의 체계였으나, 당시 북명의 관료들부터 이름뿐인 천자 주기진 대신 광무제를 실질적인 군주로 섬겼기에 제국 시대를 본격적으로 열었다고 할 수 있다.

또한 독자적인 연호를 시행하고 세계의 표준 시간, 간의대 표준시(GMT)를 제정하고 현재 세계에서 널리 쓰이는 미터(微攄, meter) 도량형의 기초를 세운 바 있다.

또한 사학자로 이름 높은 서거정이 편찬한 동국통감을 통해 단군기원 원호를 처음 주장한 것도 그의 치세 당시이다.

이는 조선이 단지 전조 고려를 승계하는 것뿐만 아니라, 옛 조선의 정당한 계승자임을 천명해 제국의 정통성을 세우기 위한 목적이기도 하다.

단기는 천순제의 치세부터 독자적인 연호와 더불어 역법의 기준이 되었고, 현재는 동양과 조선 문화권 전역에서 사용 중이기도 하다.

단기 역법 체계를 정립한 광무제의 장자 [성종](聖宗, 천순제) 이홍위는 광무제의 적장자이자 태어남과 동시에 원손으로 인정받았으며 아버지가 왕위에 오르자 태자로 책봉되었다. [1]

[각주. 당시엔 조선이 왕국이었기에 세자이며, 본인은 아버지 고조 광무제 이후의 황제들이 묘호로 조(祖)를 받을 수 없도록 시법을 개정하기도 했다.]

그는 할아버지와 아버지를 닮아 막강한 정통성을 물려받았고, 문무겸전한 능력으로 제국의 토대를 굳건히 쌓아 올린 데다 재위 말년엔 북명의 마지막 황제 예종 주상영에게 선위를 받았다.

이후 태산에 올라 정식으로 봉선 의식을 치르고 인류 역사상 가장 거대한 제국의 주인이 되었으며 아들인 선종에게 그 자리를 물려주었다.

더 자세한 것은 [성종(천순제)] 항목 참조.

2. 세자 시절

광무제는 어린 시절부터 총명함으로 이름을 떨쳤다.

그는 어릴 적부터 유학과 성리학 경전을 통달하고 아버지인 세종에게 지극한 사랑을 받은 것으로 유명하다.

어린 나이에 명국의 사신을 접대하며 용모에 대한 극찬마저 들었고, 이후로도 사신을 접대하는 일을 자주 맡았다.

동생인 진양대군이나 안평대군(살래왕), 금성대군(사하왕) 같은 이들도 뛰어난 인물이긴 했지만, 맏형이자 세자인 이향을 따라갈 수 없었으며 이는 비극의 씨앗이 되기도 한다.

광무제의 손아래 동생인 진양대군 이유는 너무나 뛰어났던 형을 시기한 나머지, 큰 아버지인 양녕대군 이제와 짜고 형을 암살할 계획을 세웠고 거의 성공하기까지 한다.

양녕대군이 진양대군과 역모를 획책한 이유가 명확하진 않았지만, 사학자 대부분은 자신이 폐세자가 되고 동생이었던 세종에게 그 자리를 빼앗긴 것에 대한 원한으로 보고 있다. [2]

[각주. 당시 둘이 주고받은 서신이 사건의 증거로 남아 황실

박물관에 전시되어 있으며, 사건과 별개로 명필로 평가받기도 한다.]

그러나 당시 죽은 줄 알았던 광무제가 3일 만에 깨어나 장례 식장에서 역모를 획책했던 이유를 친히 두들겨 패고 진상을 밝혀낸다.

시해를 시도한 암살범은 잡지 못했으나, 이를 사주했던 공모자들의 추악한 범행 사실은 의금부(현 국가정보원)의 수사로 인해 세상에 알려지게 된다.

이후 역모나 다름없는 대죄를 사주한 양녕대군은 사사되었고, 또 다른 죄인 이유는 차마 아들마저 죽일 수 없었던 아버지 세종의 배려로 팽형을 선고받은 다음 사회적으로 완벽하게 죽은 사람으로 취급받으며 사라졌다. [3]

[각주. 예전부터 불교를 숭상했던 이유는 승려로 출가했다고 하는데, 이후 행적은 자세히 알려진 바 없다.]

죽은 사람이 3일 만에 깨어났다는 기록의 진위를 두고 세계의 수많은 사학자가 음모론부터 시작해 수많은 이론을 쏟아냈지만, 당시 세자였던 광무제를 진맥한 어의들의 기록들이 상세하게 남아 있는 데다 본인 역시 죽었다 깨어났다고 진술했기에 이후 조선의 유학자들이 사후 세계를 부정하는 주요한 근거가 되기도 했다. [4]

[몇몇 의학자들은 광무제가 심장이 완전히 멈췄던 것이 아니라 가사 상태에 빠졌던 것으로 추측하기도 하며, 최근 연구 중인 나노 의학으로도 해당 사례를 재현할 수 있다고 주장한다.]

훗날 프로이센의 고명한 철학자 니체가 무신론을 주장하던 주요한 근거 중 하나가 광무제의 기록이며 본인도 조선의 철학에 영향을 받았다고 적었으니 이 사건은 그 당시보다 훗날 더 큰 파장을 일으킨 셈. [5]

[각주. 역설적으로 이 사실은 민간에 퍼져 후세의 무당들이 광무제를 신인으로 섬기게 되었으며, 지금도 광무제를 몸주로 모신다는 무속인들이 즐비하다.]

광무제가 죽었다 살아난 이후론 그에게도 눈에 띌 만한 변화가 생겼다.

학문에 열중한 나머지 성욕이 거의 없다고 할 정도로 색에 무관심하던 그가 당시 세자빈 [고황후]를 자주 찾게 되고, 그 과정에서 깨달은 것이 있는지 몸을 단련하기 시작한 것이다. [6]

[각주. 몸을 먼저 단련하고 고황후를 찾아갔다는 이야기도 있다.]

사실상 지금도 널리 쓰이는 운동 방법과 운동역학의 기초 이론을 광무제가 완성했으며, 이는 소갈증(당뇨)으로 인해 건강이 나빠지고 있던 부황 세종에게도 영향을 미쳤다.

그는 세종을 위해 양생법이란 이름으로 여러 운동법과 식이요법을 개발했고, 시력이 좋지 않았던 아버지를 돕고자 안경을 만들었다. [7]

[각주. 이는 당시 간의대의 책임자였던 [이순지]가 망원경과 현미경을 개발하는 데 큰 영향을 끼쳤다. 효도를 위해 개발한 안경이 광학 기술을 발전시킨 셈.]

일련의 행위는 세종을 95세까지 장수시키는 데 도움을 주기도 했지만, 다른 방면으로도 큰 영향을 끼쳤다.

당시 광무제는 아버지의 요청을 받아 초임 무관들을 직접 훈련하는데 그 과정에서 새로운 양생법, [8] 지금은 식이요법과 영양학으로 불리는 식의학을 본격적으로 시험해 성과를 본 것이다.

[각주. 군필자라면 누구나 치를 떨 유격 체조도 이때 고안되었다. 광무제야말로 모든 유격 교관의 시조인 셈.]

광무제는 훈련 과정에서 훗날 해사제독이 될 탐험왕 [최광손]과 미주의 개척자로 유명한 [남빈]과 처음 만나게 되었다.

이들은 이향의 교육을 받은 후, 친구나 다름없는 사이가 되었다고 한다. [9]

[각주. 다만 이 부분에 관해선 최광손의 일기로 부정되는 편이지만, 광무제와 최광손, 그리고 남빈이 말년에 미주에서 주고받은 편지의 내용을 보면 친우나 다름없음이 증명된다.]

이향이 퍼뜨린 새로운 양생법과 식의학을 당시 평안도 절제사였던 이징옥이 받아들이고, 함길도 절제사 김종서가 몸소 증명한 후[10] 시간을 두고 북방 정예군과 조선에 신종한 여진계까지 차츰 퍼지게 된다.

[각주. 김종서는 당시 기준으로도 키가 유독 작은 것을 두고 열등감을 품었는데 몸을 키워 해소했다고.]

이향은 거기서 만족하지 않고 각종 무술을 개발하고 무기술을 발전시켜 훗날 군대의 제식 무술로 삼았다. [11]

[각주. 이 당시 창시된 새로운 무술 중 갑주술과 권투가 포함되어 있으며, 이는 현대 종합격투기에서 빠질 수 없는 기본이기도 하다.]

또한 측우기 제작으로 협업 중이던 대호군 [장영실]을 부려 새로운 병장기를 만들게 한다.

이때 광무제가 구상한 판금 갑옷[12]과 총화기가 장영실의 도움으로 구현되었다.

[각주. 당시엔 명칭 통일이 되지 않아 철갑이나 철판갑으로 통용됨.]

당시 조선은 아랍계 주민이 있지만, 서역과 교류가 끊겼던 시절이라 조선제 판금 갑옷이 자신들의 영향을 받아 만들어진 것이란 유럽 측의 학설은 거의 받아들여지지 않고 있으며, 처음부터 완벽한 성능을 자랑한 것도 아니었다고 한다.

갑옷의 열처리 기술이 완전하지 않아 날붙이나 화살을 막아내는 데는 문제가 없었지만, 대구경 화기를 제대로 방호할 수 없었다고.

그러나 공밀레의 원조인 [장영실], 그리고 그의 제자이자 시대를 앞서간 괴짜 천재 [최공손]과 군기감(현 국방과학연구소)의 장인들이 발전시킨 기술 덕에 방탄 성능이 시간을 두고 개선되었다. [13]

[각주. 조선이 최초로 개발한 목표 추적형 화기 유도탄(Missile)이 그가 생각했던 개념을 구현시킨 것이라 하며, 현재 국방과학연구소에서 개발 중인 강화형 전투복 역시 그가 남긴 기록에서 실마리를 얻었다고.]

또한 프랑스—조선 연합군과 신성 로마 연합군이 이탈리아 북부에서 격돌한 [파비아 대첩]에서도 조선제 판금 갑옷의 우수한 성능이 증명되었다.

1530년경 조선과 오랜 기간 동안 무역 갈등을 겪던 신성 로마의 통치자 합스부르크 왕가는 이탈리아 북부의 패권을 두고 프랑스와 다투었다.

신성 로마의 군주 카를 5세는 조선과 부쩍 가까워지던 스페인왕국을 전방위로 압박해 강제로 참전하게 했고, 양국의 정예인 란츠크네히트와 테르시오 부대를 동원한다.

새로운 우방을 찾던 프랑스 왕국은 조선에 손을 내밀어 막대한 보상을 약속하곤 살래에 주둔하던 조선군 2개 기병 중대와 1개 포병대대를 지원받았으며, 프랑스의 최정예 기병대 장다르메, 그리고 신성 로마와 영토분쟁 중이던 헝가리의 후사르, 스위스의 용병 라이슬로이퍼가 참전하게 된다.

해당 전투는 명절마다 방영하는 명화 특선을 본 사람이라면 알다시피, 프랑스의 기사단 장다르메가 단독으로 테르시오에 돌격했다가 거의 몰살당하다시피 해 불리한 형세에 빠지게 된다.

하지만 조선 포병대와 보병의 지원으로 흐트러진 적의 진형으로 후사르와 조선 기병대가 필사적으로 돌격해 전세를 뒤집었고, 이후 양국의 기병대는 혁혁한 명성을 떨치게 되었다.

더 자세한 전황과 관련된 이야기는 [파비아 대첩] 항목 참조.

광무제가 고안한 새 병장기로 무장한 조선의 북방군과 총통위는 당시 조선의 북방을 어지럽히던 도적 수괴 이만주를 상대로 첫 실전을 치렀다.

토벌전에 종군한 김종서와 최광손의 활약으로 이만주를 따르던 건주위는 몰락하고 조선에 복속되었다. [14]

[각주. 토벌의 결과 건주좌위의 지도자였던 동산(충산)은 이만주의 아들 보을가대(보르카투)와 함께 조선의 권역에서 벗어났으

며, 훗날 왈라키아에 정착했다. 보을가대는 그라프 백국의 시조가 되어 헝가리 후사르의 기본 편제인 팔기군을 창설했다. 건주 우위의 지도자였던 범찰(판차)는 눈치를 보다 광무정난 후 조선에 복속한다. 자세한 것은 [건주위]와 [이보을가대(보르카투스)] 항목 참조.]

이후 조선은 건주위의 새로운 근거지였던 미타호를 점령한 후 개척하게 된다. 이 당시 활약한 문관이 바로 유럽에서도 왕좌의 수호자(Keeper of The Throne)와 역적 판독기라는 별명으로 유명한 [신숙주]이며, 미타주(현 발해주) 근방의 여진계 주민들을 복속시키고 화령 개척의 선구자가 되었다.

또한 광무제는 자신의 셋째 딸 정혜옹주가 이질에 걸리자 경구수액법을 고안해 아이를 포함해 수많은 환자를 살린 데다, 전염병 대책의 모범으로 남길 만한 선례도 남겼다.

대중에겐 잘 알려져 있진 않지만, 광무제가 독기란 이름으로 세균이나 바이러스의 개념을 주창했고, 그 이론을 받아들인 의성 배상문이 기초적인 현대 의학의 지식을 정립해 완성했기에 의학사에서도 빠지지 않고 거론된다.

광무제가 의학을 연구한 계기는 본인이 한때 지독한 종기를 앓기도 했지만, 유아 시절을 넘기지 못하고 보냈던 세 명의 아이들 때문이라는 학설이 있다.

조선의 전통 조미료이자 현대인의 식탁에서 빠질 수 없는 식료인 [미당]의 제작자도 광무제란 이야기도 있지만, 그 부분은 확인되지 않은 데다 당시 기록을 보면 어느 이름 모를 장인이 우연히 만들었던 것을 생산 확대해 교역품으로 삼았다고 하니 그쪽이 더 신빙성이 있다고 할 수 있다.

이는 유럽에도 영향을 끼쳐 각국의 군주들이 연금술사들을 착취하는 결과를 낳기도 한다.

특히 신성 로마의 연금왕 프리드리히 3세가 미당을 만들어보려고 갖은 노력을 기울였지만 결국 실패해 재정만 낭비했다고.

광무제가 아버지 세종과 함께 여러 분야에서 광범위한 업적을 이뤘기에, 만물 창조설의 이야기가 나오는 것도 무리가 아니다.

1441년부터 대리청정을 시작한 광무제는 2년 후 요양을 목적으로 궁을 비운 세종에 의해 실질적으로 조선을 다스렸다.

이를 두고 사학자들은 여러 추측을 하지만, 상왕으로 물러나고도 여전히 실권을 쥐고 있었던 태종과 다르게 아들에게 권력을 물려주려는 의도로 받아들인다.

결국 광무제는 1446년 32살의 나이로 왕위에 오르게 된다.

3. 재위 시절

광무제가 즉위하자 세자 시절부터 시범적으로 시작했던 군제 개혁을 전군에 본격적으로 시행함과 더불어 북방군의 전진 배치한 목적을 두고 사학자들의 의견이 갈리는 편이다.

어떤 이들은 광무제가 오이라트(동방 정교국의 전신)가 명나라를 침공할 기미를 미리 알아채고 차근차근 준비했다는 설을 제기하고 대부분은 이쪽을 정설로 삼는다. [15]

[각주. 오이라트가 조선의 신하였던 여진계 후룬 일파를 선제

공격했다가 이징옥의 군대에 패퇴했었기에 해당 학설이 다수의 지지를 받는 편.]

소수의 사학자는 광무제가 오이라트를 도발해 명을 침공케 하고 훗날 갈라진 북명을 합병할 명분을 만들었다고도 하지만, 이는 남중국(중화 민주공화국) 쪽에서나 제시되는 학설이며 비주류 중에서도 음모론에나 가까운 헛소리로 치부된다.

오이라트의 침공은 당시 명국의 실세이자 환관이었던 사례감 태감 왕진과 정통제 영종 주기진의 그릇된 판단으로 시작된 전쟁이다.

당시 오이라트와 명나라는 교역으로 인한 갈등을 겪고 있던 데다 남명의 개국공신 [우겸]이 마시를 단속하며 양측 간의 골이 깊어졌기 때문이다.

오이라트는 침공과 동시에 명나라의 아홉 개 북방 요새 중 절반가량을 함락했고, 당시 명나라의 수많은 명장이 목숨을 잃었다.

당시 군재가 전혀 검증되지 않았던 영종 주기진은 근거 없는 자신감으로 가득했고, 10만이 넘는 대군을 이끌고 친정에 나섰다.

혹자는 현재 인기 있는 전쟁 유희인 전추(戰椎, Warhammer)의 전신이자, 당대의 인기 놀이였던 전기(戰棋)에 심취해 있던 주기진이 전쟁을 얕본 것이라고도 한다.

자신만만하게 친정에 나섰던 주기진은 북방에서 공포의 대상으로 군림하던 명장 에센 타이시의 기습 공격과 철저한 기만책에 당해 제대로 싸워보지도 못한 채 식량이 떨어져 후퇴한다.

이후 주기진의 군대는 토목보라고 불리는 조그만 요새에 갇히게 되었고, 진형을 정비해 최후의 결전을 벌이게 된다.

명군 측은 잘못된 화기 통제와 낮은 사기 등, 여러 요인이 겹쳐 수많은 병사를 잃고 영종을 호종하던 관료들이 오이라트에 투항했으며, 주기진 자신은 환관 왕진과 함께 포로가 되고 만다.

이는 명나라의 국가적 위기였으며 자칫 잘못했으면 그대로 나라가 망할 수도 있는 상황이었다.

그러나 당시 명의 충성스러운 제후임을 자처하던 광무제는 친히 군사를 이끌고 석가장(상산) 인근의 평원에서 영종을 호위하던 만호이자 에센의 의형제 소로의 군대를 따라잡았다. [16]

[명나라의 분열을 두고 음모론을 주창하는 이들 역시 이 부분에 대해선 아무런 트집을 잡지 못한다. 그도 그럴 것이 광무제 본인이 직접 군대를 지휘한 것도 모자라 주기진을 구하기 위해 전장에 뛰어들었기 때문.]

훗날 [상산 대첩]으로 불리게 된 전투는 당시 사관이면서도 몰래 종군했던 유성원에 의해 가감 없이 기록되었다.

명나라가 분열된 계기인 [광무정난]은 지금도 사극의 단골 소재지만, 규모상 제작비가 끝내주게 많이 드는 탓에 많은 작품이 나오진 못했다.

유명한 영화 제작자와 감독들이 광무정난의 영화화에 도전했지만, 개중 걸작으로 남을 만한 건 유대계인 스티븐 스콧 감독의 천명(Mandate of Heaven)이 유일하다고 할 수 있다.

또한 광무제는 문화나 예술, 요리 같은 방면에서도 수많은 영향을 남겼고, 지금도 논란이 되는 탕수육의 부먹과 찍먹, 그리고 피자에 올라가는 고명 논란도 그에게서 비롯된 거나 다름없다.

자세한 것은 [식예송 논쟁] 항목 참조. [17]

[각주. 해당 항목은 수많은 문서 훼손 시도로 인해 동결되었으니 해당 항목을 수정하려면 관리자의 허가가 필요합니다.]

그리고 잘 알려지지 않았지만, 만고의 성군이자 현군인 아버지 이도의 묘호를 세종, 시호를 대성대광신문제로 정한 데다 승하하기 전 시호와 관련된 유훈을 남겨두어 훗날 별다른 업적이 없는 황제들이 거창한 시호를 받지 못하게 선례를 남긴 것도 특기할 만한 사항.

광무제의 아들 천순제 이홍위가 올린 본인의 시호 역시 개천신무성효제로 아주 짧으면서 그가 세운 업적이 함축되어 있고 시법을 개정해 후대의 황제들은 긴 시호를 받지 못하고 있다.

그 외의 업적과 행적은 본문에서 분리하니 [고조/업적] [미주 왕부] 항목 참조.


4. 가족 관계


아버지 세종 이도 어머니 소헌황후 심 씨

정비 고황후 권 씨

후궁 귀비 홍 씨, 귀빈 양 씨, 소의 장 씨, 소의 정 씨

장녀 경혜공주 이현주 고황후 소생

장남 성종 천순제 이홍위[18] 고황후 소생

차녀 정혜옹주 이경진 귀비 홍씨 소생

삼녀 경희옹주 이초희 귀빈 양씨 소생

사녀 의성공주 이혜경 고황후 소생

오남 인평대군 이면 귀비 홍씨 소생

육남 능원대군 이진 귀빈 양씨 소생

세 명의 자식이 더 있었으나 유아 시절을 넘기지 못하고 요절.

[각주. 천순제 이홍위 이후 태종 이방원의 선례를 받들어 피휘의 법도가 사라졌다.]

5. 어진

조선 최초로 외국인 화가가 그린 어진이 황실 박물관에 전시되어 있으며, 10년 간격으로 어진을 새로 그려두어 이후 황제들의 선례가 되었다.

또한 광무제의 어진을 그린 베네치아의 화가 젠틸레 벨리니의 어진 초본들은 이탈리아의 국보로 지정되어 박물관에 전시되어 있다.

그리고 더 특이한 것은 어진들을 살펴보면 20대 이후로 거의 늙지 않은 동안이란 점이고, 지금 봐도 웬만한 미남 배우들을 오징어로 만들 만한 외모의 소유자란 것이다.

심지어 60이 넘어서야 주름살이 조금씩 생길 정도로 노화마저 늦었으니, 당시 사람들의 외모나 평균 수명을 고려할 때 엄청나게 오래 산 데다가 천천히 늙어 주변의 경외를 받았다고. [19]

[각주. 80세를 넘기고도 40~50대에 가까운 용모로 인해 주변

사람들로부터 신선이나 다름없는 취급을 받았다고 한다.]

광무제의 아버지인 세종이나 당시 황실의 맏어른인 [효령대군] 역시 90세를 넘기고 천수를 다한 만큼, 이 또한 우월한 유전자 덕분인 듯. [20]

[각주. 천순제 이홍위의 60세 때 어진을 보면 아버지보다 더 늙어 보일 정도였으니 광무제가 유난히 특이체질인 것은 맞다.]

하지만 아버지와 어머니를 연달아 떠나보내고 난 후, 사랑하던 아내들마저 먼저 보낸 차에 아끼던 장녀 경혜공주가 병으로 세상을 떠난 것을 전해 듣곤 크게 상심해 식음을 전폐할 정도였다고.

이때부터 노화가 제대로 진행됐다고 하니, 가족들의 잇따른 죽음은 그에게 큰 충격으로 다가온 듯하다.

앞서 언급한 진양대군의 역모로 죽었다 살아난 이후 관우만큼이나 풍성했었다는 수염이 전부 사라졌다는 것도 특이하다고 할 만한 사안이다.


6. 사건/사고


앞서 언급한 것처럼 완벽한 삶을 살았던 광무제의 삶이 전부 순탄했던 것만은 아니다.

세자 시절에 얻었던 첫 아내는 질투심에 눈이 멀어 저주의 비방을 행하다 이혼당한 전적이 있고, 둘째 부인은 남편이 자신에게 관심이 없다며 궁녀와 바람을 피우고 사상 초유의 동성애 행각을 벌여 궁에서 쫓겨났다.

자세한 것은 [휘빈 김씨]와 [순빈 봉씨]의 문서 참조.

진양대군의 역모 사건은 [진양대군] 항목 참조.


7. 전투력/전과


조선의 개국 태조이자 광무제의 증조부인 이성계 역시 역사에 길이 남을 장수이자 지휘관이며 신궁으로 이름이 높다.

태생이 무골 집안인 황실에서 광무제는 태조의 피를 가장 진하게 물려받았다고 여겨지며, 현재엔 태조보다 더 높은 평가를 받는다.

또한 왕의 신분으로 전장에 뛰어든 것도 모자라 직접 백병전을 벌인 행각 탓에 평생을 전장에서 산 것으로 착각하는 이들도 있을 정도.

그러나 광무제의 치세 당시 벌인 전쟁의 수는 생각보다 많지 않고 친정을 나선 것도 단 두 번뿐이다.

하지만 그 두 번의 친정에서 전쟁사에 길이 남을 전투들이 벌어진 탓에 인상이 깊이 남아 있는 것.

실록에 남아 있는 상산 대첩의 기록을 보면 광무제의 전투력을 가늠할 수 있다.


광무 2년 11월 25일

[친히 주기진을 호송하던 이적의 군대를 추격한 성상께서 선봉으로 나선 첨사 최광손이 적의 수레에 가로막혀 위기에 처하자, 친히 마군을 이끌고 돌격하셨다.

단 한 번의 돌격으로 적의 마병을 분쇄한 상께서는 쉬지 않고 곧바로 말을 달려 적진에 도달했고, 지친 말에서 내려 손수 적을 주먹으로 후려치곤 칼을 뽑아 이적들을 베기 시작하니 모두가 그 기세에 압도당했다.

그 과정에서 덩치가 큰 이적이 달라붙어 박투로 상을 해하려 했으나, 상께서 맨손으로 그 이적을 친히 제압하셨다.

박투를 마친 상께서 들고 계시던 무기를 잃자 왼손에 들고 있던 권총을 몽둥이처럼 거꾸로 잡아 적을 두들기곤, 다른 한 손으론 적의 무기를 빼앗아 베며 전진하셨으며, 수 시간에 걸친 혈투 끝에 적장을 사로잡고 위기에 처했던 첨사 최광손과 더불어 명의 천자 기진을 구하셨다.]

위 기록에서 보다시피 광무제의 무예 실력이 실로 출중함을 알 수 있다. 이는 대중들이 항우나 사자왕 리처드같이 무투로 유명한 왕들과 비교해 누가 더 강한가? 하는 논쟁이 수백 년간 끊이지 않게 하는 떡밥이기도 하다.

조선을 싫어하는 타국의 몇몇 학자들은 그것을 두고 날조나 선전이라고도 폄하하지만, 이는 훗날 무인년의 서역 정벌, 즉 무인서정(戊寅西征)이라고 불리는 동유럽 연합과 오이라트, 오스만(현 터키 사회주의 공화국)과 티무르(현 파르스 이슬람 왕국)와 얽힌 전쟁 당시 각국에 교차 검증된 기록으로 남아 있다.

당시 유럽 최강의 정예였던 검은 기사단(후사르의 전신)이 조선군 진지에 돌격했다가 광무제의 활약으로 전멸하다시피 했고, 그들의 지휘관이던 왈라키아의 공작 블라드가 포로로 잡혔다.

이는 당시 참전했다가 살아남았던 동유럽 귀족들의 일기나 기록에도 생생하게 남아 있는데 당시의 전황은 지금 봐도 거의 공포영화나 재난 수준.

기록에 남은 광무제의 신체 능력 역시 경이로운 수준이다.

조선제국의 내관이자 상선(태감) 중 가장 장수한 것으로 유명한 김처선의 기록을 보면, 광무제가 처음으로 운동을 시작한 시기부터 단계별로 발전한 것이 일목요연하게 정리되어 있다.

처음엔 본인이 고안한 맨손 체굴법조차 제대로 못 했었지만, 고작 몇 달 만에 200근짜리 역기를 들고 여러 응용 동작을 수행할 수 있었다고 한다.

광무제는 이때부턴 자신의 몸을 시험대 삼아 운동역학과 원리를 깨우치곤, 여러 가지 무술을 만든 것으로 추정된다.

또한 붕성대감으로 유명한 2대 총통위장 김경손의 행장록을 보면 성상께선 하늘이 내린 무골이라며 극찬하는 문구가 남아 있다.

어릴 적부터 병법과 궁술엔 조예가 깊었지만, 실전과 대련 경험조차 없던 광무제가 누구의 도움도 받지 않고 사흘 만에 맨손으로 세자 시위관이었던 자신을 제압했으며 당시엔 평생 무예를 닦았던 자신에게 회의를 느낄 정도였다고.

광무정난 후 처음 열렸던 가별초 선별전에 신분을 숨기고 나서서 초대 마상창 시합의 우승자가 된 것 역시 전설적인 일화로 남아 있다.

이후 천순제 이홍위가 아버지를 따라 선별전에서 2개 종목의 우승자가 되었으며, 황위 계승자의 무기명 참가는 황가의 암묵적인 전통으로 남았고, 후대의 황제에게 부담이 되기도 했다.

광무제가 만든 가별초 선별전은 옛 그리스의 문화와 전통을 잇는 로마와 연합해 세계체육제전(Olympic)으로 발전했기에 현대 체육에도 영향을 미친 셈.

관련된 이야기는 [세계체육제전]과 [선별전] 참조.

간혹 신장 180가량에 평시 체중 80 중반 정도의 광무제가 살아 돌아온다 해도 현대에 발달한 종합 격투가에겐 상대가 되지 않을 것이라 깎아내리는 이들도 있지만, 그들이 사용하는 모든 단련법과 기술이 누구에게서 비롯된 것인지 생각해야 한다.

게다가 서로 죽고 죽이는 전장과 안전한 경기장에서의 싸움은 다르기에 거론할 가치조차 없다 할 수 있다.


8. 사극


수많은 어진이 남아 있는 데다 누구나 인정하는 미남인 광무제인 만큼 당대 최고의 미남 배우들이 그의 역할을 맡는다.

그 어떤 배우든 광무제 역할을 맡는 것만으로도 영광이라고 말하곤 한다.

실제로도 광무제 역을 맡은 배우들은 대부분 성공했으니, 배우들의 등용문이나 다름없다.

광무제 역할을 맡는 배우들은 기록과 그림으로도 남아 있는 크고 아름다운 근육을 만들기 위해 피나는 노력이 수반되기도 하기에 거기서부터 난관을 겪기도.

조선 최초의 사극영화 용비어천가—뿌리 깊은 나무—샘이 깊은 물 3부작 중 샘이 깊은 물에서 아버지 세종과 함께 공동 주연이기도 하다.

조선 최초의 소설이자 정음으로 쓰인 서적 용비어천가와 뿌리 깊은 나무의 저자가 광무제이며, 샘이 깊은 물은 방계 황족이자 조선 최초의 탈옥소설인 홍윤성전으로 유명한 이해조(李海朝)의 저작이다.

8. 관련 문서

- 조선제국사 관련 정보
- 중세/역사
- 조선의 무기사
- 인간흉기/목록
- 화차/전차
- 화력덕후
- 경세국론
- 방략총요
- 동국병감
- 용비어천가
- 성군/목록
- 명장/목록
- 고조실록
- 실학/철학 정보
- 과학

●세종(성조)
●인력 착취
●공밀레

전뇌기(電腦機), 즉 컴퓨터로 광무제의 열린 백과 문서를 읽어 보던 피터는 감지 않아 떡이 진 붉은 머리를 긁으며 하품을 뱉었다.

"하아암~ 나 같은 놈은 서러워서 살겠나. 잘생긴 것도 모자라서 머리도 좋고 싸움도 잘하고… 어푸푸푸."

그는 열린 사전의 검색창을 클릭하며 푸념했다.

"우리 폐하께서 대단하신 건 알겠는데… 너무 지나치게 찬양하는 거 아닌가? 누가 쓴 건진 몰라도 진짜 오그라드네."

그는 우스갯소리로 공노비 희망자, 즉 공무원 시험의 응시생이자 번번이 낙방하는 백수이며, 며칠 전 공시에서 불합격한 상황.

피터는 한숨을 쉬며 눈을 돌리다 책상 위에서 빛의 아버지, 즉 광무제를 섬긴다는 미주 원주민 혈통의 무속인에게 비싸게 샀던 합격 기원 부적을 발견하곤 한숨을 쉬었다.

"어휴, 이런 걸 믿은 내가 병신이지."

그는 작년에 먼저 합격한 아프리카계 친구 음베에게 용한 부적이란 말을 믿고 거금 100만 원을 들여 샀다 허탕만 쳤지만, 돈이 아까워서 차마 버리지 못하고 있었던 것이기도 했다.

피터는 검색창의 결과에서 자신의 조국, 대조선 연방제국(大朝鮮 聯邦帝國, The Unite Empire of Great Joseon)의 정보가 간략하게 망라된 문서를 열어보았다.

......중략......

성조(세종)와 고조 광무제의 뒤를 이은 황제들은 별다른 실정 없이 나라를 다스렸고, 고조 때부터 국시로 정해진 개척과 확장을 적극적으로 실행했다.

그 결과 조선은 300여 년간 전성기를 구가했고, 해가 지지 않는 나라란 별명을 얻었다.

......중략......

이백 년 전 미주와 태평양, 호주 일대에서 내전의 부침을 겪고 제국의 위기가 왔으나, 광무제의 재림이라 부를 만한 무종 이현의 눈부신 업적 덕에 연방이라는 체계하에 다시 하나가 되었고, 지금은 세계를 아우르는 연방 제국이자 하나의 문화권으로 성장한 상황.

......중략......

프랑스와 남중국에서 시작한 공화주의와 민주주의 열풍이 광풍처럼 세계를 휩쓸고 간 와중에 조선은 세계대전을 계기로 삼아 여전히 패권국의 지위를 유지 중이다.

또한 만민에게 존경받는 황실을 구심점 삼아 입헌군주제와 의원내각제 체계로 109개의 주로 형성된 연방을 통치 중이며 유일한 황제국이기도 하다.

......중략......

북명의 주 씨 황가가 조선의 이 씨 황가와 합병한 후 조선과 맞설 것을 천명하며 최후의 중화를 자처하던 남중국은 150여 년 전 불어닥친 대혁명으로 인해 공화국이 되었지만, 그 근간에는 성리학과 유교적 기풍이 강하게 남아 있다. 또한......

'아, 이쪽은 좀 잘 안 읽히네. 역사 공부는 뭐… 이 정도 했으면 되었고… 잠시 머리나 식혀볼까?'

그는 지난번 시험 당시, 역사 과목에서 낮은 점수를 받아 떨어졌기에 공부 목적이라는 핑계를 댔지만, 사실은 열린 사전으로 시간을 보내는 거나 다름없었다.

어찌 되었건 오늘의 목적을 달성했다는 자기합리화를 마친 피터는 바탕화면에서 아이콘을 찾아 클릭했다.

그가 즐겨 하는 역사 전략 시뮬레이션 게임 천명대전이 실행되자 아쟁의 독주로 시작되다 웅장한 합주로 이어지는 배경음악이 흘러나왔고, 메뉴 화면에서 새로운 게임을 선택한 다음 고민에 잠겼다.

"아… 우리나란 솔직히 너무 쉬워서 재미없고, 오늘은 어디로 해볼까나……?"

피터는 조선을 제외한 강국인 명나라와 오이라트, 그리고 오스만을 비롯한 동유럽의 몇몇 국가들을 두고 고민했다.

그는 지난번에 광무정난 직후의 시나리오에서 남명을 골라 극악의 난이도를 뚫고 세계 정복을 해본 경험이 있기도 했다.

한참 동안 고민하던 피터의 눈에 오이라트가 들어왔다.

오이라트의 후신인 동방 정교국은 훗날 조선 연방제국에 편입되었지만, 당시엔 몽골을 속국으로 두고 있던 강국이기에 많은 유저의 사랑을 받는 나라다.

또한 오이라트의 군주인 에센도 여러 사극에서 광무제의 숙적으로 등장한 데다 당대 최강국인 명을 격파하고 북경을 함락한 것도 모자라 유럽까지 진출했었으니 운만 따라줬다면 제국을 세울 만한 인재였다는 평가가 따르고 있었다.

또한 동양의 군주 중 처음으로 세례를 받아 정교국을 세웠으니, 카톨릭의 본산인 유럽에서도 고평가를 받아 인기가 높았다.

천명대전은 첫 번째 시나리오의 연도가 1440년으로 고정돼 있었기에 동시대 유럽의 국가들은 병력 동원에 한계가 있다.

유저들이 유럽에서 수백 조각으로 갈라져 있는 영토들을 점령하는 사이, AI가 조종하는 조선은 기술을 마구 올리고 광무정난을 거쳐 종주국이었던 북명을 속국으로 두고 화령과 연해주 일대를 점령한다.

그것도 모자라 무인서정 이벤트를 통해 동유럽 인근을 점유하고 몽골 초원과 동시베리아 일대를 개척하며 대항해시대를 시작해 신대륙을 선점하니 발전 속도가 따라갈 수 없을 정도로 벌어지는 것이었다.

그렇기에 유럽권 국가를 플레이하는 유저들은 어쩔 수 없이 두 가지 방법 중에 한가질 선택해야 한다.

하난 아득바득 해양 기술을 올려 조선이 신대륙 개척을 시작할 때쯤에 미주 동부나 남미에 정착하고 조선과 맞붙어 신대륙의 주인이 되는 것.

또 하나는 조선의 손아귀가 미치지 않은 아프리카를 식민지 삼아 힘을 키우고 제국 내전 시기까지 숨을 참다가 치고 나가는 것.

그러나 어찌 되었건 간에 테크 레벨이 몇 단계나 차이 나는 조선을 상대해야 하고, 그 난이도가 너무하다 싶을 정도다.

역사는 그렇지만, 천명대전은 어디까지나 게임이기에 유저가 잘만 하면 조선을 따라잡을 순 있지만, 기술개발에 걸리는 시간

조차 나라별로 차이 나게 설정되어 있기도 하다.

조선 이외의 국가들을 선호하는 유저들은 그런 막장 밸런스에 항의하기도 하지만, 개발사인 역설 집합사(Paradox Assembly) 측은 그게 고오즘인데요? 하고 유저들의 말문을 막는 상황.

그렇기에 조선과 가까운 나라로 시작하는 경우엔 어떻게든 자원을 짜내 군사 발전을 시키고 조선을 본격적으로 크기 전에 점령하는 것이 유일한 해법이기도 했다.

피터는 얼마 전 보았던 사극에서 멋지게 나왔던 에센의 인상이 남아 오이라트를 골랐고, 게임을 시작하자마자 속국 몽골의 군주이자 황제인 타이순 칸의 이름으로 군사를 동원해 조선으로 군대를 보냈다.

게임이 시작한 지 10달, 즉 10턴 이내에 병력을 짜내어 달리면서 동시에 군사 레벨을 올려 군대가 도착할 즈음엔 업그레이드가 완료되는 초반 러시 전략을 실행한 것이었다.

"좋았어! 이징옥의 군대도 날 막을 수 없지!"

천명대전의 기반은 턴제 전략 시뮬레이션 게임이지만, 전투 방식을 유저가 선택할 수 있다.

컴퓨터에게 위임하고 결과만 보는 자동 전투와 사용자가 직접 조작할 수 있는 실시간 전투.

수백… 어쩌면 천 시간이 넘게 플레이하며 게임에 숙달해 그럭저럭 고인 물 축에 드는 피터는 실시간 전투를 골랐다.

그는 현란한 컨트롤로 판금 갑옷 업그레이드가 되기 전, 조선 최고의 맹장 이징옥이 이끄는 2만 군대를 격파했다.

"좋아, 이대로 쭉쭉 달려. 가즈아! 초원의 후예들아!"

피터는 잠시 게임에 빠져 골 아픈 공시에 대한 것도 모두 잊은 채, 자신이 에센이라도 된 것처럼 평안도와 황해도를 지나 곧바로 조선의 수도 한성을 덮쳤다.

그는 이정옥의 군대를 격파한 환상적인 컨트롤을 믿고 1만 군대가 수비하는 한성 공방전을 지휘하기 시작했다.

"여기서 이기면 사실상 끝이나 다름없지, 크크큭."

누가 들어도 기분 나쁘게 웃던 피터는 에센과 소로가 지휘하는 부대를 뒤편에 대기시켰다.

그리고 그는 선봉장으로 바얀을 세워 돌격하기 전, 궁기병을 이용해 일명 짤짤이를 시도했다.

오이라트의 궁기병들이 아직 총과 판금 갑옷조차 없는 조선의 군대를 유린하자, 피터는 흥이 나서 천명대전의 배경음악을 입으로 따라 불렀고 이는 곧바로 아래층에 있던 어머니 귀에도 들어갔다.

"밤중에 시끄럽게 뭐 하는 거니? 너ㅡ! 공부 안 하고 게임하는 거야?"

"그런 거 아니에요."

"한 번만 더 떠들기만 해봐! 그땐 알지?"

"네, 네. 마님. 조용히 할게요."

피터는 게임 소리도 최대한 줄인 채 다시 모니터를 바라보며 부대 지휘에 열중했다.

어느새 화면 속의 조선군은 피터가 조종하는 경기병 부대의 현란한 기동에 말려 국왕 직속 호위 부대인 겸사복과 내금위만 남기고 뿔뿔이 흩어진 상황.

'아직은 시기상 가별초도 없고… 최광손, 남빈이 나올 상황도 아니니까 해볼 만해.'

전원 기병으로 이뤄진 오이라트의 대군이 한성 안으로 진입했고, 곧바로 궁을 포위했다.

'히히, 이땐 한성이라고 해봐야 별거 없잖아? 남쪽은 한강이 가로막아 도망갈 데도 없고.'

그의 생각대로 개발사에서 고증을 너무 충실하게 한 덕에 1440년의 한성의 성벽은 지나치게 길었고, 수성에 불리한 구조로 구현되어 있었다.

피터가 손쉽게 조선군 선봉을 격파하자, 패주하는 병력을 지키기 위해 겸사복 기병대가 그들을 맞이했다.

그리고 그들을 지휘하는 장군은 누구나 다 아는 광무제였다.

시기상 아직은 왕도 아니고 세자에 불과했지만, 게임사에선 처음부터 그를 장군으로 쓸 수 있게 책정한 것이다.

광무제를 클릭해 본 피터는 자신도 익히 알고 있는 사기적인 능력치를 보곤 혀를 내둘렀다.

게임의 극 초반이라 아무런 아이템조차 없는데도 통솔과 무력이 100. 지능과 정치도 90대. 에센의 능력치가 91·81·69·75로 책정된 것과 비교하면 사기나 다름없었다.

광무제는 이벤트를 통해 생기는 전용 어갑과 티무르제 어검, 그리고 권총을 쥐여주면 무력 130에 원거리 무기는 전부 무시하고 돌격 한 번에 수십 명씩 죽이는 미친 성능이 된다.

피터는 현재 게임 속 시대는 1440년, 조선군은 판금 갑옷 대신 찰갑을 장비했고, 기병창보다 짧은 마삭을 들고 있기에 승산이 있다고 판단했다.

'내가 조종만 잘하면 이길 수 있을 거야… 아니지, 이 정도 병력 차이면 이긴 거나 다름없어.'

피터가 패주하는 병력을 쫓아 열린 성문 안으로 병력을 돌입시킬 무렵, 인공지능이 조종하는 광무제가 활성형 스킬을 발동시켰다.

군신광무(軍神光武), 광무제가 1렙부터 보유한 스킬이며, 지휘를 받는 병사들의 돌격 속도를 높이고 지속 시간 동안 사기가 떨어지지 않는 효과.

유저들이 버프라고도 부르는 보조 스킬이 발동되자 겸사복 기병들이 전속력으로 돌격해 성문 안으로 진입하는 오이라트 병력을 들이받았고 피터가 뭔가 해보기도 전에 수백의 병력이 몰살당한 채 성문이 가로막혔다.

"아, 시발."

피터는 어머니의 당부도 잠시 잊고 욕설을 내뱉을 정도로 당황했지만, 이내 남아 있는 병력을 비교해 보고 이제부터 컨트롤을 잘하면 할 만할 거라고 위안했다.

그러나 5분이 지나고 10분이 지나도 모니터 속의 상황은 피터가 원하는 것처럼 되지 않았다.

광무제와 휘하의 병력이 성문을 틀어막고 들어오는 병력을 죄다 쳐 죽이고 있었던 것이었다.

'아무리 고증이고 나발이고 이게 말이 되나? 벌써 단독 사살 수가 500이 넘잖아!'

피터는 어쩔 수 없이 남은 병력을 우회해서 서쪽의 출입구인 영추문을 공격하려 했지만, 그곳은 친히 무장한 국왕 세종과 내금위 부대가 나와 성문을 틀어막고 있었다.

성벽을 부수고 싶어도 급하게 진격하느라 공성 병기 같은 건 준비조차 되지 않았다.

그러는 사이 수백의 킬을 추가로 먹은 이향의 장수 등급이 상승했고, 마침내 피터가 우려하는 일이 벌어졌다.

광무제의 두 번째 스킬인 광역 공포가 발동되며 성문 인근의 모든 병력이 사기를 잃은 채로 도망친 것이다.

피터가 서문을 신경 쓰는 사이, 오이라트의 맹장인 바얀도 어느새 목숨을 잃었고, 에센도 지금은 퇴각해야 한다며 욕설이 섞인 음성 대사를 내뱉는 상황.

피터는 결국 어쩔 수 없이 군대를 한성에서 무르고 재보급을 마친 다음 사기를 회복해 다시 한번 승부를 보려고 했지만, 그가 예상하지 못한 상황이 벌어졌다.

함길도절제사인 김종서와 여진족 오도리의 족장 동소로가무가 전군을 이끌고 남하해 뒤를 덮친 것이었다.

피터는 최대한 궁기병을 이용해 짤짤이를 넣어보려고 했지만, 이징옥이 이끌던 군대와 달리 김종서의 군대 역시 수많은 궁기병이 즐비한 상황.

몽골 궁기병에 뒤지지 않는 조선 궁기병들의 능력치 덕에 전황은 순식간에 통제 불능의 상황으로 흘러갔다.

피터가 30분에 걸친 사투 끝에 간신히 전장의 균형을 맞출 무렵, 새로운 사태가 벌어졌다.

이향이 재정비를 마치고 김종서의 군대에 합류한 것이었다.

"아… 안 돼. 우리 에센 못 잃어! 이대로 질 순 없다고!"

결국 피터가 고생한 보람도 없이 오이라트의 군대는 전멸했고, 피터는 에센 본인이라도 된 것처럼 마우스를 집어 던지며 울분을 토해냈다.

"아! 시발, 게임 좆같네. 개똥망운빨좆망겜! 으아! 게임에서라도 행복하고 싶은데! 왜 나는 행복할 수가 없어? 이런 말도 안 되는 게임은 누가 만든 거야?"

"야! 조용히 하랬지! 대체 오밤중에 무슨 난리야!"

어느새 그의 방문을 열고 나타난 피터의 어머니가 고함을 질렀다.

"아, 엄마 그게 아니고……."

붉은색 머리에 파마용 점보 롤을 주렁주렁 달고 있는 피터의 어머니는 모니터를 바라본 후 헛웃음을 지으며 소리쳤다.

"이게 아직도 정신을 못 차렸네. 니가 얼마 전에 시험 떨어지고 그랬지? 이번엔 정말 마음잡고 조용히 공부만 하겠다고."

"……."

"당장 나가!"

"엄마, 다신 안 그럴게요!"

"시끄러! 공시고 뭐고 니가 지금 몇 살인 줄 알아? 당장 나가서 접시라도 닦아!"

"엄마, 요즘은 다 기계로 세척해서 접시 닦는 직업은 없어요."

"아무튼, 그건 내 알 바 아니고 당장 나가! 자식이 아니라 웬수야, 웬수."

아일랜드계 이주민 집안 출신 공시생 피터는 게임을 진 것도 서러운데 어머니에게도 타박을 당하며 눈물지었고.

게임 속에서조차 필생의 라이벌 광무제를 이기지 못한 오이라트 에센의 세력은 패망하며 게임이 끝났다.

그렇게 미주 동부의 53번째 주도 경동(워싱턴)의 평화로운 밤이 저물어갔다.

제2장

[외전] 월인천강지곡

　1446년의 어느 날, 보은군 속리산에 위치한 법주사에 삿갓으로 얼굴을 가린 사내가 방문했다.

　"시주님, 무슨 일로 이곳을 찾으셨습니까?"

　머리를 깎은 지 얼마 되지 않은 듯, 자국이 푸르게 남아 있는 젊은 승려가 사내에게 말을 걸자 상대가 답했다.

　"이곳에 고명한 고승이 머문다고 들었노라."

　허름한 옷을 입고 있던 사내는 자연스럽게 반말을 내뱉었으나 청년승은 아랑곳하지 않고 답했다.

　"시주께선 누굴 지칭하시는지……."

　"신미 대사 말이다."

　"아아, 그분은 이곳이 아니라 복천암에 머무십니다."

　"그래?"

청년승은 조심스러운 말투로 물었다.

"그건 그렇고… 시주께서 그분을 찾으시는 연유를 물어도 되겠습니까?"

"난 대사의 문하로 출가를 결심했기에 이곳에 왔느니라."

"출가요?"

"왜, 내가 못 올 곳이라도 온 게냐?"

"그게 아니라… 그분은 제자를 받지 않으십니다."

"어째서?"

"그거야 제가 알 수 없는 노릇이라…….."

"허, 그럼 복천암이 어디냐? 내 직접 대사를 뵈어야겠다."

"산을 더 올라가서야 합니다."

"그리 말하면 내가 알 수 있겠느냐? 안내하거라."

"제가 절을 비울 수 없으니 말로 설명해 드려도 되겠습니까?"

"그 정돈 내가 감내하지. 그럼 설명해 보아라."

"이 길로 내려가서 좌측에 보이는 길을 따라 위쪽으로 죽 걷다 보면…….."

삿갓 쓴 사내는 한참이나 설명해 준 청년승에게 고맙다는 인사조차 없이 곧바로 길을 떠났다.

"주지 스님, 저분은 대체 누구십니까?"

마당을 쓸던 동자승이 말을 걸자 청년승, 사실은 법주사의 주지 학열이 입을 열었다.

"글쎄다. 나도 잘 모르겠지만, 위엄 있는 목소리나 태도로 보아 이름 있는 사대부가 아닐까 하는 생각이 드는구나."

"설마요. 저렇게 허름한 옷을 입고 다니는 양반이 있겠습니까? 그냥 예의가 없는 사람 같은데요."

"허허, 서봉아. 겉으로만 사람을 판단하면 되겠니?"

"그래도 먼저 주지 스님을 하대하고 예의 없게 군 사람은 저 쪽이잖아요. 새로 오신 사또 나리께서도 주지 스님하고 신미 대사님께 존댓말을 써주셨는데……."

"그것은 별개의 문제다. 그리고 상대가 예를 갖추지 않았다고 똑같이 나간다면 수행자로서 올바른 태도라 할 수 있느냐?"

"그래도 상대가 먼저 예를 갖추지 않는 건……."

"행여나 해서 묻겠는데, 네가 탁발을 나갔다가 네게 공양해 주시는 시주님에게 반말을 들었다고 버릇없이 굴 것이냐?"

"우웅… 소승이 잘못 생각했나 봅니다."

"서봉아, 만사에 절대적인 옳고 그름은 없지만, 적어도 수행자 라면 누구에게나 예를 갖추고 공경해야 한다고 생각한단다. 그 리고 저분은 저런 행동을 보여줌으로써 네게 새로운 깨달음을 얻게 해주신 분이니 감사하게 생각하거라."

"예, 스님. 그건 그렇고… 조만간 이 절이 사라질 거라고 하던 데 그게 정말입니까?"

"누가 그런 소릴 하더냐?"

"지난달에도 대경 스님하고 몇몇 분들이 환속하셨잖아요… 지 난번에 찾아주신 보살님들이 하산하시면서 이러다 절이 사라질 것 같다는 이야길 하시던 걸 들었어요."

"그런 건 네가 걱정할 게 아니란다. 그저 매일 몸과 마음을 바 로 닦는 데 집중하거라."

법주사의 새로운 주지 학열은 본래 이곳 출신이 아니다.

최근 불교계에 불어닥친 변화로 인해 하산한 이들이 많아지자, 자신도 그 영향으로 전국의 명승 사찰을 떠돌며 수행을 하던 승려다.

몇 년 전 조선에서 가장 높은 건축물로 유명한 5층 목탑 팔상전(捌相殿)을 보러 법주사에 왔다가 매료되어 오랫동안 머물게 된 것이다.

한편, 학열이 머무는 동안 학식과 불심에 감복한 법주사의 고승들과 늙은 주지가 차례대로 열반하여 세상을 떠났다.

세상을 떠난 주지도 학열을 마음에 두었고, 얼마 남지 않은 다른 승려들마저 새로운 주지는 학열이 되어야 한다고 추대했기에 서른이 채 되지 않은 나이에 주지가 된 것이다.

"방장 스님께서도 얼마 전에 한성에 다녀오신 다음에 그러셨어요. 요즘 스님들은 석학에 물들어 유학자도 아니고 불자도 아닌 것 같다고."

동자승의 말대로 대리청정 중인 세자 이향이 뿌린 불교의 초창기 교리와 더불어 석가의 옛 말씀이 담긴 아함경이 간행되어 퍼졌고, 일부에선 유학과 불교가 결합한 석학이 새로운 학문으로 유행 중이다.

그 결과 박해받던 승려들은 석학을 공부하는 유학자들과 교류하며 친분을 쌓아 사회 진출을 시도하고 있었다.

"다른 스님들이 석학을 배운다고 불도를 버리는 것은 아니잖니. 겉모습을 달리한다 해도 깨달음을 얻을 수 없는 건 아니란다. 머리를 깎고 가사를 입는다고 해서 저절로 깨달음을 얻을 수 있다더냐?"

"그럼 방장 스님이 틀린 건가요?"

"아까도 말했듯이 절대적으로 옳고 그른 것은 없는 법이란다. 그저 사람마다 수행 방식이 다를 뿐이지."

"소승은 주지 스님의 말씀이 잘 이해가 가지 않습니다……."

"너도 언젠간 알게 될 날이 올 것이다."

불교의 일부 종파는 원불교라는 새로운 종파를 열었고, 개중 수십 명이 관직에 진출한 상황이다.

그들은 기존의 불교들과 시선을 달리해 오욕 칠정을 끊고 홀로 깨달음을 얻기보단, 사회적 활동을 하며 중생들을 직접 돕는 과정에서 자신들의 수양이 완성된다고 여기고 있었기 때문이다.

오랫동안 대리청정을 하다 새로 즉위한 주상 역시 자발적으로 조정의 노예가 되는 승려 출신들을 기꺼워하며 원불교를 지원했고.

고질적으로 인력난에 시달리던 사대부들 역시 태도를 바꿔 원불교나 석학을 공부하는 승려들에게 호의적인 태도를 보였다.

결국 일련의 영향을 받아 선불교와 대승불교의 젊은 승려들이 하산하며 기존의 불교계는 중대한 갈림길에 선 상황.

학열은 이 또한 시대의 흐름이라 여기고 있었다.

한편, 학열에게 길을 물었던 삿갓 쓴 남자는 쉬지 않고 걸어 날이 저물 때쯤 복천암에 도착할 수 있었다.

"이곳이 신미 대사께서 머문다는 복천암인가?"

삿갓을 쓴 사내가 암자에 도착해 어느 중년 여성에게 물었다.

"네, 그렇습니다. 오늘 설법은 이미 끝났는데 어쩌죠……?"

"흠, 난 설법을 들으러 온 것이 아니라… 아니지, 그분의 제자가 되기 위해 온 것이니 그 말이 맞다고도 할 수 있겠군."

"제자요?"

"그래, 아낙네여. 날 대사님이 계신 곳으로 안내하거라."

"저기… 나리. 대사님은 제자를 받지 않는데……."

"그거야 이제껏 제자로 들일 만한 인재가 없었기에 그런 것이 아니겠는가? 나라면 능히 그분의 제자가 될 수 있을 터. 잔말 말고 안내부터 하거라."

간혹 암자에 들러 잡일을 돕던 중년 여성은 자기도 모르게 사내의 자연스러운 하대를 받는 것도 모자라 명령을 따르게 되었다.

"예? 예… 이쪽으로 오시지요."

아낙의 안내를 받아 불당에 도착한 삿갓 쓴 사내는 곧바로 우렁찬 고함을 질렀다.

"신미 대사님! 대사님의 첫 번째 제자가 스승님께 인사 올리겠습니다!"

불당의 장지문을 열고 손님을 바라본 신미는 공손하게 합장을 하며 답했다.

"도를 깨우치지도 못한 미숙한 이에게 얼을 깨달음 같은 건 없을 겁니다. 그러니 시주께선 돌아가시지요."

"벌써 해가 저물고 있는데 가란 말씀입니까? 적어도 하룻밤은 머물도록 하는 게 불자의 자비가 아니겠습니까."

신미는 해가 저물어가는 것을 보곤 어쩔 수 없이 그의 말을 들어줄 수밖에 없었다.

"안녕히 주무셨습니까?"

다음 날, 삿갓을 벗은 사내는 새벽 불공을 올리던 신미를 따라 절을 하며 말을 걸었다.

사내는 듬성듬성 난 수염과 둥근 얼굴로 인해 일견 온화하면서도 만만해 보이는 듯하나, 한편으론 빈틈이 보이지 않고 되레 상대를 압도하는 듯한 기묘한 인상이었다.

"예, 시주께서도 간밤에 잠자리가 불편하진 않으셨는지요."

어느새 불공을 마친 신미의 말에 사내는 호탕하게 웃으며 답했다.

"솔직히 말씀드려 불편하긴 했지만, 수행자라면 무릇 감내해야 한다고 생각합니다."

"어제도 말씀드렸다시피, 전 아직 누굴 가르치거나 할 만한 도를 얻지 못했습니다. 그러니 다른 스승을 찾아보시지요."

"깨달음을 얻지 못하신 분이 어찌 중생들을 상대로 설법을 하십니까?"

"그건 설법이 아니라 배움을 청하는 백성들에게 정음을 알려주는 것입니다."

"대사께서 주상 전하께서 창제하신 새 글을 가르치신단 말입니까?"

"정확히는 상왕 전하께서 창제하신 글이지요."

사내는 새로운 왕이 즉위했다는 사실을 몰랐는지, 잠시 일그러진 표정을 지었지만, 금세 표정을 가다듬고 답했다.

"대사께선 어찌하여 그런 일을 하십니까?"

"우연찮게도 제게 배움을 청하는 이들에게 알려주다 보니 사람이 늘은 것이지요."

"그럼 이것도 인연인데, 제게도 정음을 좀 알려주시지요."

"시주의 몸에 밴 예법을 보아하니 고명한 집안의 자제신 듯한데, 아직 정음을 배우지 못했단 말씀입니까?"

"그게… 제가 좀 사정이 있어서 사람들을 피해 살았었습니다. 살던 곳을 나온 다음엔 새 글에 대한 소문만 들어보고 가르쳐 줄 사람을 구하지 못했지요."

"학문은 얼마나 수학하셨습니까?"

신미의 물음에 사내는 자신도 모르게 교만한 표정을 지으며 답했다.

"과거에 응시할 만한 정도의 학식은 될 겁니다. 또한 불가의 경전도 대부분 외고 있습니다. 자랑은 아니지만, 귀중한 대장경도 대부분 독파하여……."

그러나 신미는 대놓고 자랑하는 사내의 말을 무심히 흘리며 답했다.

"시주의 학식이 그리도 대단하시다니, 새 글을 배우는 데 반나절도 안 걸릴 겁니다. 지금부터 배운 다음 점심 먹고 하산하면 되겠군요."

"반나절 만에 배울 수 있는 글이라고요? 아버진 대체……."

"예? 시주의 아버지께서 무엇을 했단 말씀이신가요?"

"아, 아닙니다. 잠시 말이 헛나왔군요. 아무튼, 정음이 그리도 쉽단 말입니까?"

"예, 배움이 느린 분들도 몇 주 안에 외고 쓸 수 있을 정도니까요."

"말씀 중에 죄송한데, 그 주라는 게 뭡니까?"

"나라에서 새로 시행 중인 역법의 단위입니다. 칠요의 운행을 기준 삼아 7일을 한 주로 묶지요. 시주께선 오랜 기간을 홀로 지내셨나 보군요."

"아, 예… 제가 대략 6년 정도 외진 곳에서 홀로 지내며 불공을 닦았습니다. 그러던 차에 절 이끌어줄 스승을 찾아 이곳까지 온 겁니다."

"그렇습니까. 아무튼 지금 바로 알려 드리지요."

사내는 불전에 앉아 신미가 건네주는 지필묵을 받았다.

"일단 이것부터 따라 쓰시지요."

"예."

그렇게 정음의 글자들을 베끼며 사내는 감탄사를 내뱉었다.

"이 새로운 글자라는 것… 간결하면서도 아름답기까지 하군요."

"그렇지요? 이것을 홀로 고안하신 것도 모자라 새로운 문법마저 창안하신 상왕 전하야말로 고금에 다시없을 현인이십니다."

글을 가르치던 신미가 자연스럽게 본심을 내뱉자, 사내는 자신도 모르게 자부심에 찬 표정으로 답했다.

"예, 그 말이 실로 옳습니다."

그렇게 신미에게 정음을 배운 사내는 반나절은 고사하고 단 4시간 만에 모든 글자를 외우고 기초적인 문법을 응용하기까지 했다.

"보기 드문 명필이십니다. 이만하면 나라에서 으뜸가는 명필, 안평대군에 버금갈 만한 필체인 것 같군요."

신미의 칭찬을 받은 사내는 조금 일그러진 표정을 지었지만 이내 평온한 표정을 지으며 답했다.

"과찬이십니다. 대사께서 무명 서생의 얼굴에 금칠을 해주시는군요. 그건 그렇고… 대사께서는 방금 말씀하신 종친의 서체를 보신 적이 있으십니까?"

"저와 수학했던 동문이 가져온 걸 본 적이 있습니다. 안평대군 대감의 명성은 승려들 사이에서도 자자했으니까요."

"그… 그렇습니까?"

"예, 그때 같이 수학한 동문 중에 관직에 적을 올린 이가 여럿 있지요. 그건 그렇고… 홀로 지내시던 분이 소승을 어찌 알고 찾아오셨습니까?"

신미가 자신의 이야길 하다 느닷없이 질문하자, 사낸 잠시 당황했지만 침착하게 답했다.

"제가 얼마 전부터 불가에 정식으로 입문하려 여러 사찰에 간 적이 있는데… 제가 스승으로 섬길 만한 분이 없었습니다."

"어째서입니까?"

"저만큼 경전에 통달하고 외우는 분이 없었습니다. 그러다 보니, 다들 절 거북하게 보는 분위기이기도 했고요."

"그러십니까."

"그러던 차에 어느 스님께서 대사를 추천하셨기에 이곳까지 온 것입니다."

"그럼, 시주께선 소승을 시험해 보고자 온 것이나 다름없군요."

"그게… 솔직히 말씀드리자면 그렇지요. 대사께선 제가 던지는 화두에 대해 답해주실 수 있겠습니까?"

"시주의 의도는 알겠으나, 불도의 깨달음에 우위는 없습니다. 누군가에겐 진리라 할 만한 것이 다른 누군가에겐 가치 없는 조각이 될 수 있는 것이 불도입니다."

"아, 그게……."

"그리고 처음부터 말씀드렸다시피, 전 누군가를 가르칠 만한 도를 얻지 못했어요. 그러니 돌아가시지요."

"그럼 화두가 아니라 제가 홀로 불도를 닦으며 의문이 든 것을 묻고자 합니다. 나름 먼 길을 왔는데… 부디 이것만큼은 답해주시지요."

"그럼 제가 이해한 선에서 답해드리지요. 이건 어디까지나 절대적인 진리도 깨달음도 아니니 흘려들으시길."

사내는 자신이 그동안 궁금해하던 질문에 대한 답을 던졌고, 신미는 그런 사내의 의문에 대한 답을 돌려서 내놓았다.

그의 말 한마디 한마디에 현기가 담겨 있었고, 신미에게 감복한 사내는 고개를 조아리며 답했다.

"이제야 확신이 듭니다. 대사님이야말로 이 우둔한 중생에게 가르침을 내려주실 분이라는 것을요. 소생이 느끼는 괴로움과 집착을 끊을 수 있게 도와주십시오!"

"이러지 마시지요. 이 비루한 중놈의 말 따윈 잊으십시오."

"아닙니다! 부디 제 절을 받으십시오! 스승님."

신미는 엎드린 사내를 일으키려 했지만, 덩치도 커다란 데다 근육질인 사내의 몸은 신미의 빈약한 힘으로 움직일 수 없었다.

"전 이미 대사께 정음을 배웠으니, 제자나 다름없습니다. 그런 저를 어찌하여 내치려 하십니까."

"아니, 그건 어디까지나……."

"대사님, 석가께서 말씀하시는 인과 연에 대해 생각해 보시지요. 제가 이곳에 온 것은 인연이 저를 이끌었기 때문입니다. 따라서 대사께서 허락하실 때까지 이대로 있을 겁니다."

사내는 그로부터 이틀간 불당을 향해 절을 반복하며 신미의 허락을 구했고, 물 한 모금조차 입에 대지 않은 채 불경들을 암송했다.

"아이고~ 이러다 여기서 송장 치우게 생겼네."

사내를 안내했던 아낙이 발을 동동 구르며 탄식하자, 암자를 찾아온 사내가 말을 걸었다.

"저 사람은 대체 언제부터 저러고 있었대요?"

"아, 글쎄, 이틀 전부터 끼니도 거르고 막무가내로 대사님의 제자가 되겠다 저러고 있어요."

"세상에나, 이틀을 굶고도 저렇다고요… 대사님은 왜 매정하게 그냥 두신대요?"

"저야 대사님 수발이나 드는 처지니까 모르죠."

오래전부터 절을 오가던 신도 홍 씨가 아낙 대신 답했다.

"그거야 대사님이 제자를 안 받으시니 그런 거 아니겠소?"

"아무리 그래도 그렇지. 저렇게까지 하는데 정성을 봐서라도 좀 봐줘야 하는 것 아닌가? 정말 지극정성이네."

"이보시오. 이거라도 들고 하시오."

어떤 이는 품에서 종이로 포장된 사탕을 꺼내 내밀었으나, 사내는 흔들림 없이 불경 암송을 계속하며 절을 이어갔다.

"물이라도 좀 드세요."

그를 딱하게 여긴 사람들이 먹을 것을 사내 주변에 두고 물러났다.

"대사님, 이러다 사람 잡겠어요. 저런 정성이면 생각을 좀……."

어떤 이들은 흔들림 없이 불공을 올리는 신미에게 새 제자를 받으라고 종용하기도 했다.

결국 하루가 더 흐르자 사내의 목이 다 쉬어 목소리조차 제대로 나오지 않았고, 절을 할 기력도 없이 그대로 엎드려 있었다.

그런 모습을 본 신미는 사내를 일으켜 세우려 했다.

"대사님… 부디 저를 제자로……."

"알겠습니다. 시주의 뜻을 따를 터이니, 부디 정양부터 하십시오."

신미는 마침내 고집을 꺾고 사내를 첫 번째 제자로 받아들였고, 사내는 긴장이 풀린 듯 그대로 의식을 잃었다.

몸을 회복하기 위해 꼬박 하루를 누워 있던 사내가 눈을 뜨자, 신미가 그를 바라보며 말했다.

"이제부터 너의 법명은 수양이니라."

"이 제자가 감히 연유를 물어도 되겠습니까?"

"너는 성미가 급하고 고집이 센 데다 외골수이고, 학식을 뽐내길 좋아하니 그 자질을 억누르고 스스로 수양(修養)해야 한다는 의미로 지었단다."

"그것참… 왠지 모르게 친숙하면서도 좋은 법명이네요. 불초 제자 수양이 스승님께 절을 올리겠습니다."

그렇게 한때 진양대군이었다가 쫓겨난 왕족 이유는 신미를 만나 수양이란 법명을 받아 승려가 되었다.

"스승님, 조만간 암자를 증축해야 옳지 않겠습니까?"

"무릇 수행자라면 몸 한 켠 뉘일 공간만 있어도 족한 법이다."

"예, 그 말씀이 옳습니다. 하나, 스승님만 홀로 머무시는 게 아니지 않습니까."

수양이 신미의 제자가 된 지 어언 2년.

신미에게 정음과 기초적인 학문을 배우기 위해 오는 백성들이 늘어나는 상황이었다.

이는 최근 석학과 원불교에 밀려 선불교와 대승불교가 쇠퇴하던 차, 잃었던 신도도 늘리고 영향력을 키울 수 있는 호기였다.

그렇기에 최근엔 가까운 법주사의 몇몇 승려들도 이들을 돕고 있었지만, 신미는 이런 상황이 달갑지 않았다.

하지만 아무런 대가 없이 가르침을 주는 신미 덕에 몰려드는 백성들이 즐비했다.

또한 보은현뿐만 아니라 소문을 들은 인근 고을의 사람들도 복천암을 찾아오고 있었다.

"암자를 증축하려면 재물이 필요한데, 그만한 재원을 어디서 구한단 말이냐?"

"그거야 이곳을 찾는 시주들이 보시하게 하면 될 일이 아니겠습니까."

"그건… 안 될 말이다."

"어째서요?"

"애당초 그런 것을 바라고 사람들을 가르친 것이 아니니까."

"스승님, 어디까지나 암자를 증축하는 건 이곳을 찾는 이들의 바람입니다. 언제까지 흙바닥에 거적을 깔아두고 가르침을 주실 셈입니까?"

수양의 말대로 신미는 늘어나는 학생 겸 신도들을 감당하지 못하고 법당에 들어오지 못하는 이들을 거적에 앉혀두는 상황이었다.

"하나 그건⋯⋯."

"큰 스님, 그건 수양 스님의 말이 맞습니다. 조만간 거적을 깔 공간도 모자라게 될 거예요."

일손을 도우러 드나들다 요즘은 거의 절에서 살다시피 하는 과부 김 씨가 맞장구를 치자 신미는 고개를 저었다.

"보살님께서 고생하는 것은 저도 알고 있습니다. 하나⋯ 불사를 증축하는 것은 한두 푼만으로 해결될 일이 아닙니다. 그리고 커다란 나무를 구하는 것도 관아의 허락이 필요합니다."

신미의 말대로 불사를 증축하기 위해 커다란 나무를 베려면 관청의 허가가 필요했고, 이는 나라에서 삼림을 보존하기 위해 시행 중인 법령이기도 했다.

"작년에 부임한 현감이 스승님과 안면이 있다고 하지 않았습니까?"

"그건 어떻게 알았느냐?"

"사람들이 이야기하는 것을 얼핏 들었습니다."

"그래서 현감에게 불사를 짓게 해달라고 할 셈이더냐?"

"아닙니다. 요즘 나라에서 소학당이란 이름으로 교육 시설들을 늘리고 있다 들었습니다. 그리고 그곳에서 사람들을 가르칠 유생이나 학사를 모집한다는 것도요."

"그래서?"

"지원 자격을 듣자 하니 학식만 충분하다면 신분이나 제한이 없다고 합니다. 스승님이 소학당의 훈장으로 지원한다면 나라에서 도움을 받을 수 있을 것입니다."

"하지만 그건……."

"스승님, 세상이 변하고 있습니다. 수행자들이 탁발과 시주만으로 먹고살 수 있는 시대는 가고 있단 말입니다."

수양의 말대로 현재 사찰 대부분은 차와 비누 같은 물품을 왕실에 납품해 수익을 올린다.

사업이 여의치 않은 사찰은 승려가 직접 농사를 지어야 하는 실정이었다.

"하지만… 이는 자연스러운 흐름일 뿐이다. 또한 재물에 신경 쓰다 보면 수행에 방해가 될 뿐이다."

"소승은 원불교나 석학이라고 하는 학문을 인정하지 않지만, 나름대로 변해야 한다는 것만은 인지하고 있습니다."

"어째서 그들을 인정하지 않는다는 게냐?"

수양은 아함경을 비롯한 새로운 교리가 자신이 증오하는 상대가 퍼뜨린 헛소리라 믿고 있었기에 그랬지만, 대놓고 본심을 이야기할 순 없었다.

"전 오랜 시간을 거쳐 내려온 경전을 믿습니다. 전조부터 내려온 대장경만 봐도 선현들이 목숨 걸고 지켜온 불법의 정수가 담겨 있는데 어찌 출처도 불분명한 이야기에 정신을 팔 수 있겠습니까."

"으음… 아함경은 주상께서 발견해 알린 것이라 들었는데……."

"그것도 출처가 불분명한 소문 아닙니까?"

"아무튼, 그 이야기는 나중에 하기로 하고. 네 제안에 대해선 좀 더 생각할 시간을 다오."

"예, 알겠습니다."

그러나 추진력을 타고난 수양은 스승의 말을 곧이곧대로 따르지 않았다.

암자를 찾는 마을 사람들에게 부탁해 보은 현령 이석형에게 복천암을 학당으로 인정해 달라는 청을 올리게 부탁했다.

그렇게 수양의 부탁을 받은 사람들은 기꺼이 관청에 민원을 넣었다.

현감 이석형은 신미의 친동생인 김수온과 동문수학한 친우였기에 기꺼이 그 부탁을 수락했고, 이는 복천암이 본격적으로 확장하는 계기가 되었다.

신미를 따르는 백성들은 관청의 허가하에 나무를 와해 와 새 불당인 관음전(觀音殿)을 지었다.

"저길 보십시오, 스승님. 다들 스승님을 위하는 마음이 실로 갸륵하지 않습니까."

"…난 이런 걸 바라지 않았다. 그리고 네가 사람들을 부추겨 현령의 허락을 구한 것 아니더냐."

수양은 자신을 질책하는 말투에도 아랑곳하지 않고 웃으며 답했다.

"이게 다 저들도 먼저 바랐기에 시작된 일입니다. 소승은 그저 그 바람을 들어주었을 뿐이지요."

신미는 수양이 절에 드나드는 백성들에게 인망을 얻고 그들을 이용하는 것을 눈치채곤 넌지시 경고를 건넸다.

"그럴 시간에 너 자신의 수행부터 힘을 쓰거라."

"명심하겠습니다. 그건 그렇고… 제가 요즘 반야심경을 정음으로 언해 중인데 좀 봐주시겠습니까?"

"불경을 정음으로 언해했다고?"

"예, 여기 작업을 마친 초본입니다."

그것을 읽어본 신미는 뭔가 부족함을 느끼곤 잘못된 부분을 조목조목 지적했다.

"…여기 네가 정음으로 음역한 반야바라밀다는 단순한 주문이 아니다. 한자로 번역되면서 주문의 일종으로 착각하기도 하는데, 원문인 범어의 뜻대로라면 두 가지로 해석할 수 있노라."

범어에 통달한 신미가 원전의 뜻을 해석해 주자, 수양은 앓는 소리를 내며 답했다.

"으으음… 아직은 제 공부가 부족하군요. 괜한 짓을 하여 심려를 끼친 듯합니다."

"아니다. 정음으로 불경을 언해해서 중생들에게 알리려는 시도는 좋다. 그러니 앞으로도 계속하거라. 나도 도우마."

"정말 그래 주시겠습니까?"

수양이 신미의 도움을 받아 불경 번역을 하는 사이 공사가 끝났고, 작은 암자였던 복천암은 사찰이라고 불릴 만한 규모를 갖추게 되었다.

그 결과 더 많은 사람이 복천사를 찾아왔고, 수양과 신미는 더욱더 바빠져 갔다.

정음으로 번역된 몇몇 불경을 바탕으로 교리를 알기 쉽게 설명해 주는 수양에게 설법을 듣기 위해 오는 이들이 생겼고, 알게 모르게 그의 영향력도 늘어갔다.

"오늘 좋은 말 들었네. 내 약소하나마 시주를 준비했으니 받게나."

보은현의 토호 중 가장 재물이 많다고 소문난 박장문이 동전이 담긴 주머니를 내밀자, 수양은 고개를 저으며 답했다.

"시주는 연명할 수 있는 한 끼로 족하오."

수양은 승려가 되고 나서도 여전히 스승을 제외한 사람에게 하대했고, 사대부나 유지에게도 하오체로 일관했다.

듣는 이들의 기분이 나쁠 법도 하지만, 다들 수양의 독특한 분위기에 말려 그러려니 하고 있기도 했다.

그러나 수양을 좋게 보지 않은 박장문은 건방진 중놈의 기를 죽이고자, 그를 쏘아보며 말을 이어갔다.

"비싸게 굴지 말고 그냥 받지그래."

기 싸움을 시도한 박장문은 수양이 자길 응시하자, 자신도 모르게 위축되어 먼 산을 바라보았다.

최근 복천암의 위세가 나날이 높아졌고 현령이 이들의 뒤를 봐준다는 소문이 돌았기에 토호라 해도 함부로 할 수 없기도 했다.

"흥, 그보다 본론으로 들어가지."

"말씀하시오."

"내가 이곳을 찾은 건 여기서 백성들에게 글과 학문, 그리고 송사하는 법을 가르친다고 들었기 때문이다."

"그게 어때서 그러오?"

"저 무지렁이들에게 글과 학문을 알리는 것도 쓸데없는 짓이고… 국법을 가르치는 건 큰 문제가 되지."

"특별히 가르친 건 아니고 도움을 청하는 이들에게 답해준 것이오만, 그게 왜 문제요?"

"그 덕에 소작을 내어주던 이와 재물을 빌려줬던 이에게 배신을 당했으니까."

"…배신?"

"사정이 딱한 놈에게 땅을 내어주어 먹고살게 해주고, 급전이 필요한 이에겐 기꺼이 재물을 내주었건만, 국법을 운운하며 송사를 걸겠다고 뒤통수를 쳤으니 그게 배신이 아니고 무엇이겠냐?"

"그래서 지금 내게 경고를 하러 온 것이오?"

"앞으론 좀 더 신중하게 생각하고 혀를 놀리란 것이다."

"그거야 내가 알아서 할 테니, 관심 끊으소."

"앞으로 널 지켜보겠다."

박장문이 암자에서 물러나자, 수양은 다음 날 사정을 알아보고자 마을로 내려갔다.

송사에 관해 물었던 이 중 한 명인 홍 씨를 찾아가자, 그는 수양을 극진히 대접하며 사정을 설명해 주었다.

"…여긴 아직도 병작반수를 관례로 삼아 반절이나 소작료로 걷어가고 장리(長利)로 5할의 이자를 받는단 말인가?"

"예, 스님."

"허어, 이런 썩을 놈들을 보았나. 상왕 전하께서 소작법과 입

본(立本, 대출)법을 개정하신 지가 언제인데 어디서 감히……"

수양은 한때 형의 말을 믿고 자신을 내쳤던 아버지를 원망하지만, 다른 한편으론 여전히 존경하고 있기도 했다.

"그럼 수령은 대체 뭘 하는가?"

"당사자들이 겁박당해 말을 못 하니 알 수 없을 겁니다. 그리고 요즘은 전쟁 때문에 관원들도 정신없을 겁니다."

"전쟁이라니?"

"소식 못 들으셨습니까? 주상께서 친정을 나갔답니다."

"그건 또 무슨 소린가?"

"저도 잘은 모르겠는데, 달자 놈들이 명국에 쳐들어가서 난리래요."

"대체 나라가 어찌 돌아가길래… 나무아미타불."

수양은 형이 보위에 올랐기에 나라 꼬락서니가 엉망이라 생각했고, 이내 화가 치밀어 올라 쉽게 진정이 되지 않았다.

"그런데… 스님, 제가 송사를 걸겠다고 하는데도 박 씨 어르신은 콧방귀도 뀌지 않는데 어쩌죠?"

"어째서?"

아직 노기가 가시지 않은 수앙이 반문하자, 그의 표정을 본 홍씨는 살짝 움츠러들며 답했다.

"그게… 제가 그 양반에게 진 빚 말고도 더 갚아야 할 게 있다고 주장하더군요. 그리고 뭐랬더라……"

"그게 또 무슨 이야기인가? 본인이 모르는 빚이라니?"

"제가 술김에 뭔가에 수결을 한 적이 있는데… 그게 문제가 된 것 같습니다."

"허어… 어쩌다 그랬단 말인가."

"송구합니다. 제가 당시엔 잔치에 초대받아 술이 얼큰하게 취해서… 이 사달을 냈습니다."

"이미 지난 일을 탓해서 뭐 하겠는가? 앞으로 대처를 잘해야겠군."

"저기… 수양 스님께서 절 좀 도와주시면 안 되겠습니까? 제가 스님께 배운 대로 대처하려고 해도… 관아에 가면 제대로 말도 못 꺼낼 것 같습니다."

"난 어디까지나 승려의 몸이 아닌가. 관원들이 좋아하지 않을걸세."

수양이 말은 그렇게 했지만, 그는 팽형을 당하며 죽은 사람이나 다름없어졌고 호패를 발급받을 수조차 없다.

또한 승려만의 신분증이자 자격증이기도 한 도첩을 받으려면 나라의 허가가 필요했기에, 수양은 정식 신분을 밝혀야 하는 공식 석상엔 결코 나설 수 없었다.

"그건 그렇고… 전에 상담하면서 집안에 글줄 좀 읽는 청년이 있다고 하지 않았는가? 그 아이에게 도움을 받지 그러나."

"예, 조카 녀석이 글공부를 하긴 하는데……."

"하는데?"

"얼마 전에 과거에 낙방해서 그런지… 가문의 일에 영 무심합니다."

"그래도 집안에 큰일이 났는데 어찌 그런단 말인가."

"사실… 그 녀석이 요즘 상심이 큰지 술독에 빠져 지냅니다. 어제도 새벽엔가 들어와서……."

"설마 숙부인 자네 앞에서 술주정이라도 부린 것인가?"

"예… 난리도 그런 난리가 없었습죠."

"조카란 놈이 그리도 불인하고 방자하단 말인가? 안 되겠군. 내가 이야기해서 버르장머리를 고쳐주겠네."

"아닙니다. 누가 말한다고 들을 아이가 아닙니다."

"어째서?"

"그게 타고난 성미가 좀 거칠어서……."

"그건 걱정하지 말게나. 내게 맡기게."

수양이 홍 씨의 조카가 머무는 방을 찾아 고함을 쳤다.

"네 이놈! 숙부에게 신세 지는 주제에 집안의 일은 나 몰라라 하고 허송세월만 하느냐! 당장 일어나지 못할까?"

"뭐야, 넌. 어디서 중놈이 큰소릴 쳐."

"허허, 밥버러지 주제에 사람 말도 할 줄 아는구나."

홍 씨의 조카는 어릴 적부터 덩치가 크고 성질이 사나워 주먹패 대장 노릇을 했다.

간밤에도 그를 따르는 놈들과 함께 과거에 낙방한 울분을 풀기 위해 술을 마시고 들어온 상황.

숙취 때문에 머리가 아픈데 웬 중놈이 자신의 방문을 열고 소리치자, 화가 나 그에게 달려들었다.

"이 새끼… 가뜩이나 기분도 꿈꿈한데 잘 걸렸어. 아주 요절을 내주지."

홍씨 청년이 자리에서 일어나 기습적으로 주먹질을 날렸지만, 상대가 뿌리치듯 쳐냈다.

"어쭈, 막아?"

수양이 입고 있던 가사의 띠를 풀어 벗어 내려놓으며 말했다.

"내 오늘 버릇없는 중생에게 몸으로 가르침을 내려야겠구나."

"독두 주제에 뭐라는 거야?"

대머리라고 놀리는 도발에 당황한 수양은 자신도 모르게 머리를 쓰다듬으며 변명하듯 답했다.

"이건 빠진 게 아니라, 수행을 위해 민 것이다."

"뭐래, 이 민대가리 새끼가."

수양은 깎은 지 얼마 되지 않아 반들반들한 머리에 핏줄을 세우며 답했다.

"넌 그 입으로 씻을 수 없는 죄를 짓는구나. 마당으로 내려오너라."

도발로 상대를 흥분시켰다고 생각한 청년은 신발도 신지 않고 뛰어가 기습적인 공격을 시도했다.

그러나 그의 예상과 달리 명중한 공격은 전혀 없었다.

그도 그럴 것이 한때 수양은 자신을 일방적으로 두들겨 팼던 큰형이 언제 자신을 찾아올지 몰라 필사적으로 무술을 단련했고.

형에게 처절하게 당했던 권투의 손기술과 발놀림을 복기하며 홀로 연습하기도 했었다.

어릴 적부터 여러 무예를 섭렵한 데다 어설프나마 권투를 수련한 수양에게 청년의 공격은 헛주먹질이나 다름없었다.

"아, 시발. 왜 안 맞아!"

수양은 공격을 피하며 스스로 경권(輕拳)이라 이름 붙인 잽으로 상대의 머리를 두들겼고, 청년은 정신을 차릴 수가 없었다.

"빡빡머리 주제에……."

청년이 코피를 흘리며 어떻게든 머리를 방어하려 손을 올리자, 수양은 합장하며 답했다.

"나무아미타불. 어리석은 중생이여, 잠들 시간이로다."

수양은 자신이 형에게 당했던 대로 무방비한 배를 쳐서 얼굴에만 집중했던 방어를 무력화시켰고, 곧이어 노출된 상대의 관자놀이에 옆치기를 먹여 기절시켰다.

"아이고~ 스님! 아무리 그래도 이 지경으로 만드시면 어찌합니까. 애야! 정신 좀 차려봐."

멀리서 둘의 싸움을 지켜보던 홍 씨가 호들갑을 떨며 기절한 조카의 팔다리를 주무르자, 수양은 조용히 호흡을 고르며 답했다.

"말로 해서 듣지 않고 웃어른에게 손을 함부로 손을 쓰는 중생에겐 이런 가르침도 필요한 법일세. 그보다 찬물이나 한 바가지 가져다주게."

"예? 예."

잠시 후, 홍 씨에게 물이 담긴 바가질 수양은 그것을 청년의 얼굴에 끼얹었다.

"어푸푸, 이런 썅!"

얼굴이 퉁퉁 부은 채로 찬물을 뒤집어쓴 청년이 고함을 지르자, 수양이 그를 노려보며 말했다.

"계속할 테냐?"

"그… 그건, 좀……."

"아직도 정신을 못 차린 게면 종일이라도 가르침을 내려주마."

"소… 송구합니다."

청년은 생전 처음 제대로 된 임자를 만나 주눅이 들었고, 이내 엎드려 용서를 빌었다.

"세상에… 스님 정말 용하시군요."

수양은 자신의 아픈 과거를 생각하며 자조하듯 답했다.

"이 녀석은 타고난 덩치와 용력을 믿고 기고만장해서 방자하게 구는 걸세. 그러니 이렇게라도 예의를 가르쳐야 하지 않겠나."

"예, 예."

"아무튼 너, 이름이 뭐냐."

수양에게 예절을 강제로 주입받은 청년은 최대한 공손한 투로 답했다.

"홍가의 윤성입니다. 수옹이나 영해로 불러주십시오."

그렇게 달라진 역사의 흐름 속에서 주군과 충복이 될 수 있었던 두 명이 만나게 되었다.

본래 달라지지 않은 역사 속에선 홍윤성은 수양의 심복이 되어 공신으로 출세했고, 자신을 키워준 숙부를 외면한다.

결국 화가 난 그는 조카를 찾아가 따지다 살해당하는 운명이었지만, 누군가에 의해 운명이 바뀐 상황.

결국 홍윤성은 그날부터 수양의 제자가 되어 숙부의 송사를 위해 법과 잡학을 배우게 되었다.

\*　　　　\*　　　　\*

수양은 신미의 인맥을 통해 개정 중인 법전을 구했고, 그것을 바탕으로 홍윤성을 가르쳐 보려고 했지만 난관에 부닥쳤다.

원역사에서 성종 때 완성된 법전 경국대전의 시작이 수양의 치세 때부터였기에 그도 나름대로 법에 대해 잘 안다고 할 수 있었다.

또한 세종 초기에 조선만의 법전을 만들어 반포하려다 실패한 적이 있었고, 본인은 훗날 왕위를 계승할 때를 대비해 그것을 공부한 적도 있었다.

그러나 그가 공부한 법률 지식은 대부분은 판례에 의존한 관습법이 대부분이었으며, 그가 가진 법률 지식은 어디까지나 옛날에 머물러 있었다.

그에 비교해 개정된 현행 법전의 분량은 너무나 방대하고도 복잡했던 것이었다.

그렇기에 그의 아버지와 형, 그리고 김종서와 형조 관원들의 몸을 태워 만들고 있는 법률과 행정규칙, 자치법규처럼 복잡하고 치밀한 법전을 바로 이해하기가 힘들었다.

개정 중인 현행법은 전근대적인 관습법의 한계로 인해 태형과 장형 같은 육체적 형벌은 여전히 존재했고, 수령을 비롯한 모든 이들은 국왕을 대신해 법을 집행한다는 대리인이라는 개념이었다.

그렇다 해도 그가 상식으로 알고 있던 관습법이나 전통적인 6조의 분류에서 벗어나 있는 데다, 혁신적이기도 했으니 그가 느낀 충격은 대단했다.

그렇기에 뭐 하러 이리도 복잡하게 만들어놨냐며 불평을 늘어놓기도 했다.

"그래도 법이란 건 누구나 쉽게 이해할 수 있어야 하는 것 아닌가… 최대한 간결하게 좀 해놓지."

어찌 되었건 송사에 필요한 부분인 민법을 중점적으로 공부하며 이해해 보려고 노력했다.

그 결과, 수양도 나름대로 새로운 법전의 의도를 조금씩 파악해 나갈 수도 있었고, 어떤 대목에서 고개를 끄덕이기도 했다.

'무죄 추정의 원칙이라… 무작정 범죄자를 잡는 것보다 단 한 명이라도 억울한 피해자를 만들지 말라는 건가. 정말 아버지다우시군.'

수양은 무죄추정의 원칙을 두고 아버지가 만든 것이라 확신하며 고개를 끄덕였지만, 다른 한편으론 부족함도 느꼈다.

'그런데 이런 원칙이 진정 도움이 되려면 누군가는 피의자의 편에서 싸워주는 사람이 필요한 거 아닌가? 쯧쯧… 아버지께서 이리도 좋은 것을 만들어도 뒤가 부실하니 원.'

현 국왕인 이향은 국선 변호인제를 도입하려 했지만, 가뜩이나 부족한 인력의 한계 때문에 보류 중이었고, 수양은 그런 상황을 알 수 없었다.

무의식중에 형을 깎아내린 수양은 이참에 홍윤성을 그런 사람으로 만들어보고자 철저하게 공부를 시키기 시작했다.

"민사소송법 1조를 읊어보아라."

"1조 민사소송의 이상과 신의성실의 원칙. 소송을 맡은 수령이나 판관 그리고 관청은 소송 절차가 공정하고 신속하게 진행되도록 노력해야 한다 입니다."

"그래, 잘 외워 왔구나. 그럼 재산권에 관한 소를 제기할 경우엔 제일 먼저 어떻게 해야 하지?"

"당사자의 거소지에 제기합니다."

"행정절차는?"

"고소인이 호패를 지참해 신원을 증명한 후, 소장을 작성합니다."

"만약 소송당사자가 글을 모를 경우엔 어찌하더냐."

"그런 경우엔 신원이 증명된 대리인을 고용하여 소장을 작성합니다. 또한, 이후에 소송비용을 예치금으로 관청에 공탁해야 합니다."

"소송비용 반환에 대한 절차는 지난번에 너도 공부했으니 알 테고… 만약 소송인이 거주하는 행정구역의 관청에 판관 자격이 없는 관원만 있다면 어찌해야 하느냐."

"그것이 불가능할 경우 차기 이행지로 지정된 관청을 찾아가야 합니다."

"그 경우 차기 이행지는 어디 어디인지 답해 보아라."

"우선은 마을마다 새로 신설 중인 향청이 있습니다. 그것도 여의치 않은 경우 관찰사가 주재 중인 감영이나 순행 어사가 있는 도내 감찰부로 가야 합니다."

"그럼 송사 시 판관이 하는 일에 대해 정의해 보거라."

"예, 수령과 판관은 국왕 전하를 대리하여 현행 법률과 법령에 따라 적법한 판단을 내리는 것입니다."

수양은 남의 나라에서 벌어지는 전쟁 때문에 지엄한 옥좌를 비운 국왕에겐 그럴 만한 자격이 없다고도 말하고 싶었지만, 참아내고 다음 말을 이어갔다.

"그래, 어제 내어준 숙제를 잘 해왔구나. 오늘은 재산권 침범과 협잡, 사기에 관한 부분을 다뤄보도록 하마."

"예, 스승님."

수양에게 법률을 수학한 홍윤성은 이후 자신의 숙부를 괴롭히던 박장문과의 송사에서 훌륭하게 승리했다.

홍윤성은 현감 이석형도 놀랄 정도로 해박한 법률 지식으로 좌중을 압도했고, 사대부를 자처하긴 하지만, 제대로 배운 것도 없이 무작정 송사에 나선 박장문은 제대로 된 반박조차 못 했다.

그가 증거로 가져왔던 계약서는 공증인이 없었기에 법적인 증좌로 인정받지 못했으며, 홍윤성 측의 주장대로 사문서 위조죄 혐의를 받게 되었다.

그렇게 소송에서 패배한 박장문은 예치했던 소송비용을 환수당하고, 홍씨 가문에 손해배상을 해줘야 했다.

또한 사문서 위조 혐의로 장형이 선고되었지만, 필사적인 변론 끝에 보석금처럼 국고에 환수될 재물을 바치고 죄를 면하는 속형(贖刑)을 선고받았다.

"내 이 일을 좌시하지 않을 것이야! 너도… 그 중놈도 기필코 그냥 두지 않을 것이다."

"이의 있으면 항소하시죠."

"뭐?"

"쉰네도 피하지 않겠단 말입니다."

"에잉, 가자!"

박정문은 바닥에 침을 뱉곤, 데려온 하인을 보지도 않고 들고 왔던 짐을 공중에 집어 던졌다.

능숙하게 그것을 받아낸 하인은 주변의 눈치를 보며 종종걸음으로 박정문을 따라가기 시작했다.

"박씨 집안이 만석꾼이라더니… 돈이 많긴 많나 보네. 아직도 노비를 저렇게 끌고 다니고."

멀어져 가는 박정문을 바라보고 있던 홍윤성에게 누군가가 말을 걸었다.

"축하한다."

"아, 스승님!"

홍윤성은 수양에게 고개를 숙이며 인사했다.

수양은 홍윤성을 처음 보았을 때를 생각하곤 흐뭇한 표정을 지으며 말했다.

"비록 내 신분상 관아에 들어가 보진 못했지만, 네가 이길 거라 믿고 있었다."

"이게 다 불초 제자를 거두어주신 스승님 덕입니다."

"아니다. 네가 잘 따라줬기에 가능했던 일이지. 앞으로도 공부를 게을리하지 말거라. 이렇게 계속 공부한다면 과거도 별 문제가 없을 것이다."

"여부가 있겠습니까."

홍윤성은 보은현을 주름잡는 토호에게 통쾌하게 승리해 마을 사람들에게 존경을 받았다.

또한 망나니로만 비치던 전과는 달라진 듯 진중한 모습을 보이며 세간의 평판을 유지하려 노력했지만, 젊은이들로 구성된 추종 세력이 생겨나기도 했다.

그러나 홍윤성은 보은의 토호인 박씨 가문과 척을 지게 되었으며, 그들의 알력은 날로 깊어져 갔다.

제자 덕분에 수양의 입지도 나날이 드높아졌고 그에게 설법을 듣고자 오는 이들이 늘었지만, 그의 평온을 깨뜨리는 사건이 발생했다.

"아! 밀지 좀 마쇼."

"내가 먼저 왔다고!"

"이보시오! 줄을 서시오, 줄을!"

구름과 같이 밀려든 인파들을 통제하려 현감은 강제로 줄을 세웠고, 제자를 보러 왔다가 암자로 돌아가려던 수양은 안면이 있는 사람을 붙잡고 질문했다.

"이보게, 이게 대체 무슨 일인가?"

"아, 글쎄, 주상 전하께서 대국에서 대승을 거두시고 귀환하셨답니다. 그 기념으로 전도가 내려와 그걸 구경하려고 이리 모인 것입죠."

"그게 대체 무슨 소린가?"

"스님께서 소식에 어두우신 듯한데, 자세한 건 저쪽에 조보가 게시되어 있으니 읽어보시면 될 겁니다."

수양은 조보가 게시된 게판(揭板)에 다가가 전쟁의 경과를 읽어보았다.

"…이게 당최 말이 되는 소린가."

조보에 적혀 있길 주상이 이끄는 군대가 몽골의 달자 상대로 승전했다는 거짓말 같은 무용담으로 가득했다.

이적에게 납치된 천자를 구하고자 전장에 뛰어든 것부터, 북경을 탈환하기까지의 이야기는 그가 보기에 허황되기 그지없었다.

일국의 국왕이 직접 병장기를 들고 전장에서 싸운다? 수양의 상식으론 도저히 용납되지 않는 일이었으며… 그가 아는 주상이 그럴 리 없다고 여겼다.

또한 그 공으로 명국의 황제에게 광무라는 왕호를 받고 산동을 봉지마저 받아 금의환향한 것도 믿기지 않았다.

그가 아는 산동은 조선보다 더 부유한 곳이며, 무역의 중심지였기에 그런 곳이 조선령이 되었단 것도 쉬이 믿을 수 없는 일이었다.

'명의 천자가 정말 제정신인가?'

조보를 읽고 반신반의하며 행렬로 돌아온 수양은 기다린 끝에 판화로 제작된 데다 화려하게 채색된 전쟁화를 볼 수 있었다.

북경 공방전을 묘사한 그림 속의 광무왕은 화려한 장식의 어갑으로 무장해 마치 천상의 장수처럼 보였고, 그와 대비되는 이적의 수장 야선 태사, 즉 에센 타이시는 겁에 질린 표정으로 달아나는 모습이었다.

수양도 잘 아는 도화원의 화공 안견이 묘사했다는 그림은 실로 장엄하면서도 보는 사람을 빨아들이는 마력이 있었고, 관청에 모여든 사람들은 그것을 보며 감탄했다.

"세상에… 우리 주상께서 그 무섭다는 몽고 달자들을 상대로 저리도……."

"그러게, 정말 대단하시구먼."

그러자 주름이 자글자글한 노인이 끼어들었고, 이야길 나누던 사내들이 고갤 숙였다.

"태조 대왕마마의 핏줄이 어디 가겠는가."

"아, 우리 어르신께선 황산에서 싸우셨다고 하셨죠."

"하긴, 몇 년 전에 재래연단이 충주에서 공연할 때도 상석에 초대받으셨으니."

주목받은 노인은 황산에서 벌어진 전투 당시 십 대의 어린 나이로 징집되어 참전했었다.

"내 주상 전하를 직접 뵈진 못했지만, 이렇게 보니 그분의 기상을 그대로 이어받으셨음이 분명하네."

"암요. 그렇고 말고요."

"듣자 하니, 북방의 만족들도 전부 주상 전하께 충성을 맹세했다던데요."

"본래 태조 대왕께선 북방을 제패하셨던 패자가 아니셨던가. 그게 당연한 순리지."

사람들이 주상을 칭송하며 웃음꽃을 피우자, 수양은 더 견딜 수 없어 자릴 피했다.

그는 참을 수 없는 질투에 시달렸고 친정에 나섰던 형을 비웃었던 것도 잊은 채, 자신도 그 자리에 있었다면 같은 업적을 세울 수 있었으리라 생각하려 했지만, 그럴수록 괴로워질 뿐이었다.

"스승님, 매일같이 불경을 외고 참선을 한다 해도 저를 옭아매는 번뇌와 고통을 도저히 끊어낼 수 없습니다. 부디 제게 길을 알려주십시오."

"그토록 너를 괴롭히는 번뇌와 고통이 어디서 오느냐?"

"그건… 말씀드리기가 힘들군요."

"넌 너 자신에 관해 물으면 지금처럼 얼버무리기만 했지. 그 원인을 알지 못하면 나도 도움을 줄 수 없는구나."

"송구합니다. 그래도 아직은 말씀드릴 만한 것이 못 됩니다."

"으음… 네가 고통에서 벗어나길 원한다면 다른 방법도 있다."

"그게 무엇입니까?"

"네가 지금 느끼고 있는 괴로움보다 더 큰 고통을 체험하는 것이다."

"그건 석존께서 말씀하신 사성제 중 고(苦)를 뜻하는 말씀입니까?"

"그래."

"무릇 싸움과 언쟁이 일어나면 그것이 왜 일어난 것인지, 그 원인이 무엇인지를 먼저 알아야 한다."

"예."

"또한 투쟁, 논쟁, 비탄, 슬픔, 인색, 자만 오만, 중상은 좋아하는 대상을 상대로 일어난다."

"그것을 알고는 있지만… 진정으로 이해하기가 힘이 듭니다."

"예를 들어보자. 네가 모르는 어딘가에서 네가 모르는 사람이 죽는다면 슬퍼하겠느냐?"

"아닙니다."

"그래, 세상만사의 모든 것은 인연으로 이어져 있고, 사람의 극히 조그만 인식으론 자신이 아는 것을 상대로 집착하게 되고 사랑하고 또 미워한다."

"그럼 한번 맺어진 인연을 끊을 수는 없는 것입니까?"

"불가의 수행은 집착을 버리는 것에서부터 시작된다. 즐거움 또한 고통이요. 집착을 버려야 괴로움에서 벗어날 수 있고, 이는 작은 것부터 실천해야 이룰 수 있노라."

"스승님도 그 경지에 이르셨습니까?"

"아니다. 석존을 제외한 그 누구도 그 집착에서 벗어나지 못했다고 할 수 있지. 나도 한때는……."

"스승님도 그런 기억이 있으십니까?"

"그래."

"그럼 그것을 어떻게 잊으셨습니까?"

"깨달음을 얻지 못했기에, 여전히 가슴 한쪽에 묻어두고 있단다."

"그럼 고행을 하는 것도 아무런 의미가 없지 않습니까?"

"사람마다 각자 받아들이는 것이 다르니, 시도를 해보는 것도 나쁘지 않을 것이다."

"으음… 알겠습니다."

수양은 그날부터 단식을 시작했고, 자신이 알고 있는 각종 단련법으로 몸을 혹사했다.

"자, 이 동작을 따라 해보아라."

단식으로 피폐해진 수양의 앞에 신미가 나타나 오른 다리로 균형을 잡은 채, 다른 쪽 다리는 무릎 위에 올려두고 양쪽 손은 수인(手印)의 자세를 취했다.

"그건… 생전 처음 보는 동작인데 그게 무엇입니까?"

"천축의 수행자들이 고행할 때 사용하는 양생법 유가의 자세 중 하나란다. 요즘은 민가에서도 요가란 이름으로 퍼지는 모양이던데, 이건 그보다 더 원류에 가까운 방식이다."

신미의 말대로 주상이 중전과 어머니를 위해 단련케 했던 요가는 사대부 집안과 민간에도 퍼져 양생법의 일종으로 호평받으며 퍼지고 있었다. 특히 출산에 도움이 된다는 평 때문에 여성들에게 인기가 높았다.

"으으윽……."

"균형을 잡기 쉽지 않을 거다."

"아닙니다, 이 정돈……."

"너도 속세에서 나름대로 단련한 듯하지만, 내가 앞으로 알려줄 자세들은 근력을 키우기 위함이 아니다."

"어떤 목적으로 하는 것입니까?"

"어디까지나 정신 수양을 위한 동작이고, 그 일련의 목적은 속박으로부터 자신을 해방하는 것이다."

"알겠습니다."

그날부터 수양은 신미에게 배운 요가의 동작들을 따라 하며 고행을 이어갔다.

수양이 자신의 몸을 혹사하며 석 달이 지날 무렵, 그는 여전히 달라진 것이 없었으며 마음속엔 아직도 지워지지 않은 미움이 가득했다.

"스승님. 아무래도 이건 몸만 망가지는 것 같고 별로 도움이 되지 않는 것 같습니다."

"그래, 그렇겠지. 그럴 거라 생각했다."

"예?"

"너 스스로 마음을 비우지 못하는데. 몸을 혹사한다고 달라지는 게 있겠느냐?"

수양은 어처구니없다는 표정을 지었다.

"그럼 어째서 제게 고행을 권하셨습니까."

"네가 말했다시피, 네겐 이런 방법이 도움되지 않는다는 것을 스스로 깨닫지 않았느냐. 그게 고행의 성과로구나."

"……."

수양은 그간 허기졌던 배를 채우기 위해 부엌에 들어가 맨밥과 삶은 콩으로 배를 채우려 했다.

그러나 위가 줄어든 탓에 생각보다 많은 양을 먹지 못했고, 되레 배탈이 나고 말았다.

다음 날, 핼쑥한 안색의 수양이 새벽 공양을 드리러 불당에 들자, 신미가 그를 살펴보곤 말했다.

"잠을 설친 모양이구나."

수양은 무심하게 자신을 비꼬는 듯한 스승에게 화난 표정을 숨기려 불상에 절을 하며 답했다.

"예, 번뇌에 시달린 덕분에 그러합니다."

"그건 그렇고… 고행에 집중하는 동안, 네가 언해했던 불경들을 읽어보았다."

"그렇습니까."

"내 생각보다 네 성취가 높더구나. 감탄했다."

"정말이십니까?"

수양은 스승에게 칭찬을 받자, 금세 표정이 피었다.

"그래서 말인데, 앞으로 당분간 네게 불경 언해를 맡기고 싶구나."

"감사합니다."

"그래, 잘하면 역사에도 남을 만한 것이 나올 수도 있으니 열심히 해보아라."

"예, 성심을 받들어 시행하겠습니다."

그날부터 수양은 뭐라도 홀린 듯 불경을 정음으로 번역하는 작업을 시작했다.

그는 어릴 적 아버지 세종의 명령을 받아 서적 간행 사업에 나서본 적이 있기에, 단순한 필사본이 아니라 목판을 이용한 인쇄 작업을 염두에 두고 정성스레 적어 내려갔다.

본래 명필로 이름 높았던 수양이고 1436년엔 자신의 필체를 활자로 만들어 자치통감강목을 인쇄한 적도 있었다.

천수경과 금강경 작업을 마친 수양은 일찍이 중국에서 석가보라 이름 붙여 나왔던 석가의 일대기를 번역했다.

또한 석가보를 단순히 번역하는 것에 그치지 않고 자연스럽게 법화경 같은 불경의 내용을 녹여 넣었다.

수양이 석보상절이라 이름 지은 경전의 초본이 완성되자, 신미가 그것을 읽어보곤 진심으로 감탄했다.

"어떻습니까?"

"석존의 일대기만 그대로 나열하는 게 아니라 경전의 내용을 이해할 수 있도록 잘 풀어두었구나. 그 해석도 나름대로 적절하고, 필체도 실로 훌륭해. 네가 정말 큰일을 해냈어."

"스승님께서 그리 말씀해 주시니, 비로소 고생한 보람이 느껴지는군요."

"그런데… 널 괴롭히던 번뇌는 잊을 수 있었느냐?"

"아닙니다."

"그런데 어째서 그런 홀가분한 표정을 짓느냐?"

"제가 비록 가사를 입고 중노릇을 하지만, 진정 중이 될 수 없음을 깨달았기 때문입니다."

"어째서?"

"제가 품고 있던 고뇌와 미움을 떨쳐 버릴 수 있었던 건 바로 부모님에 대한 마음이었습니다. 이 석보상절을 쓰며 이젠 다시 만날 수 없는 그분들을 떠올렸기 때문입니다."

"그러냐?"

"무릇 출가한 중이라면 육친과의 인연도 끊어야 하는데, 되레 그분들에 대한 마음으로 떨쳐냈으니 자격이 없다 하겠습니다."

그가 홀로 지내던 시간 동안 아내가 강제로 재가하고 나자, 그가 굶어 죽지 않도록 신경 써준 이가 바로 어머니 소헌왕후였다.

소헌왕후는 몰래 사람을 시켜 주기적으로 식량과 불경 같은 서적들을 보내 주었었기에 출가한 지금도 여전히 그리움과 고마운 마음을 가지고 있었다.

"그렇게 따지면 나도 네게 뭐라고 할 자격도 없고, 중이라고도 할 수 없지."

"어째서 그렇습니까?"

"내 속명은 영동 김가의 수성이고, 선친께선 태종 대왕 시절 병마사를 지내셨다."

수양은 처음으로 스승에 대한 신상을 듣자, 생각보다 좋은 집안의 출신임을 알게 되었다.

"그렇습니까?"

수양은 관직명을 듣곤 신미의 아버지가 누군지 떠올려 보려 했지만, 선대의 관원이라 그런지 알 수 없었다.

"이제야 하는 말이지만, 선친께서는 술을 무척 좋아하셨지."

"그렇습니까."

"그분은 내 증조모의 상중에 술을 드신 것도 모자라 멋대로 상경해 여인들을 탐했고, 그분의 임지인 옥구현을 지켜야 할 어명마저 어겼다. 결국 사헌부의 탄핵을 받아 파직당하셨지."

"그럼 선대인께선 본래 무관 출신입니까?"

"그래, 이후 대마도 정벌대에 종군하여 죄를 씻으려 하셨지만, 너도 그 전쟁이 어찌 되었는지 알 거다."

수양은 기억도 안 나는 아기 시절에 일어난 대마도 정벌이긴 하지만, 대략적인 결과는 들어서 알고 있었다.

"예."

"대간들이 책임자였던 양후 대감의 책임을 묻자, 선친께선 거기에 연좌되어 관노가 되셨어."

"……"

경악한 수양의 표정에도 아랑곳하지 않고, 신미는 설명을 이어갔다.

"난 그런 선친이 무척이나 부끄러웠어."

신미는 당시의 기억을 떠올리며 침을 삼키곤, 말을 이어갔다.

"당시에 난 승려가 아니라 출사를 위해 공부하던 유생이었다. 하지만 아버지께서 그렇게 몰락하자 주변에서 날 바라보는 시선을 견디지 못하고 도망쳐서 출가했어."

"…그러셨습니까."

"한데, 그분도 여기서 가까운 영동현에 머물게 되셨어. 그런데 도 여전히 술에 빠져 지낸다는 이야길 듣게 되었다."

"그때 안 좋은 일이라도 생긴 겁니까?"

"그래. 난 선친을 죽게 한 패륜을 저질렀지."

"예? 그게 대체 무슨 말씀이십니까."

"난 아버지를 찾아가 술과 고기를 끊도록 강권했고, 나에게 죄책감을 느끼고 계시던 그분은 어쩔 수 없이 내 뜻을 따랐어."

"그거야… 스승님께서 선대인의 건강을 염려해서 그런 것 같 은데, 어찌하여 패륜을 이야기하십니까?"

"실의에 빠져 계시던 아버진 부처가 될 수 있다는 내 말을 듣 고 술과 고기를 끊으셨지. 한데, 야위어가는 가친을 딱하게 여긴 현령이 고기를 권했고… 난 그것을 용납하지 못했다."

"대체 어찌하셨길래 그러십니까."

"난 선친께 겨우 그것도 못 참느냐고 타박했지. 곧 부처가 될 수도 있었는데 고기를 먹어 죄를 지었으니, 석존 앞에서 참회하 라며 강제로 백팔배를 매일 올리게 했다."

"그럼… 춘부장께선……."

"제대로 먹지도 못한 노인이 매일같이 고된 절을 하니 버틸 수 있겠느냐? 그 후로 얼마 못 가 돌아가시고 말았다. 그리고 난… 내가 저지른 짓을 깨닫고 망연자실해졌지."

"그건……."

"그래, 내게 환멸이 가느냐? 이게 사람들이 그리도 떠받드는 중놈의 실체다."

"…아직은 잘 모르겠습니다. 스승님께서도 일부러 그런 것은 아닐 거라 믿습니다."

"아니다. 난 그때 오만했고, 또한… 감정적이었어. 나라면 망나니 같았던 아버질 개심시킬 수 있을 거라고 생각했던 거야."

"……."

"내가 제자를 받지 않았던 것도 그런 이유에서다. 나부터 속세와 인연을 끊지 못해 번뇌에 시달리고 있었기 때문이야."

"그럼 어째서 절 제자로 받으셨습니까?"

"그건… 네게서 아버지의 모습을 보았기 때문이다."

"제게요?"

"선친께선 무관이셨던 만큼 덩치도 있으셨고, 호탕하신 데다 매사에 자신감도 넘치셨어. 마치 너처럼. 그런 네가 내게 제자로 받아달라며 절을 하는 모습은 그분을 떠올리게 했다."

"으음……."

"널 제자로 받은 건 아버지의 그림자에서 벗어날 수 없었던 나 자신의 번뇌에서 비롯된 것이기도 하지. 널 보며 속죄하고 싶었던 게야."

"하지만… 스승님께선 저를 잘 이끌어 주셨습니다."

"그렇지 않아. 네가 편찬한 석보상절과 네 부모님 이야기에 내가 오히려 깨달음을 얻었다. 내가 선친을 잊으려 했지만, 여전히 그리워하고 있었다는걸."

"그렇군요… 이제야 저도 뭔가를 좀 알 것 같은 기분입니다."

수양은 홀가분한 표정을 지으며 말을 이어갔다.

"스승님, 소승은 이제 하산하겠습니다."

"앞으로 네가 갈 길이 보였느냐?"

"예. 참선과 고행으론 깨달음을 얻기 힘드니, 저 스스로 할 수 있는 것으로 중생들을 도우며 인연을 쌓아 그 공덕으로 깨달음을 얻어보려 합니다."

"그래요. 이제 넓은 세상을 보는 것도 좋을 것입니다, 진양대군 대감."

"…제 신분을 알고 계셨습니까?"

"일전에 제 동생이 여기 다녀간 적이 있는데, 그 아이가 대감을 알아보았지요."

"스승님의 동생이요?"

"그래요, 제 동생은 집현전에서 학사로 있다가 지금은 사관으로 일하고 있습니다."

"그렇다면 어째서… 저를. 그리고 말을 낮추시지요. 전 폐서인된 데다 공식적으론 존재하지 않는 사람이기도 합니다."

"그래, 네가 하는 집필을 방해하고 싶지 않았다."

"절 제자로 받아 숨겨주셨던 걸 알면 주상이 가만있지 않을 겁니다."

"작금의 주상께서 그리 성군이라 하시던데, 몰랐었다고 하면 큰 벌은 받지 않을 거다."

수양은 그거야말로 큰 착각이라고 정정해 주고 싶었지만, 차마 입 밖으로 낼 수 없었다.

"아무튼, 네가 작업한 이 걸작… 석보상절이 잊히지 않도록 노력하마. 이것을 앞으로 널리 알릴 것이다."

"감사합니다. 스승님, 부디 몸을 보중하소서."

그렇게 수양은 복천암을 떠나 보은현에 들렀다.

"스승님, 정말 이곳을 떠나시려는 겁니까?"

홍윤성이 아쉬운 표정으로 묻자, 그는 고개를 끄덕이며 답했다.

"그래, 난 애당초 한군데 오래 머물 수 없는 몸이다. 이곳에 너무 오래 있었던 거지. 이제부턴 나라를 떠돌며 수행을 이어갈 생각이다."

"저야말로 스승님 덕에 집안도 구하고… 아무튼 갚아야 할 은혜가 산더미 같은데 아쉽습니다."

"정말 그렇게 생각한다면, 너도 주변의 사람들을 도우며 살 거라."

"제가 어떻게요?"

"네 숙부가 송사에서 이겨 빚을 탕감하긴 했지만… 법을 모르는 양인이나 소작농들은 부당한 대우를 받고 있을 것 아니냐."

"아아… 그들의 도움이 되어주란 말씀이시군요. 알겠습니다."

"그럼 난 이만 가겠다. 다음 생에서 만나자꾸나."

"예?"

수양은 그길로 뒤도 돌아보지도 않고 길을 떠났고, 몇 년간 삼남 일대를 떠돌았다.

그는 혹시라도 자신을 알아보는 사람을 만날까 하여 사람들이 많은 고을을 피하고 주로 오지를 떠돌았다.

그는 병자들에게 도움을 주기도 하고, 정음을 가르치기도 했고, 산지를 개간하는 걸 돕기도 했다.

다들 그런 수양에게 고마움을 느껴 크게 사례를 하려던 이도 있었지만, 정작 본인은 법명조차 밝히길 거부하고 그저 식사 한 끼를 시주받는 것으로 만족했다.

간혹 설법을 청하는 이들에겐 그가 편찬한 정음으로 된 불경을 읽어주었으며 알기 쉬운 설명 덕에 많은 이들에게 도움이 되었다.

그런 그에게 생불이란 극찬도 들으며 마을에 머물러주길 바라는 이들도 여럿 생겼지만, 그것을 뿌리치곤 자신의 힘이 필요한 곳을 찾아 끝없이 이동했다.

또한 멀리서나마 제자였던 홍윤성에 대한 소문을 들었다.

과거엔 합격하진 못했지만, 그가 바랐던 대로 가난한 사람들의 송사를 대행하며 먹고산다는 소문을.

그리고 최근엔 소작농들의 편이 되어 토호들과 분쟁 중이라고 하니, 그는 제자가 잘 헤쳐 나가길 빌었다.

그리고 몇 년이 더 지난 후 삼남 지방의 오지를 거의 다 돌아본 그는 북쪽으로 발걸음을 향했다.

수양이 이천에 도착하자 번화한 거리를 보며 입을 벌렸다.

"허… 한때 아버지께서 머무신 곳이라 듣긴 했는데 이건……."

수양이 그간 지나왔던 고을이나 그의 기억 속 한성의 시전보다도 규모가 큰 이천의 시전을 보며 감탄할 무렵, 그를 부르는 외침이 들려왔다.

"저기요, 스님."

"방금 날 부른 것인가?"

"예. 그러엇습니다."

잠시 혀가 꼬인 듯한 사내는 헛기침을 하며 목을 가다듬고, 다시금 말을 이어갔다.

"제가 이곳에 새로 점포를 열었는데, 불공을 드리고 싶어서 그

럽니다. 혹시 시간이 되신다면……."

"그런 거라면 시간을 내주겠네. 축문을 쓰고 읊어주면 되겠나? 아니면 불경을 독경해 주길 바라는가?"

"저야 타노… 아니, 청을 드리는 입장이고, 스님께서 정성만 들여주신다면 어떻게 하시든 좋지요."

수양은 상대의 말투와 억양이 조금 어색한 것을 느끼곤 질문했다.

"자넨, 혹시 외지 출신인가?"

"에? 혹시 제 말에서 티가 납니까?"

"그렇네."

"으음… 아직은 제 어휘가 부족한 모양이군요."

"혹시 내가 곤란한 것을 물은 것인가?"

"아닙니다. 소인은 대마주 출신입니다."

"대마주면… 혹시 남쪽 바다에 있는 대마도 말인가?"

"예."

"그럼 자넨 왜인이란 말인가?"

"왜인이라뇨. 전 어디까지나 주상 전하의 백성이고, 구주의 영진군에도 종사하다 전역했습니다."

수양은 사내가 하는 말을 좀처럼 이해하지 못하고 되물었다.

"그럼 대마주에서 아국으로 귀화해서 조선사람이 되었단 건가?"

"음, 스님께선 잘 모르시나 본데……."

대마주 출신의 사내는 한참 동안 대마주와 구주에 대한 설명을 이어갔고, 수양은 현재 그 땅들이 전쟁을 거쳐 조선령이 되었단 사실을 알게 되자, 한숨을 쉬며 스러져 간 이들이 성불하길 기원했다.

"…그렇게 제가 군에서 모은 돈으로 여기까지 와서 점포를 차리게 된 겁니다."

"알겠네. 그건 그렇고 여긴 뭘 파는 점포인가?"

"양병이라고 하는데 들어보셨습니까?"

"들어보지 못했네."

"이게 원래는 군용으로 쓰이던 보존식인데, 이 맛이 기가 막혀서 장사를 해보려고요."

"군대에서 그리도 맛있는 걸 먹는단 말인가?"

"예, 스님께도 한번 맛을 보여드리지요."

사내는 점포 안쪽으로 들어가 미리 만들어 두었던 호두 파이와 견과류 쿠키를 가져왔고, 그것을 맛본 수양은 눈이 휘둥그레졌다.

"허어… 이렇게나 맛난 것이 있다니 나도 부처님께 공양으로 올리고 싶구먼."

"그렇지요? 넉넉하게 시주해 드릴 테니 부디 정성을 들인 불공 부탁드립니다."

"그러지. 자네 이름은? 축문에 적어야 하니 그것부터 알려주게나."

"아, 소생의 이름은 타쿠야라고 합니다."

그렇게 미래에 제빵왕이 될 상대를 만나 개업 기념 불공을 올려준 수양은 떠날 준비를 했다.

"정말 그것만으로 괜찮으시겠습니까? 이리도 정성을 들여주셨는데……."

"괜찮네. 이리도 맛있는 걸 많이 받았으니 족해."

수양은 불공을 올려준 대가로 갖가지 양병을 받아 다시 길을 나섰다.

그가 삼남 지방을 돌아다니면서도 느낀 것이지만, 잘 닦인 도로들 덕에 이동이 수월했다.

수양은 수도에 가까워질수록 도로의 질이 점점 좋아지는 것을 보았다.

수양은 아직도 형의 치세를 부정적으로 보긴 했지만, 이것 하나만큼은 잘했다고 생각하고 있기도 했다.

그러나 그것도 잠시, 겨울을 대비해 도로를 정비하는 이들이 구슬땀을 흘리는 것을 보며 생각을 정정했다.

"나무아미타불."

"아, 스님. 무슨 일이십니까?"

"다들 힘겹게 일하는 것 같아서 한 손 보태러 왔다네."

"예?"

"내가 일을 돕겠단 말이네."

"그건 우리 토목사에서 일자리를 얻고 싶으시단 말인가요?"

"토목사가 뭔가? 요역 중인 게 아니었나?"

"뭔가 혼동하신 듯한데, 이건 어디까지나 품삯을 받고 하는 일입니다."

"그런가. 내 속세의 사정이 어두워 잘 몰랐네."

"그리고 요즘은 요역이라고 하면 다들 쌍수를 들고 환영해서 경쟁까지 생깁니다."

"어째서 그런가?"

"요역의 정원이 한정되어 있으니까요."

그렇게 수양은 한참 동안 토목사의 사내에게 국가의 공사나 요역 제도에 대해 들었고, 나라가 정말 부유해졌다는 것을 깨닫게 되었다.

그는 이후 한성을 피해 금강산을 보러 강원도로 향했고, 어느 산중에서 기다란 막대와 창을 든 일련의 무리와 마주쳤다.

*　　　　*　　　　*

가을이지만, 어느새 첫눈이 내린 양구(楊口)현의 산자락에서 마주친 사내들은 수양을 가로막으며 말했다.

"이곳은 입산 금지입니다."

"대체 무슨 일이오?"

"사람을 해친 산군이 나와서요. 그리고 신분 확인을 해야 하니 얼굴을 보여주시지요."

수양은 쓰고 있던 삿갓을 들어 올리고, 방한용으로 입고 있던 도롱이 안쪽의 가사를 보여주며 답했다.

"어허… 그것참 안타깝구려. 시주들은 엽사인가?"

사내들은 수양의 신분이 떠돌이 승려인 것을 인지했으나, 그들의 대표인 이는 여전히 정중한 태도로 답했다.

"아닙니다. 저흰 총통위 소속의 무관과 갑사입니다. 호패는 지참하지 않으셨습니까?"

"출가하며 속세를 잊으려 두고 나왔소만, 이 상황에서 꼭 필요하오?"

수양은 사냥꾼처럼 차려입은 무리가 무관이란 말을 듣곤 혹시라도 자신을 알아볼까 긴장했지만, 다행히도 그런 낌새는 없었다.

"아닙니다. 일단은 위험하니 가까운 마을로 대피부터 하시지요."

"그럼 그 참에 호환을 당한 집에 가서 불공을 올리면 되겠구려. 마을은 어디로 가야 하오?"

이들의 지휘관인 사내는 잠시 고개를 주억거리며 답했다.

"으음… 혼자 가면 위험할 텐데……."

"여기까지 혼자 왔으니 괜찮을 거요."

"그래도 만에 하나의 사태가 있을 수 있으니 괜찮지 않습니다. 이봐, 어 종사관."

"예. 부르셨습니까? 중대장 나리."

"자네가 이 승려분을 마을까지 모셔다드리게."

"소관 혼자서 말입니까?"

"저기 나무 위에서 망보고 있는 이 별관도 데려가고."

"알겠습니다."

수양은 어떻게든 관원들과 엮이고 싶지 않았지만, 지금과 같은 상황에선 어쩔 수 없다 여기며 고개를 숙이며 답했다.

"감사하오."

총통위 중대장 이시애의 명을 받은 신입 무관 어유소와 가별초에서 파견을 나온 이수는 수양을 호위하며 가까운 마을로 향했다.

"저기 얼굴에 점 난 양반은 또 말썽이네."

세 명이 무관들과 1리 정도 멀어지던 찰나, 이수가 구문로와 이시애가 무언가를 이야기하는 것을 보며 중얼대자, 어유소는 익숙한 듯 답했다.

"또 누구한테 시비라도 걸었답니까?"

"말소리까진 안 들려서 그건 모르겠고, 너희 중대장 나리가 또 한바탕한 모양이다."

이들은 모르지만, 구문로는 중대장 이시애에게 뭐 하러 저런 중놈을 신경 쓰냐며 불평을 했다가 혼이 나고 있었다.

어유소는 곧바로 화제를 돌렸다.

"그건 그렇고… 우리 중대장님이 겸사복으로 영전하시면 같이 궁에서 근무하시게 되겠습니다."

"그렇겠지."

"소관은 두 분이 부럽습니다."

"뭐가 부러워?"

"가별초나 겸사복은 주상 전하를 곁에서 직접 모시는 영광스러운 책무 아닙니까."

이수는 대답 대신 자부심에서 우러나오는 미소를 지어주곤, 어유소에게 질문했다.

"그러는 자넨, 원양 수군에 배속될 거라고도 하던데."

"아직 확정된 것은 아닌데, 산동에서 건조 중인 신형 전선이 완성되면 그리 가게 될 거란 말을 듣긴 했습니다."

"그러냐."

이수는 자신을 선망의 눈빛으로 바라보는 어유소가 내심 귀여운 듯, 자신의 동기이자 동생 같은 동청주를 떠올렸다.

한편, 곁에서 말없이 걷던 수양은 천에 말아둔 긴 막대를 등에 지고 가는 껄렁한 사내가 형을 호위하는 임무를 맡은 무관이라는 사실에 놀라 자기도 모르게 긴장했다.

"스님께선 왜 그러십니까?"

타고난 시력만큼이나 눈치도 빠른 이수가 그런 수양의 태도를 의아해하며 묻자, 그는 변명하듯 답했다.

"언제 산군이 나올지 몰라 주변을 살펴보는 것뿐이오."

"그게 아닌 것 같은데… 그리고 걱정하지 마시죠. 이렇게 사방이 트인 장소에선 제아무리 산군이라도 내 눈을 숨기고 접근할 순 없으니까."

"맞습니다. 이분의 안력이 정말 대단하시거든요."

"얼마나 대단하시오?"

그러자 이수는 껄렁한 태도로 답했다.

"여기서 저 위에 있는 나무 꼭대기에 글씨를 써놔도 읽을 수 있을 정도?"

"서너 리는 될 것 같은데, 그게 보인다니 쉬이 믿기 힘들구려."

수양이 부정적인 태도를 보이자, 이수는 표정을 찌푸렸고 눈치를 본 어유소가 대신 답해주었다.

"스님, 이분은 본래 북방 일족 우랑카이 출신이라 날 때부터 타고난 겁니다."

그러나 수양은 어유소의 말을 잘못 알아듣고 반문했다.

"오랑캐 출신이란 말인가?"

몽고의 개국공신이자 명장 수부타이의 먼 후손이며, 출신에 자부심을 느끼고 있던 이수는 발끈하며 수양의 멱살을 잡으려 했다.

"뭐가 어쩌고 어째?! 아까부터 은근히 말 짧은 것도 참고 넘겼더니 이걸 확!"

그러자 어유소가 몸으로 이수를 가로막으며 진정시켰다.

"별관께서 참으십시오. 민간인한테 손을 댔다가 적발되면 어찌 되는지 아시잖습니까."

"그래, 내가 참는다."

"스님, 스님이 모르시나 본데, 요샌 야인이나 오랑캐 같은 말은 금구입니다."

어유소의 필사적인 만류와 중재 시도에 이수는 진정한 듯 숨을 크게 내쉬었다.

수양 역시 화가 나긴 했지만, 어유소의 말에 자신의 잘못임을 깨닫고 사과했다.

"소승이 시주님께 입으로 죄를 범했구려. 정말 미안합니다."

"그래요, 다음부턴 말을 조……."

손사래를 치던 이수는 말을 하다 말고 다급하게 등에 메고 있던 막대를 꺼내 말려 있던 천 뭉치를 풀기 시작했다.

"왜 그러십니까?"

수양은 갑작스러운 상대의 변화에 살기마저 느끼곤, 자신을 해치려는 것인가 하며 긴장했다.

그러는 사이, 상대가 천 뭉치에서 꺼내는 것을 자세히 볼 수 있었다.

그것은 길고 가느다란 철봉에 나무가 혼합된 구조였고, 손잡이로 보이는 부분 뒤론 곡선으로 휘어져 초승달처럼 보이는 독특한 구조였다.

'혹시 저건 총통의 일종인 건가? 길이를 보면 화창인 것 같기도 하고.'

"별관 나리, 산군이 나타났습니까?"

"그래! 저기 보이는 민가로 뛰고 있다."

"본대에 수기 신호를 보내야 하지 않겠습니까. 그런데 조준경은 필요 없으십니까?"

"내 눈이 조준경보다 나아. 그리고 여기서 위쪽으로 신호를 보낸다고 보이겠어? 효시나 쏘아!"

이수의 말대로 본대는 이들과 한참이나 멀어져 보이지 않은 상황이었다.

"별관 나리, 지금 우리가 맡은 임무는 민간인의 호위입니다."

"지금 산군이 민가로 뛰고 있는데, 그런 걸 신경 쓸 때냐?"

"날 염려하지 않아도 되오. 시주님들이 할 일을 하시오."

그러자 어유소가 고갤 저으려 했지만, 수양은 빠르게 말을 이어갔다.

"내가 빠르게 따라가지요."

"예? 그게 대체 무슨……."

"잔말 말고 어서 뛰기나 하시오."

"스님, 성격 한번 화끈하시네. 다시 봤소이다."

이수는 수양의 의도를 눈치채고 마을을 향해 달렸고, 수양도 그에 질세라 빠르게 달렸다.

그러는 사이 어유소는 등에 지고 있던 활을 꺼내 효시를 쏘아 올린 다음 뛰기 시작했다.

눈길에 미끄러지지 않도록 고안된 덧신 설피를 신고도 빠르게 움직이는 둘에 비교해 겨울 산길이 익숙지 않았던 어유소는 점점 뒤처져 갔다.

"같이 좀 가요!"

"거, 무관이란 사람이 평소에 단련을 소홀히 했구먼."

"그러게 말이오."

어유소의 애원을 수양이 냉정하게 자르자, 이수도 동감한다는 듯 고개를 끄덕였다.

30분가량 달린 끝에 세 명은 마을 사람들이 산신에게 제를 올리는 서낭당에 도착할 수 있었고, 이수는 눈 내린 자국 위에 찍힌 커다란 발자국들을 발견했다.

"어 종사관, 이 나무에서 다시 한번 신호를 보내게. 난 흔적을 살펴보고 있을 테니. 그리고 뭐라도 발견하면 소릴 질러. 권총은 미리 장전해 두고."

이수가 산신목을 지목하며 말하자, 어유소는 숨을 몰아쉬곤 수석식 권총을 꺼내며 답했다.

"헉, 허억. 알겠습니다."

어유소는 효시를 쏘아낸 후 망원경으로 본대가 내려오고 있을 만한 예측 경로를 찾은 뒤에 깃발로 신호를 보내기 시작했다.

효시의 소리가 산중에 울려 퍼지자, 수양은 조용히 호흡을 고르며 물었다.

"소승은 무엇을 하면 되겠습니까."

"여기까지 빠르게 따라와 주신 것만으로 충분합니다. 이제부턴 제 곁에서 떨어지지 마시죠."

"알겠소. 그건 그렇고 저 무관을 홀로 두어도 됩니까?"

이수는 무기에서 얇은 쇠막대를 분리해 종이로 겉면을 감싼 무언가를 안쪽으로 밀어 넣은 후 위로 세워 들며 답했다.

"이게 있으니 괜찮을 거요. 그리고 어 종사관이 저리 보여도 어엿한 무관이올시다."

이수가 총을 든 채 발견한 발자국을 따라 한참을 움직였지만, 이내 이상한 낌새를 느꼈다.

"어?"

"무슨 일이시오."

"발자국이 여기서 끊겼소. 그리고 뭔가 이상하게 움직인 듯하오."

"혹시 산군이 민가의 지붕으로 뛰어올라 흔적이 사라진 것 아니오?"

"그렇다고 보기엔 거리가 좀 있고, 이 주변엔 발 디딜 만한 곳이 아예 없는데 설마……."

잠시 생각에 잠겼던 이수는 그제야 호랑이의 영악함을 떠올렸다.

호랑이가 추격자를 눈치챈 경우 자신의 발자국으로 함정을 꾸민다는 것을.

"이런 젠장. 어 종사관이 위험하오."

"난 아무것도 안 보이오만……."

"저쪽을 보시오."

수양은 이수가 지목한 100m가량 떨어진 곳을 바라보자, 그의 추측이 적중했음을 알게 되었다.

본대에 신호를 보내던 어유소의 등 뒤에서 거대한 호랑이가 접근하고 있었다.

호랑이는 사람이 눈을 치워둔 곳을 따라 발소리를 내지 않은 채 천천히 이동 중이었고, 위기에 빠진 당사자는 등 뒤의 포식자를 눈치채지 못했다.

둘은 다행히도 마을 사람들이 모아둔 싸리나무 더미에 가려 호랑이의 시야에서 가려진 상황.

수양이 어유소에게 경고하려 소리를 지르려고 하자 이수는 그의 어깨에 손을 얹은 후, 침묵하라는 의미로 자신의 입에 손가락을 댔고, 이내 자세를 낮추라는 몸짓을 취했다.

수양은 이수의 지시를 따르면서도 느닷없이 자신의 어깨 위에 막대가 올라오자 속삭이듯 물었다.

"뭘 하려는 거요?"

"이대로 움직이지 말고… 잠시 귀를 막겠소."

수양은 사내가 씌워주는 귀마개를 한 채, 호랑이가 어유소와 20보 가까이 접근하는 것을 보곤 심장이 터질 듯 요동쳤다.

그와 별개로 수양의 단련된 육체 덕에 막대는 흔들림 없이 고정되었고, 이수는 조용히 호흡을 골랐다.

"그대로 움직이지 마시고……."

이윽고 커다란 소리가 울려 퍼졌고, 도약을 위해 웅크린 자세를 취하려던 호랑이는 곧바로 힘을 잃은 듯 그대로 주저앉았다.

수양은 화약 연기가 시야를 가리며 코에 들어가 연신 기침을 하느라 상황을 파악하지 못했다.

그러나 이윽고 호랑이가 쓰러진 것을 보며, 자신도 모르게 환희의 감정이 피어올랐다.

그렇게 추격자를 눈치채곤 함정을 파 그들을 사냥하려던 산군은 대구경 원추탄에 머리를 관통당해 절명하고 말았다.

"그게 총통이었소?"

"요즘은 줄여서 총이라고 부르죠."

"소승이 옛적에 보았던 총통과는 다르군요. 참으로 귀물이오. 이 거리에서 단 한 방에 산군을 성불시키다니……"

"총통을 본 적이 있다니, 군문에 있었나 봅니다. 어쩐지… 승려치곤 잘 단련되었더라니."

수양은 사실을 말할 수 없기에 긍정적인 표정으로 침묵했고, 이수는 자부심 찬 표정으로 총열에서 화약 찌꺼길 긁어내며 말했다.

"이게 주상 전하께서 고안하신 천보총이란 겁니다. 정말 대단한 화기죠. 현 총통위 교관이 이걸로 무려 100보가 넘는 거리에서 마적 수령의 머리를 꿰뚫어 마을을 구원한 적도 있고, 그리고 또—"

수양은 여기서도 형의 이름이 언급되는 것과 이수의 수다스러움에 진저리가 날 지경이었지만, 지금은 모두가 안전하게 된 것에 기뻐하기로 했다.

"참으로 다행입니다."

한편, 사정을 모르고 있다가 난데없는 총소리에 고갤 돌린 어유소는 반사적으로 권총을 겨누어 쏘았고, 엎드려 있던 호랑이의 미간에 정확히 명중했다.

"어, 설마 내가 잡은 건가……?"

어유소는 호랑이의 생사를 확인하려 조심스럽게 움직였다.

"크크큭, 어 종사관이 많이 놀랐나 봅니다. 겉으론 침착하려 곤 하는데, 눈이 흔들리고 있네요."

"여기서 그게 다 구분이 가시오? 정말 눈이 좋은가 봅니다."

"원래 우리 고향 사람들은 다들 눈이 좋은 편인데, 난 그중에서도 타고난 편이오."

"그런데 시주께선 어쩌다 주상을 모시게 된 거요?"

"우리 삶의 방식을 따르는 거요."

"그리 말씀하니 모르겠군요."

"우리의 방식은 간단하오. 강자를 따르는 것. 주상께선 북방의 패자이자 진정한 군주시오."

한 치의 망설임도 없이 답변하는 이수를 본 수양은 그저 고갤 끄덕일 수밖에 없었다.

"그렇습니까."

"그리고 성상께선 나와 동기들을 케식… 아니지, 가별초에 받아주시기까지 하셨으니 그 은혜는 말로 다 할 수 없소."

"가별초는 뭔지 알겠는데, 케식은 뭡니까?"

"대원 시절, 칸을 호위하던 직책이오. 그리고 북방 출신이라 해도 아무나 받아주지 않소. 나와 동기들은 엄격한 시험을 치러서 선별되었고, 불가에서 말하는 지옥에서나 겪을 법한 훈련을 이겨냈소."

"그렇습니까."

수양은 북방계 유목민의 사고방식을 온전히 이해할 수는 없었지만, 표정을 보아 그가 진심으로 형을 존경하고 추종하고 있음을 눈치챘다.

비록 첫인상은 미덥잖았지만, 가별초를 자처하던 사내가 총한 자루로 이뤄낸 위업을 보니, 형이 어째서 지난 전쟁에서 승리했는지 알 것 같다는 기분이 들었다.

"아무튼, 여기서 날뛰던 산군을 잡았으니, 승이 가시는 길은 안전할 거요."

"시주 같은 무관이나 병졸들은 호환이 생길 때마다 이런 일을 반복하는 거요?"

"호환이 없어도 훈련을 겸해서 정기적인 산행에 나서 맹수들을 구제하오. 가끔은 마적 떼를 찾아 체포하는 일을 하기도 하고."

"그렇구려."

평소 군인에 대한 인식이 나라가 언제든 부릴 수 있는 예비 노동자 정도였던 수양은 신선한 충격을 받았고, 형의 방식을 인정할 수밖에 없었다.

수양과 이야길 마친 이수는 혼이 빠져나간 듯한 표정의 어유소에게 다가가 말했다.

"자네가 미끼가 되어준 덕에 쉽게 잡았어. 혹시 자네가 산군을 잡았다고 착각한 거라면 미안하게 되었네."

"그런 거였으면 미리 말씀하시던가요. 아, 진짜… 십 년은 수명이 줄었을 겁니다. 전에도 이야기하지 않았습니까. 소관은 고향에 마음에 둔 처자가 있다고요."

"사실은 처음부터 그러려고 한 게 아니라……."

이수는 어유소에게 사정 설명을 했지만, 어유소는 여전히 구시렁대며 불평을 이어갔다.

"옛날에 어떤 장수는 호랑이랑 맨손으로 싸워서도 이겼다던데, 시주께선 엄살이 심한 것 같소이다."

수양이 어유소를 한심하다는 듯 타박하자, 그는 되레 반색하며 답했다.

"아, 그거 혹시 대한장군님의 일화를 말씀하시는 건가요?"

"대한장군(大漢將軍)이면… 명나라의 금군을 통솔하는 관직 아니오?"

"예, 전 함길도절제사 이 대감께서 지금 북경 금군의 수장이시잖아요. 저도 그 이야길 들어보긴 했는데… 그 이야기도 내용이 여러 가지로 갈리더라고요?"

어유소가 이징옥에 대해 신이 나서 이야기하자, 몰랐던 사실을 알게 된 수양은 세상이 참 많이 변하고 있다고 생각하며 일행과 함께 민가로 향했다.

수양은 호환을 당한 집에 들러 불공을 했고, 그사이 산에서 내려온 착호갑사 본대는 현장을 치우고 호랑이의 사체를 수습했다.

이후 망자를 위한 천도재(薦度齋)를 주관한 수양은 유족들이 호랑이 배를 갈라 발견한 시신 일부를 붙들고 우는 광경에 자신도 모르게 눈물짓기도 했다.

천도재 동안 수양과 부쩍 가까워져 여러 이야길 하던 이수는 호랑이의 간을 잘라 유족들에게 나누어 주었다.

의식을 마친 유족들은 비로소 복수했다며 위안을 받았고, 착호행에 나선 이들과 천도재를 주관한 수양에게 진심으로 고마워하며 사례하려 했다.

그러나 지휘관인 이시애는 그것을 사절하며 위로의 말을 건넸다.

"저희가 먼저 산군을 찾아 호환을 예방해야 했는데, 그러지 못해 부군께서 화를 입었습니다. 진심으로 사죄드립니다."

"아닙니다. 저흴 위해 보름이 넘게 산속을 헤집고 다니셨는데… 정말 고마워요."

"조만간, 관원이 파견되어 여러분에게 도움이 될 만한 물자를 내어줄 것입니다."

"나라님과 여러분의 은혜를 잊지 못할 거예요."

미망인은 만감이 담긴 눈물을 흘리며 답하자, 이시애는 거듭 고개를 숙였고 수양은 그를 지켜보며 생각했다.

'보기 드문 사람이네. 저런 무장을 휘하에 두다니 참 운도 좋아.'

원역사에서 수양에게 반란을 일으킨 이시애가 알았더라면 어처구니없어할 생각을 한 수양은 무관들과 인사한 후 길을 떠났다.

이후 본래 목적지인 금강산으로 향했지만, 산 인근의 고을인 회양에서 의외의 광경을 보게 되었다.

십여 명이 천으로 입과 코를 막은 채 길을 봉쇄하고 있었던 것이다.

"이봐, 지금 이곳은 출입 금지다. 그리고 얼굴과 호패를 보여라."

그들 중 나이가 지긋한 관원이 마을에 출입하려는 수양을 제지하자, 수양은 쓰고 있던 삿갓을 들어 올리며 얼굴을 보였다.

"아미타불, 어째서 출입 금지란 말이오?"

"이곳에 나병 환자가 생겨 그렇네."

관원에게 도첩과 호패를 잃어버렸다고 둘러댄 수양은 나병이란 말에 잠시 놀랐지만, 이내 궁금한 것을 물었다.

"여기서 천형이 발생했단 말이오?"

본래는 다른 지방의 아전이었다가 공무원이란 직책으로 변경되어 임기별로 여러 장소를 전전했고, 이젠 은퇴를 앞두고 있던 사내는 푸념하듯 사정을 설명했다.

"몇 년 전엔가도 제주에서 나병이 크게 돌았었다는데… 하필 내가 근무할 때 터질 게 뭐람. 아무튼 내 말 좀 들어보게나."

신세를 한탄하듯 시작된 나이 든 사내의 넋두리가 시작되었고, 누구도 궁금해하지 않을 그의 일생 이야기가 끝도 없이 이어졌다.

그와 함께 있던 병사들은 익숙한 듯 말려들지 않으려 고개를 돌리자, 수양은 나병에 관해 물었고 떠버리 같은 사내는 옛이야기부터 설명을 시작했다.

1445년 제주에서 나병 환자 백여 명이 발생했고, 병자들을 두려워한 주민들이 바닷가로 쫓아냈다고 한다.

당시 제주 목사인 기건은 순시를 하다 그들을 발견했고, 일찍이 주상이 퍼뜨린 의학지식을 알고 있던 그는 격리시설을 지어 그들을 수용했다.

그 후 몸에서 독기를 씻어낼 수 있도록 바닷물에 목욕을 시킨 후, 근방의 의원과 승려들을 초빙해 환자들을 치료했다.

나름대로 거친 치료 방법이 동반되긴 했지만, 기초적인 소독과 각종 대증요법이 효과가 있었는지 비교적 경중인 45명의 사람은 호전시킬 수 있었다는 것이다.

이후 중앙에서 파견된 전문 의원들의 조치로 인해 나병의 확산 없이 제주를 안전히 지켜낼 수 있었다는 이야기였다.

"그런데… 여기랑 제주랑 무슨 연관이 있습니까?"

"어허, 사람 말은 끝까지 들어봐야지."

수양을 질책한 사내의 설명은 계속 이어졌다.

한때 양주에서 발생한 이질 사태 당시 궁궐까지 감염자가 발생했었고, 그 결과 역병 관리부가 임시로 창설되었다고.

또한 이전의 공적으로 말미암아 제주 목사였던 기건은 중앙으로 승진해 책임자가 되어 역병 관리부가 정식 기관이 되었다는 것이다.

"아무튼 그래서 지금 이곳은 역병 관리부의 통제를 받고 있다이 말이야."

수양은 수다만으로도 누군갈 괴롭게 할 수 있다는 걸 깨닫곤, 합장하며 답했다.

"지금 사태가 심각합니까? 소승이 도울 일은 없을까요?"

"자네 마음은 고맙긴 한데, 그럴 필요 없네. 신의께서 직접 와계시니. 그분으로 말할 것 같으면……."

수양은 신의가 자신이 마마에 걸렸을 때 고쳐주었던 어의 양홍달의 제자 배상문을 말하는 것임을 알게 되었다.

배상문은 직책상 수양을 여러 번 만난 적 있었고, 한시라도 빨리 이곳을 떠야 하겠다고 생각했지만, 봇물이 터진 사내의 수다는 멈추지 않고 그를 붙잡고 말았다.

수양은 마음이 조급해졌지만, 차마 의심을 살 만한 행동을 보일 수 없어 적당히 맞장구를 치며 응대해 주었다.

결국 이야기는 돌고 돌아 상전벽해할 정도로 달라진 신형 전선과 각종 조운선, 그리고 그간 나라에서 해왔던 해양 활동에 관한 이야기가 나오자 조급해하던 수양도 어느새 처지를 잊고 귀를 기울이고 말았다.

"그러니까 어르신 말씀대로면 원정 함대가 천축에 다녀왔었다는 거지요?"

"그렇네."

수양은 그토록 가보고 싶었던 천축의 이야기가 나오자, 자신도 모르게 가슴이 뛰었다.

"그런데 말이야… 지금 그곳엔 불도를 믿는 이가 거의 남아 있지 않다더군."

"어째서요?"

"그거야 나도 잘 모르지만, 지금 천축의 사람들은 회교하고 토속신들을 섬긴다고 들었네."

"아니, 어찌 불도의 발상지가 그런……."

사내는 시무룩한 표정을 짓는 수양을 보곤, 위로하려는 듯 들었던 이야길 꺼냈다.

"그래도 승려 출신 역관이 불경에 나오던 지명들이 실존하는 건 전부 확인했다더군. 그 뭣이냐… 두 번째 방문했을 땐 석가께서 태어난 곳도 찾았다던데? 잘은 모르겠지만, 증명할 석주(石柱)가 있었다나? 그리고 거긴 상(象, 코끼리)도 많다더군."

석가모니의 탄신지 룸비니의 발견은 불교를 부흥시키려 천축을 탐색했던 신미의 공적이었다.

그는 주상에게 들은 이야기를 정리해 히말라야산맥 이남의 지방을 샅샅이 뒤졌고, 버려진 사원의 안에서 아소카 대왕이 남긴 석주와 석상 등을 발견한 것이었다.

신미는 유적 발굴을 위해 인도의 고문자인 브라흐미도 틈나는 대로 익혔고, 인도의 통일 군주이자 불교를 부흥시킨 아육왕(阿育王, 아쇼카)이 룸비니에 세금을 면제한 것을 해석해 내고 말았다.

신미의 공적은 룸비니를 통치 중인 델리 사이드 왕국에도 전해졌고, 훗날 이슬람교도의 파괴를 우려한 라자는 그곳을 모스크로 지정하고 내부의 유적을 보존하도록 지시했다.

신미가 역관이 되어 불교역사에 길이 남을 공적을 세운 것은 수양의 영향이다.

그의 제자 홍윤성이 벌인 범죄 행각으로 인해 형조판서였던 김종서가 보은현을 감찰하게 되었고, 사건의 관련자들은 모두 처벌을 받은 후 살던 곳을 떠나야 했다.

스승의 허락 없이 벌였던 불당의 증축으로 인해 신도들이 더 많이 몰려들었으며, 그들은 선례를 따라 신미를 극진히 대접하려 호화롭게 절을 증축했고, 거기에 현령이 개입해 구휼미로 요역 비용을 지급해 신미는 승복을 벗게 되었다.

수양이 일으킨 일들의 나비효과로 인해 불교의 성지가 발견되었지만, 정작 당사자는 그런 사정을 모른 채 그저 감탄만 할 뿐이었다.

"남비니(藍毘尼, 룸비니)가 발견되었다니, 불자로서 꿈만 같군요."

"가보고 싶다면 그쪽 말이라도 배우는 게 어떤가? 요즘은 어느 나라든 이국어 하나만 배워 놓으면 먹고살 만하다던데."

수양은 당장에라도 배에 올라 천축에 가보고 싶은 마음이 들었지만, 금세 자신의 처지를 자각하며 고개를 숙였다.

"어르신, 좋은 말씀 감사합니다. 소승은 갈 길이 멀어 이만 실례해야 할 듯합니다."

마침 할 이야기가 떨어진 사내는 부쩍 어린 티가 나는 병사들을 힐끔 바라보며 답했다.

"나야 뭐, 여기서 말도 잘 안 통하는 어린 녀석들하고 종일 있다 보니 심심했었는데, 말 상대가 생겨서 좋았네. 그럼 조심히 가게나."

수양은 원역사에서 나병에 걸려 세상을 떠났기에 자신도 모르게 목숨을 건진 셈이었다.

수양은 발길을 돌려 회양을 떠난 후 문득 이수의 고향이라는 북방이 궁금해져 그곳으로 향하기 시작했다.

함길도에서 마주치는 주민들은 수양이 그간 보아온 삼남의 주민들과는 확연히 달랐다.

여진 출신도 많았고, 누구라고 할 것 없이 수레와 말을 몰고 다녔다.

함길도는 농사를 짓기 힘든 대신 물류의 이동이 활발했고, 상업이 발달하여 주민들의 금전 감각이 철저한 편이다.

그들은 조선과 북방계의 복식이 혼합된 독특한 옷들을 입고 있었고 조선말을 쓰긴 하지만, 간혹 여진어가 혼합되어 남부 사람들이 알아듣기 힘든 방언이 주류를 이루고 있던 것이었다.

또한 대부분의 사내가 머리를 짧게 자르고 다니니, 수양은 본인이 승려라고 대놓고 말하지 않으면 구분이 되지 않을 정도이기도 했다.

수양은 북방에 온 김에 야인에게 불도를 전파하겠다는 생각으로 행동했지만, 정작 여진계가 주로 모여 사는 마을에선 무시만 당했다.

여진족은 이미 불도를 받아들여 그들의 신화와 결합한 고유 신앙으로 진화된 데다 보견여래 문수보살을 주신으로 섬기고 있던 탓이다.

또한 그들 대부분은 지도자를 신성시하는 관습에 따라 지금의 주상이 문수보살의 화신이라 여기고 있어 수양이 쉽사리 접근할 수 없기도 했다.

"허… 이젠 먹을 것이 문제로군."

애당초 북쪽에선 언제 기근이 들지 몰라 식량을 아끼는 데다, 철저히 금전으로 계산하는 성미 탓에 탁발승에게 식사와 잠자리를 제공하는 이들이 적었다.

결국 수양은 돈을 구하기 위해 노동을 해야 했지만, 그것도 여의치 못했다.

수양의 사정상 호패를 제시해야 하는 공공 요역은 나갈 수 없었고, 소개소란 곳에서 일을 구하려 해도 외부인인 수양보다 아는 사람을 써주는 경우가 대부분이었다.

결국 승려의 본분을 잠시 잊고 웃통을 벗어 우람한 근육을 과시한 끝에 도로 보수 쪽 일자리를 구해 겨우내 동안 일을 할 수 있었다.

"고생 많았네. 이건 그동안 일해준 품삯이네."

"감사합니다."

수양은 식사도 모두 제공하는 것도 모자라 칼같이 약속한 보수를 지급한 토목사의 대표에게 고개를 숙이곤, 북쪽으로 길을 떠났다.

수양은 고생 끝에 화령의 경계인 오도리 부에 도착했지만, 머무는 곳마다 숙박비를 칼같이 받는 바람에 가진 돈이 전부 떨어지고 말았다.

대식가인 수양이 끼니를 거를 지경이 되자, 정음으로 적혀 있던 씨름 대회의 포고문을 보곤 마시로 향했다.

씨름은 사람을 해치는 것이 아니니, 불도에 어긋나지 않는다고 여기며 출전을 결심한 것이다.

또한 그만큼 씨름 대회의 상금도 수양의 처지에선 절실했던 것이었다.

게다가 준마가 부상으로 걸려 있다는 것도 수양을 절실하게 했다.

본래 수양은 어릴 적부터 무예 외에도 말 타는 것을 즐겼으며, 여러 번 아버지 앞에서 승마 재주를 뽐내기도 했다.

그로부터 사흘 후 60명가량이 출전한 씨름 대회가 시작되었고, 어려서부터 각종 무예를 연마한 데다 지금도 충분히 현역 무관으로 활동할 만한 기량이 있던 수양은 손쉽게 결승에 진출했다.

"으랴앗차차!"

수양의 들배지기로 몸이 들렸다가 넘어간 동안의 거구 여진 사내는 어안이 벙벙한 표정으로 그를 바라보았고, 대회를 관람 중인 이들은 새로운 천하장사가 나타났다며 환호를 보냈다.

"거기 장사님, 용력이 대단한데, 내 밑에서 일해볼 생각 없소?"

씨름 대회를 주최한 장년의 사내가 수양에게 다가와 제안하자, 그는 정중한 태도로 답했다.

"시주의 제안은 고마우나, 소승은 부처를 섬기는 몸이기에 사양하겠습니다."

"엥? 그런 힘과 튼튼한 몸을 가지고 고작 중이란 말이오?"

"중놈의 몸이 강건하면 안 된다는 법이라도 있습니까?"

"거참… 그래도 인연인데 시상이 끝나고 나서 초대해 대접해 드리지."

"감사합니다."

유지와 인연이 생겨 잘되었다고 생각한 수양은 수상식에서 화려한 장식이 달린 거대한 요대를 하사받았고, 뒤이어 상금과 준마를 받았다.

모두에게 주목받은 것에 기분이 좋아진 수양은 재주를 부리듯 부상으로 받은 말 위에 뛰어올라 관중들에게 손을 흔들었다.

말을 자유자재로 다루는 수양의 재주에 여진계 관중들은 호감을 보이며, 박수를 보냈다.

시상이 끝나자 생소한 형식의 요대가 궁금했던 수양은 사내에게 물었다.

"이게 대체 뭡니까?"

"이런 걸 처음 보나?"

"그렇소만."

"가별초 선발 대회 장원에게 주는 요대를 내 나름대로 변형시켜 내본 거라네."

사내의 말에 수양은 차고 있던 요대를 끌러 어깨에 얹어두곤 의복을 찾았다.

'그러고 보니, 전에 만났던 사내도 선별전 궁시의 장원이라고 했었지?'

"지금이야 변방에서 여는 대회지만… 난 이걸 더 크게 만들어 볼 생각이야."

먼저 바지를 챙겨 입은 수양은 자신도 모르게 북쪽의 사고방식에 물든 채 물었다.

"그게 돈이 됩니까?"

"아니, 아직은 내 취미나 마찬가지고 쓸 만한 사람을 모으기 위해 하는 것에 가까웠지. 자네를 만나기 전까지만 해도 그랬어."

"소승은 여비가 없어 어쩔 수 없이 참가한 것뿐이오만."

"아니, 그러니까 그 몸뚱이로 왜? 단련은 좀 부족하지만, 이 금 강역사와 같은 육체를 보람찬 곳에 쓰는 게 좋지 않나? 불승이면 포교에도 도움이 될 텐데……."

주최자가 수양의 마음을 돌리려 설득을 시도할 때, 화려한 장식이 들어간 판금 흉갑을 걸친 채 각종 깃털로 장식한 털모자를 쓴 중년의 사내가 호탕하게 웃으며 다가왔다.

"이봐, 거기 장사. 내 막내 아들놈을 메치는 광경은 잘 보았네!"

수양이 보아도 높은 신분이라 짐작되는 사내가 나타나자, 주최자는 고개를 숙이며 답했다.

"어르신 오셨습니까."

"그래, 자네도 잘 있었나."

주최자의 인사를 받은 중년의 사내는 수양의 얼굴을 한참 동안 뚫어지라 바라보다 말을 꺼냈다.

"으음… 우리 어디선가 본 적 없나?"

수양은 상대가 야인 중에서 지위가 높은 이라 짐작되긴 하지만, 자신을 알아볼 리가 없다고 여기며 답했다.

"소승은 어르신을 생전 처음 뵙니다만."

"아니야. 언제였지? 내가 새장가를 가기 직전인 것 같은데… 궁에서 봤던 거 같기도 하고."

수양도 사내의 얼굴이 낯설지 않아 기억을 더듬다가 궁이란 말을 듣곤 눈치챘다.

중년 사내의 정체는 수양의 아버지가 궁에 여러 번 불러들여 잔치를 열어주고 사대부 가문의 아내를 짝지어주어 귀화시킨 오도리의 족장 동소로가무였던 것이다.

"저 같은 중놈이 어찌 궁이나 도성에 드나들 수 있겠습니까. 어르신께서 착각하신 듯합니다."

"억양은 영락없이 그쪽 토박이 같은데?"

"소승이 양주 출신이라 그럴 겁니다."

"흐음… 아무리 봐도 본 적 있는 거 같은데……."

머리가 좋은 편이 아닌 동소로가무는 수양이 누군지 떠올리길 포기했다.

"어르신께선 소승을 어째서 찾아오셨습니까?"

"우리 가문의 막둥이를 꺾은 사내하고 밥이라도 한 끼 하려고."

"혹시 어르신도 제안 같은 걸 하러……."

"그래, 그래서 말인데 내 밑에서……."

"송구하오나, 전 승려입니다. 그래서 누굴 섬기거나 할 마음이 없습니다."

"엉? 보옥의 원석과도 같은 몸을 가지고 불승이라고?"

"제 말이요!"

주최자가 동소로가무의 말에 공감한다는 듯 추임새를 넣자 수양은 움츠러들었다.

마치 자신의 몸을 노리는 듯한 말투에 자신도 모르게 아직 옷을 걸치지 못한 가슴을 가렸고, 그런 수양을 본 두 남자는 거친 숨을 뿜어내며 말했다.

"내게로 오게, 최고의 역사(力士)가 될 수 있게 해줌세. 불법을 설교하고 싶다면 돕겠네."

"아니야, 내가 주상 전하께 직접 배워온 양생의 이치를 알려주지. 자네라면 웬만한 역사들의 관문인 300근 역기를 다루는 것도 금세 가능할 거야. 어떤가?"

"어르신, 그건 너무하신 것 아닙니까? 이 사람은 저와 같이 씨름을 해야 할 몸입니다."

"시끄러워! 자네 이 자세 한번 취해볼 생각 없는가?"

어느새 갑옷을 벗고 웃통을 풀어헤친 동소로가무는, 가슴 삼두 그리고 이두의 근육을 강조하는 사이드 체스트 자세를 잡았다.

난데없는 근육 공세에 정신이 혼미해진 수양은 여러모로 심각한 위기를 느꼈고, 잽싸게 가사를 걸친 채 짐을 챙겨 뛰쳐나갔다.

"죄송합니다. 소승은 갈 길이 바빠서 이만!"

"갈 때 가더라도 자세 한 번만 보여주고 가!"

수양이 부리나케 말을 몰아 그곳을 빠져나가자, 동소로가무는 입맛을 다시며 말했다.

"하아… 주상 전하에 미치진 못하겠지만, 나름 대단한 천품을 타고난 것 같은데 아깝기 그지없네."

"어르신, 저 불승의 잠재력이 그 정도입니까?"

"그래. 정말 아깝구먼."

한편, 사정이야 어떻건 새 이동 수단인 말을 얻은 수양은 금세 기분이 좋아졌고, 새로운 친구에게 붙일 이름을 고민했다.

말에게 불교에 관한 이름을 지어줄까 고민하던 그는 문득 위대한 증조부 이성계에 대해 떠올렸고, 이내 그가 타고 다녔던 팔준마(八駿馬) 중 여진산 말 두 마리에까지 생각이 미쳤다.

"좋아, 네 이름은 이제부터 추풍오와 횡운골에서 한 자씩 따서 추횡(追橫)이다."

추횡은 주인의 의도대로 전속력으로 달려 북쪽으로 향했고, 수양은 그날부터 화령을 떠돌며 새로운 생활을 시작했다.

　　　　　*　　　　　　*　　　　　　*

"스승님, 오늘도 좋은 말씀 잘 들었습니다."

"그래, 네 배움이 빠르니 좋구나."

"이게 다 가르치는 분이 대단하시니 그런 겁니다."

"흰소리는 되었고, 다음 행선지는 네가 정하거라."

"요즘 요동하고 심양이 살기 좋다던데요. 그쪽으로 모실까요?"

"그쪽에 인맥이 있느냐?"

"뭐… 제 아버지와 안면이 있는 사람들이 남아 있긴 할 겁니다."

"그럼 그쪽으로 가보자꾸나."

수양이 애마 추횡과 화령을 떠돌길 수년 차, 그를 따르는 제자가 한 명 생겼다.

수양이 씨름 대회에서 명문 무가로 이름 높은 동씨 가문의 아들을 꺾었기에 그를 쫓아오는 이들이 생겼다.

그들은 대부분 가별초나 무관 지망생이었으며 수양을 꺾어 자신의 명성을 높이려 했었다.

그들은 각자 자신이 있는 종목으로 도전했지만, 오직 씨름으로만 상대해 주겠다는 수양에게 당하고 나서 가르침을 청했고, 수양은 그들에게 무예 대신 정음과 불도를 가르쳤다.

그러자 무예나 단련법을 배우고 싶던 이들은 어느새 전부 떨어져 나갔고, 개중 단 한 명만이 수양의 인품과 학식에 감탄해 제자를 자청하는 상황.

한편 수양은 제자에게 여진 말과 풍습을 배우면서 그들의 고유 언어를 정음으로 표현할 수 있는 방식을 고민하기도 했지만, 어느 마을에 들르자 그럴 필요가 없음을 깨달았다.

수양이 몇 번 만난 적 있는 집현전의 학사 신숙주가 여진어를 정음으로 풀이한 서적 주선어해(朱先語解)가 사용되고 있다는 사실을 알게 된 것이었다.

한편, 조선의 관리들이 여진계를 동화하며 조선말과 정음을 가르치고 있지만 사정상 한계가 있는 상황이었다.

수양은 제자와 함께 요동 일대를 떠돌며 제자의 인맥으로 초대받아 머물던 여진계 마을에서 불도와 글을 가르치곤 했다.

수양은 스승에게 바쳤던 원본 대신 따로 필사해 둔 석보상절과 틈틈이 언해한 불경을 교재로 사용했다.

그렇게 요동 일대에서 지내길 1년, 법명을 밝히지 않아 무명승으로 명성이 생긴 수양에게 관원이 찾아왔다.

"스님, 소생은 안동 김가의 질이라고 합니다. 쌍곡이라 불러주시지요."

원역사에선 사육신을 고발한 세조의 공신인 김질은 현재 요동부에서 근무하며 주민들을 교화시키기 바쁜 신진 관료였고, 좋은 교재기 있다는 이야길 듣고 수양을 찾아온 것이었다.

"그렇습니까. 잘 오셨습니다."

"풍문을 듣자 하니, 스님께서 좋은 책을 가지고 계시다던데, 제가 한번 볼 수 있겠습니까?"

"그러죠."

김질은 수양에게 받아 든 석보상절의 1권을 빠르게 속독하곤, 감탄하듯 답했다.

"이건 스님께서 창작하신 거나 다름없군요. 일전에 보았던 석가보(釋迦譜)와 비슷하나 이해하기 쉬우면서도 담긴 내용이 가볍지 않습니다. 어휘 사용도 적절하고요."

김질이 석보상절의 가치를 알아주자, 수양은 되레 놀란 표정으로 질문했다.

"시주께선 관원이신데도 불가에 대해 잘 아시는 듯하군요."

"예, 한때 석학에 심취했었으니 기본적인 것은 안다고 할 수 있습니다."

수양은 석학이란 학문을 좋게 보진 않았으나, 상대가 상대인 만큼 합장을 하며 답했다.

"그러시군요. 이 또한 부처님의 은덕인가 봅니다."

"아무튼… 이걸 요동 주민들을 위한 교재의 후보로 선별해 도성에 올리고 재가를 구하고 싶습니다. 괜찮으시겠습니까?"

수양은 어디서나 형의 그림자에서 평생 벗어날 수 없는 것인가 잠시 생각하며, 조용히 말을 이어갔다.

"그 책이 필요하시다면 따로 필사해서 보내 드리죠. 대신 거기에 제 이름이나 법명이 올라가는 것은 원치 않습니다."

"어째서 그러십니까?"

"한낱 불승이 관의 일에 엮여서 좋을 것이 무어가 있겠습니까."

"성상께선 현재 불가를 숭상하지 않으시지만, 그렇다고 해서 억누르려고도 하지 않으십니다."

"그렇다고 해도 개중엔 불도를 꺼리는 유생이나 학자들도 많을 텐데요."

"모두가 그런 것은 아닙니다. 저도 석학을 익혔고 동문 중엔 불승이었던 이도 있습니다."

"그래도 내키지 않는군요."

"성상께선 스님께서 하신 일을 아시면 기꺼워하시며 상을 내리실 텐데요."

"솔직히 말씀드리자면, 이 석보상절은 소승이 다시 만날 수 없는 부모님을 기리며 쓴 것입니다. 본래 머물던 절에서 내려온 이유도 중생들을 돕기 위함이니, 한곳에 오래 머물 수 없는 처지기도 하고요. 또한……."

수양은 어쩔 수 없이 진실을 숨기고 긴 시간 동안 설법하듯 김질을 설득했다.

"정말이지… 대단한 분이시군요. 이 김모, 새삼 스님께 경탄스러운 마음이 듭니다."

"전 그리 대단한 사람도 아니고, 일개 수행자입니다. 그러니 이름 같은 건 남기고 싶지 않고 무명으로 족해요."

"스님의 뜻이 정 그렇다면 따르지요. 그럼 필사본 기다리겠습니다."

김질이 수양이 머물던 여진계 유목촌의 거처를 떠나자, 그는 홀로 눈을 감고 좌선하듯 생각에 잠겼다.

수양은 글씨로나마 형이 보게 될 것을 필사한다는 생각을 하니, 심경이 복잡해졌고 한동안 잊고 있었던 미움이 흘러나오고 있다는 것을 자각했다.

"지난 세월 제가 지은 모든 악업은 시작이 없는 탐진치(貪瞋痴)로 말미암아 몸과 입과 생각으로 만든바, 그 모든 죄업을 참회하나이다."

본인이 정음으로 번역한 천수경의 참회게를 나직이 읊조린 수양은 뒤이어 마음을 다스릴 경문들을 외우며 생각했다.

그동안 세상을 떠돌며 형의 치세에서 나라가 어떻게 발전했는지 가장 낮은 자리에서 똑똑히 보아왔기에 사적인 감정은 잊으려 했다.

수양이 생각하기엔 그는 불필요한 전쟁을 남발하고 무거운 군역의 의무를 지우는 데다, 전가사변이란 명목하에 죄인과 가족들을 외지로 쫓아내는 폭군이었다.

그가 직접 본바, 화령으로 쫓겨나 조선인의 풍속도 잃어버리고 유목민이 되어 사는 이들도 많았고, 요즘은 북방 대신 남방의 어느 섬으로 유배를 간다는 이야기도 들려왔다.

하지만 다르게 보자면 그저 폭군이라고 깎아내리기엔 형의 공적이 실로 대단했고, 그간 전쟁을 거쳐 조선 8도보다 몇 배는 더 거대한 영토를 점유 중이며 생소한 기물과 물자들이 각지에 공급되어 민생을 나아지게 하고 있었다.

또한 그도 직간접적으로 겪어본바, 그가 알던 조선이 맞나 할 정도로 빠르게 성장 중이기도 했다.

수양은 한때 과연 자신이 그 자리에 있었다면 형처럼 할 수 있었을까 하며 수십 수백 번을 고민했었고 자신도 해낼 수 있다고 위안했지만, 최근 본심에서 우러나온 대답은 결국 아니란 것이었다.

'그래. 아버지께서도 심양에 계시며 선정을 베푸시며 여러 일을 하신다니, 그분의 일을 돕는다고 생각하자.'

생각을 바꾼 수양은 홀가분하게 마음을 비우고 일주일에 걸쳐 24권으로 이뤄진 석보상절의 필사본을 새로이 완성했고, 그 과정에서 본인의 필체도 발전시킬 수 있었다.

그것을 본 제자는 스승의 정갈한 필체에 감탄하며 말했다.

"정말 대단하십니다. 이 제자의 식견이 좁긴 하지만, 글자 하나하나가 살아 숨을 쉬는 듯하니, 스승님께선 실로 천하제일의 명필이라 칭하셔도 될 것 같습니다."

"톨로야, 재주를 뽐내려 한 것이 아니란다. 내가 필사하는 동안 추횡을 잘 돌보아 주어서 고맙다."

"아닙니다. 제자라면 기꺼이 해야 하는 일 아니겠습니까."

"제자는 무슨… 너와 난 그런 수직적인 관계라기보단 그저 동반자일 뿐이란다. 때가 되면 각자의 길을 걸어갈."

"아닙니다. 전 진심으로 스승님을 존경하고 있고, 배울 것도 많습니다."

수양은 한때 불도가 아닌 법학을 가르쳤던 제자 홍윤성을 떠올렸다.

둘 다 수양과 첫 만남 당시 건방진 태도를 보였으며, 패배한 후 제자가 되었기에 그런 옛 모습이 자신의 오만했던 과거를 떠올리게 하였다.

'스승님이 내게서 선대인의 모습을 보았다고 한 건, 이런 의미였던 것인가. 제자는 스승을 비추는 거울과도 같은 존재로구나.'

수양은 앞으로도 세상을 떠돌며 그런 이들을 일깨울 운명인가 하는 생각을 하다 이내 잡념을 떨치곤 톨로에게 필사한 책들을 건넸다.

"이제 이걸 요동부 관청에 건네주거라. 그리고 너의 길을 가거라."

"스승님, 갑자기 왜 저를 밀어내려 하십니까?"

"관원이 내게 직접 청할 정도로 귀히 여긴 책이다. 그러니 책을 가져가면 너도 좋은 대접을 해줄 거다."

"설마… 스승님께선 절 떠나보내시려는 겁니까?"

"네가 날 따라 머릴 깎고 중이 될 것도 아니지 않으냐."

그러자 톨로는 변발로 밀어버린 윗머리를 쓰다듬으며 답했다.

"머리라면 이미 깎았습니다. 그런데 스승님처럼 윤이 나진 않아서 고민 중인데요."

수양도 어느덧 세월의 흐름에 따라 이마와 정수리 부근의 모근이 부쩍 줄어들었다.

그것을 티 내지 않으려 자주 머리를 밀어 정돈 중인 수양은 제자를 다그치듯 말했다.

"나와 말장난을 하자는 것이냐? 네가 일전에 말했지. 고향에 처자식이 있는데 무관이 되고자 수행을 쌓으러 나왔다고. 조금 가는 길이 달라지긴 했지만, 학문으로 출세해서 그들을 먹여 살려야 할 것 아니겠냐."

"하지만……."

수양은 제자를 설득하려 자신의 이야길 꺼냈다.

"넌 역병에 걸려 가문에서 버림받았다고 했었지? 나도 마찬가지란다. 나도 처와 아들이 있었는데 어쩔 수 없이 그들과 헤어졌다. 그러니 넌 가족을 소중히 하여라."

"그게 정말입니까?"

"그래, 난 누명을 쓰고 쫓겨났지."

"스승님께선 저보다 더 억울하셨겠습니다."

톨로가 무의식적으로 얼굴에 남은 곰보 자국을 쓰다듬으며 답하자, 수양은 충동적으로 숨기고 있던 사정을 털어놓았다.

"난 명문가의 차남이었고, 내 위론 집안을 물려받을 장형이 있었어."

"그러셨습니까."

"내 형은 태어났을 때부터 모든 것을 가졌다. 하늘이 내린 기재라 할 정도로 학문에 통달했고, 가족들을 극진히 대했어. 거기다 잘생긴 얼굴마저 타고난 데다 모두에게 호감을 사는 성품을 지닌 사람이었지."

수양은 잠시 호흡을 고르곤, 말을 이어갔다.

"난 그런 형을 질시하고 미워했다. 형 대신 집안을 이을 후계자가 되고 싶었어. 그래서 가친의 눈에 들고자 학문을 갈고닦았지."

"스승님의 학식이 대단하신 연유를 알 것 같습니다."

"그런데 그렇게 죽을힘을 다해도 형의 상대가 되지 않았어. 내가 간신히 사서삼경을 익힐 정도였을 때, 형은 스승을 쩔쩔매게 만들 정도였어."

"그림… 스승님께서 영형(令兄)이 못 하는 걸 갈고닦으셨으면 춘부대인께서도 달리 봐주셨을 것 같은데요."

"그렇게 했었다. 형이 잘하지 못하는 무예와 마술을 익혀 열등감을 해소했지. 불도에 빠져든 것도 그 무렵이었어. 난 대놓고 아버지와 형 앞에서 무예를 보이며 뽐내기도 했어."

톨로는 수양의 교육을 받으며 나름대로 교양과 학식을 갖추었지만, 유목민적인 사고방식을 버리지 못하고 질문했다.

"그냥 스승님이 분가하고 가계를 새로 세우면 된 것 아닙니까. 그렇게 힘을 키워 아버지께서도 인정할 만한 공적을 세워 출세했다면 후계자가 되셨을 듯한데요."

톨로의 말대로 유목민들은 아들들을 차례대로 분가시키고, 자신을 봉양하는 막내에게 남은 재산을 물려주고 가문을 잇게 한다.

제자의 말을 들은 수양은 잠시 그가 북방에서 본 말자상속을 떠올리며 생각에 잠겼고, 자신의 증조부 이성계가 막내를 세자로 세웠다가 왕자의 난이 벌어진 것을 깨닫곤 대답했다.

"아니다. 너도 조금 알겠지만, 조선의 풍습은 그렇지 않아. 그리고 우리 집안은 절대 그리해서도 안 되고."

무의식적으로 형의 정통성을 인정한 수양은 눈을 감으며 마음을 다스렸다.

"으음… 그렇습니까."

"아무튼… 나완 다르게 창진을 앓지 않았던 형은 언젠가부터 종기를 달고 살았다. 그래서 난 생각했지. 저 자리는 곧 내 것이 될 거라고."

"그래서… 어찌하셨습니까?"

"내 사람들을 모으기 위한 밑 작업으로 좋은 사람인 척하는 연기를 했지. 그러다 보니 날 따르는 사람도 몇몇 생겼고."

수양은 잠시 미간을 찌푸리다, 참회하듯 답했다.

"형의 자리가 내 것이 될 거라 믿었어. 그땐 숨죽여 참고 기다리다 보면 모든 것이 내 손에 들어올 거라 믿었어."

"……."

스승의 고백에 톨로가 침묵하자 수양은 자조하듯 이야길 이어갔다.

"한데… 그것도 착각이더구나. 내 속내를 전부 눈치챈 형은 중병에 걸린 척하며 날 시험했고, 그다음엔 내게 누명을 씌워 쫓아내더구나."

수양은 형과 벌였던 주먹다짐을 떠올리며 말했다.

"그리고 얼마 후에 알게 되었어. 형은 나 따위가 흉내도 못 낼 만큼의 무재마저 갖추고 있었던 거야. 그런 형 앞에서 같잖은 재주만 믿고 과시했었으니 내가 얼마나 우스웠을까."

"그리 뛰어난 사람이 있다니 잘 상상이 가지 않는군요."

"아무튼… 모든 것을 잃은 난 절망했고 형에게 죽을지도 모른다는 공포에 시달렸어. 목숨을 끊을 생각하고 목을 매기로 마음먹었었다."

"……."

"그런데 막상 목을 매려고 하니, 그럴 수 없더구나. 그렇게 온갖 잘난 척을 다 하고 살았지만, 목숨을 끊을 용기는 없었던 거야. 그 후로 살던 곳을 떠나 유랑하다 스승님을 모셨고, 거기서 작은 깨달음을 얻어 내가 할 일을 찾았다. 그 후로 나라를 떠돌아다니면서 형에 대한 소문도 들었지."

"어떤 이야기입니까?"

"내가 상상도 못 할 만큼의 공적을 세우고 출세해서 집안을 잘 이끌어가고 있다는 거. 게다가 양친마저 극진히 모셔서 두 분의 건강도 회복시키고."

"마음이 좋지 않으셨겠습니다."

"처음엔 그랬다. 그런데 어느새 나 자신도 형이라면 그럴 만하다고 생각이 들더구나."

"이젠 그분에 대한 미움을 버리신 겁니까?"

"내가 중을 자처하곤 있지만, 중생인 이상 완전히 버릴 순 없는 것 같다. 내가 나라를 떠돌며 사람들을 가르치고 돕는 것도 미움을 털어버리기 위해서다."

"그렇다 해도 전 스승님을 존경합니다."

"고작 내게 글 몇 줄 배운 것이 그렇게 대단하더냐?"

"그렇지 않습니다. 스승님께선 그런 의도가 있다 해도, 스승님에게 배우고 도움받은 이들은 그렇게 생각하지 않을 겁니다. 그리고 개중 몇 명은 부처님의 가르침대로 남을 도우며 살아가려하겠지요."

"정녕 그렇게 생각하느냐?"

"예, 또한 앞으로 제가 그렇게 살아갈 것입니다."

"정말… 고맙구나."

"이 제자 아이신기오로 톨로가 스승님께 큰절 한번 올리겠습니다."

수양은 건주위의 정통 계승자였던 충샨의 맏아들 톨로를 요동부로 보내고 애마인 추횡과 함께 북쪽으로 향했다.

그러던 중 이변을 목격하게 되었다.

수백에 달하는 전사들이 무장한 채 서쪽으로 달리는 광경을.

"혹시 전쟁이라도 난 건가?"

수양은 볼 수 없었지만, 선두에 선 이들의 얼굴에는 환희가 가득했고 그들의 뒤를 따라 달리는 이들 역시 홀린 듯한 표정을 짓고 있었다.

"대체 무슨 일이 벌어지고 있길래……."

수양은 행여라도 좋지 못한 일에 말려들까 하여 최대한 조심하며 길을 나섰지만, 어느 이름 모를 강변에서 피할 수 없는 행렬과 마주치고 말았다.

"절대 다른 놈들에게 뒤처져선 안 된다!"

최소 천여 명 이상으로 추정되는 기마대를 이끌고 도하한 사내는 수양에게 잊지 못할 기억을 심어준 오도리의 관찰사 동소로가무였다.

"이봐, 거기, 신분을 밝혀라."

동소로가무는 강을 건너려던 수양을 일찌감치 발견하곤 접근해, 활을 겨누곤 살기 어린 목소리로 물었다.

"그간 별래 무양하셨습니까, 어르신."

수양이 삿갓을 벗은 후 합장하며 답하자, 동소로가무는 놀란 표정으로 답했다.

"응? 자넨 우리 막둥일 꺾었던 원석이군. 여긴 무슨 일인가?"

"소승은 불도를 설파하고자 이곳저곳을 떠돌고 있었습니다."

"아버지, 전부 강을 건넜습니다."

동씨 가문의 막내 동청례가 아버지에게 보고하자, 동소로가무는 아쉽다는 듯 입맛을 다셨다.

"청례야, 저 장사를 기억하느냐?"

"예, 아버지 말고 처음으로 소자에게 패배를 안겨준 상대기에 똑똑히 기억하고 있습니다. 그리고 다행입니다."

수양은 동청례에게 물었다.

"무엇이 다행이란 말이오?"

"장사님께서 이리 건재하시니 제게도 설욕할 기회가 남은 것 아닙니까."

수양은 고갤 저으며 답했다.

"나 같은 중놈에게 집착하지 마시오. 앞길이 창창한 시주라면 언젠간 진정한 호적수를 만나게 될 것이오."

동청례가 무언갈 더 말하려 할 때, 동소로가무가 아들의 말을 잘랐다.

"아들아, 네 맘은 알겠는데 갈 길이 멀다. 지금 우리가 할 일은 한시라도 빨리 주상 전하를 호종하는 거란다."

"알겠습니다."

수양은 주상의 이야기가 나오자, 또다시 전쟁이라도 벌어진 것인가 추측하곤 물었다.

"출정하시는 겁니까?"

"그렇네. 친정에 나서신 주상 전하를 모시러 가지."

"어르신의 무운을 빌겠습니다."

"그것참 고맙구먼. 마음 같아선 보쌈이라도 해서 전장에 데려가고 싶은데……."

"전장에서 중놈이 쓸데가 어디 있겠습니까."

"아깝군… 아까워."

동소로가무가 아들과 일족을 데리고 빠른 속도로 자릴 이탈하자, 수양은 자신도 모르게 친정에 나선 주상이 무탈하길 빌었다.

그렇게 수십의 유목민 무리를 지나칠 무렵, 숲을 지나 어느

평원에 도착했을 때 수양은 그간 본 적 없던 광경과 마주했다.

실종된 칸의 행방을 쫓아 정찰 중인 오이라트의 척후병들과 화령절도사 박강의 휘하 정찰대의 싸움이 벌어지고 있었던 것이다.

수양은 멀리서부터 들려오던 말발굽 소리가 그간 보아왔던 행렬이라고 생각해 대수롭지 않게 여기다 난데없이 전장에 발을 들이게 된 것이었다.

수십 대 수십의 싸움이었으나, 그동안 수양이 책이나 그림으로 보던 것과는 달랐다.

가벼운 무장을 한 경기병들이 서로 쫓고 쫓기며 각자의 우측을 선점하려 치열한 기동을 했고, 서로 노골적으로 살의를 드러내며 화살을 쏘고 있었다.

한쪽엔 낙마한 이들이 싸우고 있었고, 오이라트의 병사가 갑옷의 빈틈을 찔려 비명을 질렀다.

수양은 전장의 처참한 분위기에 압도되어 자기도 모르게 얼어붙었고, 그의 판단은 결국 실착이 되었다.

오이라트의 척후병이 전장에 나타난 수양을 적군으로 판단하곤 빠르게 지나가며 화살을 날린 것이다.

수양은 엉겁결에 머리를 움직여 즉사는 면했지만, 왼쪽 어깨에 화살이 박히는 건 피할 수 없었다.

난데없는 기습 공격에 당황한 수양은 고통을 느낄 겨를도 없이 다급하게 외쳤다.

"쏘지 마시오!"

그러나 전장에서 그런 외침이 통할 리 없었고, 수양을 공격했던 척후병은 재차 활을 겨누어 그를 끝장내려 했다.

하지만 시위를 당기려던 그의 동작은 끝까지 이뤄지지 않았다.

조선군 정찰대의 기병이 통아에 매어둔 편전을 쏘아 그의 목을 꿰뚫은 탓이었다.

결국 간신히 목숨을 건진 수양은 왔던 길로 돌아가려 말머릴 돌렸지만, 일각도 지나지 않아 숲속에서 풀 더미로 위장한 두 명의 인영이 그를 가로막았다.

그중 한 명은 수노궁(手弩弓)으로 추정되는 무기를 겨누며 가까이 다가왔다.

"내 말에 답해라. 넌 누구지?"

"조선 사람이오."

"여긴 무슨 일로 왔지?"

풀잎으로 덮인 도롱이를 걸친 이인조는 얼굴도 온통 검댕으로 칠해 생김새를 구분할 수 없었다.

"난 전국을 유랑하는 승려요."

"거짓말! 중놈이 왜 전쟁터에 기어들어 와? 추포해 조사를 해야겠다."

"저… 정말이오. 이국인이 이리도 조선말 잘할 리가 없잖소. 의심되면 이 자리에서 내 짐을 전부 조사해 봐도 좋소이다."

수양의 말이 끝나자, 그를 추궁하던 사내가 뒤편에 서 있던 이에게 명령했다.

"허튼짓하지 못하게 잘 감시해라."

"예, 알겠습니다."

대답한 사내의 목소리는 아직 앳되기 그지없었다.

다른 사내가 짐을 전부 조사하고 나자, 몸을 수색했고 수양은 고통에 시달렸다.

한참 동안 수양의 모든 것을 뒤져본 사내는 아무것도 찾지 못하고 질문했다.

"정말 승려가 맞나?"

"그렇다고 이야기하지 않았소……."

"호패나 도첩은 어디다 팔아먹었나?"

"호패는 출가할 때 없었고, 도첩은 시험에 떨어져서 없소이다……."

"하… 왜 이럴 때 이런 곳에 와서……."

"저 사람을 치료부터 해야 하지 않을까요?"

"아, 그래. 어서 의낭(醫囊)부터 꺼내봐."

"저기 스님, 우선 어깨에 그것부터 끄집어내고 치료해 드리겠습니다."

"이럴 땐 함부로 뽑지 않는 게 좋다고 들었소만."

"그거야 별다른 처치할 것이 없을 때 그렇고요. 저희가 가진 거로 조치를 하겠습니다."

"그럼 그러시오."

앳된 목소리의 사내는 수양의 옷소매를 자른 후 화살을 어깨에서 끄집어내어 옷 조각 같은 잔여물이 있는지 세심하게 확인했다.

"으으음……."

수양이 고통에 신음하며 잘라낸 소매로 지혈하려 하자, 아직은 앳된 목소리의 사내가 만류하고 품에서 조그만 자기병을 꺼내 어깨에 부었다.

"으그극……"

사내가 부어준 액체는 핏물과 세균에 반응해 거품을 일으켰고, 동시에 커다란 고통도 수반했다.

기름종이로 밀봉되어 있던 깨끗한 천으로 핏물을 닦아낸 사내는 이어 주정을 정제한 액체를 뿌려 다시 한번 소독을 마쳤고, 이내 깨끗한 천을 대고 그 위에 붕대를 감아 어깨를 압박하듯 단단히 묶었다.

"스님, 처치를 마쳤습니다. 이대로 군영으로 모셔다가 군종의원의 진찰을 받게 해드리지요."

"아니… 그럴 필요 없소. 이 정도면 의원에게 갈 필요는 없을 거요."

"아닙니다. 그래도 가셔야 합니다. 겉으로 멀쩡해도 소독되지 않은 독기가 남아서 큰일이 날 수 있어요."

"시주의 배려는 고마우나, 괜찮소. 화살을 맞은 것도 내 부주의로 인한 것이니 감수하겠소이다."

"그러게 왜 중이 이런 델 어슬렁거려서 사달을 내나. 그냥 얌전히 절간에나 처박혀 있을 것이지."

나이 든 목소리의 사내는 불교를 좋아하지 않는지, 비아냥대었고 수양도 유랑 도중 그런 사람을 무수히 보아왔기에 말을 아꼈다.

"아무튼 시주께서 치료해 준 은혜는 잊지 않겠소. 그럼 이만."

수양이 자릴 떠나자, 나이 든 사내가 말을 꺼냈다.

"암만 봐도 수상한데……."

"정말 간자였다면 이적이 쓰는 화살을 맞을 리가 없잖습니까."

청년이 뽑아낸 화살촉을 보여주며 말하자, 척후장 최세호는 눈살을 찌푸렸다.

"쯧."

"소릴 들어보니, 조만간 전투도 끝날 듯합니다. 그럼 우리 할 일을 준비하지요."

"그러지."

어린 사내는 군역의 의무를 수행 중인 구성군 이준이었고, 세종의 4남 임영대군 이구의 아들이자 수양에겐 조카이기도 했다.

의도치 않게 조카의 도움을 받아 목숨을 건진 수양은 점점 열이 오르는 것을 느끼곤 의원이 있는 마을을 찾았다.

가장 가까운 백성(하얼빈)은 오이라트 군과 대치 중이라 접근할 수 없었고, 사흘을 더 헤맨 끝에 의원이 상주하는 마을에 도착할 수 있었다.

"이젠 열도 많이 내렸으니 파상풍은 아닌 듯하네. 탕약을 마시고 정양하면 나을 걸세."

이틀 동안 잠만 자다 깨어난 수양은 노의원에게 고개를 숙였다.

"구명의 은혜에 감사드립니다. 이 은혜를 어찌 갚아야 할지……."

"아냐, 누가 한 건진 몰라도 초동 처치가 잘돼서 산 걸세. 나야 뭐 열이 내리게 조처한 것뿐이고. 그건 그렇고… 밖에서 우는 자네 말 좀 조용히 시키게"

"제 말이요?"

"그래, 주인이 걱정되는지 먹이도 제대로 안 먹고 온종일 울어 대고 있어."

수양은 자신의 유일한 동반자인 추황에게 새삼 고마움을 느꼈고, 잠시 목이 멨다.

"그렇습니까……."

나이에 걸맞지 않게 건장한 덩치의 의원은 감탄한 표정으로 물었다.

"그건 그렇고 자넨 정말 승려가 맞나?"

"예, 그렇습니다만… 그건 왜 물으십니까?"

"자네의 두꺼운 견근 덕에 화살이 어깨 속 골수에 미치지 못한 것 같더구먼. 튼튼한 몸을 물려주신 양친께 감사하게나."

의원의 말에 수양은 합장하며 부모님에게도 감사했다.

"그것도 그렇지만, 의원님 덕분에 불효를 면할 수 있었다고 봅니다. 당장 가진 것은 모자라지만 어떻게든 보은하겠습니다. 뭐든 시켜만 주시지요."

"되었고, 당분간은 움직이지 말고 정양이나 하게."

한동안 그곳에 머물며 치료를 받던 수양은 어깨가 움직일 만하여지자 구명의 은혜를 갚으려 노의원을 돕기 시작했다.

수양은 노의원의 일을 도우면서도 그가 아는 전통적인 방법으로 약해진 몸을 재활했다.

어느 날 수양의 단련을 지켜본 의원은 혀를 찼다.

"저기… 의원님 제가 뭘 잘못했습니까?"

수양이 노의원에게 묻자, 그는 노골적으로 언짢은 표정을 지으며 답했다.

"잘못? 잘못이라면 했지."

"소승이 의원님께 뭔가 결례를 저질렀다면 사죄드리겠습니다."

"아니, 결례는 내게 저지른 게 아니라 자네의 몸에 저지른 게야."

"예?"

"이런 복받은 몸으로 무의미한 단련만 하니 죄를 짓는 거지."

"대체 무슨 말씀을 하시는지 통⋯⋯."

"자, 내 자세를 따라 하게!"

엉거주춤한 자세로 허공에 앉은 듯한 노의원을 지켜본 수양은 고개를 갸웃댔다.

"그건 마보의 일종입니까? 저도 그 정돈 매일 합니다."

수양의 말을 들은 노의원은 노골적으로 언짢은 표정을 지으며 답했다.

"이건 마보가 아닐세! 이 자세로 말하자면 체굴법의 기본이 되는 준비일세. 또한 체굴법은 둔근과 회음부, 그리고 하체를 고루 발달시켜주는 기본 중의 기본!"

"저기⋯ 의원님?"

"잔말은 필요 없고 날 따라 해라!"

나름대로 단련한 가락이 있어 맨손 스쿼트를 무난히 해낸 수양은 의원의 찬사를 들었고.

다음 날부터 어깨에 무리가 가지 않는 선에서 무게를 맞춘 역기라는 도구를 들게 되었다.

"스승님! 뭔가 수를 잘못 세시는 것 아닙니까? 제가 세기론 삼십 번을 넘긴 것 같은데⋯⋯."

자기도 모르게 노의원을 스승이라고 부른 수양이 역기를 든 채 앉았다가 일어나자, 눈빛이 돌변한 근육질의 노인은 흐트러진 자세를 바로잡으며 답했다.

"잔말 말고 내가 이십이라면 이십인 거야! 다시!"

"끄으으윽……."

한편, 수양의 자질에 감탄한 노의원은 매일같이 새로운 운동 기구를 시험하듯 제자를 혹사했다.

그렇게 수양은 양생법에 조예가 깊다 못해 중독 수준인 의원 허추(許樞)의 제자가 되어 재활 겸 지옥 훈련에 들어갔다.

그렇게 수양은 그동안 막연하게 알고 있었던 의술과 단련법에 나름대로 조예를 갖게 되었다.

수양은 어느덧 어깨도 다 나아 쇠로 만든 목탁처럼 생긴 성령(壺鈴), 즉 케틀벨을 자유자재로 들어 올리며 물었다.

"스승님은 어떻게 이런 걸 다 알고 계신 겁니까?"

그러자 다용도 기구에 매달려 턱걸이를 하던 허추가 땅에 내려와 답했다.

"뭐 그거야… 내가 무관으로 있을 때 대호 대감의 영향을 받았다고 할 수 있지."

"스승님께서 군문에 계셨다고요?"

"그래. 마지막으로 지낸 관직은 절충장군이었다."

"그럼 어째서 그만두셨습니까?"

"뭐… 음서로 오른 관직이었으니, 어쩔 수 없었어. 내 나이에 사관학교에 들어가기도 뭐해서… 본래 의술에 조예가 있었으니 의과 시험을 새로 치고 의원이 되었다."

"그게 무슨 의미인지 잘 모르겠습니다."

허추는 한참 동안 사대부 제도가 바뀐 것을 설명해 주었고, 개정된 군역의 의무와 더불어 사관학교의 목적을 들은 수양은 그것을 나름대로 그 의도를 추측했다.

'주상은 왕권에 방해가 될 만한 외척이나 공신들을 시간을 두고 배제하려는 건가. 조부께서 외척을 정리한 방식과는 다르군……'

"그건 그렇고 대호 대감이라 하심은 전 함길도절제사를 말씀하시는 겁니까?"

"그래. 원랜 그 양반이 타고난 인상은 드세도 무골과는 거리가 멀었었단 말이야. 그런데 어느 날부터 뭔갈 단련하기 시작하더니 기골이 나날이 장대해지더라고. 나도 김 대감을 자주 보던 차에 비결이 뭐냐고 물었네."

"그래서 이런 양생법을 배우신 겁니까?"

"뭐, 그렇다고 할 수 있지. 이 좋은 걸 혼자만 알기 아깝다나? 그 말을 듣고 나서 정신 차려보니 나도 이렇게 되었네."

"그렇군요……"

"자네도 앞으로 뛰어난 자질이 있는 상댈 만나면 꼭 좀 비결을 전수해 주게나."

수양은 그간 허추에게 배웠던 각종 운동 도구의 사용법은 물론 기초적인 식의학마저 배웠고, 자기 나름대로 불교식으로 변형한 이론을 시험 중이다.

몸과 마음이 건강해지는 고행을 누군가에게 물려준다고 생각하니, 수양은 불자의 본분도 잊고 희열에 찬 표정을 지었다.

"꼭 그리하도록 하지요."

수양은 허추의 밑에서 의학과 단련법을 사사한 후 길을 떠났고, 그 시각 심양에선 서역으로 친정을 나선 주상 대신 태상왕 세종 앞으로 수양이 집필한 서적 석보상절이 올라가 검토를 받게 되었다.

*      *      *

"이걸 편찬한 승려의 이름이 없다고?"

"그러하옵니다, 전하."

대리청정 중인 세자 이홍위의 업무를 분담하던 심양 왕부의 주인 태상왕 세종은 석보상절이란 불경을 읽고 순수하게 감탄했다.

그간 자신이 만든 문자로 간행된 수많은 저작을 보아왔지만, 그의 마음에 와닿은 것은 얼마 되지 않았었다.

한데 석가의 일대기를 정리한 불경에서 마음 깊은 곳을 울리는 느낌이 든 것이다.

게다가 어디서 본 듯하면서도 묘하게 다른 듯한 필체는 잊고 싶지만, 차마 그럴 수 없던 누군갈 떠올리게 했고.

세종은 지금 당장에라도 저자를 만나 그의 정체를 밝혀내고 싶었다.

"흐음… 이걸 받아 온 이도 저자의 이름을 모른다는 게 맘에 걸리는군."

태상왕이 석보상절에 흥미를 보이자 내관 엄자치가 고갤 숙이며 답했다.

"전하께서 원하신다면 쓸 만한 이들을 데려와 무명승이란 이를 찾아보겠나이다."

"아니다. 다들 나랏일로 바쁜데 사적으로 사람을 부리면 쓰나. 엄 내관도 일 보게."

엄자치는 지금도 태상황 아래서 밤잠도 잊고 착취당하고 있는 학자들을 떠올렸지만, 차마 입으로 낼 수는 없었다.

세종은 한참 동안 석보상절의 필체를 남김없이 분석하다시피 뜯어보았고, 이내 숨길 수 없는 버릇을 찾아내어 저자의 정체를 반쯤 확신했다.

그가 폐서인했던 둘째 아들은 유(有) 자를 쓸 때마다 길게 쓰는 왼쪽 삐침의 획 끝을 미묘하게 올려 흘리는 버릇이 있었고, 이는 석보상절에 적힌 글씨에도 흔적이 고스란히 남아 있었다.

석보상절의 글씨는 진양대군 시절의 필체보다 진보하긴 했지만, 결국 아버지의 눈을 속일 순 없었다.

'그 아이가 정녕 승려가 되었단 말인가?'

세종은 김질이 올린 상소의 내용을 다시 한번 읽어보았다.


…석보상절을 지은 무명승이란 이는 이름과 법명을 밝히는 것을 거부했으며, 다시 만날 수 없는 양친을 떠올리며 그 마음을 담아 지은 것이라 합니다. 또한……


태상왕은 석보상절의 내용을 거듭해서 꼼꼼히 살펴보니, 저자가 석존의 일생을 이야기하며 그 속에 담은 가족에 대한 그리움과 후회, 그 외에도 여러 가지 감정을 느낄 수 있었다.

원역사의 세종이 아내를 잃고 불교에 심취했던 것과는 달리, 지금은 둘 다 건강했기에 큰 관심이 없었다.

그저 불교를 믿는 백성들이 많기에 교화의 수단 중 하나 정도로 여기고 있을 뿐이었다.

태상왕은 출가한 것으로 추정되는 아들이 부모를 생각하며 만든 불경에 빠져, 폐서인한 둘째의 죄도 잠시 잊고 홀린 듯이 석보상절의 구절을 인용해 찬불가 형식의 책을 완성했다.

여러 이유로 아들을 용서할 수는 없었지만, 나름대로 진심을 담아 아들에게 답장하듯 이야길 지었다.

—부처님이 백억 세계에 화신하여 교화하심이 일천 개의 강에 달이 비치는 것과 같으니라.—

세종이 지은 찬불가의 제목은 일천 개의 강에 달이 비친다는 문구에서 따와 월인천강지곡(月印千江之曲)이라 지었고, 아내에게도 그것을 보여주었다.

"이걸 전하께서 지으셨다고요?"

"그렇소."

본디 신실한 불자였던 대비 소헌왕후는 남편의 선물이 기꺼워 기쁜 표정을 지었다.

"지아비께서 절 위해 지어주신 찬불가라니, 뭐라고 표현할 수 없군요."

"나 혼자 지은 게 아니지만……."

태상왕이 나직이 혼잣말하자, 정신없이 책을 읽던 그녀가 물었다.

"방금 뭐라고 하셨습니까?"

"아무것도 아닙니다. 마저 보시지요."

"참으로 좋습니다. 왠지 모를 애틋함이나 안타까움도 느껴지긴 하는데, 제게 보내는 이야기는 아닌 듯합니다."

"해석이 과하신 듯하군요. 그런 것 아닙니다."

석보상절 저자의 정체는 어디까지나 태상왕 본인만의 추측이었기에 아내에게 사정을 말할 수 없었다.

다만 둘째를 아끼던 아내에게 좋은 선물이 되었으리라고만 생각할 뿐이었다.

그리고 다음 날, 태상왕은 관료들이 모인 심양왕부의 편전에서 석보상절에 대한 처분을 내렸다.

"의도는 가상하나, 나라의 사정상 불가의 경전을 공공 교재로 채택하긴 적절치 못하다. 따라서 해인사로 보내 불승들에게 맡기겠노라."

태상왕의 통보에 관료들은 일제히 고갤 숙이며 답했다.

"예, 그대로 따르겠사옵니다."

결국 석보상절의 필사본은 팔만대장경이 보관된 해인사로 보내졌고, 그곳의 승려들에게 높은 평가를 받았다.

해인사 주지의 결정으로 석보상절은 신형 활자로 인쇄되었고, 승려들의 교재로 활용되기 시작했다.

한편, 세종이 지은 찬불가 월인천강지곡은 국비가 아닌 개인 재산을 들여 인쇄해 심양과 요동의 승려들에게 배포되었다.

아들로 추정되는 저자의 행방을 모르기에 그렇게라도 답변을 보내고 싶었던 태상왕의 결정이었다.

한편 그런 일이 벌어지고 있는지 모르는 수양은 여전히 화령을 떠돌아다니고 있었다.

"만세! 만세! 만만세!"

옛 발해의 수도명을 딴 용천부(龍泉府)의 마시에 모여 있던 주민들이 만세를 삼창하며 환호하자, 그 광경을 본 수양은 어떤 사낼 붙잡고 물었다.

"뭔가 경사라도 생겼습니까?"

"성상께서 예케 쿠릴타이에서 대칸으로 추대되셨는데 어찌 경사가 아니겠습니까."

한동안 제자와 다니며 북방의 풍습이나 역사에 대해서도 어느 정도 알게 된 수양은 대칸이란 말에 놀란 채로 말을 이어갔다.

"그런데 만세를 함부로 외쳐도 되는 거요?"

"성상께서 대원의 적통을 이으셨으니 천자가 되신 거나 다름 아니겠소. 이리도 경사스러운 날에 산통을 깨나. 쯧쯧……."

"…미안하오."

자신을 노려보는 사내에게 사과한 수양은 열광하는 이들을 비집고 들어가 게시된 조보를 읽어보았다.

게시판엔 지난 광무정난처럼 화려한 그림은 없었지만, 전쟁의 경과가 일목요연하게 정리되어 있었다.

수양에겐 생소한 여러 국명과 인명이 나열되어 이해가 잘 가진 않았지만, 결론은 간단했다.

주상이 이끄는 군대가 오이라트와 연합한 서역의 강국들을 전부 격파하고 적도의 거점이었던 살래성과 비단길을 점령했노라고.

수양은 그간 보아온 형의 행적에 비추어 보아 이젠 별로 놀랍지도 않았고, 어째서 그 먼 곳까지 가서 전쟁을 벌였는지 추측해 보려 했다.

그러나 아무리 생각해도 결론이 나오지 않았다.

수양이 알고 있는 지식만으론 오스만을 견제해 향신료 무역을 하면서 유럽의 대항해시대를 늦춰 신대륙을 선점하려는 광무제의 계획을 이해할 수 없었던 것이다.

수양은 결국 생각하는 것을 그만두고 길을 떠났다.

그는 느긋하게 이동하며 여러 산과 강의 풍경을 감상했고, 어느 마을에서 거대한 호수가 절경이라는 미타주에 대한 이야길 듣고 그곳에 가기 위해 방향을 돌린 차에 마을에 진입하는 거대한 행렬과 마주쳤다.

수양은 수십 대의 마차 중에서도 유독 눈에 띄게 크고 화려한 장식이 달린 것을 지목하며 어느 덩치 큰 젊은 사내에게 물었다.

"이보게… 저분이 대체 뉘시길래 저리 화려한 마차를 타고 행차 중인지 아는가?"

아직 얼굴에 앳된 기색이 남은 사내는 수양의 차림새를 위아래 훑어보고 나서 답했다.

"소식 못 들으셨소? 지난달에 공문도 내려와서 다들 알고 있는 이야기인데."

"이곳저곳 떠돌아다니느라 듣지 못했네. 무슨 소식 말인가?"

"미타주에서 벼슬을 지내던 안평대군 대감께서 왕작을 받아 살래의 왕으로 봉해졌다는구려."

수양은 어릴 적부터 자신과 여러 방면으로 비교되던 아우 안평이 왕이 되었다는 소식에 놀란 표정을 숨길 수 없었다.

"그것이 참말인가?"

"그렇소."

"그럼, 대국에서 문제 삼지 않겠는가?"

털옷을 입긴 했으나 엄연히 신입 관원인 유자광이 자랑스러운 표정으로 답했다.

"대국? 북경의 조정엔 우리 폐하께 충성을 다하는 이들이 대신으로 있소이다."

"허어… 대체 어쩌다가 그리되었소?"

유자광은 완전하진 않지만, 대략 자신이 아는 한에서 양국 조정의 관계를 설명했다.

또한 광무제의 넷째 딸 경희옹주의 나이가 차면 국혼이 예정되어 있기에 두 황가가 합쳐질 날도 멀지 않았다고 했다.

"참으로 복잡하구려."

수양은 일전에 읽어보았던 삼국지연의를 떠올리곤, 정통제의 처지가 후한의 마지막 황제 유협과 비슷하다고 여겼다.

'당장은 아니겠지만, 시간이 흐르면 양국이 하나가 되겠군. 그간의 행적은 이걸 노린 것이었나……'

"그럼… 다른 대군들도 모두 대국의 법도대로 왕이 되었는가?"

"얼마 전 한성의 관직에 있는 장형을 통해 들었는데, 성상 폐하의 소생과 태상황 폐하의 소생인 군 대감의 품계가 오르고 모두가 대군으로 봉해졌다고는 하더구려."

유자광의 말대로 왕실이 황실로 변하면서 종친들의 봉작에도 조그만 변화가 생겼다.

서얼금고법 폐지의 영향으로 군(君)으로 봉작되어 있던 황가의 서왕자(庶王子) 출신이 모두 대군으로 격상된 것이다.

아직은 외왕내제의 체계이기에 왕작을 남발하지 않았고, 다른 한편으론 종친의 힘을 적당히 누르려는 광무제의 의도가 들어가 있기도 했다.

광무제는 그간 여러 방면에서 공을 세운 안평대군을 왕으로 봉하며, 능력을 보인 종친에겐 왕부를 열어줄 의사가 있다는 어심을 넌지시 보이기도 했다.

그 결과 종친들은 자진해서 오지의 근무를 자처하는 상황이었다.

한편, 유자광이 들려준 이야기에 집중한 수양은 자신이 헛된 꿈을 품지만 않았다면… 혹은 형이 자신의 야심을 눈치채지 못했더라면 자신도 동생처럼 왕이 될 수 있었다고 생각해 망연자실해졌다.

"왜 그러시오?"

"아무것도 아닐세. 좋은 이야기 들려줘서 고맙네."

한편 마부석에 올라 살래왕 안평을 호종하던 신임 무관 도원군 이장은 자신도 모르는 사이 친부와 마주쳤다.

하지만 수양은 삿갓으로 얼굴을 가리고 있었고, 이장은 아기였던 시절 입양되었기에 친부가 얼굴을 보인다 해도 알아볼 리가 만무하기도 했다.

자신도 모르는 사이, 아들과 엇갈린 수양은 숙박업소에 마련된 이부자리에 누워 이불을 차며 과거를 되돌리고 싶어 했다.

그러나 그런 생각을 하는 것도 잠시, 수양은 이내 눈을 감으며 호흡을 골랐다.

'출가하고도 미련을 버리지 못하다니, 아직 수양이 덜 되었구나. 정신 차리자.'

수양은 그대로 잠이 들었고, 다음 날 눈을 뜨며 미련을 떨쳐냈다.

수양은 용천부에서 한동안 머물며 불도를 설파했고, 설법을 들으러 온 엽사들에게 혹한의 대지 사하의 거주민 야쿠트족에 대한 소문을 듣곤, 다음 목적지를 그리로 정했다.

"추횡아, 여기서 새 친우들하고 잠시만 지내렴."

역참의 마구간에 맡겨진 추횡은 주인의 말에 차츰 모근이 사라지고 있는 수양의 윗머릴 핥았다.

수양은 요즘 들어 부쩍 신경 쓰고 있는 약점을 애마에게 공격당한 것 같아 잠시 기분이 우울했지만, 이내 떨치고 직업소개소로 향했다.

수양은 요즘 화령 일대에서 성업 중이라는 임업사에 일자릴 구했고, 나무꾼이 되었다.

처음 며칠 동안은 익숙지 않은 일을 한 탓에 헤매기도 했지만, 그간 여러 가지 일을 해본 가락이 있어 금세 적응했다.

업무에 익숙해진 수양은 그동안 꾸준히 단련한 육체 덕에 남들보다 빠르게 벌채 할당량을 채우고 남은 시간에 다른 사람들을 도와 그들의 감사를 받았다.

"형씨, 이참에 정식 직원이 되는 것은 어떤가? 자네 정도면 내 이름을 걸고 추천하지."

현장소장이 휴식 도중에 말끔하게 다듬은 통나무를 들어 올리며 단련하는 수양을 감탄한 얼굴로 바라보자, 조심스럽게 그 것을 내려둔 그는 정중하게 고개를 숙이며 답했다.

"소장님의 제안은 감사하기 그지없습니다만, 가야 할 곳이 있 어서 기대에 부응하지 못하겠습니다."

소장은 수양의 의도를 잘못 파악하곤, 자랑하듯 자기가 속한 상단에 대해 설명했다.

"우리보다 더 좋은 조건을 제시할 만한 상단은 없을 거라 자 신하네. 자네가 물정을 모르나 본데, 우리 상단은 산동 등주항 국영 조선소와 직접 계약하고 있네. 성과급이란 제도를 도입해 서 월봉 말고 실적에 따라 추가로 금전을 지급하네. 그뿐만인가? 근속 연수가 늘면……."

소장이 수양을 설득하고자, 한참 동안 설명을 이어갔지만 결 국 마음을 돌리진 못했다.

"제가 그곳에 정식으로 들어간다 한들, 해만 될 뿐입니다. 그 리고 전 따로 해야 할 일이 있어서……."

"이해가 잘 안 되는군. 자네가 들어오면 서로 득이 되면 되었 지. 무슨 해가 된다는 건지 원……."

일용직이긴 했지만, 높은 품삯 덕에 적당히 노잣돈을 모은 수 양은 식량을 넉넉히 준비해 북으로 출발했다.

수양은 이후 조선의 영향이 적은 사하 일대에 정착해 평온하 게 지냈다.

수양은 사하에서 철저하게 정체를 숨기며 불도를 전파하고 수행에 힘쓰는 삶을 살았다.

처음엔 외부인인 수양을 배척하던 사하의 주민들은 대가를 바라지 않고 민생을 돕는 수양에 마음을 열었으며, 어느 순간 그를 대사로 부르기 시작했다.

그렇게 사하 사람들의 존경을 받던 수양대사의 삶은 10년이 지나기도 전에 깨어지고 말았다.

수양의 아우인 금성대군이 왕부의 주인이 되어 북방 동토 개척 임무를 받아 사하에 오게 된 것이었다.

수양은 그제야 형이 황위에서 물러나 한참 전에 바다를 건너갔다는 소식을 듣게 되었고, 그의 마음속엔 만감이 교차했다.

결국 그는 조카 천순제 이홍위가 사하왕으로 임명한 동생을 피해 다시 유랑을 시작했고, 남서쪽으로 향했다.

몇 달간 유랑하던 수양은 유독 피부가 새하얀 색목인들과 몽골계로 추정되는 이들로 이뤄진 무리와 마주쳤다.

수양이 알아들을 수 없는 말로 고함을 친 그들은 삽시간에 그를 포위하듯 달려왔고, 심상치 않은 분위기를 감지한 수양은 도망치려 말의 고삐를 강하게 당겼다.

황급히 도망치는 수양의 뒤에서 화살이 날아왔고, 추횡도 주인의 위기를 감지해 온 힘을 다해서 달렸다.

하지만 그것도 잠시, 나일 먹은 추횡은 30분가량의 전력 질주 끝에 힘이 다해 속도가 떨어져 갔고, 수양의 뒤를 쫓던 갈색 머리 녹안의 청년이 올가미를 던져 옭아 수양을 낙마시켰다.

"이방인, 내 말을 알아듣나?"

어눌한 중원어가 흘러나오자, 수양은 낙마한 고통을 참으며 나름대로 준수한 발음의 중원어로 답했다.

"너흰 누구길래, 무고한 사람을 공격하고 잡아가려 하느냐?"

"무고하다?"

사내가 이해하지 못한 표정으로 수양의 말을 따라 하자, 수양은 바닥에 한자로 적어가며 말을 이어갔다.

"죄가 없는 사람 말이다."

녹안의 사내는 한자가 익숙하지 않은지 그 후로도 한참 동안 수양의 말을 되새긴 후, 마침내 뜻을 이해하곤 말을 이어갔다.

"너는 죄인. 우리의 땅을 침범했다."

"여기가 대체 어디길래 그러는 것이냐? 내가 알기론 주인이 없는 땅이건만."

"이곳은 내 자랑스러운 조국 스뱌셴니 프라브슬라브냐야―."

난생처음 듣는 생소한 어휘에 수양은 자신도 모르게 얼굴을 찌푸렸다.

"대체 뭐라고 하는 것인지 모르겠구나."

"아무튼 넌 포로다."

결국 수양은 애마와 함께 서남쪽으로 압송되었고, 강줄기를 따라가다 울창한 숲과 산맥을 통과해 도착한 곳은 실로 거대한 호수가 보이는 마을이었다.

그곳의 중앙엔 거대한 건물과 이어진 탑이 있었고, 수양에겐 생소한 상징인 십자가 타원형 지붕 위편의 송곳처럼 돌출된 곳에 달려 있었다.

그리고 그 앞엔 광장이 있었고, 그 주변을 둘러싸듯 회색이나

갈색 계열의 벽돌을 혼합해 만든 건물들이 정확한 간격을 두고 있었다.

그리고 광장의 중앙엔 건축물들과 어울리지 않게 거대한 천막이 있기도 했다.

수양이 끌려온 곳은 오이라트의 새로운 수도 애론 가자르(а р пун газар, 성소)였다.

"체르비 이반, 그쪽은 누구지?"

"아, 투먼 티무르."

티무르라고 불린 장년 사내가 청년에게 친근하게 말을 걸자, 녹안의 청년은 고갤 숙이며 그들의 말로 답했다.

"아국의 북쪽 영역을 침범한 이방인입니다. 주교님이 계신 교회로 데려가 보려 합니다."

"주교님은 왜?"

"중원의 말은 통하는데 우리말이나 고향의 말은 알아듣질 못해서요. 니콜라이 주교님은 중원 말을 공부하셔서 잘하시니까요."

"그럴 거면 명국 출신을 부르는 게 낫지 않나?

"다들 할 일이 많아 바쁘실 텐데, 그나마 한가하신 게 주교님 아닙니까. 지금 예배도 없으니까요."

한때 중원에서의 포교를 꿈꾸며 명국어를 배웠다가 좌절된 주교 니콜라이는 매끄러운 발음으로 수양과 소통했다.

"그대의 이름은?"

"난 속세에서의 이름은 버렸다."

"무슨 뜻이지?"

"난 불가의 승려다."

"하아, 거짓된 가르침에 눈이 먼 부류로군. 참된 진리와 보살핌이 필요한 어린양이로구나."

"무슨 뜻이지?"

"그건 나중에 알게 될 테고, 네 출신은 어디지?"

"조선에서 왔다."

"뭐? 왜 이제야 그걸 말하나?"

"지금 물어놓고 내 탓을 하는 건가."

"쯧, 이반 공자, 다르가 쿠앙을 불러와 주게나."

"예, 주교님."

잠시 후 명국의 병부상서였으나 광무정난 당시 에센에게 투항했고, 병참 임무로 공을 세워 출세한 광야가 부름을 받고 교회에 왔다.

"주교님, 무슨 일로 부르셨소."

광야가 몽골 말과 러시아 말이 뒤섞인 혼합어로 묻자,

"다르가 쿠앙, 이 포로가 조선에서 왔다고 하는 데 조선말을 익힌 그대의 도움이 필요하오."

"알겠소."

광야는 완벽하진 않지만, 공무상 오이라트에 개방해 둔 몽고 쪽 마시를 드나들었기에, 나름대로 들어줄 만한 조선어를 구사할 수 있었다.

"자네 이름은?"

"아까도 저 사람에게 답했는데, 난 승려라 이름을 버린 몸이오."

"그래도 법명이 있을 텐데."

"수양이오. 한자로 이렇게 쓰지."

수양은 이들이 준비해 둔 깃털 펜 대신 가는 붓을 들어 법명을 잉크에 찍어 써냈고, 광야는 수양의 정갈한 필체에 감탄했지만 내색하지 않고 답했다.

"알겠다. 아국의 영역을 침범한 이유는?"

"결코 고의가 아니었소. 사하에서 백성으로 가려다가 방향을 잘못 든 듯하오."

수양의 앞쪽에 놓여 있던 짐을 검사한 광야는 의심스럽다는 듯, 그를 바라보며 말했다.

"여긴 네 신분을 증명할 문서 같은 것도 없군. 내가 알기론 조선 사람이라면 누구나 호패를 들고 다닌다. 무엇으로 네가 조선의 승려란 것을 증명하지?"

"방금 그쪽이 본 것 중엔 내가 직접 편찬한 경전도 있소."

"그런 건 내 알 바 아니다. 원칙상 조선 측에 연락해서 네 신분이 증명되기 전까진 풀어줄 수 없다."

수양은 광야의 말을 듣곤, 자칫 잘못하면 큰일이 될 수 있다는 것을 자각하고 사정을 설명했다.

"난 출가하면서 신분이 지워진 몸이오."

"그렇다고 해도 가족이 있을 것 아닌가."

"이젠 없소."

"이런 식으로 나오면 간자로 의심만 받을 뿐이다. 숨기지 말고……."

광야가 수양을 다그치려 할 때 교회 예배당의 문이 열리고 비쩍 마른 장년의 사내가 들어왔다.

가느다란 눈에 매부리코가 인상적인 사내가 성호를 그으며 입장하자, 예배당 안에 있던 이들은 그를 알아보곤 일제히 무릎을 꿇으며 경의를 표했다.

"속하, 정교국의 군주를 뵙사옵니다."

"예를 보여라. 아국의 군주시다."

광야가 조선말로 작게 속삭이자, 멀뚱히 바라보고 있던 수양은 마지못해 고갤 숙였다.

한편 품에서 콤보로이(komboloi, 묵주)를 꺼내 입을 맞춘 사내는 휘하들을 바라보며 평온한 어조로 답했다.

"잠시 마음이 어지러워 예배를 드리러 왔으니 하던 일이 있으면 하라. 그런데 그쪽은 누군가?"

사내의 물음에 이반이 공손하게 답했다.

"아국의 북쪽 영역을 침입해 잡아 온 포로입니다. 자기가 조선에서 왔다고 주장 중이라 그 진위를 확인하고 있습니다."

양아들 이반의 말을 들은 사내는 실눈을 크게 뜨곤 수양을 관찰했고, 잠시 복잡한 표정을 지었지만 이내 침착한 표정을 지으며 서부른 소선말로 밀했다.

"넌 광무제와 무슨 사이냐?"

수양은 느닷없이 날아온 질문에 허를 찔려 말문이 막혔고, 동방 정교국의 군주 오이라트 에센은 그런 수양을 지그시 바라보았다.

*         *         *

에센의 느닷없는 말에 얼어붙어 있던 수양은 잠시 후 침착함을 되찾곤 반문했다.

"먼저 소승이 속세의 사정에 어두워 전하께서 누구신지 잘 모르기에, 무지와 무례를 사죄드리겠습니다. 그리고 방금 하신 말씀은 당치도 않습니다."

"아니, 내 눈은 속일 수 없어. 내가 바로 에센이다."

수양은 상대의 정체에 경악했지만, 자신이 기억하고 있는 형의 잘생긴 얼굴을 떠올리며 고개를 저었다.

"전 그분과 닮은 곳이 하나도 없습니다."

수양이 완강히 부정하자, 에센은 서툰 조선말 대신 능숙한 명나라 말로 답했다.

"정말 아무런 관련이 없는 사이라면 그렇게 대답하지 않겠지. 정말 모른다면 자신이 그와 닮았냐고 물어볼 것이다."

"……"

"그러니 넌 광무제의 얼굴을 직접 본 적이 있다는 말이 되겠군."

수양은 에센의 말을 듣곤, 심장이 오그라드는 느낌이 들었고 이내 변명하듯 답했다.

"폐하의 용안은 일전에 그림에서 뵈었기에 기억하고 있습니다."

"무슨 그림? 어진이라도 보았느냐?"

"그… 조선과 와라부(오이라트)가 북경에서 전쟁을 벌인 장면을 묘사한 전도에서 말입니다."

"아아… 내가 겁에 질린 표정을 짓고 있던 그 그림 말인가."

수양은 당사자인 에센이 그 그림을 봤다고 하니, 기분이 나빠 자신을 해하려 하지 않을까 생각하며 조심스럽게 답했다.

"그만하면 의문에 대한 답이 되었을지요."

그러자 에센은 수양의 변명 같은 대답에도 아랑곳하지 않고 말을 이어갔다.

"뒤늦게 보긴 했지만 명작이야. 누가 그린 건진 몰라도 당시 급박했던 내 심정이 표정으로 잘 드러나 있더군."

"…그렇습니까."

"그런데, 그 그림에서 광무제의 얼굴은 면갑에 가려져 있다."

"그건……."

"그런 거짓말에 속아 넘어갈 정도로 내가 기억력이 나쁘진 않아."

에센이 말한 대로 해당 전도 속 광무제의 얼굴은 가려져 있었지만 한눈에 띄는 갑옷을 입었고 그림의 정중앙에 강조하듯 배치되어 있었다. 게다가 글로 부연 설명을 붙여 놓아 누가 누군지 식별할 수 있게 한 그림이었다.

"……."

"그래서 다시 한번 묻겠다. 넌 누구냐?"

기억에 혼란이 온 수양이 말문이 막혀 침묵하자, 주교 니콜라이를 통해 두 사람이 주고받은 말을 들은 이반이 물었다.

"저 수도사가 조선의 관료나 왕족일 수도 있는 것입니까?"

에센은 양아들의 물음에 답하지 않고 손짓으로 조용히 하라는 신호를 보낸 후 말을 이어갔다.

"분명 넌 광무제와 얼굴이 닮진 않았어. 그의 다른 형제와 닮았지."

수양은 자신과 닮은 몇몇 형제들을 떠올렸고, 에센이 그들을 만난 적이 있으리라 짐작했다.

"그런데 말이야. 눈빛이 그와 닮았어. 흔들림 없이 자신만의 소신에 찬 그 눈. 그런 군주의 자질이나 재목만큼은 아무나 흉내 낼 수 있는 게 아니지."

수양은 한때 형을 능가할 왕재가 되고 싶어 했고, 그를 뛰어넘기 위해 노력했었다.

생전 처음으로 그런 자신을 알아봐 준 이가 형의 숙적이던 사내란 것은 뭐라고 표현하기 힘든 감정이기도 했다.

하지만 수양이 착각하고 있는 건, 에센의 평가는 그간의 경험과 수행을 거쳐 완성된 현재의 수양이었고, 과거의 그를 봤다면 다른 평가를 했을 것이라는 거다.

"소승은 그저 깨달음을 추구하는 수도자일 뿐, 그 누구도 아닙니다."

수양이 끝까지 형과의 연관을 부정하자, 에센은 재미있다는 표정을 지으며 답했다.

"그래? 그럼 네가 믿고 있는 불도가 얼마나 대단한지 볼까? 이 보게, 주교."

"예."

"이 승려를 그곳으로 보내라."

에센의 지시를 받은 니콜라이는 의무감이 담긴 심정으로 엄숙하게 답했다.

"예, 방황하는 어린양을 데우스의 신실한 종으로 만들어 보겠습니다."

개종은 에센의 의도가 아니었지만, 이내 그것도 상관없다 여기며 본심을 덧붙였다.

"뭐… 그 참에 숨기고 있는 신상과 비밀을 끄집어 내보게나."

지시를 마친 에센은 예배당의 앞쪽으로 이동했다.

예수와 열두 제자, 그리고 천사들이 그들을 둘러싼 광경이 그려진 성화가 벽면을 메우고 있었고.

그 아래론 화려한 무늬 장식이 들어간 목제 구조물이 있었다. 그것의 창문으로 보일 만한 곳엔 시성된 성인들의 초상화가 자리 잡고 있었다.

에센이 화려한 은제 촛대가 놓인 탁자 앞에 무릎을 꿇자, 스테인드글라스에서 색색의 빛이 그의 몸 위로 쏟아지며 장엄한 광경을 연출했다.

수양은 알아들을 수 없는 말로 예배를 하는 에센의 모습을 보곤 그 광경에 눈을 빼앗겼다.

"으흠."

수양은 그제야 정신을 차리고, 자신을 데려가려던 주교에게 물었다.

"여기가… 그대들의 믿음을 위해 모이는 장소요?"

"그렇네, 그보다 앞으로 자네의 일이나 걱정하는 것이 좋지 않겠는가?"

"그대가 어떤 수를 써도 내 믿음을 바꿀 수 없을 것이오."

"전하의 영민들도 한때는 믿음을 모르는 이들이 많았다. 그런데 지금은 누구나 데우스의 뜻을 받드는 신실한 종이 되었지. 너도 그렇게 될 테고."

그렇게 모종의 장소로 끌려간 수양은 입고 있던 것들을 빼앗긴 채 위아래가 하나로 이어져 펑퍼짐한 회색 옷을 받았다.

"본래대로였다면 머리도 깎아야 했는데, 그대의 머리가 미끈해 수고를 덜어 다행이군."

니콜라이가 놀리듯 빈정대자, 수양은 합장하며 답했다.

"날 고신한다 해도 달라지는 건 없소이다."

"고문받는 쪽이 취향인 건가? 나도 이단 심문관 경력이 있으니 꺼리진 않는다. 다만… 네가 생각하는 것과는 다를 거다."

수양은 모종의 장소에서 첫날 밤을 보내고 다음 날 습관처럼 새벽에 눈을 떴다.

"기상!"

수양의 기를 죽이고자 니콜라이가 고함과 함께 그의 거처를 찾았지만, 수양은 벌써 침구 정리를 마치고 홀로 경문을 읊고 있었다.

수양을 본 니콜라이는 내심 당황했으나, 내색하지 않고 다시 고함을 질렀다.

"이곳은 데우스를 모시는 이들이 모이는 신성한 장소다! 당장 그 사특한 행위를 멈추어라."

"알겠소. 그럼 조용히 있지요."

"아니, 새벽 예배 시간이니 날 따라오거라."

수양은 말없이 그를 따라갔다.

그리고 그곳에서 신약성경, 그중에서 예수의 행적을 따라가는 복음서의 이야길 듣게 되었다.

"그래서 그 마리아라는 여인이 아비 없이 신의 아들인 이에수스(예수)를 낳았다는 거요?"

"그렇다. 그분은 독생자(獨生子)이며 우리의 죄를 씻기 위해 이 땅에 나시어……."

"석존의 탄신 설화하고 비슷하구려."

"감히 어디서 그런 이단자의 우두머리를 그분과 비교하느냐?"

"경청할 테니 계속하시오."

수양은 조용히 주교가 설명하는 정교회의 교리를 들었고, 이내 자신의 감상을 털어놓았다.

"내세적 관점이 다르긴 하지만, 근본 교리는 불가와 크게 다르지 않은 것 같은데, 당신의 신은 다른 신을 인정하지 않는구려."

"그것은 그분만이 유일한 진리이시며, 사특한 이단을 섬기는 자들을 구원하기 위함이다."

"모든 사람이 태어났을 때부터 알지도 못하는 조상의 죄를 진다는 것도 그렇고… 결론적으로 모든 사람이 천국이란 곳에 도달하는 게 그대들이 말하는 구원이오?"

비꼬듯 답한 수양은 니콜라이가 설명해 준 성경에서 빠르게 몇 가지 오류를 잡아내 반박하듯 지적했고, 한참 동안 그것을 듣던 니콜라이는 그동안 파악했던 불교의 모순을 지적하듯 답했다.

"불가에도 우리의 믿음을 베낀 지옥과 극락이 있는 것을 알고 있다. 그리고 네가 지적한 방식대로면 불교 역시 터무니없긴 마찬가지 아닌가? 본인은 알지도 못하는 전생에 지은 죄로 말미암아 어쩌고저쩌고하는 것도 이해가 가지 않는 건 마찬가지야."

수양은 베꼈다는 말에 잠시 불쾌함을 느꼈지만, 내색하지 않고 답했다.

"불도의 궁극적인 목적은 윤회의 고리에서 벗어나 스스로 부처가 되기 위함이요."

"한낱 사람이 신이 될 수 있다는 것부터가 오만한 믿음이다."

수양을 상대로 열을 올렸던 니콜라이는 주변을 살펴보곤 말했다.

"시간이 되었군. 식사 시간이다."

수양이 니콜라이를 따라가자, 수도사로 여겨지지 않는 험악한 인상의 남성들이 모여 식사를 하고 있었다.

"주여, 은혜로이 내려주신 음식으로 말미암아 축복을 내려주소서. 크리스토스의 이름으로 기원합니다."

니콜라이가 식전 기도를 마치자, 수양은 자신의 방식대로 합장한 후 식사를 하려는데 접시 위엔 커다란 고깃덩어리가 올라와 있었다.

"이런, 불승이라서 고기를 못 먹던가? 안타깝게 되었군. 이런 진미도 마음대로 즐기지 못해서."

니콜라이가 일전에 보아왔던 승려들을 예시로 들어 비꼬듯 말하자, 수양은 말없이 그걸 손으로 집어 물어뜯었다.

"이국의 종교에 대해서도 알려주고 이런 맛난 것도 주니 여기가 극락이 따로 없소이다."

"…너희 승려란 족속들은 고길 먹으면 안 된다고 하지 않던가?"

"누가 그러오? 부처께선 살생하지 말라 하셨지, 타인이 주는 것은 가리지 말고 먹으라 하셨소. 그건 그렇고 참으로 맛 좋은 소요. 내세엔 좋은 곳에서 태어나길."

천연덕스럽게 돌발 상황을 넘긴 수양은 식사를 마치고 경전을 읽으리라 생각했지만, 의외의 상황에 직면했다.

수도승들이 각자 짝을 지어 병기를 들고 겨루고 있었던 것이다.

"여긴 사찰이 아니었소?"

"이들은 푸른 늑대 단원이다. 이들 모두가 신실한 수도자이자 그분을 지키는 방패이지. 일 년에 두 달은 이렇게 모여 신앙을 재확인하고 병기술을 연마한다."

니콜라이의 말대로 푸른 늑대 단원들은 몽골계뿐만 아니라 슬라브계 일원이나 튀르크 계통 등 여러 인종이 뒤섞여 있었다.

"보아라. 우린 각자의 피부색과 생김새도 다르지만, 데우스를 섬기는 마음 하나로 이렇게 하나가 되었다. 너도 당분간 이들과 같이 지내며 배우도록."

니콜라이는 푸른 늑대단, 즉, 에센 직속 기사들의 훈련 과정을 따라가면, 제아무리 대단한 불승이라도 버티지 못하고 항복할 거라는 확신이 있었다.

평범한 불승이라면 이제껏 니콜라이가 해온 대로 참회실에 보내 물리적 수단이 동반된 참회와 더불어 세뇌나 다름없는 종교적 교리로 그를 무너뜨렸겠지만.

상대는 대국인 조선, 그것도 에센이 확신하듯 황실과 연관이 있다고 의심하는 상대였다.

그렇기에 니콜라이의 입장에선 최대한 합리적인 수를 쓴 것이었다.

만에 하나 조선 측에서 나중에 이 일을 알고 항의한다고 해도 적절한 변명거리를 갖추기 위한 수.

그러나 일은 니콜라이의 생각대로 흘러가지 않았다.

수양은 매일 하는 교리 토론 시간에 은근슬쩍 불가의 교리를 정교회의 교리와 뒤섞어 그럴듯한 해석을 내놓았고.

태생이 머리 쓰는 것과 거리가 먼 단원들은 그의 학식에 감탄하며 동조하기도 해 전령을 통해 소식을 들은 니콜라이의 분통을 터뜨리기도 했다.

그리고 결정적으로 단련 시간엔 나이에 걸맞지 않은 몸, 푸른 늑대 기사 전원을 통틀어도 꿇리지 않을 강철 같은 육체로 그들의 선망을 산 것이었다.

"저건 대체 뭐 하는 짓인가?"

수양의 소식을 듣고 단련장을 찾아온 니콜라이에게 선임 기사단원이 답했다.

"그… 수양 님이 창안하신 단련법인데, 이에수스 님의 고난을 우리도 겪어봐야 한다면서 매달려 버티는 중입니다."

어느 젊은 기사의 말대로 수양은 거대한 십자가를 만들어 양쪽 끝에 손잡이를 매달고 미끄러지기 쉬운 경사진 발판 위에 올라 악력과 발가락 힘만으로 버티는 자세를 보여주고 있었다.

"우오오오! 어제보다 1분 정도 더 버티신 것 같습니다. 정말 대단하십니다."

어느 기사단원이 조선에서 수입한 괘종시계를 보며 호들갑을 떨자, 수양은 조심스럽게 땅에 내려와 답했다.

"아닐세, 진정 대단하신 건 그분이시지. 손에 못이 박히셨다곤 하나 온종일 매달려 버티셨다고 하니, 나 같은 범인은 그 힘이 얼마나 대단하신지 짐작조차 어렵네."

자신만의 방식으로 예수의 고난을 십자 버티기로 해석한 수양이 겸양하자, 기사들 전원이 수긍하듯 고갤 끄덕였다.

"하긴, 친히 채찍을 들어 성전을 정화하시기도 했으니."

"우리도 좀 더 노력해서 본을 받아야겠어."

수양이 먼저 시범을 보이자 다른 단원들 역시 그를 따라 했지만, 대부분 1분을 넘기지 못하고 실패한 채 십자가에서 미끄러지듯 내려와야 했다.

"저걸 보고 있자니 내 머리가 이상해지는 기분이로군."

니콜라이는 최후의 수단으로 생각했던 물리적 방식의 참회를 머릿속에서 완전히 지웠다.

한편, 수양이 벌이고 있는 기행의 소문을 들은 에센은 웃음을 참지 못했다.

"으하하하하!"

"아버지, 뭐가 그리도 재밌으신 겁니까. 이러다 다들 그 수도사의 방식에 물들어갈까 봐 겁이 납니다."

"그것도 나쁘지 않다고 보는데?"

"……."

한때 에센의 친위대로 강제로 발탁되었다가 친아버지인 바실리의 사망 후 양자가 된 이반이 침묵하자 에센이 웃으며 답했다.

"예전에 보았던 그의 다른 동생과 닮아서 했던 추측이었지만, 그의 혈육이 확실한 것 같구나. 그도 언제나 내 예측을 빗나가게 했지."

"수양이란 불승이 조선의 황족이라면 어째서 유랑을 하고 있을까요?"

"우릴 굽어살피시는 데우스의 뜻을 필멸자인 내가 어찌 알겠느냐. 그저 그분이 보여주시는 길을 믿고 따를 뿐이다. 그건 그렇고… 요즘 많이 놈과 다툼이 있다고 들었다."

"형님과 오해가 있었을 뿐입니다."

이반의 말과 달리 에센의 아들들은 난데없이 들여온 양자로 인해 자신들의 지위가 흔들릴까 봐 겁을 집어먹었다.

그들은 에센이 개종한 계기가 이반이었다는 이야기를 주교에게 들었기에, 후계자 지위를 빼앗길까 염려해 암중에서 치열한 다툼이 벌이고 있었다.

"사이좋게 지내면 좋겠지만, 우리 같은 이들은 그럴 수 없겠지. 그리고 너도 내 속내를 다 알고 양아들이 된 것 아니야."

현재 에센은 강력한 군사력으로 인해 산하의 부족들을 통제하고 있으나, 자신이 죽고 나면 뿔뿔이 흩어질 거란 사실을 잘 알고 있었다.

그의 아들들은 하나같이 아비의 반의반도 못 미치는 기량과 인품을 지닌 이들뿐이었고, 실제로 원역사의 오이라트는 에센 사후 내전을 겪다가 몽골의 알탄 칸에 밀려 위구르 지역에서 새로운 나라 준가르를 세우게 된다.

"저 같은 이방인이 아버지의 후계자가 되는 건 당치도 않습니다."

러시아 최초의 차르가 돼야 했을 이반은 운명의 장난으로 인해 에센의 후계자 자리에 가까워지고 있었다.

"그 잘난 혈통 말이냐? 나야말로 그 혈통의 한계에 가로막혀 좌절했지. 그런데… 그는 달랐어."

"광무제 폐하 말씀이십니까?"

"그래, 난 실질적으로 원을 통치하는 군주였지만, 칸의 자리엔 오를 수 없었다."

"예, 일전에 말씀해 주셨습니다."

"그런데 그는 황금 씨족이 아님에도 쿠릴타이를 통해 대칸으로 추대되었고… 그리도 내가 원했던 것을 손쉽게 손에 넣었어. 그리고 미련 없이 그걸 버리고 바다 건너로 떠났고."

"지금은 그분의 아들이 대칸 자릴 물려받은 것으로 알고 있습니다."

"그래, 그 아비에 그 자식인지… 만인이 모인 자리에서 직접 칸의 자격을 증명했다고 하더군. 내게도 그와 같은 아들이 있었다면 널 양자로 들일 생각은 안 했을 거다."

"과찬이십니다."

"그리고 얼마 전 벌어졌던 전쟁에서도 친정하기도 했더구나."

"전 그 전쟁에 대해 제대로 듣지 못했었는데 그랬습니까?"

"북명이 대하(大夏)를 침공했고, 조선의 군주가 그 선봉에 섰다. 사실상 명국의 군권은 조선이 전부 쥐고 있으니 그 전쟁은 대칸의 의지나 다름없지. 결국 대하의 항복을 받아내고 조선에 귀화했던 명씨의 후손을 새로운 왕으로 세웠다고 하더구나."

"그렇군요."

에셴의 말대로 백련교를 국교로 삼아 부활했던 대하국은 신앙으로 무장해 국토로 삼았던 사천 인근 지방에 포교하며 영향권을 넓혀갔다.

그것을 경계한 북경의 조정 대신들은 한성에 직접 출석해 천순제 이홍위에게 의견을 구했고, 사교의 무리를 토벌한다는 명분으로 천순제가 직접 출정했다.

황제가 선두에 서서 진군하자, 전례대로 북방의 모든 일족이 자발적으로 모여 그 뒤를 따랐고, 압도적인 힘으로 전초전에서 대승을 거두었다.

첫 전투에서 처참하게 패배한 대하국은 전략을 바꿔 산악전을 펼쳤다.

국토 대부분이 산악지대로 이뤄진 사천의 전황이 늘어지자, 조선군과 명에서 차출한 정예 오천이 그 옛날 산악 전문가 등애가 촉을 침공한 경로를 따라 이동했고 대하의 수도인 성도(成都)를 급습해 점령하는 데 성공했다.

이는 평소 조선과 화령의 산악지대를 누비며 호랑이 같은 맹수를 잡아 죽이는 일로 단련된 병사들 덕이기도 했다.

이홍위는 아버지에게 배웠던바, 종교를 무작정 탄압하면 음지로 숨어들어 사교화되는 것을 잘 알고 있었다.

그렇기에 그 옛날 조선에 귀화했던 대하국 왕가의 후손 서촉 명씨의 장자를 왕위에 올린 다음 대하를 속국으로 만들었다.

그 후 백련교의 수뇌를 친견하고 그들의 권리를 일부나마 인정해 준 뒤, 사천 지방 밖으로 나오지 못하게 조처했다.

그 뒤 선별된 승려들을 백련교의 고위직으로 임명해 감시케 하고 미륵 신앙으로 변질된 교리를 수정하게 했다.

대하국 정벌은 천순제가 본격적으로 중원을 도모하기 위한 첫 번째 행보이기도 했다.

"아무튼, 조선이 저리 반응했기에 신앙의 힘으로 전도해 중원을 잠식하려던 내 계획도 좌절된 거나 다름없다."

"예, 저도 알고 있습니다."

"지금의 대칸은 명분을 신경 쓰고 적절한 선을 지키던 부친과 다르게 북경의 천자를 자기 아래로 보고 마음대로 부리는 것에 거리낌이 없어."

"그 정도입니까?"

"그래, 마치 예전의 나처럼 말이야."

에센의 말대로 태상황으로 물러난 주기진 다음으로 등극한 북명의 황제 주유검은 이홍위를 형님으로 모시고, 공식적인 문서에서도 양가가 한 가족이라며 이를 숨기지 않았다.

경제나 문화적으로 조선과 떨어질 수 없는 사이가 된 북명의 민심도 조선에 쏠려 있었으니, 선위는 천순제가 마음만 먹는다면 언제든 이뤄질 수 있는 상황으로 흐르고 있었다.

한편, 누군가가 기대했던 고난 대신 즐거운 수도원 생활을 하던 수양에게 방문자가 찾아왔다.

에센의 지시로 그를 방면하기 위해 니콜라이가 찾아온 것이다.

니콜라이는 수양이 아까운 인재임을 깨닫고, 정교국에 그를 귀화시키고자 수양을 설득했다.

그는 이야기 도중 자신도 모르게 에센을 찬양했다.

"각자 고향도 다르고 쓰던 말도 다르던 우리들을 한데 모은 우리의 군주께선 사제왕 요한네스의 재림이네."

"사제왕이 뭡니까?"

사정을 모르는 수양이 묻자, 니콜라이는 자랑스럽게 프레스터 존의 전설과 자신의 지난 행적을 설명했다.

머나먼 동방에 사제왕 요한네스가 다스리는 카톨릭의 나라가 있다는 이야기.

그러나 그 실체는 유럽을 침략했던 몽골이었기에, 환상이 깨어졌었다고.

하지만 어릴 적부터 사제왕 프레스터 존의 전설에 심취했던 니콜라이는 사실을 증명하기 위해 오이라트 산하의 수많은 부족을 뒤졌고.

그들 중 변질하긴 했으나 네스토리우스 종파의 흔적이 남아 경교라는 이름으로 신앙을 이어가는 이들을 만날 수 있었다.

경교의 사제가 무당의 일종으로 변질하긴 했으나, 니콜라이는 성경의 가르침 일부가 구전되어 전해진 것을 확인하곤 환희를 넘어 신의 계시가 내려진 듯한 감정을 느꼈다.

사라이에서 에센에게 세례를 내리고 개종시킨 업적이 있던 니콜라이는 그 일로 말미암아 자신에게 주어진 목적이 신의 말씀을 동방에 퍼뜨리기 위함이라 깨달았고 적극적으로 포교를 했다.

에센의 허락을 얻어 지금 자리 잡은 새로운 터전에서의 이권을 약속하는 등 적극적인 포교를 시행해 신도를 대폭 늘렸다.

또한 신의 말씀을 끝까지 거역하는 불신자, 즉 티베트 불교 신자나 토속신앙을 섬기는 이들에겐 물리적 수단이 동반된 참회와 회개를 강요했고.

개중 함부로 손댈 수 없는 신분의 이들은 타국으로 추방했다.

일련의 조치로 말미암아 10여 년이 조금 넘는 시간 내에 오이라트는 동방에서 유일한 정교회 국가로 성장할 수 있던 것이다.

"비록 나와 방향은 다르지만, 대단한 일을 하셨구려."

"전에도 물었는데, 그대는 어째서 조국을 떠나 세상을 떠돌고 있나?"

"난 한때 품어서는 안 될 마음을 품었소. 그 죄로 말미암아 참회하기 위해 세상을 떠도는 중이오."

"차라리 자네의 힘을 이 나라에서 써볼 생각은 없는가? 자네가 개종한다면 우리의 군주께서 영주로 삼아주실 수도 있네만."

"그대가 그대의 신을 위해 인생을 걸었듯, 나도 나만의 길이 있소. 그러니 보내주시오."

니콜라이는 결국 수양의 마음을 돌리지 못함을 깨닫고 답했다.

"그런가. 조선으로 보내주지. 사죄의 의미로 여비도 넉넉하게 챙겨주겠네."

여비를 거절하려던 수양은 즉흥적으로 무언갈 떠올리고 답했다.

"그간 조선은 충분히 보아왔소. 혹시 다른 곳으로 보내줄 수 있겠소?"

"어딜 가고 싶은가?"

그러자 수양은 일전에 석가의 탄신지 룸비니에 대해 들었던 것을 떠올리며 답했다.

"천축이오."

"거기가 어디지?"

수양은 한참을 고민하다 적절한 명칭을 찾아 답했다.

"서역에선 그곳을 인디아라고 한 것 같구려."

"거긴 우리와 교류가 없는 곳이네."

"그럼 그곳과 교류가 있는 나라로 보내주시오. 그다음은 내가 알아서 할 테니."

"알겠네. 길잡이를 붙여주고 새로운 말도 내어주지."

"추횡… 그러니까 내 말은 반평생을 나와 함께한 동반자요."

"자네의 늙은 말을 험한 여정에 계속 데려가는 것도 집착이자 말에게 고통만을 안겨주는 행위네. 자네가 일전에 나에게 불도를 설명하면서 말했지? 만남이 있으면 헤어짐도 있는 법이라고."

정교회의 주교에게 석가의 일화인 회자정리의 이치를 들은 수양은 한 방 맞은 듯한 표정을 지으며 답했다.

"그렇군. 그것도 나의 집착이자 욕심인가. 앞으로 그 아일 잘 부탁하오."

"내 특별히 신경 써서 가는 날까지 편히 돌보도록 하지."

결국 수양은 에셴의 친필이 담긴 서신을 받아 길잡이들과 함께 섬서로 이동했고, 그곳에서 에셴의 예전 직책인 타이시를 물려받은 영주 알락을 만났다.

"흠, 여기서 천축으로 가려면 토번(吐蕃, 티베트)을 거쳐야 하네."

"토번이면… 귀국의 속국이 아닙니까?"

"그것도 옛말이고… 북경에서 패퇴하자 조공 관계를 끊었네. 지금은 몇몇 토호들이 권력을 잡고 산지를 방패 삼아 문호를 잠근 채 살지. 그나마 마지막으로 교류를 한 건 여기서 불교를 믿는 이들을 그곳으로 추방했을 때뿐이고. 아무튼, 그곳의 법왕(法王)에게 추천장을 써주지."

"법왕이요?"

"거기서 제일 존경받는 승려일세. 딱히 권세가 있는 건 아니고, 존경을 담아 그리 부른다더군."

알락의 추천장을 받은 수양은 감숙과 청해 일대를 지나 불교의 나라, 티베트에 도착했다.

성도 라싸의 거대한 사원 앞에 도착한 수양은 생소한 양식이지만, 붉은색 가사를 걸친 승려들이 거리를 오가며 탁발하는 광경에 마음이 절로 편해졌다.

"승려 수양이 법왕 성하를 뵙사옵니다."

수양은 알락과 에센의 추천장을 들고 법왕 겐둔을 만나 명국어로 인사했다.

"성하는 무슨, 그냥 승(僧)이지. 아무튼 먼 길을 온 것을 환영하네. 조선에서 왔다고?"

"예, 그렇습니다."

"자네와 조선의 이야길 듣고 싶군. 어떠한가?"

"원하신다면 기꺼이."

수양은 간략하게나마 조선의 불교와 자신이 겪었던 이야길 했고, 겐둔은 수양이 마음에 들어 추임새를 넣어가며 이야길 경청했다.

본래 겐둔은 초대 달라이 라마다.

그러나 달라이 라마라는 호칭은 후대의 법왕이 몽골의 군주 알탄 칸에 의해 받은 것이다.

그렇기에 겐둔은 사후에 라마로 추존받은 이었으며 후세에 신정 국가화된 티베트처럼 권력을 쥐고 있는 상황이 아니었다.

"천축으로 가는 길을 찾는다고?"

수양의 이야길 들은 후 추천장을 읽어본 겐둔이 묻자 수양은 고갤 숙이며 답했다.

"예, 석존의 탄신지 남비니를 찾아가려 합니다."

"그게 무슨 말인가? 석존의 탄신지라니? 그곳이 실재한다고?"

신미에 의해 룸비니가 발견된 것을 모르고 있었던 법왕 겐둔은 평정심을 잃고 물었고, 수양은 침착하게 자신이 아는 대로 답했다.

"아국의 승려 출신 역관이 천축에서 아육왕이 남겨둔 석주를 발견했다고 합니다. 자세한 내용은 저도 모르지만, 거기에 석존의 탄신지를 증명하는 내용이 적혀 있다고……."

"그게 정녕… 사실인가? 한 치의 거짓도 없이?"

"예."

"그게 진실이라면 나도 자네와 동행하겠네."

"안 됩니다!"

"성하! 성하의 나이를 생각하시지요."

"어찌 이국에서 온 이의 말만 믿고 먼 길을 가시려 하십니까?"

겐둔의 폭탄 발언이 떨어지자 그의 곁을 지키던 승려들이 하나같이 결사적인 각오로 반대했고, 수양은 졸지에 그들의 미움을 받게 되었다.

"이방인, 지금 자네가 무슨 말을 하는지 아는가?"

"그래! 어디서 그런 허황된 말을 감히……."

법왕 겐둔이 승려들을 상대로 끝까지 가고 싶다고 고집을 부리자, 그의 측근들은 그를 만류하기 위해 필사적으로 설득했다.

　그 과정에서 티베트어로 고성이 오가자, 그 말을 알아들을 수 없던 수양은 당황했다.

　"이방인, 오늘의 친견은 여기서 끝이다."

　겐둔의 측근에게 쫓겨나다시피 법당에서 추방된 수양은 며칠 후에 법왕이 소개했다는 통역 겸 길잡이를 만나게 되었다.

　"스님, 산은 잘 타십니까?"

　"내 고향은 어디를 가든 산지 투성이요."

　"앞으로 우리가 갈 곳은 차원이 다른 곳인데… 괜찮으시겠습니까?"

　"대체 얼마나 높길래 그러오?"

　"천산은 애들 장난으로 보이게 하는 곳이지요."

　그간의 경험으로 티베트의 높은 산지에도 나름대로 익숙해져 있던 수양은 그 말을 허풍으로 치부했다.

　그러나 한 달 후 그가 마주친 히말라야산맥은 자연의 경이를 넘어 사람을 거부하는 벽 그 자체였다.

　"저길 넘어가야 하는데, 정녕 괜찮으시겠습니까? 지금이라도 자신 없으시면 말씀하시지요."

　"혹시 저기 말고 다른 길은 없는가?"

　"돌아서 가려면 티무르의 영역을 통과해야 하고 1년은 걸릴 텐데, 거기서부턴 제가 스님의 신변을 책임질 수 없습니다."

　"으음, 저긴 사람이 넘어갈 만한 곳이 못 되는 듯하네."

　잠시 생각에 잠겨 있던 길잡이는 이내 수양을 바라보며 답했다.

"스님께서 조선 출신이시니, 티무르 쪽에서 사정을 봐줄지도 모르겠군요. 그쪽으로 돌아서 가시겠습니까?"

"그러지. 앞장서게."

수양은 길잡이의 말을 따랐고, 히말라야산맥을 피했지만 끝이 보이지 않는 산지에 질려 버리고 말았다.

"그나마 우리가 가는 곳은 편한 길입니다. 북쪽의 사막을 통과하려면 죽어났을걸요?"

"여길 오가는 이들이 있긴 한 건가?"

"예, 조선에서 서역과 교류를 시작하고 나서 비단길을 오가는 상단이 점점 늘어났죠. 아국에서도 웃돈을 얹어주곤 거기에 동행하는 이들도 생겼고요. 저도 여러 번 다녀온 적이 있고요."

"조선말은 그때 배운 건가?"

"예. 조선의 역관 나리에게 배운 겁니다."

"내가 일전에 듣자 하니 토번은 외부와 교류가 없다던데?"

"에이, 그거야 대외적으로 그런 거고요. 실상은 조선의 폐하께 조공을 바치고 있는데요."

"그랬나. 그럼 주로 뭘 가져다 파나?"

"주로 약재나 깔개, 보옥이나 공예품을 가져다 팔지요."

"잘 팔리나?"

"그럼요. 요즘은 약재로 쓰는 구기자도 없어서 못 팔 지경이지요. 우리 토번산은 그중에서도 상등품으로 취급받아서 키우는 이들이 늘고 있습니다."

"그렇군. 그런데 우리가 가고 있는 티무르는 회교국이라고 하던데 정말인가?"

"네, 거기선 승려인 것을 숨기는 게 좋을 겁니다."

"알겠네."

3달에 걸친 여정 끝에 히말라야산맥을 우회한 수양은 티무르의 수도 사마르칸트의 남쪽에 위치한 아프가니스탄 일대에 도착했다.

길잡이 사내는 그곳에서 자신과 안면이 있는 관료를 수양에게 소개해 주었다.

"그대가 우리의 제후국인 델리로 가고 싶어 한다는 여행자인가."

다행히도 티무르의 관료는 조선말을 할 줄 알았고, 수양은 편하게 답했다.

"그렇습니다."

"거긴 어째서 가려고 하지?"

잠시 말문이 막힌 수양은 승려인 것을 감추라는 길잡이의 조언에 거짓말을 할까도 고민했지만, 이내 솔직하게 답했다.

"성지를 찾아갑니다."

"성지? 자넨 우리 신앙의 형제인가? 메카를 찾아가려면 방향을 잘못 잡았네만."

성지라는 말에 메카를 떠올린 관료가 의아해하며 답하자, 수양은 당당하게 답했다.

"전 붓다의 가르침을 따르는 승려입니다. 그분이 태어나신 곳을 찾아가고 있지요."

"허, 거참… 조선말로 이걸 뭐라고 하더라."

"어이가 없으십니까."

"그래, 어이가 없군. 이슬람의 나라에서 불교의 성지를 언급하다니."

수양은 순간 자신이 경솔했음을 느끼곤, 처분을 각오했지만 의외의 대답이 떨어졌다.

"지즈야… 아니지. 조선식으로 하면 종교세 과세 대상이로군."

"그게 뭡니까?"

"우리가 다른 신앙을 믿고 있는 이들에게 걷는 보호비의 일종이자 관용의 대가일세. 자넨 우리 형제국인 조선 출신이니 특권으로 5할이 감면되는군."

"혹시 신을 믿지 않는 자들은 어찌합니까?"

"그 경우엔 해당 사항 없네. 입국과 동시에 알라께 부정적인 언사를 하거나 비난하지 않는다고 맹세하면 되지. 그러고 보니 조선 출신으로 종교세를 내는 사람은 처음 보는군."

관료 말대로 티무르의 전임 군주 울루그 벡은 조선과 적극적으로 교류하며 엄격한 이슬람의 법도를 완화해서 적용했다.

그는 오래된 법이나 율법을 폭넓게 해석해서 티무르 이슬람교인들이 다른 종교를 극단적인 배척하거나 증오를 일으킬 여지를 줄였다.

그 결과 티무르는 외부와 적극적인 교류해 국력을 키웠고 속국인 백양 왕조와 흑양 왕조를 정식으로 합병해 옛 페르시아의 후신으로 인식될 만큼 번성을 누리고 있기도 했다.

니콜라이에게 받은 은전으로 종교세를 납부한 수양은 여기까지 데려다준 길잡이에게도 사례하려 했지만, 그는 고갤 저었다.

"전 이미 법왕 성하께 많은 돈을 받았어요. 성하께서도 스님이 룸비니에 가시길 바라서서 절 고용하신 거고요."

"그런가… 성하의 은혜가 하해와 같군. 돌아가게 되면 내가 그분의 은혜를 잊지 않겠다고 전해주게나."

토번의 길잡이와 헤어진 수양은 관료의 소개를 받아 인도까지 동행할 역관 겸 길잡일 새로 구했고, 나름대로 평탄한 지형이 이어진 탓에 그간 고생했던 것에 비하면 편하게 여정을 이어갈 수 있었다.

"예전에도 얼핏 듣긴 했었는데, 여긴 회교의 사찰이 가득하군."

"저도 생전에 불교의 수도자와 동행하게 될 거라곤 생각 못 했죠. 제가 어릴 적만 해도 상상도 못 할 일인데. 세상이 많이 변하고 있나 봅니다."

"일전에 만났던 정교회도 그렇지만, 자네의 신도 질투가 많은가 보군."

"정교회요? 혹시 그거 아나톨리기를 말씀하시는 겁니까?"

"그게 뭔진 모르겠는데 데우스라고 하는 유일신을 섬기는 이들이었네."

"그럼 맞습니다. 그들이 조선에도 손을 뻗친 겁니까?"

"그건 아니고, 내가 가봤던 곳 중에서 국교로 삼는 나라가 있네."

"그렇습니까. 아무튼 입에 담는 것도 좀 뭐하지만, 우리들은 그들과 같은 신을 섬깁니다."

"아무리 봐도 닮은 구석이 없어 보이는데… 정말 같은 신을 섬기나?"

"예. 원랜 그들을 성서의 백성이라고 구분했는데… 지금은 좀 그렇죠."

"같은 신을 섬긴다면서 어째서 그렇게 되었나?"

"제가 알기론 성지 때문입니다. 몇백 년 전에 성전이란 명분으로 우리의 예언자께서 승천한 성지에 쳐들어 와서 선량한 무슬림을 학살하고 멋대로 그 땅을 점거했죠."

"무슨 말인지 모르겠군."

그러자 길잡이는 예루살렘을 간단하게 설명하며 카톨릭에서 말하는 신의 아들 예수가 승천한 장소이며, 이슬람의 창시자이자 예언자인 무함마드가 승천한 곳이라는 말을 덧붙였다.

"그 성지란 곳은 현재 귀국의 소유인가?"

"그렇습니다. 우리의 새로운 군주께서 즉위하시곤 가치도 모르고 있던 놈들에게서 그 땅을 탈환하시었죠. 그곳을 다른 교도들에게도 개방하신 건 좀 그렇지만……."

독실한 이슬람교도인 길잡이의 말대로 울루그 벡의 뒤를 이은 아지즈는 왕권을 공고히 하기 위해 성지 회복이란 명목으로 맘루크 왕조의 지배 아래에 있던 예루살렘을 손쉽게 점령했다.

그리고 조선을 매개로 우호국이 된 로마의 요청으로 예수의 무덤인 성묘 교회를 개방해 소유권을 그들에게 넘겨주려 했다.

그러나 이를 감지한 바티칸에서 로마를 본산으로 둔 정교회와 동등한 권리를 주장했고, 티무르는 그들의 경쟁을 이용해 여러 이권을 얻어내고 있었다.

"그런가. 사정은 모르지만, 귀국에도 한때 위기가 있었다고 들었는데 잘 헤쳐 나간 것 같아 다행이네."

"그렇죠. 우리 신 대감님 아니었으면 나라가 어찌 되었을지."

"신 대감이면, 좌의정 대감 말인가?"

중년의 길잡이는 그가 아는 대로 신숙주가 압둘의 반란을 제압한 과정을 실감 나게 설명해 주었고, 수양은 왠지 모르게 아는 이야기 같아 기시감을 느껴야 했다.

"자네의 말대로라면 중대한 율법을 어긴 게 되는데 세족들의 반발은 없던가?"

"처음에야 뭐… 난리를 쳤죠. 아무리 그래도 손님으로 초대해 놓고 그러는 게 말도 안 된다면서… 그런데도 결국 입을 다물 수밖에 없게 만든 게 선대이시죠."

울루그 벡은 아들의 반란 후 조선의 선례를 따라 지방 귀족의 힘을 줄여 중앙 집권화하는 데 온 힘을 다했고, 후계자인 아지즈는 성전이란 이름으로 아버지가 물려준 권력을 공고히 다지는데 성공해 탄탄대로를 걷고 있었다.

수양은 길잡이의 안내 덕에 사이드 왕조의 수도 델리에 도착해, 그곳의 관리에게 성지 룸비니에 대해 물었고 길잡이가 통역해 주었다.

"이야길 듣자 하니, 그곳은 지금 조선에서 온 사람이 머물면서 관리 중이랍니다."

"그런가?"

"지도를 받았으니 절 따라오시면 됩니다."

"여기서 얼마나 걸린다고 하는가?"

수양의 물음에 지도를 살핀 길잡이가 추측했다.

"잘은 모르겠는데, 이만한 거리면 쉬지 않고 달린다는 가정하에 열흘에서 보름 정도 걸리겠는데요?"

수양은 자신의 긴 여정이 어느새 끝이 다가왔다는 것을 자각
하곤 흥분해 그날 밤 잠을 설쳤다.

"너무 빨리 달리는 것 아닙니까? 무슨 수도자가 이리도 말을
잘 타요."

"자네가 메카를 지척에 두고 있다고 생각해 보게. 나처럼 달리
지 않겠는가?"

"아뇨. 보통은 경건한 마음으로 걸어가는 게 정석이라서요."

수양은 길잡이의 불평에도 아랑곳하지 않고 최소한의 휴식과
식사를 하며 말을 몰았고, 결국 열흘 만에 목적했던 장소에 도
달했다.

"정말 여기가 맞나? 아무리 봐도 회교의 사찰 같아 보이는
데……."

"저야 뭐, 지도를 보고 그대로 따라온 것이니 알 수가 없죠."

"안에 사람이 좀 있는지 불러주게나."

"알겠습니다. 이보시오! 누구 안에 없소?"

길잡이가 능숙한 힌디어로 소리치자, 안쪽에서 누군가가 답했
다.

"이곳은 모스크입니다. 큰 소리를 내는 것을 삼가시지요."

조용하면서도 위엄 있는 말투로 대답한 사내는 예순이 넘어
보이는 노인이었다.

나이에 걸맞게 흰 머리카락을 적당한 길이로 잘라 단정하게
정돈했으며, 수양에겐 잊을 수 없는 얼굴이기도 했다.

"스승님!"

수양이 스승 신미에게 큰절을 올리자, 뻘쭘해진 길잡이가 어

이없는 표정을 지으며 물었다.

"두 분이 아는 사이입니까?"

"그렇소."

길잡이에게 답한 신미, 지금은 역관이자 성지 룸비니의 관리자로 임명받은 조선의 관료 김수성이 자신의 제자를 일으켜 세우며 손을 잡았다.

"네가… 어찌하여 이곳까지 오게 되었느냐?"

"이 불초 제자가 사바세계를 헤매다 보니 여기까지 오게 되었습니다……."

수양은 그간 겪었던 여정을 떠올리며 답하자 눈물이 그치지 않았고, 김수성은 하나뿐인 제자의 심정을 이해하며 등을 쓸어 주었다.

"그러냐. 정말 고생이 많았다."

"그러시는 스승님은 어찌하여 이곳에 계십니까?"

"내가 이곳을 발견했단다."

스승의 말에 제자는 일전에 어느 노관리에게 들었던 말을 떠올리며 답했다.

"그럼 스승님께서 역관이 되셨단 말씀이십니까?"

"그래, 이젠 중놈이 아니라 환속해서 조정의 녹을 먹는다."

"대체 어쩌다……."

"그게 다 내가 쌓은 업보 때문이지. 그건 그렇고 먼 길을 왔을 텐데 끼니라도 같이 하자꾸나. 거기 동행한 분도 같이하시죠."

김수성은 각종 향신료를 섞어둔 마살라를 이용한 요리를 접시에 내어주며 말했다.

"식기 전에 들거라."

인도의 방식대로 상 대신 깔개 바닥에 요리를 차려준 스승의 권유에 수양은 당황하며 답했다.

"저… 수저나 젓가락은 없습니까?"

"설마 여기까지 오면서 뭘 먹은 적이 없더냐? 여기선 손으로 집어먹는 게 보편적이다."

"그게 급하게 오느라 먹을 것을 구해 따로 조리한지라……."

그러자 길잡이가 답했다.

"제가 조선의 풍습을 나름대로 아는 편이라 조선식으로 맞춰 주었습니다."

"그렇습니까? 귀인께서 제 제자를 이곳까지 편히 모셔다 드리셨군요. 감사드립니다."

"저야 뭐, 이분한테 금전을 받고 안내한 거니까요. 아무튼 감사히 먹겠습니다."

수양은 스승의 권유에 따라 오른손으로 밥을 집었지만, 찰기가 없는 탓에 손안에서 흩어져 버린 것을 보곤 한숨을 쉬었다.

"요령이 생기면 편해질 거다."

수양은 어설프게나마 밥을 집어먹은 후 장처럼 보이는 것을 찍어 맛보곤, 이내 입에서 불을 토했다.

"스승님… 이건 도저히 사람이 먹을 만한 것이 아닌 것 같습니다. 혹시 고행을 목적으로 만드신 겁니까?"

"이게 매우냐?"

"예, 입에 불이 난 것 같습니다."

수양이 시뻘게진 얼굴로 눈물마저 흘리자, 매운맛에 익숙해져 있던 신미는 고갤 갸웃댔다.

"손께선 괜찮으십니까?"

"뭐… 그럭저럭 버틸 만하네요. 조선에서 들여온 고초를 몇 번 맛본 적이 있어서요."

"그렇습니까. 네 혀가 유독 약한 듯하구나. 그건 그렇고 내가 상황 폐하께 직접 배운 요리인데 이렇게나마 네게 선보이게 되니 기쁘구나."

"이걸… 그분께서 스승님께 알려주셨다고요?"

"그래, 내가 처음으로 천축에서 귀국했을때 이곳의 토속 요리에 관해 물으시더니, 여러 가지 향신료를 조합해 맛을 내는 법을 알려주셨지. 지금 네게 내온 건 거기에 고초를 더해서 매운맛을 늘린 것이고."

수양은 결국 스승이 내어준 매운 카레를 억지로나마 전부 먹어 치웠고, 감격의 재회를 했을 때와는 다른 상황으로 눈물이 멈추지 않게 되었다.

"스승님, 아까 관원이 되었다고 하셨는데, 여기에 다른 관원들도 있습니까?"

"아니다. 내가 어기 머무는 것은 어디까지나 이곳을 보존하기 위한 일이고. 상황께서 내 억지와도 같은 바람을 들어주신 것이야."

수양은 신미가 역관이 된 사정을 모른 채, 형의 새로운 면모를 보며 감사하는 마음을 가졌다.

"그렇습니까. 그건 그렇고 생김새가 우리의 사찰과는 양식이 다른데 사정이 있습니까?"

"이곳은 명목상으로나마 회교의 사원이다. 술탄… 즉 이곳의 군주께서 불교에 온정적이라 배려를 해주신 덕이지."

"그게 배려라고요?"

수양의 물음에 길잡이가 끼어들었다.

"최고의 배려로군요. 누구도 함부로 이곳을 건드리지 못할 겁니다."

"저분의 말이 맞아. 명목상이나마 회교의 사원으로 있으면 여길 파괴하려는 사특한 이가 생기지 않을 터."

"그렇습니까……."

"제 아버지 대에만 해도… 아국에서 불교의 유적을 부수거나 태우는 이들이 꽤 있었습니다. 지금이야 모두가 나라의 재산으로 지정되어 그럴 수 없지만요."

맞장구를 친 길잡이는 수양과 신미에게 넉넉한 여비를 받아 고향으로 돌아갔다.

길잡이를 보낸 수양은 다시 만날 수 없을 거라 여겼던 스승과 이국에서 재회한 것을 다시 한번 기뻐하며 그동안 세상을 떠돌던 행적을 남김없이 털어놓았다.

"네가 나보다 더 낫구나. 실로 대사란 호칭이 아깝지 않아."

"아닙니다. 그런 것은 허명일 뿐입니다. 어찌 스승님의 공에 비할 수 있겠습니까?"

"이곳에 처박혀 있던 나보단 고통받는 중생들을 도와온 네가 낫다."

"스승님이야말로 역사에 길이 남을 공적을 세우셨습니다."

"나도 처음엔 그렇게 생각했지. 한데 누구도 찾지 않는 이곳에 있다 보니, 별의별 생각이 다 들더구나."

"어찌하여……."

"한데, 그럴 때마다 네가 주고 갔던 석보상절을 읽으며 마음을 다스렸단다. 내가 제자 하나만큼은 정말 잘 두었다고 할 수 있어. 그건 그렇고 앞으로 어떻게 할 테냐?"

신미의 극찬에 그간의 고생이 전부 보답받았다는 생각을 한 수양은 고갤 숙이며 답했다.

"스승님 말씀대로 조정에서 이곳을 찾아오지 않는다면, 불초 제자가 스승님을 모시며 불법을 닦고 싶습니다."

"그러냐. 잘되었구나. 나도 이젠 나이가 들어 여길 맡아줄 사람을 찾던 참이었다."

"감사합니다."

그렇게 수양의 기나긴 여정은 룸비니에서 끝이 났고, 성지의 수호자로 여생을 보내게 되었다.

그로부터 10년.

신미는 잠자리에서 열반에 들었고, 수양은 손수 시신을 화장하며 스승의 명복을 빌었다.

그간의 생활 덕에 힌디어에도 능통하게 된 수양은 인근의 주민들과도 가깝게 지냈고, 신미의 죽음 이후로 금전적 지원이 끊긴 탓에 홀로 농사를 지으며 먹고 살았다.

수양은 그러던 와중에도 인근에 병이 돌면 아무런 대가 없이 병자들을 도왔고, 그를 무슬림으로 착각하고 있던 주민들은 이맘으로 지칭하며 존경했다.

다시 그로부터 10년 후 수양은 아버지와 어머니의 부고를 듣게 되었다.

"태상황의 묘호가 세종이라……."

소식을 가져온 이는 성지에 대한 소문을 듣고 순례하기 위해 남방항로를 거쳐온 전 법주사의 주지 학열과 그의 제자 서봉이었다.

"그건 그렇고 대사께서도 많이 늙으셨구려."

"절 기억하고 계십니까?"

"그럼요. 제가 대사께 무례하게 대했는데도 친절하게 길을 알려주셨잖습니까. 그리고 복천암이 시주들을 독점하는데도 불평한마디 없이 스님들을 보내 일을 도와주셨으니 잘 기억하고 있습니다."

"한때 스쳐 가는 인연이라 잊으신 줄 알았는데, 성지의 수호승께서 절 기억해 주시니 영광입니다."

"영광이라니 당치도 않습니다. 그건 그렇고… 저쪽은 대사님의 제자입니까?"

"예, 이쪽은 서봉이라고 합니다. 서봉아, 대사님께 인사 올리거라."

"소승이 큰스님께 인사 올리겠습니다."

"큰스님은 무슨… 그건 그렇고 자네, 내 뒤를 이어줄 수 있겠는가?"

학열은 수양의 제의에 반색하며 기꺼워했지만, 당사자인 서봉은 거칠고 예의 없던 수양의 모습을 떠올리며 잠시 주저했다.

그러나 고민도 잠시, 지금은 더없이 온화하게 변한 그의 모습과 더불어 성지의 수호승이란 직책에 이끌려 제의를 수락했다.

"큰일을 맡겨주시니 영광입니다."

그렇게 후계자를 찾은 수양은 그에게 현지어와 더불어 그간 익혔던 양생법을 전수했다.

느닷없이 몸을 쓰게 된 서봉은 나찰처럼 돌변한 수양에게 반항도 해보았지만, 스승인 학열의 묵인하에 어쩔 수 없이 단련해야 했다.

서봉은 나름대로 자질이 있어 점점 몸이 커졌고, 수양과 학열을 흡족케 했다.

그로부터 5년 후.

노환을 앓던 수양은 서봉과 학열이 지켜보는 앞에서 누워 가쁜 숨을 내쉬었다.

"그간 밝히지 못한 말이 있었네. 무덤까지 가지고 가려 했는데 말년을 함께 보내준 자네들에게도 끝까지 숨기는 것은 못 할 짓이라 여겨지더군."

"예, 말씀하시지요."

수양의 임종을 준비하던 두 명은 수양의 유언이라 생각하고 귀를 기울였다.

"내가 바로 세종……."

그러나 힘을 다한 수양의 말은 거기서 끊어졌고, 학열과 서봉은 조용히 합장한 후 정중하게 화장했다.

수양대군 대신 수양대사의 길을 걸어온 이유의 파란만장한 삶은 끝이 났고, 그의 의지를 이은 후계자 서봉과 후임들로 인해 불교의 성지 룸비니는 안전하게 후대에까지 전해지게 되었다.

훗날 불교가 수양이 뿌린 씨앗으로 인해 사하와 북방에서 나름대로 번성했고, 수양은 성지의 발견자인 스승 신미와 함께 불교의 위인으로 여겨졌지만, 출가하기 전 그의 삶은 먼 훗날에 이르렀어도 여전히 밝혀지지 않았다.

제3장
[외전] 왈라키아의 귀빈

내 이름은 안드레이.

구국의 영웅이신 왈라키아 대공(cel Mare) 블라드(Vlad) 전하의 자랑스러운 시종이지.

내 하루의 시작은 이렇다.

아침 해가 뜨기 전에 빠르게 일어나 손과 얼굴을 씻고 복장을 다듬는다.

처음엔 매일같이 손과 얼굴을 씻는 게 어색했지만, 지금은 내게 주어진 특권임을 잘 알고 있다.

내 고향은 코바스나에 인접한 척박한 산지라 먹을 만한 물도 귀하기 그지없었으니, 고향의 친구들이 지금의 날 봤다면 정말 부럽다고 할 거다.

아니지. 그 친구들이 나보다 먼저 천국에 갔으니, 나보다 더 잘 살고 있으려나?

내 가족과 더불어 우리 마을 사람들은 전임 영주 크로쿠스에게 빼앗긴 식량의 대가로 인둘겐티아(면죄부)를 받았다.

그러니 나도 언젠간 가족과 친구들을 따라 그들의 곁으로 가게 되겠지.

아무튼, 단정하게 복장을 점검하고 나면 다른 시종들과 함께 대공 전하의 침실에 커다란 물통과 세숫대야, 그리고 각종 향료와 식초를 대령한다.

거기다 외국에서 수입한 싸푼(sapun)이란 물건도 빠뜨리면 안 된다.

이 싸푼이란 것은 궁성에서 처음 보았는데, 참으로 신기하기 그지없다.

더러워진 몸을 깨끗하게 만들고, 은은한 레몬 향이 감돌기까지 하니까.

"좋은 아침이구나, 안드레이."

"예, 전하."

대공께선 특별하게 제작된 흑단목 의자에 앉으신 후 고개를 뒤로 젖히셨고, 난 미리 준비한 세숫대야를 지지대에 올려 그분의 머리가 들어가도록 자리를 맞췄다.

난 물을 묻힌 싸푼을 문질러 몽글몽글한 거품을 일으켰고, 그것을 조심스럽게 그분의 머리카락에 문질렀다.

"물 온도는 어떠십니까?"

"좋구나."

"오늘은 날이 쌀쌀해 평소보다 조금 더 따뜻하게 해봤습니다."

"그러냐."

대공 전하께선 나의 작은 배려가 마음에 드신 듯 드물게 입꼬리를 움직이셨고, 난 거품을 씻어낸 후 식초를 탄 물로 다시 한 번 머리를 헹구어 내었다.

전하께서는 심한 곱슬머리시다.

젊으실 적 그리신 초상화를 보면 곱슬한 머리를 길게 기르셔서 치렁치렁하게 늘어뜨리셨는데, 지금은 주기적으로 짧게 잘라 단정하게 정돈하신다.

머리를 짧게 자르고 몸을 씻는 건 전쟁에서 배운 지혜라 하셨고, 이렇게 하면 병을 예방할 수 있다고 한다.

그 영향으로 나를 비롯한 시종이나 궁성의 관료들도 대공 전하처럼 짧은 머리를 하고 다닌다.

나도 이런 방식에 익숙해지니 지금처럼 청결히 하는 게 좋다고 생각한다.

내 고향에선 머리와 옷 속에 빈대와 이가 들끓는 게 일상이었으니까.

대공님께서 먼저 머릴 감으시고 나자, 나와 동행한 시녀가 같은 방법으로 대공 부인의 머릴 감겨주었다.

"세수는 내가 알아서 하지."

"알겠습니다."

그렇게 대공 전하와 대공 부인의 아침 단장이 끝나면 아침 식사를 준비한다.

"전하, 오늘의 아침은 오레즈(orez, 쌀)가 준비되었다고 합니다."

"그래? 마침 밥이 먹고 싶었는데 잘되었군."

대공 전하께선 가끔 오레즈를 밥(bop)이라고도 하시던데, 내가 모르는 이국의 단어인가 보다.

요리장이 준비한 오레즈와 더불어 내겐 생소한 형식의 요리들이 식탁 위에 늘어졌다.

젓갈이라고 하던가? 생선의 알 같은 걸 소금에 절인 음식인데, 내 고향에선 소금에 절인 숭어도 귀한 음식이라 저걸 본 건 궁에서 일하고 나서부터다.

가룸이라고 해서 로마에서 오신 분들이 가끔 먹는 양념도 저거랑 비슷하던데, 냄새가 지독한 편이다.

대공과 부인께서 식사를 마치시고 나면 비로소 나와 다른 시종들의 먹을 시간이 주어진다.

대공께선 자비로우신 분이라, 시종 모두가 넉넉하게 먹을 수 있도록 예산을 따로 배정해 주시고 가끔은 그분을 위해 준비한 식재를 우리에게도 내려주신다.

그 덕분에 오늘은 새하얀 오레즈가 가득 담긴 그릇을 받았고, 난 나름대로 먹는 요령이 생겨 오래 씹다 보니 은은한 단맛이 나면서 고급스러운 풍미가 났다.

궁성에 들어온 지 얼마 되지 않은 아이들은 이 맛이 익숙하지 않은지, 표정이 좋지 않다.

내가 그들을 한 번 노려보자, 고개를 숙이고 억지로나마 오레즈를 입속에 욱여넣기 시작했다.

아무튼 우리는 든든하게 배를 채운 채 본격적인 하루를 시작할 수 있었다.

오늘은 궁성 서쪽 구역을 대청소해야 한다.

그곳은 귀중한 물품들이 가득하기에 혹시 모를 도난을 방지해 몇몇 병사들이 대동하게 될 것이다.

나도 그분의 재산을 훔치는 도둑이 나오지 않게 두 눈 크게 뜨고 감시할 예정이기도 하고.

우리가 먼저 청소해야 할 복도에는 내가 모르는 이국의 글자들이 커다랗게 적힌 두루마리들이 벽면을 메우고 있다.

저자가 누군진 정확하게 모르지만, 듣자 하니 일국의 국왕이 적어준 것이라고 하는데, 이런 쪽에 문외한인 내가 봐도 뭔가 사람을 빨아들이는 힘이 있는 것 같다.

그 외에도 색이 들어가지 않고 검은색 잉크로만 그려진 단색화들이 여럿 있다.

주로 산이나 나무 같은 것을 그린 것인데, 대공 전하께서 유독 아끼시는 것들이라 그림들은 따로 액자를 마련해 보관 중이기도 하다.

내가 대공 전하의 수집품 상태를 하나하나 꼼꼼히 확인하고 있을 무렵, 이제 막 변성기에 든 목소리가 들려왔다.

"안드레이 님, 청소가 끝났습니다."

"그래?"

난 이제 갓 15살을 넘긴 하급 귀족 가문 출신의 시종 루카를 바라보자, 그는 긴장한 듯 목울대를 움직였다.

난 장식장과 액자 위쪽에 손을 뻗어 문질러 보았고, 지난번에 지적한 것과는 다르게 먼지가 묻어 나오지 않자 루카는 안도한 표정을 지었다.

"지난번에 지적한 것을 잊지 않았구나… 그런데 말이야."

"예?"

"물에 적신 걸레로 닦았으면 마른 천으로 다시 한번 닦아 물기가 남지 않게 해야 했을 것 아니냐. 이대로 물기가 마르면 그 흔적이 그대로 남고 잘못하면 곰팡이가 피게 되는 법이다."

"그, 그건… 지난번에 지적만 하시고 방법을 따로 알려주지 않으셔서……"

루카는 내 말에 억울한 듯 고개를 숙이며 답했다.

"변명은 필요 없다. 네가 감히 대공 전하의 소중한 재산에 해를 입힐 셈이냐? 그런 건 자신의 머리로 생각해야 할 것 아냐!"

"죄, 죄송합니다."

"대공 전하의 자비로 그분을 섬기는 몸이면, 그 은혜를 갚기 위해 끊임없이 방도를 궁리해야지. 네 머리는 장식이 아니야. 알겠나?"

"넷!"

루카를 비롯한 어린 시종들은 내 불호령이 떨어지자 다급하게 움직였다.

루카와 그 패거리들은 궁성에서 처음 일하게 되었을 때 가문을 믿고 멋대로 굴었지.

지금도 가끔 배부른 소릴 하지만 나의 교육적인 체벌 덕에 대공 전하의 충성스러운 시종이 되어가고 있기도 하고.

결국 서쪽 구역의 대청소는 정오가 한참 지나고 나서야 마무리되었다.

"…오늘도 일용할 양식을 내려주셔서 감사합니다. 아민(Amin)."

평소보다 많이 늦었지만 일을 마친 시종들은 검은 빵과 귀리

죽으로 풍족한 점심을 먹을 수 있었다.

아침에 오레즈를 먹을 때처럼 집에서 먹던 것들이 그립다며 배부른 소릴 하는 녀석들도 있는데, 그런 놈들은 루카처럼 몰락한 귀족이나 상인 가문 태생인 놈들이다.

하루에 세 끼를 꼬박꼬박 먹을 수 있다는 게 얼마나 큰 축복인지 저런 놈들은 모른다.

아마 죽을 때까지도 모르겠지.

그리고 신앙 세계의 침략자 오스만 놈들이… 얼마나 악랄한지도.

내 가족과 마을 사람들은 오스만의 침략 당시, 그나마 남아 있던 식량을 모두 빼앗기곤 먹을 것을 찾아 산속을 헤맸다.

아버지는 영주에게 식량의 대가로 받은 천국행 증서를 품에 소중히 안은 채 어머니와 나, 그리고 동생들을 달래며 성경의 구절을 들려주셨다.

그리고 모두가 잠들 듯이 그분의 부름을 받아 천국으로 떠나 버렸다.

나 역시 가족들을 따라가려던 참에 오스만의 악마들을 격퇴하신 대공 전하께서 쓰러져 있던 날 발견하시곤 깨어난 내 입에 직접 묽은 죽을 넣어주셨다.

아아, 난 얼마나 운이 좋은 사람인지.

그때 그분의 표정은 평생 잊을 수 없을 거다.

안도와 동시에 분노가 혼합된 복잡한 표정.

부리부리한 눈망울로 날 바라보시던 대공께선 마치 울음을 터뜨리실 듯 보였다.

결국 대공 전하의 영웅적인 승리로 오스만의 군대가 물러났고, 난 그분께 은혜를 갚겠다고 간청해 시종이 되었다.

식사 후 옛 생각에 잠겨 있던 내게 시종장 어르신께서 말을 걸었다.

"안드레이, 그거 들었어?"

시종장은 이제 머리가 희게 새어가는 중늙은이인데, 가장 오랫동안 대공 전하를 섬겼다고 한다.

"무슨 이야기 말입니까."

"대공 전하의 동생께서 결국 오스만을 탈출했다고 하던데."

나와는 나이 차이가 꽤 많이 나지만, 내 능력을 인정해 주는지 이런저런 이야길 자주 해주곤 한다.

"그렇습니까?"

"그래, 그분도 일찍이 대공 전하처럼 술탄의 포로로 잡혀가셨던 분이야. 이제라도 데우스의 품으로 돌아오시게 되었으니 참으로 다행이지. 대공 전하께서도 기뻐하실 게다."

"그렇습니까. 전 제 일을 하기도 바빠 타국의 사정을 거의 모르고 있었네요."

"그게 아니라 네 일 말곤 관심이 없는 거겠지."

"뭐, 그렇죠. 제 앞가림하기도 바쁘니까요."

"너도 시종만으로 만족할 게 아니면, 이런 걸 조금씩 알아두는 게 좋을 거야."

"예, 예. 그러죠."

내가 타국의 일에 관심이 없는 것은 사실이지만, 시종장은 뭔가 착각하고 있다.

대공 전하께서 동생의 귀환을 반기실 리가 없지.

난 예전에 대공 전하께서 집무실에서 동생에 대해 평가하는 걸 들은 적이 있다.

내가 아니라 그분의 수하인 백작과 이야기하던 거지만, 대공 전하께서 언성을 높인 것을 본 유일한 상황이라 유독 기억에 남았다.

그분의 동생 라두는 술탄의 개이자 나라를 팔아먹을 배신자라는 말이.

난 시종장도 모르고 있는 진실을 안다는 것에 기분이 좋아졌고, 그 기세를 몰아 즐거운 마음으로 오후의 일정을 소화했다.

평소보다 빠르게 휴식을 즐기던 난 정원에서 노을 지는 광경을 보며 개인적인 기록을 작성하기 시작했다.


…왈라키아의 대공께선 잔악하다는 소문이 자자하고, 때론 적들을 말뚝에 꿰어놓은 채 그 앞에서 식사를 즐긴다는 잘못된 소문도 퍼져 있지만, 난 그분의 따뜻함을 잘 알고 있다.

애당초 내가 그분의 시종이 된 것도 전쟁 통에 가족을 모두 잃고 죽기만 기다리던 날 거두어주셨기 때문이다.

대공께선 아무것도 모르는 나와 몇몇 고아들을 시종으로 받아주셨고, 가끔은 시간을 내어 친히 글도 가르쳐 주셨으며, 그들 중 내 머리가 총명하다며 칭찬도 해주셨다.

내겐 특별히 때를 보아 더 중한 직책으로 써주시겠다는 약속까지 하셨으니, 이분의 배포가 얼마나 대단하신지 말로 표현할 수 없다.

난 은혜로우신 대공 각하께 보답하려 필사적으로 노력하며, 내가 해야 할 일을…….

기록을 적으면서 새삼 느끼게 된 건데 내 꿈은 대공 전하의 문장관 겸 역사가가 되는 것이다.

그 꿈의 첫걸음으로 대공 전하에 대한 기록을 남기고 있던 차에 깜짝 놀라게 하는 목소리가 들려왔다.

"뭘 그렇게 열심히 적고 있느냐?"

"우악!"

어떻게 인기척도 없이 이렇게 가까이 접근한 거지?

"네가 적은 거 나도 좀 볼 수 있을까?"

"아, 아무것도 아닙니다."

"아무것도 아닌 게 아닌 것 같은데? 내가 보면 안 되는 거라도 적은 거냐?"

"신에게 맹세코 그런 게 아닙니다. 제 일기일 뿐입니다."

"흠, 반응이 영 재미가 없네. 그럼 데리고 놀 다른 녀석이나 찾아볼까."

내 평정심을 깨뜨린 상대는 기묘한 걸음으로 천천히 시야에서 사라져 가며 휘파람을 불었다.

방금 내게 말을 건 분은 대공 전하의 오른팔인 보르카투스 그라프 콩테(conte, 백작)다.

듣자 하니 동방 출신에다 거기서도 귀한 핏줄을 타고났다는데, 내가 보기엔 의심스럽다.

그도 그럴 것이 가끔 대공 전하와 같이하는 식사 시간에도 기다란 꼬챙이 두 개로 음식을 집어먹는 데다, 그런 상스러운 방법을 대공 전하께 가르치려고도 한다.

저런 도구는 흉기가 될 수 있다.

그렇기에 대공 전하를 제외한 모두는 오른손의 손가락을 세 개만 써서 음식을 집어 먹는 게 당연한 식사 예절이지.

그는 그런 일상적인 상식도 무시하는 데다, 우리와는 다른 복식의 옷을 입고 다닌다.

화려한 색의 깃털로 장식된 모자와 끈으로 허릴 묶도록 고안된 상의에다 위는 넉넉하고 발목만 통이 좁은 바지.

게다가 이마와 윗머리를 전부 밀어버리고 뒷부분만 길러 땋은 괴상한 머리 모양을 하고 있다.

그걸 내가 어떻게 아냐면 저 사람이 대공 전하의 안전에선 예법을 갖추기 위해 모자를 벗기 때문이지.

보르카투스 백작은 현재 궁성 안에서 가장 한가한 사람이다.

오스만과의 전쟁에서 엄청난 전과를 세운 자랑스러운 기병대 읍트 스따그를 훈련시킨다는 명분으로 나가서 며칠씩 놀다 오는 게 주요 일과다.

그들은 돌아올 때마다 각종 사냥감을 한 아름씩 잡아 대공 전하께 바치곤 한다.

저 건달 같은 사내는 분명 군사 훈련을 핑계 삼아 사냥을 즐기는 거겠지. 마치 예전에 내가 살던 곳의 영주처럼 말이야. 귀족의 사냥에 동원된 평민들이 얼마나 고달픈진 내가 잘 알고 있지.

아무튼, 저런 사내가 지난 전쟁에서 사타나(Satana)의 화신인 술탄을 화살로 맞춰 중태에 빠뜨렸다고 한다.

그 후 벌어진 오스만의 수도 공성전에서 술탄을 사로잡기까지

했다는 건 도저히 믿을 수 없다.

듣자 하니 그 공적으로 머저르의 기사왕 전하께 백작 지위를 받았다는데, 자신의 영지는 대리인을 내세워 통치하고 있다.

내가 볼 땐 아끼는 수하에게 힘을 실어 주려는 대공 각하의 배려일 거다. 그렇지 않고서야 저렇게 시시껄렁한 사내가 백작이 될 리가 없지.

다음 날 아침, 언제나처럼 머리를 말리고 새로 지은 튜닉을 입으시던 대공께서 내게 말을 걸었다.

"안드레이, 네게 미리 말해두는 걸 깜빡했는데 사흘 후 중요한 손님이 온다."

아, 이번에 새로 옷을 지으신 이유가 그것 때문이었구나.

요 며칠 궁성을 대청소한 것도 귀빈을 맞이하기 위해선가 보다.

"예, 혹시 재작년에 오셨던 슈테판 대공께서 재방문하십니까?"

슈테판 대공은 이웃한 몰디비아 공국의 군주시고, 대공 전하의 든든한 후원자시다.

지난 오스만과의 전쟁에서도 우리 대공 전하를 따라 순백의 기사 후냐디 전하와 연합해 오스만을 몰아내는 데 혁혁한 공을 세우셨다고 한다.

"아니다, 멀리서 오는 귀한 손님이지. 조선의 재상(Cancelar)이라고 생각하면 될 거다."

그 정도 직책이면 최고위 보야르인가 보다. 그건 그렇고 조선이 어디더라? 예전에 얼핏 들어본 것도 같은데 잘 기억이 안 난다.

"귀빈의 존함이 어찌 되십니까."

"신(Shin)이다."

"쒼이요?"

"그게 아니라 신."

대공께서 친절하게 내 발음을 정정해 주시자, 난 부끄러움을 느꼈고 혹시라도 실수할까 봐 틈나는 대로 연습했다.

난 그날부터 업무 도중 시종장에게 조선에 관해 물었다.

시종장이 설명하길 조선이란 나라가 동방의 부국이며, 지난 전쟁 당시 대공께 아낌없이 물자를 지원해 준 고마운 나라라는 것을 알게 되었다.

그리고 대공 전하께서 소장하신 미술품 다수가 조선에서 왔다는 사실을 추가로 알게 되었다.

난 적당히 내가 알아야 할 것을 숙지하며 바쁘게 일을 했고, 그러는 사이 귀빈이 도착했다.

내가 본 적이 없던 양식의 화려한 마차들이 성안으로 진입했다.

그중 네 마리의 준마가 끄는 커다란 마차에서 내린 이는 보르카투스 백작처럼 검은 머리에 검은 눈을 한 중년의 남자였다.

그는 내가 본 적 없는 양식의 진한 푸른색 옷을 입었고, 챙이 넓고 속이 비쳐 보이는 괴상한 모자를 쓰고 있었으며 여정이 피곤한지 조금은 졸려 보이는 듯한 인상이었다.

그를 따라 반들반들한 철갑으로 무장한 기사들이 뒤따르듯 내렸고 그들은 대공 전하의 충성스러운 친위대 드라쿨 기사단원만큼이나 위세가 대단했다.

대공 전하의 뒤에 시립하고 있던 난 걸어오던 귀빈과 눈이 마주쳤고 순간 나도 모르게 얼어붙었다.

짧은 순간이었지만 나도 모르게 그가 내 마음속을 엿본 느낌이 들어 소름이 끼쳤다.

사람을 가장한 악마와 대면하면 이런 느낌일까?

귀빈은 눈을 마주친 내게 옅은 웃음을 보이곤, 대공 전하를 바라보며 입을 열었다.

"귀하가 왈라키아의 대공이시오?"

"그렇습니다. 합하(Excelenta)께서도 먼 길을 오시느라 고생이 많으셨습니다."

놀랍게도 이국에서 온 중년 사내는 유창하게 우리말을 구사하는 데다 첫인상과 다르게 푸근한 미소를 지었다.

게다가 머저르의 왕 순백의 기사 후냐디 전하 말고는 그 누구에게도 고갤 숙이지 않는다던 대공께서 먼저 고갤 숙여 경의를 보이셨다.

저 검은 머리의 사내가 그렇게 높은 사람인 건가?

대공 전하와 인사를 마친 귀빈은 뒤이어 보르카투스 백작과도 인사를 나누었는데, 내가 알아들을 수 없는 말이었다.

저들의 고향이 같은 건가?

내가 의문에 잠겨 있을 무렵, 대공께서 말씀하셨다.

"합하께선 저의 수하 보르카투스의 고향 말에도 능하시군요."

"어릴 적에 취미로 익혀두었는데, 저도 백작의 일족들을 교화하는 일을 하게 될 줄 몰랐었지요."

언제나 웃는 인상의 보르카투스는 귀빈의 말에 평정심을 잃은 듯 보였다.

아마 나와 같은 느낌을 받은 게 아니었을까?

그러나 그것도 잠시, 두 사람은 서로 웃는 얼굴로 바뀌었다.

"저도 오래간만에 고향의 말을 쓸 수 있어서 좋았습니다. 옛 생각이 나는군요."

"그런가? 그렇다면 머무는 동안이라도 얼마든지 말벗이 되어 주겠네."

"아닙니다. 어찌 제가 합하의 시간을 함부로 뺏겠습니까."

둘 사이엔 내가 모르는 내막이 있는 것 같은데… 내가 신경 쓸 바는 아니지.

그날 저녁은 그간 내가 본 적 없는 음식들로 가득하게, 아니지. 가득하다는 말로 표현이 안 된다.

한 사람이 다 먹을 수 있는 양인지 의심스러울 정도로 거대한 그릇에 쌀이 수북이 쌓여 나왔고, 보르카투스 백작이 쓰던 꼬챙이와 기다란 링구리따(수저)가 그 옆에 놓여 있었다.

그것을 받아 든 귀빈과 수행원들은 진심으로 즐거워 보이는 표정을 짓고 있었다.

"대공께선 손님 대접하는 법을 잘 알고 계시는군요."

"귀빈께서 기뻐하시니 다행입니다. 저도 나름대로 귀국의 풍습을 공부했지요."

귀빈은 대공 전하 앞에 놓여 있는 그릇을 보며 말했다.

"그런데… 대공께서도 쌀밥을 드십니까?"

"일전에 폐하의 포로가 되어 지내는 동안 그 맛에 익숙해졌습니다."

"아, 그러셨습니까."

"본래 오스만에서 볼모로 지내는 동안에도 쌀을 먹긴 했지만, 조선과는 다른 방식이었고 되레 싫어하는 편이었죠. 대국의 방식대로 먹다 보니 맛을 알겠더군요."

"대공께서 우리의 풍습에 능통하시니, 머무는 동안 즐겁게 지낼 수 있을 듯합니다."

"요즘은 서예라는 것에 취미를 붙였지요. 사라이의 전하께 선물도 받았고요."

사라이면 일전에 시종장에게 들었던 향신료의 도시를 말씀하신 건가?

"그렇습니까? 살래왕 전하께선 시서화에 능해 삼절로 일컬어지던 천하제일의 명필이십니다."

"어쩐지 다른 글씨는 성에 잘 차지 않던 것이 그런 이유였군요."

화기애애한 대화를 주고받던 차에 귀빈이 먼저 식기에 손을 대자 식사가 시작되었다.

"숙수가 우리 음식에 정통한 듯합니다. 마치 고향에서 한 상 대접받는 기분이로군요."

"제 주방장은 사라이에서 수학한 요리사입니다. 그곳의 궁중 요리사에게 배웠다고 하더군요."

"아무튼 대공의 환대에 감사하며 잘 먹겠습니다."

인사치레를 마친 귀빈과 일행들은 각자 예닐곱이 배불리 먹을 만한 쌀더미를 먹어치웠고, 그것도 모자라 후식으로 나온 자두를 상자째로 해치웠다.

"거참, 먼 길을 오느라 식욕을 잃어서 그런지 많이 먹지 못했네요."

"……"

대공께서도 조금은 질리셨는지 귀빈의 말에 떨떠름한 표정을 지었고, 보르카투스 백작은 이 상황이 우스운지 필사적으로 웃음을 참는 듯 보였다.

저걸 보니 귀빈에 대해 내가 뭔가 오해한 듯하다.

그저 넉살 좋은 대식가였네.

첫날이 지나고 모두가 그들의 대식에도 익숙해질 무렵, 대공 전하께선 유독 귀빈이 마음에 들었는지 자주 붙어 다니는 모습을 보이셨다.

"두 분은 뭐가 저렇게 즐거우신 걸까요."

대공 전하께선 친우나 다름없던 슈테판 대공 전하께도 보이지 않던 웃음을 보이고 계셨다.

나도 대공 전하께서 저렇게 활짝 웃으시는 건 처음 본다.

"나야 모르지. 알고 싶지도 않고."

내 의문에 정론으로 답한 시종장은 또 내가 모르고 있던 이야길 꺼냈다.

"그건 그렇고, 결혼식이 열릴 거라고 하더구나."

"누구의 결혼식인가요?"

"오스만에서 탈출한 대공 전하의 동생분 말이다."

뭐? 내가 방금 제대로 들은 게 맞나?

대공 전하께서 배신자의 결혼식을 챙겨줄 이유가 없을 텐데……?

내가 잠시 침묵한 사이, 시종장의 말이 이어졌다.

"이번 연회에 우리나라의 보야르들이 전부 다 초대된다는구나. 그러니 아이들이 실수하지 않게 잘 가르치거라."

"예, 그거야 제 일이니까요. 그건 그렇고 언제쯤 열리는 겁니까?"

"정확하진 않지만, 여섯 달 후가 될 거라고 하시더구나. 그리고 귀빈들도 일정을 바꿔 머무시다가 참석한다고 한다."

"허, 그동안 식비도 장난 아니게 나가겠네요."

"뭐?"

"저분들이 하루에 먹는 양이 평민 가정 하나가 일주일 동안 먹을 만한 양이니까요."

"…뭐 그 말이 맞긴 한데, 그런 건 생각만 하고 내뱉지 마라. 누구 귀에 들어갈까 무섭다."

"예, 조심하겠습니다."

"시종의 덕목을 잊지 마."

"예."

그렇게 우리가 결혼식 준비로 바쁘게 지내던 차에 결혼 당사자들보다 먼저 상경한 귀족들이 하나둘 모여 궁성에 오가며 전하를 친견하기 시작했고.

그런 대공 전하의 곁엔 귀빈께서 함께 자리하셨다.

*　　　*　　　*

결혼식을 위해 수많은 귀족이 수도로 상경했다.

그들은 대공 전하를 뵙기 위해 알현실에 들렀고, 나는 그들의 안내 업무를 맡았다.

"이봐, 시종. 듣자 하니 외국에서 귀빈이 왔다는데 그 소문이 사실이냐?"

"예, 그렇습니다. 그분은 알현실에서 대공 전하와 함께 보야르를 맞이하실 겁니다."

지금 날 따라오는 사내는 우리나라의 보야르 중에서도 특히나 권세가 높은 대귀족 바사랍 공작이다.

대공 전하의 동생 라두 공의 장인이 될 상대이기도 하고.

"흠, 대공이 드디어 날 인정하는 건가."

바사랍 공작은 이국에서 온 귀빈과 만날 수 있는 것이 특권이라 여겼는지, 못내 기쁜 표정을 짓고 있었다.

사실은 방문한 모든 귀족이 귀빈을 소개받았는데 말이지.

그렇게 알현실에 들어간 공작이 대공 전하와 귀빈과 함께 이야기할 무렵, 난 문 앞을 지키며 대기했다.

30미누타(분)가량의 시간이 흐르자 공작은 싱글대는 표정으로 알현실에서 나왔다.

"훗, 대공보단 귀빈이 내 가치를 잘 알아주는군. 내 영지와 직교역을… 흠흠."

공작은 자기도 모르게 본심이 흘러나온 것에 당황했는지, 안색을 바꾸며 말했다.

"자, 가자꾸나."

"예, 이쪽으로 모시겠습니다."

난 콧노래를 부르는 공작을 궁성 밖으로 안내하며 왠지 모를 의문을 떠올렸다.

공작 말고 다른 몇 명의 귀족에겐 커피라고 하는 음료를 내와 대접해 주던데, 무슨 차이인 걸까.

대부분 가난하고 힘없는 귀족들에게 커피를 내어주던데, 격려의 표시인 건가?

아무튼 그 커피란 것의 향이 너무 좋아서 한 방울이라도 맛을 보고 싶다는 유혹이 들기도 한다.

그런데 커피를 준비하는 건 내가 아니라 시종장 어르신의 임무고, 내 신분으로 주인의 물건을 탐하는 건 죄악이지.

오늘은 주교님을 찾아가 회개하고 자야겠어.

난 그런 식으로 결혼식이 준비되는 동안, 귀족들을 안내하는 임무를 맡아 이어갔고 그들의 반응을 볼 수 있었다.

내가 알기론 모든 보야르가 대공 전하를 두려워하고 혐오한다고 하던데, 그건 명백한 거짓임이 분명하다.

다들 하나같이 알현이 끝나고 나면 웃으면서 숙소로 돌아가는 데다, 그중 몇몇은 대공과 귀빈에게 바칠 선물을 들고 다시 방문하는 경우도 있었기 때문이다.

역시… 소문은 믿을 게 못 되는 것 같아.

떠올리는 것만으로도 끔찍한 그 소문들은 아마 대공 전하를 시기한 이들의 저열한 책략이겠지.

그렇게 우리나라의 귀족들이 대부분 모인 와중에 예정일을 한 달가량 앞둔 채 결혼식의 당사자가 나타났다.

오랫동안 떨어져 지낸 가족의 재회를 기념해 만찬이 열렸고, 난 식사 시중을 들기 위해 그 자리에 동석했다.

오늘의 식탁엔 보르카투스 백작과 그 수하들이 잡아온 각종 짐승의 고기가 대령되었다.

값비싼 후추도 아낌없이 쓴 호화스러운 상차림이었지만, 우리 대식가 귀빈께선 성이 차지 않은지 조금 불만스러워 보이는 표정을 살짝 지으셨다.

대체 얼마나 드셔야 만족하실런지.

귀빈과 그 일행들을 대접하느라 일 년 치 식비가 소모된 것으로 알고 있다.

우리 대공 전하께선 사치와는 거리가 먼 성격인데, 지나칠 정도로 대접을 해주시는 이유가 뭔지 난 짐작이 가지 않는다.

아무튼, 모습을 드러낸 라두 공은 내 예상과 다르게 호감이 가는 부드러운 인상의 미남이었다.

수도에 모인 모든 귀족 중에서도 으뜸으로 보일 정도로.

"오랜만입니다, 대공 전하."

"그래, 이게 몇 년 만의 재회인지 모르겠구나."

"형님께서 17살 때 술탄의 군사를 빌려 귀국하신 뒤로 뵙지 못했으니, 20년이 넘은듯합니다."

"그럼 정확하게 22년 만인가."

"그런 것 같군요."

"그래… 새로운 신붓감은 마음에 드느냐?"

"아직 초상화로밖에 접하지 못했습니다. 그나저나 정말 감사합니다."

"흠, 너와 난 가족이 아니냐. 네가 다시 신앙 세계에 귀의하게 되었으니, 이교도 계집을 곁에 두게 할 순 없는 노릇이고."

"아… 알고 계셨습니까?"

"그래, 네가 결혼은 안 했지만, 애첩으로 데리고 다니는 오스만 여자가 있다는 것쯤은 안다."

대공 전하를 알현하고 나서부터 지금까지 내내 웃는 얼굴을 유지하던 라두 공의 표정이 그 순간 살짝 무너졌다.

"그녀는 그들이 절 감시하기 위해 억지로 붙였던 여인입니다."

"그래? 그러면 이번 결혼에 불만은 없겠지?"

"좋은 가문과 연결해 주셨으니 그저 감사할 따름입니다."

"그건 그렇고, 새로운 술탄은 어떤 인물이지?"

"아직은 나이가 어려서 그런지, 전면에 나서지 않고 있습니다. 직접 알현할 수 있는 이들도 손에 꼽을 정도고요."

"그럼 지금 국정을 대행 중인 이는 누구냐."

"재상 자아노스가 맡고 있습니다. 그건 그렇고… 전대 술탄이 무사히 지내고 있다고 하던데 정말입니까?"

"그건 갑자기 왜?"

"아, 아닙니다. 그냥 궁금해서 물었습니다. 오스만에선 술탄의 생사를 두고 여러 억측이 많아서요."

"너의 전 군주는 콘스탄티노폴리스에서 황제 폐하의 귀빈으로 대접받고 있지. 이만하면 의문이 풀렸나?"

"전 군주라뇨. 당치도 않습니다. 저의 진정한 군주는 왈라키아의 대공 전하뿐입니다."

대공 전하께선 묘하게 날이 선 듯한 태도로 라두 공과 대화를 이어가셨고, 그것을 지켜보던 귀빈께서 입을 여셨다.

"오래간만에 다시 만난 형제끼리 이리도 어색해서 되겠습니까.

그러지 말고 같이 한 잔씩 하시죠."

"아, 감사합니다."

그 순간 내가 알아들을 수 없는 이국의 말이 귀빈의 입에서 흘러나왔다.

느낌상 오스만의 말인 것 같은데, 우리 대식가 나리께선 그쪽 말에도 능통한가 보다.

거기에 화답하듯 라두 공이 웃으며 답했고, 우리 대공 전하께서도 이국의 언어로 잠시 동안 대화를 이어갔다.

"형님께서도 아직 이교도의 말을 잊지 않으셨군요."

"뭐… 살기 위해서 배웠으니. 나도 네가 모국어를 잊지 않은 것도 신기하긴 하다."

"어찌 제가 자랑스러운 조국의 말을 잊을 수 있겠습니까."

그 순간 대공께선 반대로 고개를 돌려 희미한 실소를 지으시곤, 귀빈을 바라보며 말을 이어가셨다.

"그건 그렇고… 귀빈께서도 오스만어에 능통하신 건 의외군요."

"나라의 일 때문에 배웠지요. 좀 전에 두 분이 이야기한 전임 술탄도 직접 만나본 적이 있고요."

저 사람이 이교도의 왕 술탄을 만난 적이 있다고?

라두 공이나 대공 전하도 그 말에 놀라셨는지, 질문을 이어가셨다.

"대체 언제……."

"그가 술탄의 자리에 오르기도 전의 일입니다. 비공식적인 자리였고요. 단 하루뿐인 만남이었죠."

"그때 무슨 이야길 하셨습니까?"

"중요한 이야긴 없었고, 서로 선물을 주고받은 정도였지요. 솔직히 말하자면 그땐 그를 위대한 정복 군주가 될 재목으로 평가했었는데, 지금은 유폐된 거나 다름없는 신세가 되고 말았군요. 제 안목이 영 좋지 못한가 봅니다. 하하하."

그래, 신앙 세계의 침략자이자 악마의 화신인 술탄의 진격을 막아내신 분이 바로 우리 대공 전하시지.

대공 전하시야말로 진정한 구국의 영웅이자 신앙 세계의 구원자시다.

적당히 술이 들어간 세 분은 밤이 깊어지기 전에 각자의 숙소로 돌아갔고, 난 대공 전하를 모시고 침실로 향했다.

"크흐흐흐… 이 짓도 얼마 남지 않았군."

술에 취하신 대공 전하는 이제껏 내가 들어본 적 없는 낮고 음산한 어조로 혼잣말을 하셨다.

난 그런 대공 전하의 모습이 낯설어 나도 모르게 발을 멈추고 말았다.

"안드레이, 발밑이 어둡구나."

"죄, 죄송합니다."

난 다급하게 대공 전하를 따라가 들고 있던 등불을 앞에 비추었다.

"조만간 나라의 큰일이 마무리될 거다. 네가 생각할 땐 이 일을 어떻게 보느냐?"

이 결혼식이 앞으로 미칠 영향에 관해 물으시는 건가?

"라두 공이 대귀족인 바사랍 공작과 혼인하면, 혈연을 바탕으로 대공 전하의 치세도 더 안정될 것입니다."

"…네 생각은 그러냐?"

"예."

"흠, 내가 널 너무 높게 보고 있었던 건가."

"예? 그게 무슨 말씀이신지요."

"아니다. 오래간만에 술에 취해 나온 헛소리라고 생각하거라."

대공 전하께서 침실에 드시자, 대공 부인께서 그분을 침대에 눕히시곤 신발을 벗기시려고 했다.

"부인, 이런 일은 제게 맡겨주십시오."

"아니다. 내가 할 수 있으니 넌 이만 나가보거라."

"예."

난 그렇게 고개를 숙이고 물러났다.

"여보, 아무리 취하셨어도 말은 조심……."

침실에서 멀어지는 내 귀에 대공 부인의 푸념 어린 말이 이어졌지만, 아쉽게도 끝까지 듣진 못했다.

대공 전하께서 뭔가 말실수를 하신 건가?

내가 지친 몸으로 숙소에 도착하니, 다른 시종 녀석들은 벌써 곯아떨어졌고, 루카는 오늘 유독 피곤했는지 코를 골고 있었다.

난 그런 루카의 고개를 조심스럽게 돌려놓은 후 코를 고는 소리가 나지 않는 것을 확인하곤 내 자리에 누웠다.

대공 전하께선 무슨 뜻으로 그런 말씀을 하신 걸까?

그리고 내가 한 대답이 그분을 실망하게 한 건가?

난 잠이 오지 않아 머리를 싸매고 고민했지만, 의문만 남은 채 뜬눈으로 지새우고 말았다.

어느새 새벽이 밝아왔고 평소와 같은 하루가 시작되었다.

"오늘 대공 전하께선 조금 늦으실 거다. 이따가 부르면 다시 오거라."

대공 부인께서 침실에 들려던 날 제지하시기에 나와 다른 시종들은 정중하게 고갤 숙이고 발소리가 나지 않게 물러났다.

대공 전하께서 늦으시니, 우리의 아침 식사도 늦어지겠네.

남는 시간에 식당을 청소하고 테이블을 정리하고 있던 내게 귀빈과 그 호위 기사들이 다가왔다.

"흐음, 대공께선 어제 술을 많이 자셔서 늦으실 모양이군. 요리사에게 이것을 넣은 수프를 부탁한다고 전하게."

귀빈이 내게 건넨 것은 종이에 싸여 있었다.

그걸 조심스럽게 펴보니 고기 같은 것을 말려서 잘게 찢어 토막 낸 듯한 식재료가 들어 있었다.

"이게 무엇입니까?"

"내 고향에서 먹는 생선의 일종이네. 이 근방에선 잡히지 않아서 먹지 않는 듯하지만."

"생소한 식재라면 요리장이 잘못 다룰 수 있는데 괜찮으시겠습니까?"

"내가 조리법을 따로 적어주지."

멋대로 식탁에 앉은 귀빈은 내가 처음 보는 희고 매끈한 종이를 꺼내 우리말로 된 요리법을 적기 시작했다.

흔히 쓰는 깃털 펜이 아닌 독특한 형태의 금속제 펜으로 아름답게 적힌 글자는 종이의 재질과 맞물려 그대로 전시해도 좋을 것 같다는 생각이 들었다.

"그렇게 멍하니 보지 말고 이걸 주방으로 전해주게."

"예? 예, 알겠습니다."

난 조그만 주머니와 함께 조리법이 적힌 종이를 받았고, 그것을 받아 든 우리의 요리장은 뜨악한 표정을 지었다.

"세상에… 이리도 호화스러운 생선 수프가 있나. 이런 걸 술 깨는 용도로 쓰다니. 역시나……."

나도 아까 쓰는 걸 봤지만, 별것 없던데… 저 말린 생선이 그렇게도 특별한 건가?

그로부터 1시간 후 부름을 받은 난 대공 전하의 몸단장을 도운 후 빠르게 식당으로 안내해 드렸다.

"이게 무슨 냄새지?"

대공 전하께선 아직도 술이 덜 깨신 듯, 머리를 부여잡으시며 식탁에 앉으셨다.

"대공께서 숙취에 시달리시는듯해서 요리장에게 부탁해 도움이 될 음식을 만들게 했습니다."

우리의 대식가 귀빈께선 싱글대는 표정으로 대공께 말을 거셨다.

"아… 조금 부끄럽군요. 귀빈께선 어제 저보다 몇 배는 더 드신 것 같은데 멀쩡하시니."

"대공께서 술이 약한 건 예전에 열렸던 회담에 참여했던 다른 이에게 들어서 알고 있습니다."

저 두 분 사이엔 내가 모르는 이야기가 있나 보다.

대공 전하께선 양손으로 눈을 감싸며 잠시 침묵하다 이내 헛웃음을 지으셨다.

"그 일은 기억에서 지우고 싶습니다만······."

"전에도 말씀드렸다시피, 아국엔 사관이란 이들이 폐하의 일거수일투족과 나눈 대화들을 전부 기록으로 남겨둡니다."

"그럼, 제가 거기서 보였던 추태도 전부 역사의 기록으로 보존되었겠군요."

"그렇긴 한데, 일부 제한된 이들만 볼 수 있으니 별로 신경 쓰지 않으셔도 될 겁니다."

"알겠습니다."

두 분이 대화를 나누던 사이 맛있는 냄새를 풍기던 수프가 식탁에 대령되었다.

"먼저 한술 드시지요. 숙취에 도움이 될 겁니다."

"고맙습니다. 그건 그렇고… 이건 뭐라고 하는 음식입니까?"

"정식 명칭이 따로 있긴 한데, 간단하게 북엇국이라고 합니다. 대공의 것엔 특별히 달걀을 풀어 넣으라 했지요."

김이 모락모락 피어오르는 수프를 조금 떠서 맛보신 대공 전하께선 잠시 충격을 받으신 듯 몸을 부르르 떠셨다.

많이 뜨거우신 건가? 내가 좀 더 식혀서 내올 걸 그랬나 보다.

그러나 내 생각과 다르게 대공 전하께선 아무런 말도 없이 뜨거운 국물을 입으로 불어가며 수프를 드시기 시작했다.

이윽고 땀을 뻘뻘 흘러가시면서 달걀과 물에 불어난 생선 조각을 탐하시듯 씹어대셨다.

대공께선 예법도 잊으시곤 그릇을 들어 국물을 마시다시피 들이켜시곤 지극히 만족한 표정을 지으셨다.

"허어… 정말이지… 속이 다 풀리는 느낌입니다. 맛도 좋고요."

"대공의 요리사가 요리를 잘한 덕택이겠죠. 그리고 미당도 들어갔으니까요."

"여기에 그… 미당이 들어갔다고요?"

"예, 대공께선 예전에 말씀하시길, 국고를 아끼려고 미당을 수입하지 않는다고 하시길래 제가 가져온 것을 넣도록 했지요."

"그럼 이 한 그릇의 값이 대체……."

"대공께선 일국의 군주면서도 지나칠 정도로 검소하게 지내십니다. 아국에 진 부채를 성실히 갚으면서 나라를 부흥시키려는 것도 좋지만……."

"제가 먼저 모범을 보여야 하지 않겠습니까."

"가끔 사치한다고 드시는 조선식 음식도 밥과 젓갈만으로 만족하시잖습니까."

"으음……."

"전 그저 대공께 먹는 것의 즐거움을 알려드리고 싶었을 뿐입니다."

대공 전하께서 침묵하시자, 귀빈은 천연덕스럽게 웃으며 말을 이어갔다.

"상황 폐하께서도 손수 여러 가지 음식을 고안해서 저희 같은 관료들에게 선을 보이셨고, 그것은 시중으로 퍼져서 백성들을 즐겁게 하고 있습니다. 그저 배를 채울 음식도 좋지만, 더 맛있게 먹을 수 있어야 모두가 행복한 법입니다."

"으음… 그분께서 그런 쪽에도 조예가 있는지 몰랐군요."

"대공 전하께선 전쟁터에서 만나셨으니 오해를 하실 법도 한데, 무력은 상황 폐하께서 타고나신 재능의 일부분일 뿐입니다."

"그럼 대국의 백성들도 값비싼 미당을 자주 먹습니까?"

"아국에서도 귀한 물건이긴 한데, 아예 못 살 물건은 아니지요. 형편이 되는 집은 작은 주머닐 사서 몇 년 동안 두고 먹는 것으로 알고 있습니다."

"그래도 사치품임은 틀림없군요."

"만민은 그들의 군주를 보고 따라가게 되는 법입니다. 욕망은 억누른다고 통제할 수 있는 것이 아니지요. 적당한 선에서 모범을 보여 선을 지키게 하는 것이 좋은 법이지요."

"그렇게 생각하니, 적당한 사치가 필요한 것 같기도 하군요."

"맞습니다. 지금 모인 늑대 무리에 비하면 이 정돈 사치 축에도 끼지 않아요."

난 대체 두 분이 무슨 이야길 하는지 잘 이해가 안 가지만 한 가진 확실하다.

지금 내 눈에 비친 귀빈의 모습은 끊임없이 타락을 부추기는 악마처럼 보여 섬뜩하다는 것.

*　　　*　　　*

결혼식을 일주일 앞두고 잠시 가진 휴식 시간에 시종장이 내게 난데없이 말을 꺼냈다.

"거참, 선대의 일을 생각하면 이번 결혼식이 성사될 거라고 누가 생각이나 했겠냐."

"그게 무슨 말입니까."

"대공 전하와 공작은 원래 앙숙이나 마찬가지인데… 몰랐냐?"

그럼 대체 일이 어떻게 돌아가는 거야? 대공 전하께선 배신자인 동생을 앙숙인 가문과 이어줬다는 건가.

"그렇습니까? 전혀 모르고 있었습니다."

"어, 진짜?"

"예, 저야 뭐 무지렁이 출신이니까요."

"에이, 그거야 옛날… 아무튼 내가 괜한 이야길 꺼냈나 보다. 못 들은 거로 해."

"아닙니다. 대공 전하와 관련된 일이면 제가 알아둬서 나쁠 게 없다고 생각하는데요?"

"으음… 그런가. 하긴 너도 나중에 문장관이 되는 게 꿈이라고 했었지."

"예, 올바른 역사를 기록으로 남기는 것도 제 바람이고요."

잠시 고심하는 듯하던 시종장은 잠시 후 내게 말을 건넸다.

"아무튼 나도 그렇고, 수도에 모인 보야르들도 악연으로 얽힌 두 가문이 결혼할 거라곤 생각도 못 해봤다는 거야."

"양 가문 간의 사이가 그렇게 좋지 않아요?"

"그래. 네가 잘 모르나 본데, 본래 두 가문이 갈라지면서 복잡하게 얽힌 사정이 있단다."

"갈라지다뇨? 무슨 일이 있었습니까?"

"원랜 대공 전하의 가문은 바사랍 가문에서 갈라져 나온 방계나 마찬가지란다. 그 과정에서 영지 분란이나 계승권 등으로 여러 일이 있었지."

"어… 그럼 사이가 좋지 않은 건 둘째 치고, 이번 결혼식이 성사되긴 하는 겁니까? 신랑과 신부의 혈통 문제가 있는데요."

"에이, 이 정도로 뭘. 말이 방계지, 면밀히 따지고 보면 남남이나 마찬가지인데."

이상하네. 내가 잘은 몰라도 우리나라의 역사가 100여 년 조금 넘은 것으로 아는데. 그사이에 가문이 완전히 갈라서는 게 가능하긴 한 건가?

"그래도… 뿌리가 같은 건 걸림돌이 되지 않습니까?"

"너, 내가 전에 이야기해 줬던 북쪽 바다 건너 섬나라 기억하냐?"

"네, 브리튼이란 곳이죠? 프랑크 놈들하고 무려 백 년이나 전쟁했었다는."

"그래, 그곳의 어떤 백작은 자기 조카딸하고 결혼하기도 했고, 다른 누군 자기 이모하고도… 아무튼 귀족 가문이란 게 다 그래."

"정말요?"

"그래. 네가 아직 이 바닥을 잘 모르나 본데, 이번 결혼은 그런 가문들에 비하면 문제가 될 만한 게 없어."

"으음, 잘 이해가 가진 않지만 그렇군요."

"뭐, 요즘은 북쪽의 합스… 부르크 가문도 섬나라 놈들의 방식을 따라 하더라고."

시종장은 신성로마제국의 황가를 발음하기 힘든지 묘한 뉘앙스로 끊어서 말했다.

"거긴 사촌이나 형제자매끼리 붙어먹기라도 한답니까."

"아직 그 정도까진 아닌데, 가문의 세력을 보존한답시고 주로 가까운 친척끼리 결혼한다더라고. 뭐, 그러다 보면 언젠간 네 말대로 될 수도 있겠다는 생각이 드네."

난 시종장의 이야길 들으며 세상엔 별의별 놈들이 참 많다는 생각이 들었다.

내가 잠시 생각에 잠겨 있자, 시종장은 탄력이 붙은 듯 설명을 이어갔다.

"아무튼, 처음에 어디까지 이야기했었지?"

"양 가문에 대한 갈등 이야기요."

"음, 그래. 그 부분은 너무 복잡하니까 자세한 것은 대충 넘어가고, 선대 드라쿨 공 때부터 양 가의 대립이 극에 달했지. 한땐 선대 바사랍 공이 드라쿨 공을 밀어내고 대공 자리에 오른 적도 있고."

"그 말은… 지금의 바사랍 공도 운이 좋았으면 대공이 될 뻔했었다는 거네요?"

나도 잘은 모르지만, 일전에 보았던 바사랍 공작, 즉 라이오타(laiota) 공의 인상은 탐욕스럽기 그지없었다.

그런 공작이 대공 자리에 있었다면 이 나라가 어떻게 되었을까… 생각만 해도 끔찍하네.

"뭐… 그렇게 볼 수도 있지. 어쨌거나 그쪽도 나름 정당한 계승권이 있으니까. 한때는 대공 전하의 가문이 눈치를 봐야 했으니."

"그럼 지금 이렇게 된 건요?"

"그게 말이야, 너도 알다시피 드라쿨 대공께서 오스만에 두 아들을 볼모로 보내면서 운명이 완전히 달라졌지."

그러고 보니, 난 대공 전하께서 어떤 이유로 오스만에 가게 되었는지 아직도 모르고 있었다.

"어떻게요?"

"으음… 이걸 네게 이야기해도 될지 모르겠네."

"먼저 말을 꺼내신 건 어르신인데, 왜 그러십니까?"

시종장은 한참이나 고민하다가 내게 답했다.

"뭐, 너도 역사가를 지망한다고 했으니, 내가 이야기하지 않아도 언젠간 알게 되겠구나. 그럼 기록에 참고만 하고 함부로 퍼뜨리진 말아라."

"예."

"본래 술탄은 그분에게 조건을 붙여 세 번의 소원을 들어주겠다고 했고. 두 분을 볼모로 보낸 건 첫 번째 소원의 대가였다."

"그게… 정말입니까?"

"그래."

"그건 악마와 거래를 한 거나 마찬가지지 않습니까!"

"흠, 네 비유가 딱 맞는 듯싶구나. 드라쿨 공께선 술탄에게 첫 번째 소원으로 대공의 자리를 찾을 수 있도록 빌었지."

"쉽게 믿기지 않는군요. 그게 정녕 진실입니까?"

"그래, 그분은 절대 하지 말아야 하는 거래로 대공 자리를 되찾으신 거나 마찬가지야."

"아무리 대공 전하의 아버지라지만, 그건 옹호하기 힘드네요."

"뭐랄까, 당시만 해도 사정이 급박했으니까."

"그래서 어떻게 되었나요?"

"첫 번째 소원으로 오스만의 지원을 얻어 대공 자릴 되찾으실 때만 해도… 모든 게 순조롭게 풀렸지. 모두가 그런 줄로만 알았어."

"그런데요?"

"악마와 손을 잡은 대가는 생각보다 컸다."

"그런데, 이야기하시는 게 마치 전부 다 지켜보신 듯하네요."

"그래. 난 어려서부터 드라쿨 공을 섬겼고, 그 후 대를 이으신 대공 전하를 지금까지 곁에서 지켜보았다."

아아, 이 늙은이는 단순히 오래 일한 것뿐만이 아니구나.

내가 생각한 것보다 더 대단한 인물이었나 보다. 어쩌면 나중에 내가 저작 중인 기록에 도움을 받을 수도 있겠어.

"그래서 다음은 어찌 되었습니까?"

"아무튼… 드라쿨 공께선 모자란 재정을 충당하고자 두 번째 소원으로 막대한 양의 금은보화를 받았지."

"그럼 그 소원의 대가는 뭐로 치렀나요?"

"술탄은 그 당시에 거기에 대한 대가를 요구하지 않고 나중을 위해 미뤄두었단다."

"그럼, 나중에는 뭘 요구했나요?"

"그로부터 1년 후 오스만을 목표로 한 군대가 바티칸을 비롯한 베네치아, 부르고뉴와 여러 나라에서 결성되었고… 바르나 십자군이라고 명명되었단다."

"소원의 대가하고 십자군이 무슨 관계인데요?"

"술탄은… 소원의 대가로 드라쿨 대공께서 그들을 막아내도록 했다."

"그건 말도 안 돼요. 그게 가능할 리가 없잖아요? 그리고 보야르의 반발이 대단했을 텐데요?"

"꼭 그렇지만도 않다. 그 당시의 보야르들은 오스만이 지원한

금화에 눈이 멀어 전하를 지지했었어."

귀족들이란. 그러니 나라가 엉망이었지.

"결국 드라쿨 공께선 바르나 십자군의 지휘관 순백의 기사와 마찰을 빚으셨다."

"어, 순백의 기사면 머저르 왕국의 후냐디 전하 아닙니까?"

"그래, 당시 그분은 바사랍 공작의 후견인이기도 했어."

"지금 그분은 대공 전하의 장인이신데요?"

"지금은 그렇지만, 그때는 그랬어. 바사랍 공작이 잠시나마 대공 자리에 올랐던 것도 그분의 도움이 컸고."

참 알다가도 모를 일이네. 그런 과거를 거쳐서 지금은 양 가가 한 가족이 되었다니.

후냐디 전하의 딸, 아름다우신 대공 부인을 떠올리며 내가 머릿속으로 이야길 정리할 때쯤 시종장의 말이 이어졌다.

"아무튼… 당시 대세는 십자군에 기울었고, 흐름을 거스를 수 없었던 대공 전하께선 당시 후계자로 점찍어 두었던 큰아들 미르체아 공을 십자군에 동행시키는 것으로 합의를 보았어."

"으음… 그랬다면 술탄도 가만히 있지 않았을 것 같네요. 그래서 전쟁은 어찌 되었나요?"

"처음엔 신앙의 군대가 유리했었단다. 순백의 기사의 지휘하에 거듭되는 승전이 이어졌지."

"했었다는 건… 결국 졌다는 이야기인가요?"

"그래, 당시 머저르와 폴스카의 왕관을 쓰고 있던 브와디스와프 전하께서 모든 것을 망쳤다."

"어떻게요?"

"총지휘관이던 후냐디 전하의 경고를 무시하고 적장인 술탄을 잡으려 욕심을 냈고, 무작정 돌파를 시도했어."

"제가 전쟁에 대해선 잘 모르지만, 결과가 좋지 않았을 거라고 짐작되네요."

"그래, 결국 그 싸움에서 왕이 전사했고 전쟁은 오스만의 승리로 끝났어. 그리고 술탄은 세 번째 소원의 대가를 요구했다."

"잠시만요. 아직 세 번째 소원을 뭔지 말씀 안 하셨는데요."

"그건 나도 듣지 못해서 모른단다. 아무튼 세 번째 소원의 대가는 전보다 훨씬 가혹했지."

"뭘 요구했습니까?"

"드라쿨 공이 십자군의 지휘관 후냐디 전하를 잡아 가두라는 것."

"그건… 말도 안 되는 일이 아닙니까? 어찌 감히 신앙 세계의 수호자를!"

"그런데 그분은 어쩔 수 없이 그 요구에 따를 수밖에 없었지. 이미 아들 둘을 볼모로 보냈으니까. 악마와 손을 잡은 대가는 그만큼이나 무서운 거야."

"그럼… 정말로 그리하셨습니까?"

"그래. 드라쿨 공께선 전장에서 왕을 잃고 철군하던 후냐디 전하를 잡아 투옥하셨지. 그리고 두 분의 사이는 최악으로 치달았다."

"그럼 그분의 마지막 소원은 뭔지 정말 모르십니까?"

"그래, 나도 거기까진 모른다. 지금의 대공 전하와 관련이 있지 않을까 짐작될 뿐."

"그럼 그다음엔 어찌 되었습니까."

"결국… 후냐디 전하께선 전사한 왕 대신 왕국의 섭정이 되었고, 머저르의 무력 침공을 염려한 드라쿨 공도 어쩔 수 없이 그분을 석방해야 했어."

"그건 술탄이 십자군과 우리나라의 분열을 위해서 획책한 모략 같은데… 맞습니까?"

"그래, 너의 말대로다. 결국 후냐디 전하의 사주를 받은 보야르들의 반란이 일어났고, 그분은 마지막 소원의 대가로 말미암아 후계자였던 미르체아 님과 함께 목숨을 잃으셨어."

"하… 정말이지, 뭐라 할 말이 없습니다. 모두가 술탄의 손에서 놀아난 거나 다름없네요."

"그래, 술탄이야말로 악마의 종자나 다름없지. 그런 계략을 짜낸 것이 고작 12살의 아이였으니까."

"12살이요? 그게 말이 되나요? 아깐 술탄이 전장에 나섰다면서요. 고작 12살짜리 아이가 군대를 지휘하고 그런 계략을 짰다는 겁니까?"

"아니, 설명이 조금 부족했구나. 애초에 세 가지 소원을 건 것은 전대 술탄이었고. 그 후로 잠시 술탄에서 물러나 전쟁 지휘를 맡았다."

"그럼 오스만의 술탄이 둘이었다는 겁니까?"

"그래, 그 계약을 이어받아 드라쿨 공에게 이행하게 만든 건 아비가 물러난 동안 임시로 술탄을 대행하던 메흐메트였다."

"메흐메트면 지금 로마에서 유폐 중이라던 전대 술탄이요……?"

"그래, 그가 맞다. 그는 당시 12살의 나이로 모두를 철저하게 가지고 논 거야."

내가 12살 땐 아버질 도와 농사짓는 게 고작이었는데.

"잘 믿기지 않는군요. 그런 건 다 어떻게 아셨습니까?"

"현 대공 전하께 들은 것도 있고, 내가 드라쿨 공 곁에서 직접 본 것도 있다."

시종장에겐 뭔가 숨겨진 사정이 있는 듯하다.

아무튼 그때야 어떻든 지금은 오스만을 몰아냈으니까 긍정적으로 생각해야지.

"그럼, 대공 전하께선 그런 술탄을 꺾으셨으니 더 대단한 분이 되신 거네요?"

"흠. 뭐… 지금 그분도 누군가와 계약을 하신 건 마찬가지인데."

"그건 또 무슨 말입니까?"

"넌 몰라도 된다. 아무튼 잡담은 여기까지, 휴식 시간은 끝이다."

난 더 듣고 싶은 마음이 굴뚝같았지만, 결국 아쉬움을 삼키고 업무로 복귀했다.

그건 그렇고 요즘 들어 부쩍 궁성에 상주하는 기사들이 늘었다.

아무래도 결혼식이 코앞에 다가왔으니, 경비 강화가 목적인가 보다.

멀리 조선에서 왔다는 기사들도 전하의 친위대 드라쿨 기사단원과 함께 무언갈 훈련하며 시간을 보내고 있었다.

그 영향 탓인지 요즘 들어서 부쩍 닭의 소비도 늘었고.

웃긴 건 기사들의 식사로 닭의 가슴살만 도려가고, 남은 부위는 우리 같은 시종이나 관료, 혹은 고용인들의 식사로 주어진다는 거다.

요즘 루카를 비롯한 아이들은 끼니마다 고기가 올라온다고 유독 좋아하는데, 이렇게 낭비를 해도 되는지 모르겠다.

그리고 난 지난 과거 이야기 후 부쩍 가까워진 시종장에게 국정에 대한 이야길 더 들어볼 수 있었다.

조만간 수도에 아이들을 모아 가르치는 교육기관이 신설된다고 한다.

게다가 새로운 형식의 시장과 더불어 시장에 내놓은 상품이 될 식량을 납품할 농원과 목장이 신설된다던가?

그것 말고도 여러 가지 새로운 정책이 입안되어서 시행될 거라고도 하더라.

내 짐작인데, 대공 전하께서 그런 걸 승인하셨다는 것은 아무래도 귀빈의 영향인 것 같다.

요즘 들어 그분이 밝아지시는 것 같아서 나도 좋지만, 이런 변화가 급작스럽게 일어나니 적응이 잘 안 된다.

처음엔 귀빈을 좋지 않게 보던 것 같은 보르카투스 백작도 어느새 귀빈과 부쩍 가까워진 듯 보였고.

아무튼 결혼식을 사흘 앞두고, 뒤늦은 방문객이 도착했다.

내겐 꿈에도 잊을 수 없는 상대.

오스만의 침공 직전, 강제로 징발한 식량의 대가로 내 가족과 마을 사람들에게 면죄부를 뿌리고 갔던 영주 크로쿠스 남작이었다.

내 기억 속의 그는 돼지처럼 비대한 덩치에다 얼굴엔 기름이 번들번들하게 흘러 나를 포함한 영민들의 부러움을 사던 이였다.

나와 친구들도 영주님의 밥상엔 뭐가 올라오는지 상상하며 배를 곯아봤으니.

그런데 지금은 살이 많이 빠져서 그런지, 염소처럼 생긴 콧수염과 이마에 난 점이 아니었으면 몰라볼 뻔했다.

"남작님, 이쪽으로 따라오시지요."

난 정중하게 그를 맞이했고, 어릴 적부터 틈만 나면 연습한 인사 동작이 한 치의 오차도 없이 빛을 발했다.

"궁성이 참 깨끗하군."

난 깨끗하게 정비된 정원을 보며 옅은 미소를 지으며 답했다.

"나라의 큰일을 맞아 귀빈들을 맞이하기 위해서 다들 힘썼습니다."

"으음… 그건 그렇고 자넨 어느 가문 출신인가?"

"제 가문이 미천해 말씀드려도 잘 모르실 겁니다."

"아니, 내 눈은 틀림없지. 몸짓 하나마다 밴 기품 하며 듣는 이를 배려해 연습한 억양도 그렇고, 아무리 봐도 고명한 명문가 출신으로 보이는군."

그는 날 전혀 기억하지 못하는 눈치였다.

하긴, 십 년은 지난 일이고 제대로 먹지 못해 삐쩍 마른 데다 지저분하던 꼬마는 이젠 없으니.

"궁에 들어온 이들에겐 출신 가문 같은 것은 중요치 않습니다. 모두 충실한 대공 전하의 손발이며, 주인을 위해 봉사하는 동안만큼은 그저 도구일 뿐이니까요."

"하, 우리 집안의 시종들에게 들려주고 싶은 말이로군. 정말 인상 깊어."

"과찬이십니다."

"그건 그렇고 나중에 시간이 나면 우리 가문에도 한 번 들러 주게나."

"죄송하지만, 그 제안은 이루어질 수 없을 것 같군요."

"왜?"

"대공 전하를 보필하기 바빠서 시간을 내기 어렵습니다."

"현 대공이 항상 그 자리에 있을 것도 아닌데?"

"예? 그게 무슨 말씀이신지……?"

크로쿠스는 당황했는지, 발걸음 속도를 올리기 시작했다.

"아, 아닐세. 말이 헛나왔군. 아무튼 이쪽으로 가는 게 맞나?"

"예. 여기서부턴 바닥이 미끄러울 수 있으니 속도를 늦춰주시지요."

결국 크로쿠스를 마지막으로 예정된 모든 방문객이 전하와 귀빈을 알현했고, 난 그가 돌아가는 길을 배웅하며 복잡한 심경에 휩싸였다.

오스만의 침공 당시 그가 식량을 억지로 빼앗아 가지 않았더라면… 우리 가족이 살 수 있었을까?

혹은 그렇게 되지 않았어도 악마의 하수인들에게 전부 빼앗겼을까.

한참을 고민하던 난 천국에 계신 가족과 친구들이 잘 지내길 바라는 기도를 올렸다.

그런데… 한동안 기억 속에 묻어두고 있었던 얼굴을 보니 마음이 복잡하다.

내 고향 사람들을 모두 죽었는데, 그 와중에 저놈은 살아남아서 여전히 귀족 지위를 유지하고 결혼식에도 참석하다니.

저런 놈이 마을 사람들에게 발행한 면죄부가 과연 효력이 있긴 한 걸까?

아무것도 모르고 살던 시절엔 맹목적으로 그들이 모두 천국에 있음을 의심치 않았다.

반드시 그래야만 했지.

하지만, 대공 전하의 곁에서 배우는 것이 많아지고 보고 듣는 것이 늘어나며 그 믿음에 균열이 가기 시작한다.

과연 크로쿠스에게 적법한 주교 자격이 있던가?

만에 하나 그렇다고 해도 절차적으로 문제가 없었던가.

우리 가족과 마을 사람들에게 내려진 대사를 대주교 성하께서 알고는 계신 걸까.

난 결국 크로쿠스와 만남 이후로 일에 집중하지 못하고, 시종장에게 여러 번 핀잔을 들었다.

"안드레이, 정신을 어디다 팔고 다니는 거야. 오후에 예정된 훈련에 지원 나가는 것도 잊어버리고 말이야."

"늦어서 죄송합니다. 제가 시간을 착각했습니다."

조선에서 온 기사들은 드라쿨 기사단원들과 함께 한 몸인 것처럼 열을 맞추어 이동했다.

그들은 훈련을 위해 나선 시종들을 앞에 두고 빠르게 진형을 바꾸며 내겐 생소한 동작들의 연습을 반복하고 있었다.

대공 전하와 귀빈은 멀리서 그들을 바라보며 웃고 계셨고.

개인적으론 결혼식 전날인데 기사들이 제대로 쉬지도 못하고 이런 걸 하는 걸 보니 안쓰럽기 그지없다.

아니면 결혼식에서 축하 행사의 일환으로 뭘 보여주기라도 할 작정인 건가?

대공 전하께서 광대들을 부르는 대신 저들을 활용하기라도 하려는 건가 하고 조심스럽게 추측해 보았다.

난 그날의 일정을 마치고 대공 전하를 침실로 모신 다음 잠이 들었고, 날이 밝자 마침내 성대한 결혼식의 막이 열렸다.

*　　　*　　　*

어젯밤 내가 모르는 곳에서 신랑과 신부의 집안끼리 전야 행사가 치러졌다고 한다.

대공 전하의 집안과 공작가의 혼인인 만큼, 어린 시절에 마을에서 보았던 행사와는 규모가 달랐겠지.

아무튼, 오늘 내가 할 일은 시간별로 정해져 있다.

오전엔 결혼식 동안 식장으로 정해진 궁성의 정원으로 출입하는 귀족들을 접대하고 안내하는 업무를 맡았다.

시종장은 일찌감치 어린 시종들을 데리고 연회장을 점검하고 있다.

그리고 초대된 인원이 많아 구역을 나누기로 결정되었다.

초대된 손님만 해도 귀족 500여 명에다 그들의 수행원까지 모두 합하면 이천 명은 훌쩍 넘을 거 같다.

정오가 되자 결혼식이 시작되었고, 아름답게 치장한 신부와 신랑이 식장에 들었다.

뒤이어 어느샌가 나타난 기사들이 그들과 발을 맞춰 한 몸이 된 것처럼 입장하는 예식을 실연했고, 뒤이어 자로 잰 듯이 오와 열을 맞춘 후 주인공들을 향해 손을 올려 경의를 표했다.

귀족들은 예상하지 못한 행사에 눈이 즐거운지 박수를 보냈다.

저들은 아무래도 이날을 위해서 그렇게 연습했던 건가 보다.

그건 그렇고… 내가 훈련 지원에 나갔을 땐 저런 동작들은 못 본 것 같았는데 내 착각인가?

멀리 떨어진 내게 잘 들리진 않지만, 주교님이 축사를 읊고 있었다.

아마 신의 이름으로 양 가문이 결합하였음이 선포되었겠지.

해가 떠 있는 동안 결혼식과 각종 복잡한 절차가 마무리되었고, 날이 저물어가며 본격적인 연회가 시작되었다.

"안드레이 님, 원래 결혼식 연회라는 게 이리 조용한 건가요?"

연회를 지켜보던 내게 루카가 조용히 말을 걸었다.

"아니, 보통 이렇진 않은데… 다들 먹는 데 열중해 있네."

오늘의 주인공인 부부는 겉면에 정체 모를 하얀 것이 듬뿍 발린 거대한 케이크를 나이프로 자르며 웃고 있었다.

난 저런 케이크는 어디서도 본 적이 없다.

내가 예전에 먹어보았던 케이크는 저것과는 다르니까.

나도 케이크를 많이 먹어본 것은 아니다.

일 년에 한두 번 특별한 날, 그것도 집안 사정이 좋을 때나 먹을 수 있었지.

저걸 보니 어머니가 해주신 케이크가 생각난다. 두껍게 구운 파이 위에 치즈와 올리브, 그리고 내가 산속을 뒤져 발견했던 벌집에서 뽑아낸 꿀이 올라갔었지.

그러고 보니 손님들이 먹는 음식은 전부 생소한 것들뿐이다.

피처럼 붉은색 소스와 치즈를 녹여서 뿌린 면이라든가… 평소와는 다른 향기를 풍기는 데다 물처럼 맑고 투명한 수프.

그리고 검은색 국물에 절인 고기라든가, 재료가 무엇인지 짐작 안 가는 요리들이 상마다 가득하다.

"다들 저렇게 열중해서 먹는 걸 보니 엄청나게 맛있나 봐요. 연회가 끝나면 우리가 먹을 것도 있겠죠?"

"글쎄다……. 지금 먹는 속도를 보면 재료가 넉넉할지도 의문인데."

"이만한 고생을 하고도 밥조차 못 먹는 건 너무한데요……."

루카가 실망한 듯한 표정을 짓기에 난 녀석을 위로하려 답했다.

"뭐 대공 전하시라면 배려를 해주실 법도 해."

"그렇겠죠?"

"그래. 그러니까 넌 업무에 집중하렴."

루카를 적당히 상대하며 연회장을 돌 무렵, 며칠 전에 봤던 크로쿠스 남작과 다시 한번 마주쳤다.

그는 먹는 것에 열중했는지 날 보지 못한 듯했다.

그가 맛있게 음식을 먹는 걸 보니, 나도 모르게 화가 난다.

난 내색하지 않고 평소처럼 행동했고, 그는 내가 곁을 스쳐

가는지 눈치채지 못했다.

결국 연회장에 모여 있던 귀족들은 내가 그동안 본 것과는 달리, 거지처럼 식탁에 올라와 있던 음식을 탐욕스럽게 먹어 치우곤 재차 요리를 청했다.

음식이 다시 준비되는 동안엔 술이 한 잔씩 들어갔고 조용했던 분위기도 흥겨워진 듯 시끌벅적해졌다.

그러자 결혼식장에 걸맞은 모습들이 나오기 시작했다.

적령기의 영애들을 찾아 헤매는 미혼의 귀족 남자들.

자신이 직접 지은 시를 아가씨에게 읊어주겠다며 느끼한 눈빛으로 무릎을 꿇는 이부터, 마치 음유시인이라도 된 양 악사로부터 빼앗은 류트를 들고 연주하는 놈들까지.

그래, 이거야말로 연회에서 볼 법한 풍경이지.

그나저나 시종들은 이럴 때일수록 더 조심해야 한다.

자칫 잘못하면 술 취한 귀족과 눈이 마주쳤단 이유로도 시비가 걸리니.

이 상황에서 최선은 자연스럽게 배경의 일부가 되는 거다.

지금의 나처럼 자리에 있으면서도 없는 듯 무심하게 말이야.

"으엇!"

"이런, 젠장!"

루카가 누군가와 부딪혔나 보다.

루카와 부딪힌 상대는 공교롭게도 크로쿠스 남작이었고, 그는 내 예상대로 불같이 화를 내고 있었다.

"이게 얼마짜리 옷인 줄 알아? 이렇게 흰옷에 와인을 쏟으면 지워지지도 않는데 어떻게 할 거냐?"

"죄송합니다. 가문과 성함을 말씀해 주시면 사람을 보내 변상 토록 하지요."

"이봐, 너."

"예?"

"왜 이리 태도가 건방져?"

"제가 실례를 저질렀다면 다시 한번 사과드리겠습니다."

"아니, 아니. 그 뻣뻣한 태도부터가 글러 먹었어. 잘못했으면 먼저 무릎을 꿇고 사과해야 할 것 아닌가?"

루카는 예상치 못한 요구에 당황했는지 창백해 보이는 표정을 짓고 있었다.

하긴… 저 녀석도 나름대로 귀족 출신인데, 같은 귀족에게 이런 말을 들을 거라곤 생각 못 했나 보다.

궁에서 실시하는 체벌이야 귀족의 관습상 어릴 적부터 유모에게도 당하니까 그렇다 쳐도… 대놓고 무릎을 꿇으라고 하는 건 상대에게 굴종하라는 뜻이나 마찬가지니까.

"실례하겠습니다. 남작님? 이 아이가 잘못한 것은 맞지만, 모두가 보는 앞에서 무릎을 꿇는 건 조금 지나친 듯합니다."

흥미로운 구경거리가 생겨 모여든 귀족들을 헤치고 내가 끼어들자, 크로쿠스는 며칠 전 안내해 주었던 날 기억하고 있는지 떨떠름한 표정을 지었다.

"자네가 끼어들 일이 아니야. 이걸 보고도 그런 말이 나오나?"

남작이 입은 새하얀 튜닉의 가슴 쪽엔 엄지손톱만 한 얼룩이 지어 있었다.

고작 저 정도로 이 난리를 친 건가?

"당장 입으실 옷이 필요하시다면 제 달마티카(Dalmatica)를 빌려드리지요. 마침 남작님께선 저와 체격도 거의 비슷하니 어울리실 법도 한데, 어떻습니까?"

내겐 대공 전하께서 선물해 주신 전통 예복 달마티카가 한 벌 있다.

언젠간 시종 생활을 마치고 문장관이 되면 입으려고 아껴두었던 거긴 하지만, 말썽이 크게 번지는 것보단 잠시 빌려주고 입을 다물게 하는 게 나을 거다.

"그래? 그건 내가 예상치 못한 기쁨이로군. 기꺼이 자네의 제안을 수락하지."

크로쿠스는 내 제안이 마음에 들었는지, 잠시 고민하는 듯하다가 고갤 끄덕였다.

"남작님의 관대한 처사에 감사드립니다. 새 와인과 옷을 가져다드릴 테니 기분 푸시고, 남은 연회를 즐겨주시지요. 아직 밤은 깁니다."

난 잠시 후 내 예복을 가져와 남작에게 보여주었다.

"호오… 이런 명품일 거라곤 생각 못 했는데? 고맙게 입지."

하긴, 내 예복은 전체적으로 올리브 잎과 가지가 금박 자수로 놓여 있는 데다 가슴엔 대공의 상징인 용이 새겨져 있지.

나도 가끔 꺼내서 보기만 하고 못 입어본 옷을 이런 놈에게 먼저 입어보게 해야 하다니… 속이 쓰리다.

"천만에요. 그보다 그 아일 흔쾌히 용서해 주서서 감사할 따름입니다."

"하하, 내가 좀 관대한 사람이긴 하지. 내 예전 영지였던 마을의 사람들도 내 통치에 언제나 감사를 표하곤 했지."

그건 뭔가… 내 기억 속의 모습하곤 다른데?

크로쿠스는 유달리 높게 매긴 세금도 문제였고, 전쟁이 벌어지자 영민의 보호 의무를 지키지 않았다.

우릴 지켜야 하는 의무를 지닌 그는 식량의 대가로 면죄부를 발급한 후 마을 사람들을 버리고 도망쳤지.

그런 네놈이 감히 어디서…….

"표정이 왜 그러나. 인제 와서 빌려주기 아까운 건가?"

나도 모르게 감정이 얼굴로 드러났나 보다.

"아, 아무것도 아닙니다. 연회 때문에 신경이 곤두서서 피곤한 듯하군요."

"하긴 저런 시건방진 녀석들을 통제하면서 뒷일을 수습하려면 고생이 많겠어. 그건 그렇고 내 제안을 잊지 않았겠지?"

"남작님의 영지에 초청한다는 제안 말씀입니까."

"그래."

"언젠간 시간이 난다면 찾아뵙지요."

"그래, 이제 자네도 할 일 하게."

"예. 이만 물러가겠습니다."

그렇게 남작과 거리가 멀어지자 루카가 내게 다가와 말을 걸었다.

"정말 죄송합니다. 저 때문에 아직 한 번도 입은 적 없는 옷을 빌려주시고…….'

"괜찮다. 나야 입을 기회가 없던 것뿐이야."

"그런데 저도 정말 억울해요. 저 남작이 먼저 휘청거리면서 제게 부딪히곤 일방적으로 제게 비난을 퍼부은 거예요."

"그랬니. 저 사람이면 그럴 법도 하구나."

"혹시 두 분이 서로 잘 아시는 사이예요?"

"아니, 난 남작을 나름대로 알고 있는데, 저쪽은 날 모를걸."

"그게 무슨 말씀이세요? 친근하게 보이던데……."

"넌 몰라도 되는 말. 아무튼 지금 일어난 일은 머릿속에서 지우고 저쪽 테이블부터 정리해."

"어디요?"

난 테이블을 손으로 가리키며 답했다.

"저쪽 말이다. 먹고 남은 뼈들이 지저분하게 쌓여 있잖아."

"알겠습니다. 그리고 감사합니다."

시간이 흘러 어느덧 자정에 가까워졌고, 연회장의 상석에 자리를 잡고 계시던 대공 전하께서 일어나신 다음, 연회장 한쪽에 놓인 연단에 올라가셨다.

나름대로 분위기가 올라있던 연회장은 자연스럽게 대공 전하께로 시선이 집중되었고, 이내 조용해졌다.

"우선, 오늘 내 동생의 결혼식을 축하하기 위해 이렇게 모여줘서 기쁘구나. 오늘의 연회는 만족스러운가?"

대공 전하의 물음에 가까운 자리에 앉아 있던 몇몇 귀족들이 크게 소리쳤고, 나머진 눈치를 보는 듯 조용히 있었다.

"예! 그렇습니다."

"평생 잊지 못할 연회일 겁니다!"

"흠, 대답이 별로 없는 걸 보니 모두가 만족스러운 건 아니었나 보군. 연회 책임자를 벌하라고 해야겠어."

대공 전하께서도 농담할 줄 아시네?

가벼운 농담에 나름대로 긴장이 풀어졌는지, 귀족들 사이에서 웃음이 터져 나왔다.

"너희들도 알다시피… 여기 모인 이들은 강압이나 다름없는 내 초대에 빠짐없이 응해주었기에 고맙게 생각하고 있다. 또한 이교도의 손에서 20년이 넘는 세월을 볼모로 지내던 내 동생이 돌아왔고, 바사랍 공작의 딸과 결혼해 가정을 이루게 되었으니 기쁜 날이라 할 수 있다."

대공 전하께선 들고 계시던 술잔을 위로 올리며 외치셨다.

"왈라키아에 번영이 있기를!"

대공 전하의 선창에 맞춰 아까도 호응해 주었던 몇몇 귀족들이 따라 외쳤다.

"신이시여, 대공 전하께 축복을 내리소서!"

그러자 두 박자 정도 늦게 외침이 따라갔다.

"축복을 내리소서!"

"아무래도 반응이 시원치 않군. 뭐라도 잘못 먹은 건가? 이번엔 요리장을 벌해야겠어."

"아닙니다!"

"그럴 리가 있습니까?"

몇몇 귀족들의 외침이 이어지자 옅게 미소를 보이신 대공이 답하셨다.

"아무래도 난 분위기 띄우는 데는 소질이 없나 보군. 사죄의 의미로 재밌는 옛날이야길 하나 해주지."

잔의 내용물을 들이켜신 대공 전하께선 말씀을 이어가셨다.

"옛날 옛적에 어떤 사내가 있었다. 위대한 선조의 핏줄을 타고 난 후손이지만, 가진 재산도 적었고 운 좋게 손에 넣은 지위도 지키기 힘든 가주였어."

음… 대체 무슨 이야길 하시려는 거지?

"그는 정적들에 맞서 지위를 지키기 위해 애를 썼지만, 애써 발버둥 친 것도 소용없이 쫓겨나고 말았어. 어느 날, 모든 것을 잃고 절망한 사내 앞에 악마가 나타났다. 그 악마는 조건을 붙여 세 가지 소원을 들어주겠다고 사내를 유혹했어."

어… 이거 설마? 시종장이 해줬던 선대 드라쿨 공의 이야기인 건가?

"그 사내는 악마의 유혹을 거절하려고 했지만, 그러기엔 당장의 생존도 장담하지 못할 상황인 것을 깨닫곤 악마와 손을 잡았다."

내 짐작이 맞았다. 이건 그 이야길 돌려서 말씀하시는 게 분명해.

"그리고 첫 번째 소원으로 자신의 자리를 되찾길 원했지. 한데… 그 대가는 그의 아들들이었다. 그래서 사내는 자신의 두 아들을 악마에게 공물로 바쳤지."

처음엔 관심 없어 보이던 귀족들은 어느새 대공의 이야기에 흥미가 가는지 집중하고 있는 듯 보였다.

"그렇게 악마와 거래로 지위를 다시 찾은 사내는 거기서 만족하지 못하고 막대한 부를 요구했지. 그리고 그 소원은 이루어졌다."

대공 전하의 목소리는 전에 내가 잠시 들었던 것처럼 음산해져 갔다.

"그러나 처음과 다르게 악마는 소원의 대가를 곧바로 요구하지 않았어. 사내는 운이 좋다 여겼지만, 그건 착각이었지."

청중들은 대공 전하의 이야기에 몰입한 듯 보였고, 개중 몇몇은 침음하고 있었다.

"그렇게 사내가 두 번째 소원의 대가를 잊으려 할 때 악마는 불가능한 요구를 했다. 악마의 세상을 침공하려는 동족의 군대를 제지하라는 명령을 한 거야."

이야기를 듣던 난 더러워진 테이블을 치우기 위해 조용히 이동했는데, 마침 바사랍 공작의 얼굴을 볼 수 있었고 그의 표정이 일그러져 있음을 발견했다.

"사내는 거부하려고 했지. 그런데… 악마는 공물로 바쳤던 아들들을 해치겠다고 협박했어. 두 아들 중 나이가 많던 쪽은 작은 악마에게 학대를 당하기도 했고."

대공 전하께서 오스만에서 학대를 받았다고 말씀하신 건가? 대체 누가 저분을 학대한 거지?

"결국 사내는 악마에게 내어주었던 아들 때문에 동족을 배신했지. 그 결과 악마의 군대가 대승을 거뒀고, 사내는 모두에게 비난받는 신세가 되었어."

바사랍 공작의 테이블을 치운 난 고개를 돌리다 라두 공과 눈이 마주쳤는데, 그는 바사랍 공작과 달리 창백한 표정을 짓고 있었다.

"그리고 사내는 어떻게든 악마와의 계약을 무효화시키려고 애를 썼지만… 결국 실패했다. 그 후 마지막 소원을 빌고는 자신이 키우던 개들에게 물려 숨을 거두었지. 그런 사내가 마지막으로 빈 소원이 무엇일 것 같나?"

저건 나도 시종장에게 들었던 이후로 유독 궁금했었다.

"모든 걸 없던 일로 해달라고 하는 게 가장 좋은 소원 아니겠습니까?"

어느 귀족의 대답에 대공 전하께선 고개를 저으셨다.

"아니다. 이미 일어난 일을 없던 것으로 돌리는 권능은 소원을 들어준 악마도 할 수 없었다."

"그럼 그 악마도 사실 알고 보면 대단치 않은 놈이었나 봅니다."

대공은 그 말이 마음에 드셨는지, 웃으며 말씀하셨다.

"그래, 그 말이 맞을지도. 아무튼 사내가 죽기 전에 빈 소원은 바로 아들의 자유였지. 탐욕에 눈이 멀어 모든 것을 잃었던 사내가 마지막으로 떠올린 건 공물로 바쳐 버린 아들이었던 거야."

"그래서 그 소원은 이루어졌습니까?"

"그 소원은 악마에게 전해지진 않았지만, 결과적으론 이루어졌다. 공물로 바쳐진 두 아들 중 나이가 많던 쪽이 악마를 속여 탈출했으니."

어? 이 부분은 집사장에게 들었던 이야기랑은 다르네. 집사장은 세 번째 소원의 대가가 가혹했다고 했었는데… 어르신이 잘못 알고 있었던 건가?

"그럼 그다음 이야기도 있습니까?"

"그래, 사내의 아들은 악마의 수하들과 함께 고향으로 돌아왔지만, 배신자라는 오명 속에서 쫓겨났지. 그리고 세상을 떠돌다 스승이자 새로운 아버지를 만나게 된다. 결국 그분의 비호로 힘을 얻은 아들은 고향으로 돌아와 주인을 물어 죽인 개들을 전부 죽여 복수했지."

"저기 혹시, 그 이야긴… 설마……?"

흥미진진하게 대공 전하의 이야길 듣던 귀족들도 눈치를 챘나 보다. 이게 대공 전하의 이야기란 것을.

"그래, 이야기 속의 아들이 바로 나다. 그리고 이 자리에서 그때 완수하지 못했던 일을 마저 마무리하려고 한다."

그 순간 세상에서 가장 존경스럽던 대공 전하의 얼굴은 내가 보아왔던 그 어떤 누구보다도 무섭게 보였고, 흡사 악마의 왕을 연상케 했다.

전혀 예상치 못한 대공의 이야기에 귀족들은 어리둥절한 표정을 짓다 이내 사태를 파악했는지 고함을 질렀다.

"이 근본도 없는 개자식아. 다른 것도 아니고 네 동생의 결혼식에서 우릴 모두 죽이겠단 거냐?"

바사람 공작이 경칭도 생략하고 소릴 지르자, 대공께선 코웃음을 치시곤 답하셨다.

"전부는 아니다. 그리고 반역자들을 처리하는 일인데 그게 중요한가?"

"흥, 처음부터 네놈을 믿을 수 없었지. 넌 우리가 대비도 하지 않고 이렇게 모였을 것 같냐?"

"그래, 네놈이 오스만의 사주를 받아 내 동생을 새로운 대공으로 옹립하려고 한 것은 이미 잘 알고 있다."

"뭐? 그건……."

"애당초, 네 요청대로 이 결혼을 허락한 건 네놈의 알량한 계획을 그대로 이용하기 위함이었고. 그러니 네겐 특별히 거대한 기둥을 선사해 주지."

바사랍 공작의 얼굴이 한없이 일그러질 때, 가장 가까운 자리에서 대공의 이야길 듣고 계시던 귀빈은 뭐라고 표현할 수 없는 형태의 미소를 지으며 자리에서 일어났다.

곧이어 누군가의 비명으로 길었던 결혼식의 마무리 행사가 마침내 시작되었다.

*　　　*　　　*

지금 내 눈앞에서 벌어지는 일이 현실이라 믿기지 않았다.

대공 전하의 이야기로 미뤄 짐작할 때 반란을 계획한 귀족들을 위협해 체포하리라고 생각했었지.

한데, 예상과는 다르게 내 눈에 보이는 건 뼈가 부러지고 피가 튀는 폭력의 현장이다.

신랑과 신부가 입장할 때 그들을 환영하던 기사 나리들이 연회장에 난입해 철퇴를 들고 가까운 귀족들을 공격하고 있었다.

느닷없는 습격으로 팔다리가 부러진 이들은 쓰러져 신음하며 얼굴을 가린 누군가에 의해 구석으로 끌려가곤 했다.

"모두 나를 지켜라! 지원군이 올 때까지만 버텨!"

반란의 주동자 바사랍 공작 라이오타는 주변의 귀족들과 수행원들을 한데 모아 연회장에서 빠져나가려 하고 있었다.

"단 한 놈도 놓치지 마라!"

대공 전하께서 대응하듯 소리치자 기사들이 진형을 갖추고 바사랍 공작 쪽으로 움직였다.

한편, 반란의 구심점으로 지목된 라두 공은 어느새 보이지 않았다.

애처롭게 버려진 새 신부만이 겁에 질려 떨고 있을 뿐.

난 이 와중에 운 없이 말려들까 봐 구석으로 다급하게 몸을 피했다.

평소 존재감을 지우고 지낸 게 도움이 되었는지, 난 중심에서 몸을 피할 수 있었고 나름대로 차분하게 상황을 살필 수 있게 되었다.

그건 그렇고, 루카나 다른 녀석들은 무사히 몸을 피했을까……?

당장 주변엔 나 말고 다른 시종이나 고용인들은 아무도 보이지 않고 있었다.

일단 최대한 눈치를 보면서 연회장에서 벗어나려고 하던 차에, 난 믿을 수 없는 광경을 목격했다.

저 어르신은 지금 뭘 하는 거지?

"으하하! 예전부터 이날만을 기다렸다. 나 카렐린, 대공 전하의 가장 오래된 검으로서 죄인들을 징벌하리라!"

카렐린… 즉 시종장 어르신은 평소와 다르게 근사한 갑옷을 차려입고, 그 위에는 용이 새겨진 휘장을 두르고 있었다.

"단장님, 너무 무리하진 마시지요."

내가 아는 드라쿨 기사단의 현 단장이 시종장을 만류하자, 우리 어르신은 곧장 철퇴를 휘둘러 한 명을 무력화하곤 건재함을 과시했다.

"나야말로 선대 때부터 대공 가문을 섬기던 몸. 내게 주어진 과업을 완수하기 전까진 쓰러질 수 없노라."

"예, 예전에 쓰던 말투도 여전하시네요. 그래도 나이를 생각하시는 게……."

그가 예전에 들려준 이야기로 인해 평범한 노인이 아니라곤 짐작했었지만, 드라쿨 기사단의 전 단장이었던 건가?

"나이는 그저 숫자일 뿐, 그런 이유로 내게 주어진 의무를 저버리진 않을 것이다!"

어르신은 평상시보다 고풍스러운 말투로 열변을 토하며 연회장의 귀족들을 공격했다.

시종장 어르신의 숨겨진 면모를 확인한 난 연회장에서 빠져나와 정원으로 향했다.

하지만 연회장 밖도 결코 안전한 장소가 아니었다.

이국의 기사들이 결혼식에 참석한 귀족들의 수행원을 상대로 전투… 아니, 일방적인 학살을 벌이고 있었던 것이다.

연회장에 나선 드라쿨 기사단이 귀족들을 생포하는 데 중점을 두었다면, 조선의 기사들은 말 그대로 적을 부수고 있었다.

철퇴에 맞아 박살이 났는지, 사람이긴 한 건가 싶을 정도로 얼굴의 형체를 알아보기도 힘든 시체들이 즐비했다.

저들은 내 얼굴도 잘 모를 텐데, 자칫 잘못하면 나도 같은 신세가 될 거란 예감이 들기 시작했다.

어떻게 하지?

그러던 와중 전신에 피 칠갑을 한 기사가 내게 다가왔다.

"어, 전 반역자가 아닙니다!"

그러나 불행하게도 내 말은 그에게 전달되지 않은 것 같다.

난 필사적으로 달려 벗어나려 했지만 누군가가 내 앞을 가로막았고, 나도 바닥에 널브러진 시체들과 같은 신세가 될 거라 생각했다.

하지만 그것도 잠시, 난 기사들을 지휘하는 귀빈의 모습을 볼 수 있었다.

"합하, 전 대공의 시종입니다. 부디 자비를!"

"음? 자넨 대공의 시종 안드레이로군. 왜 피신하지 않고 여기서 이러고 있나?"

다행이다. 그리고 귀빈께 따로 밝힌 적도 없는 내 이름도 알고 계셨어.

"그게 전 아무것도 듣지 못해서……."

"하긴, 일부를 제외한 모두에게 비밀로 했으니 그럴 법도 하군."

"말씀드리기 외람되나, 저와 같은 일을 하던 이들은 어찌 되었는지 알 수 있겠습니까?"

"대공께서 단상에 오르실 무렵 후원으로 피신시켰지."

"다행이로군요."

"예상외로 일이 이리되었으니 어쩔 수 없군. 당분간 내 곁을 따라다니게나."

"합하의 은혜에 감사드립니다."

난 그렇게 귀빈의 곁을 따라다니게 되었고, 간신히 위험에서 벗어날 수 있었다.

그리고 난 귀빈께서 모국어로 짐작되는 말로 지시하는 광경을 보게 되었다.

그럴 때마다 기사들 몇몇이 나서서 명령을 수행해 사람들을 사살하곤 했다.

일말의 감정도 없는 듯이 명령을 수행하는 조선의 기사들은 나와 같은 사람이라 여겨지지 않았다.

철저하게 살육만을 위해 태어난 무언가라는 생각이 들어 날 두렵게 했지만, 나도 귀빈께 도움을 주기 위해 노력했다.

"합하, 좌측 전방에 루벤 후작과 그 패거리입니다."

"음, 나도 식에 참가한 이들의 얼굴을 모두 외워두긴 했는데, 밤눈이 어두워 바로 구별이 되지 않았군. 고맙네."

산속 마을에서 태어나서 그런지 밤눈이 밝은 건 내 장점 중 하나다.

"귀빈께 도움을 드릴 수 있어서 그저 영광입니다."

처음엔 사람들이 죽고 다치는 광경에 진저리가 쳐지던 나도 어느새 그 풍경이 당연하다고 여겨지기 시작하는 것 같다.

귀빈은 단 서른 명의 기사들만으로 수백에 달하는 귀족 수하들을 죽이거나 무력화했고, 그 와중에 달아나려던 귀족 다섯을 사로잡아 후방으로 인계하셨다.

"흐음, 이러고 있으니 옛 생각이 나는군. 이 나라에 처음 왔을 때만 해도 이런 일을 벌일 거라곤 생각 못 했었는데 말이야."

"예전에도 이런 경험이 있으셨던 겁니까?"

"그렇네. 여기랑은 사정이 조금 다르긴 하지만."

자정이 넘은 지 한 시간 정도가 됐으리라 짐작될 무렵, 성 밖에서도 다수의 고함과 함께 굉음을 울려 퍼졌다.

"시작되었나 보군."

"합하, 혹시 적의 지원군이라도 온 것입니까?"

"그렇겠지. 반역자의 두목 바사랍 공작이 준비했던 군대일 테고. 본래는 결혼식이 끝나고 나서 모두가 자는 틈을 노리려 했겠지만."

"그럼 한시라도 빨리 그곳을 지원해야 하는 것이 좋지 않겠습니까?"

그러자 귀빈께선 웃으며 답하셨다.

"성문 쪽도 이미 준비가 되어 있네. 그리고 지금쯤이면 대공전하께서도 연회장의 정리를 마치셨을 테니 큰 문제가 되진 않을 터."

"다행이군요."

그렇게 모든 것이 대공 전하와 귀빈의 계획대로 흘러간다고 생각될 무렵, 난 잠시 잊고 있던 인물과 마주쳤다.

"항복하겠소! 그러니 내 권리를 보장해 주시오!"

그 상대는 바로 내 예복을 빌려 갔던 크로쿠스 남작이었다.

"반항하지 않겠소! 그러니 날 포로로 대우해 주시게!"

그러자 귀빈과 몇몇 기사들이 무언가 대화를 했다.

난 뜻밖의 만남에 당황했지만, 이내 그가 더럽힌 예복을 보고 화가 나 얼굴을 찌푸렸다.

"안드레이, 그를 아나?"

귀빈께선 눈치가 빠르신 듯 바로 내게 말을 거셨다.

"예. 과거에 인연이 있습니다. 제 예복을 빌려 가기도 했고요."

"지금 저 사람이 입고 있는 게 자네 예복이란 건가?"

"예. 대공 전하께서 하사하신 옷인데… 어쩌다 보니 남작에게 빌려주게 되었습니다."

그러자 귀빈은 조금 짓궂어 보이는 표정으로 답하셨다.

"그런가, 자네의 소중한 옷을 돌려받을 때까지만이라도 신변을 보장해 줘야겠군. 그 후는 장담 못 하겠지만."

크로쿠스 남작은 날 알아보았는지 이내 다급하게 소리쳤다.

"이봐! 자네, 귀빈에게 내 이야기 좀 잘 해주게나! 우리 사이에 너무 야박하게 굴지 말고 자비를……."

우리가 대체 무슨 사이인데?

몇 시간 전관 다르게 처지가 바뀌어 비굴하게 구는 남작을 보니, 나도 모르게 숨기고 있었던 본심이 흘러나왔다.

"넌… 내 가족과 친구들… 아니, 네가 보호했어야 할 영민들을 전부 버리고 도망쳐 죽게 만든 겁쟁이다. 나도 대공 전하가 아니었다면 죽을 뻔했고. 그런 내게 자비를 보이라고?"

"갑자기 무슨 소린가? 내가 언제……."

"내 이름은 안드레이 미하일로프, 네게 대사(면죄부)를 받은 세바스티안과 매들린의 아들이다."

"내게 대사를 받았다고? 그럼……."

"그래, 난 네 영지였던 코바스나 출신이자 네게 버림받은 영민이며, 대공 전하께 목숨을 구원받아 충성을 맹세한 신하다."

"하, 그럼 여태까지 내게 신분을 속인 거냐? 이 천한 것이 감히!"

"아니, 네 멋대로 내 신분을 짐작한 건 너다. 당장 옷부터 벗어라. 그 옷은 네게 과분해."

난 한시라도 빨리 옷을 건네받기 위해 크로쿠스에게 접근했다.

"잠깐, 기다리게!"

귀빈이 그런 날 만류하셨지만, 내 예상을 빗나가는 일이 벌어졌다.

크로쿠스가 날 껴안아 꼼짝도 하지 못하게 한 것이었다.

난 어떻게든 그에게 벗어나려고 발버둥을 쳤지만, 남작은 나름대로 무술을 수련했는지 쉽지가 않았다.

"이놈의 목숨을 살리고 싶으면 당장 떨어져라! 조금이라도 움직이면 이대로 허릴 꺾어버리겠어!"

내가 너무 멍청하고 안일했다.

졸지에 인질이 되고 말았어.

난 크로커스에 마주 안긴 채로 양팔을 제압당해 고개를 돌릴 수 없기에, 대치 상황을 제대로 볼 순 없었다.

"너야말로 인질을 풀어주지 않으면 머리에 구멍을 내주마. 숫자를 열까지 다 세기 전에 놓아라."

분노한 귀빈의 외침에 난 새삼 고마움을 느꼈지만, 그보다 내 한심함과 안일함에 분노가 치밀어 올랐다.

이 일은 내가 혼자 해결해야 해.

양팔이 모두 봉쇄된 이 상황에서 내가 할 수 있는 게 있을까?

잠시 고민하던 내 눈에 들어온 것은 남작의 흰 목덜미였다.

유독 햇볕에 타지 않은 남작의 목은 핏줄이 푸르게 비쳐 보였고, 난 일말의 주저 없이 그것을 물어뜯었다.

"으아악! 이 미친놈이!"

난 온 힘을 다해 턱을 움직였고, 그의 핏줄이 터졌는지 입속으로 어마어마한 압력의 핏물이 흘러 들어오는 게 느껴졌다.

난 그 상황에서도 멈추지 않고 핏물을 삼키며 악착같이 그의 목을 물어뜯었다.

그러자 남작이 날 죄고 있던 힘도 약해져 가고 있음이 느껴졌다.

이윽고 나와 함께 쓰러진 남작의 목에서 입을 떼자, 분수처럼 피가 솟구쳐 나왔고 가까이 있던 기사들이 달려와 나를 남작에게서 떼어놓았다.

남작은 어떻게든 목에서 흘러나오는 피를 막아보려 발버둥 쳤지만, 힘이 빠졌는지 허공에 손발을 흐느적대듯 움직였다.

그의 생명이 꺼져가는 와중에 난 두려움이라던가 죄책감 같은 건 느껴지지 않았고, 되레 머리가 차분해지는 기분이었다.

"자네, 괜찮은가?"

귀빈의 물음에 난 손을 들어 양해를 구한 다음, 입속에 가득한 피를 뱉어낸 다음 소매로 입가를 문지른 후 고개를 숙이며 답했다.

"예, 걱정해 주셔서 감사드립니다. 그리고 경솔한 행동으로 폐를 끼친 점, 사죄드리겠습니다."

"자네가 무사했으니 되었네."

한숨을 쉰 귀빈께선 손에 짧은 쇠몽둥이 같은 것을 들고 계셨는데, 손잡이 부분엔 뭔가 복잡한 장치가 되어 있는 것 같았다.

그게 조선에서 쓰는 무기의 일종이라 짐작한 난 나도 모르게 본심을 털어놓았다.

"대공 전하께서 주신 소중한 옷인데, 반역자의 피로 더럽혀 버리고 말았네요."

그러자 면갑을 개방하고 있던 몇몇 기사들은 내 말을 알아들었는지 흠칫한 표정을 지었다.

내가 한 말이 그렇게 이상한가?

"흠, 나름대로 걱정했었는데 그럴 필요가 없었나 보군."

"외람되오나, 무엇을 걱정하셨단 말씀입니까?"

"평범한 사람들은 이런 상황에서 정신을 놓게 마련인데, 그러지 않아서."

그런 거였나.

나도 어느새 피투성이 결혼식장에 만연한 광기에 물들고 말았나 보다.

아니, 시종장 어르신의 사례를 보면, 이거야말로 그분의 진정한 신하로 거듭나기 위한 통과의례일 거다.

난 해가 뜰 때까지 귀빈과 함께 다니며 성안에 숨어 있던 반역자들을 색출하는 데 도움을 주었다.

그러는 사이, 바사랍 공작이 준비한 군대는 성문을 뚫지 못한 채 보르카투스 백작이 이끄는 기병대에게 몰살당했다.

그리고 난 비로소 진정한 대공 전하의 신하로 거듭날 수 있었지.

*       *       *

"대공 전하, 도망친 라두의 행방은 아직입니까?"

"보르카투스가 추적에 나섰으니, 금세 잡히리라 생각합니다."

"다행이군요. 그건 그렇고 대공께선 좋은 신하를 두셨습니다."

"누굴 말씀하십니까?"

"대공의 시종 안드레이 말입니다. 그가 겪었던 일로 미루어 자 칫하면 정신을 놓을 수도 있었는데, 대공 전하에 대한 충성심 덕 인지 멀쩡하더군요. 이 일을 겪고 기질이 달라진 것 같기도 하고 요."

"그 아이는… 처음 만난 날부터 올곧게 절 섬겼지요. 지나치 게 순진한 면이 있긴 했지만, 절 배신할 거라 생각하지 않아 계 속 곁에 두었던 것이고요."

"하긴, 저도 그를 처음 봤을 때가 생각이 나는군요."

"인상이 어떠셨습니까?"

신숙주는 미주로 떠나버린 친구 성삼문을 떠올리며 답했다.

"저의 친우이자, 역사에 길이 남을 충신과 닮았습니다."

"제가 운이 좋았군요. 그런 아일 곁에 두고 있었으니."

"이곳에 도착했을 때, 처음 보았던 이 중에서 유독 인상이 깊 게 남았었지요."

"그렇습니까."

"안드레이는 앞으로 잘 가르치면 제 친우처럼 될 수 있을지도 모르겠습니다."

"정말입니까?"

"예, 무릇 군주를 섬기는 이들은 마음속에 흔들리지 않는 기 둥이 있어야 하지요. 아무리 많은 것을 알아도 그게 흔들리면 쓸모가 없는 법이지요."

"그건 일전에 알려주었던 충효 사상입니까?"

"그렇습니다. 안드레이는 이른 나이에 가장 중요한 것을 이루었으니 모자란 지식을 채우기만 하면 됩니다. 그리고 나름대로 이야기를 해보니 글을 쓰는 것에도 나름대로 조예가 있더군요. 그래서 말인데… 그 아이를 잠시 제게 맡겨 주시겠습니까?"

"그 아일 합하의 제자로 받으시겠단 말씀입니까?"

"예, 한 십 년 정도만 곁에 두고 가르치면 쓸 만한 인재가 될 것 같습니다."

신숙주는 요즘 들어 부쩍 반항이 심해진 차기 예조판서 김시습을 떠올리며, 안드레이는 그처럼 되지 않게 철저히 가르쳐야겠다고 마음먹었다.

"그래 주신다면야… 앞으로 나라의 미래나 그 아이에게 있어서도 좋은 일이군요. 부디 잘 부탁드리겠습니다."

"그런데, 안드레이에게 흉흉한 소문이 생길지도 모르겠습니다."

"그게 무슨……?"

"아무리 다급한 상황이라곤 하나, 역적의 목덜미를 물어뜯고 피를 마셨으니 대대로 회자될 이야깃거리가 아니겠습니까."

"그렇군요. 자칫 잘못하면 이상한 소문이 날 수도 있으니 입 단속을 시켜야겠습니다."

"그래 봐야 별로 소용은 없을 겁니다."

"그럼 차라리 제가 그랬다고 하는 게 낫겠군요. 어차피 저에 대한 소문도 좋지 않은데, 하나가 더 늘어난다고 해서 달라지는 건 없겠죠."

그렇게 평범한 시종이었던 안드레이의 운명이 바뀌었다.

한편, 평온하게 대화를 나누던 두 사람의 앞엔 수많은 귀족이 하반신을 파고드는 꼬챙이의 감촉에 진저리치며 자비를 구걸하고 있었다.

"대공 전하, 제발 자비를!"

"전 억울합니다."

"저도 억울합니다. 반역 따윈 꿈에도 생각해 본 적이 없어요!"

신숙주는 억울하다는 귀족들을 보곤 코웃음을 치며 답했다.

"닥쳐라. 네놈들이 반역자인지 아닌지는 첫 대면에서 전부 파악했느니라."

귀족들의 요청이 잦아들 무렵, 도망쳤던 라두가 보르카투스에게 생포되어 광장으로 끌려왔다.

"이것 놔라! 나야말로 진정한 계승자란 말이다. 어디서 감히."

그러자 보르카투스가 심드렁하게 답했다.

"넌 할 줄 아는 말이 그것밖에 없어? 여태 지겹게 들었는데, 그만할 때도 되지 않았냐?"

보르카투스와 그의 수하에 의해 강제로 말뚝 위에 올라간 라두는 이윽고 블라드와 신숙주에게 저주의 말을 쏟아냈다.

"너, 네가 감히 술탄에게 악마라고 할 수 있겠느냐? 이런 짓을 태연하게 저지르는 네놈이야말로 진정한 악마의 군주나 다름없어!"

블라드가 실소하며 침묵하자, 라두는 신숙주에게 소리쳤다.

"그리고 너 이방인, 넌 사람을 꾀어 타락시키는 악마나 다름없다! 어찌하여 이런 짓을 벌이게 부추길 수 있느냐?"

라두의 외침에 신숙주는 새끼손가락으로 귀를 긁으며 답했다.

"아비의 원수에게 복종해 제 형을 끌어 내리려던 후레자식에게 들을 만한 이야기 중에선 최고의 칭찬이군."

"······"

"악마야! 지옥에나 떨어져라!"

신숙주는 바사랍 공작의 이어지는 야유에도 아랑곳하지 않고, 블라드에게 피처럼 붉은 포도주를 따라주었다.

"이걸 와인이라고 하던가요? 도수는 약하지만 나름대로 좋군요."

블라드는 신숙주에게 진심에서 우러나오는 감사를 담아 웃으며 답했다.

"이게 다 합하의 도움 덕입니다."

"제가 없었어도 대공께서 해결하실 수 있었을 겁니다."

"과찬이시군요. 저 혼자만 있었다면 지금처럼 반역자들을 남김없이 색출해서 처리하는 건 무리였겠죠."

"제 작은 재주가 도움이 되었다니, 다행일 뿐이지요.

"아무쪼록 양국이 앞으로도 지금처럼 좋은 관계로 남길 소망합니다."

"예, 저도 그러길 바랍니다."

신숙주와 블라드가 우정 어린 시선을 교환하며 건배하자 광장에 모인 시민들은 조선에서 수입한 새로운 작물, 옥수수를 튀긴 과자를 맛보며 반역자들의 죽음에 환호했다.

대중들에겐 오스만의 침략을 저지하고 발칸 반도에서 그들을 몰아내는 데 큰 공을 세운 블라드 대공에 대한 지지가 대단했던 것이었다.

결국 오스만이 마지막으로 시도했던 책략은 신숙주와 블라드의 유대로 인해 무너지고 말았다.

신숙주 덕에 자신에게 충성하는 소수만을 남기고 모든 귀족을 숙청한 왈라키아의 대공 블라드는 확고한 기반을 다지는 데 성공한 전제군주가 되었다.

그러나 신숙주가 한 일은 철저하게 비밀에 부쳐졌다.

블라드는 귀빈의 공로를 전면에 내세우고 싶어 했지만, 신숙주는 유럽을 순방할 예정인데 타국의 귀족들에게 소문이 퍼지는 것을 염려했다.

그렇기에 앞으로 자신이 해야 할 일에 방해가 된다며 블라드를 만류했다.

이후 블라드는 신숙주의 조언대로 새로운 정책들을 밀고 나갔다.

기득권자였던 귀족들이 사라졌고, 그에게 반대할 세력도 없었기에 왈라키아엔 급진적인 변화가 시작되었다.

블라드는 숙청한 귀족들의 재산을 몰수해 국고에 환수한 후 일부는 빈민들에게 분배했고, 조선의 방식을 참조해 선출한 관료들이 귀족들의 빈자릴 메우기 시작했다.

그렇게 왈라키아의 전성기가 시작되었고, 블라드는 존경하는 스승이자 장인인 후냐디에게도 자초지종을 알렸다.

제자의 선례에 감명을 받은 헝가리의 왕 후냐디는 비슷한 방법으로 자국의 귀족들을 숙청하면서 아들 마차시에게 권력을 이양하기 위한 준비를 시작했다.

이후 귀족 중심 사회에서 탈피하기 시작한 헝가리와 왈라키 아는 조선의 우호국으로 오랜 시간 번영했다.

후냐디와 블라드는 헝가리·루마니아 연합왕국의 전성기를 연 명군이자 오스만의 침략을 저지한 영웅으로 역사에 길이길이 남 게 되었다.

그리고 신숙주는 그로부터 수백 년 후 왈라키아의 재상이 된 제자 안드레이가 남긴 기록이 재평가받아 왕좌의 수호자라는 별 칭으로 유명해지게 되었다.

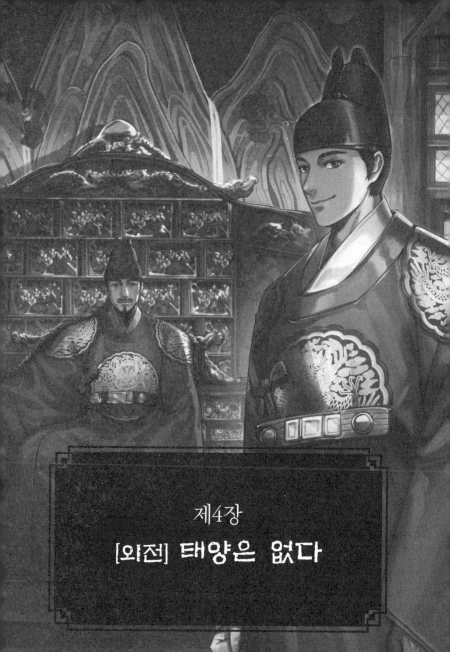

제4장

[외전] 태양은 없다

　1485년, 카스티야 왕국의 통치자인 여왕 이사벨 1세는 이베리아반도에서 이슬람 세력을 일소하고 그라나다의 알함브라 궁전에 입성했다.

　"주여, 여왕 전하께 축복을 내리소서!"

　"가장 고귀하신 여왕 전하 만세!"

　이들의 오랜 꿈이었던 레콩키스타, 즉 이베리아반도의 수복이 마무리되자 이사벨을 호종하던 모든 기사와 귀족들은 누구라고 할 것 없이 그들의 현명한 여왕을 칭송하며 환호했다.

　이사벨은 이슬람 양식으로 제작된 화려한 의자에 앉아 손을 내밀어 그들의 환호에 답했다.

　"전하, 숙원을 이뤄내신 것을 경하드립니다."

　최측근 곤살로 페르난데스의 말에 여왕은 희미하게 미소 지으며 답했다.

"이게 다 경의 출중한 기량 덕이 아니겠소. 알메리아 공방전과
더불어 대규모 회전에서 연이어 승리할 수 있었던 건 경의 눈부
신 지휘가 있었기 때문이오."

"아닙니다. 전하께서 미천했던 신을 발탁하지 않으셨더라면 어
찌 그런 공을 세울 수나 있었겠습니까. 따라서 이는 모두 전하
의 공적이옵니다."

"겸양이 지나치오. 그대의 이름은 영원히 역사에 남을 것이로
다."

"영광이옵니다."

본래 여왕의 호위 기사였던 곤살로는 카스티야군의 총지휘관
으로 파격적인 승진을 했고, 이후 여왕의 본격적인 지원으로 군
제를 개혁해 이번 전쟁을 승리로 이끌었다.

곤살로의 주도하에 테르시오(Tercio, 셋째)로 명명된 새로운 군
제는 눈부신 성과를 거뒀다.

본래의 명칭은 코로넬리아(coronelia)였지만, 첫 전투에서 성과
를 낸 후 세 개의 부대로 확대되어 개편되었기에 지금의 명칭이
되었다.

장창병과 방패로 무장한 검병, 그리고 대량의 화기로 조합한
테르시오 대형은 이교도의 기병을 상대로 무적이나 다름없었고
보병끼리의 접전에서도 우위를 차지했다.

곤살로는 기득권이었던 귀족들에게 반감을 사기도 했으나, 그
가 보여준 성과 앞에서 입을 다물 수밖에 없기도 했다.

곤살로는 본래 타고난 군재도 대단해 훗날 전쟁사에 지대한

영향을 끼쳤지만, 원역사보다 빠른 출세는 그라나다 정복을 7년이나 앞서 완수할 수 있게 했다.

원역사의 그라나다 함락은 지금과는 과정이 달랐다.

이사벨의 주도하에 건축한 요새들로 그라나다의 왕 무함마드 12세를 압박한 다음 차근차근 포위해 고립시켰고, 이후 주요 거점들을 상실한 그라나다 왕조는 항복하고 고향인 아프리카로 떠났다.

그러나 지금의 이사벨은 곤살로와 유능한 측근들의 도움에 힘입어 세 번에 걸친 회전에서 그라나다 측에 압도적인 승리를 거두고 알함브라에 입성하게 되었다.

결국 그라나다 왕실의 주요 인사들은 남김없이 처형되어 대가 끊어졌고 그런 대승으로 이사벨의 권위는 하늘을 찌를 듯이 올랐다.

그녀가 이렇게 된 계기는 어떤 만남 때문이다.

이사벨이 공주였을 때 오빠이자 전대 국왕이었던 엔리케의 눈치만 보던 시절 왕명으로 우연히 맞이했던 이방인과 만남.

한때는 착각으로 인해 연모 비슷한 감정을 품기도 했으나, 결국은 그녀의 스승이자 아버지 같은 존재가 된 원정 함대 해사제독 최광손의 영향이었다.

최광손이 이사벨의 삶에 끼친 영향은 대단했다.

카스티야 왕국은 최광손의 배려 덕에 향신료의 도시 사라이와 교류를 시작했고, 이사벨은 오빠와 귀족들의 지지를 얻어 왕위 계승자 지위를 확고히 굳혔다.

엔리케의 사후 이사벨은 그 어떤 반대 없이 손쉽게 왕관을 쓸 수 있었다.

정작 그녀에게 영향을 끼친 장본인은 본국에서 왔다는 신이란 사내에게 붙들려 강제로 귀환했지만, 시간이 흘렀어도 이사벨에게 커다란 존재로 남아 있었다.

현재 이사벨의 권력이 강해져 그녀는 남편이자 연합인 아라곤 왕국의 국왕 페르난도와 사이가 점차 멀어졌다.

본래 페르난도와 아라곤 왕국의 도움으로 이뤄졌어야 할 그라나다 정복은 카스티야만의 힘으로 마무리되어 카스티야·아라곤 연합 왕국의 가치조차 점차 희미해지는 실정이었다.

알함브라 궁전을 노닐던 이사벨은 아름다운 풍경을 보다가 문득 최광손과 함께 나눴던 대화를 떠올렸다.

"공주님께선 자신의 삶이 불행하다고 입버릇처럼 말씀하시곤 하는데, 제가 볼 땐 아닙니다."

"어째서요? 전 태어났을 때부터 모두의 눈치를 봐야 했고 제 곁을 지키던 시종이란 것들은 모두 오라버니의 눈과 귀였습니다. 제가 무심결에 내뱉은 말 한마디가 정치적으로 이용당해야 했고 그런 이들을 피해 마음대로 말 한마디조차 못 하고 있어요. 어째서 제독님은 그런 제가 불행하지 않다고 생각하세요?"

"지금 공주님께선 그 모든 것을 겪고도 왕위 계승자가 되지 않았습니까."

"그건… 제가 납작 엎드려 오라버니의 비위를 맞추다 보니 생긴 허울뿐인 지위예요. 오라버니에게 아들이 생기면 사라질 허상이기도 하고요."

"흐음… 그렇게 생각하십니까?"

"네. 그렇기에 지금의 남편을 선택한 것이고요."

"배부른 고민이시군요."

"예? 그 말은 너무하시네요."

"흥분하지 말고 잘 들어보시죠."

"네……."

"좀 전에 남편을 선택하셨다고 말씀하셨죠?"

"네, 그랬어요."

"평범한 여인들은 자신의 의지로 남편을 고르지 못합니다. 그것만 해도 다르지 않습니까?"

"그 말은 별로 와닿진 않네요."

"공주님도 평소에 본 게 있으니 잘 아실 것 아닙니까. 결혼이란 건 가문과 가문의 결합이고 당사자들의 의견 따윈 중요치 않다는 것."

"전에 들려주셨던 조선의 이야기에선 그렇지 않다면서요. 며느리들 자랑에 제독님의 아들도 사랑하는 여인과 결혼했으니 행복하다고 온종일 이야기하셨으면서."

"어… 그랬었나요? 흠흠, 요즘이야 풍속이 바뀌고 있어서 그렇긴 한데, 예전엔 우리 세대는 그렇지 않았습니다."

"그런가요."

"아무튼, 공주님께선 자신의 의지로 배필을 맞이하셨습니다. 그것만으로도 남들과는 다른 삶을 살고 계신 것 아닌가요?"

"애정 따윈 전혀 없는데도요? 그는 남편이라기보단 정치적 동반자에 가까울 뿐이에요."

"앞으로 살다 보면 애정이 생길 수도 있으니 너무 걱정하지 마시지요."

"제독께서도 그러셨나요?"

"예. 저도 한땐 아버지가 정해준 여인과 결혼해서 멋모르고 살았었지만, 아이가 태어나고 나서부턴 달라졌지요."

"으음… 제독의 부인께선 어떤 분이신가요?"

"부끄러운 이야기지만, 요 이십여 년 동안 그녀와 함께 지낸 건 1년이 조금 넘을 겁니다."

"그건… 너무하시네요. 그런 분이 제게 애정을 이야기하시다니 이상하지 않아요?"

"쩝, 저도 십 년 전쯤에 아내에게 미안한 마음에 새로운 길을 제안한 적이 있지요."

"무슨 제안이요?"

"황제 폐하께도 미리 허락을 받았고 가진 재산을 모두 줄 테니 지금이라도 그댈 아껴줄 남잘 찾아서 떠나가라고요."

"그래서, 아내분이 뭐라고 하시던가요?"

"웃기지 말라더군요."

"어째서요?"

"지금의 삶을 선택한 건 자신이라며, 내 강요 따윈 필요 없다고요. 자신을 외롭게 한 빚은 남은 삶 동안 두고두고 받아낼 테니 비겁하게 도망칠 생각은 하지도 말라고요."

"…당찬 여성분이시네요."

"뭐 그렇죠……. 이번 항해만 끝나면 은퇴해서 같이 살기로 했죠."

"그래요? 지금이라도 돌아가고 싶으시겠네요."

"그게… 뭐, 아직 남은 시간은 많으니까요."

"왜 그러시나요?"

"공주님께선 평생 이해하지 못하실 겁니다. 아무튼 제 아내가 좋은 이야길 했지요. 인생은 선택의 연속이고 다른 누군가가 책임지지 않는다는 말."

"인생은 선택이라… 왠지 그럴듯하네요."

"저도 한땐, 타의에 의해 바다에 나왔지만, 그 후의 진로는 제 의지로 결정했습니다. 또 다른 가족들도 생겼지요. 또한 드넓은 세상을 돌며 수많은 친구를 사귀었고요. 전 제 선택을 후회하지 않습니다."

"그렇군요."

"공주님께선 이제까지 다른 사람에 의해 휘둘렸다곤 하지만, 자신이 주도할 기회는 반드시 옵니다. 공주님은 그 기회를 잡아서 옳은 길을 걸어가시면 됩니다."

"제가 아둔해서 중요한 기로가 오는 걸 모를 수도 있는데, 그건 어떻게 판단해야 할까요?"

"이제껏 공주님이 하신 대로 신중하게 생각하세요. 그래도 모르시겠으면 현명한 사람을 친구로 삼아 조언을 구하시고요."

"하지만… 제 주변에 그런 사람은 보이지 않는걸요."

"현인은 타고난 신분과 상관없습니다. 전 바다를 떠돌며 만난 이들에게 삶의 지혜를 배웠지요."

"그게 정말인가요?"

"예, 그들의 외모는 공주님이 보시면 하나같이 야만인이라 얼굴을 찌푸리실 이들뿐일 겁니다."

"그런가요……? 그래도 검은 피부의 사람들에겐 배울 것이 없을 것 같은데요."

"그건 선입견에 따른 편견일 뿐이지요. 소통을 할 수 있으면 달라집니다. 모두에게 편견을 버리고 다가서면 누구에게나 배울 것은 있지요. 공주님도 언젠간 아시게 될 겁니다."

아주 오래된 대화지만 최광손과의 추억은 그녀에게 깊이 남아 삶의 지침이 되어주었다.

이사벨은 그의 말대로 귀족뿐만 아니라 각계각층의 유능한 사람들을 발탁해 자신의 심복으로 삼았고 그들은 기꺼이 조언자가 되어주었다.

사정상 이교도는 정식 측근으로 받아들이지 못하지만, 이베리아의 거주하는 이슬람 학자들과도 서신을 주고받으며 여러 가지 지식을 얻기도 했다.

그녀는 언젠간 이교도들을 모두 개종시켜 자신의 백성으로 품겠다는 꿈을 가지고 있기도 했다.

이슬람교도를 추방하는 대신 종교세를 거둠으로 그들을 포용하고 흡수하려는 전략을 세웠다.

신분을 가리지 않는 이사벨의 태도는 테르시오의 창안자이자 그라나다 정벌의 일등 공신인 곤살로를 발탁하는 계기가 되기도 했다.

그라나다를 마지막으로 이베리아반도 수복에 성공한 카스티야 왕조는 이사벨의 치세하에 번성하기 시작했다.

한편 레콩키스타를 계기로 카스티야에서 독립한 포르투갈의 아폰수 왕은 해양 왕자 엔리케 시절에 개척한 아프리카 항로를 넓혀 식민지를 건설하기 위해 수많은 선단을 보냈다.

나날이 강대해져 가는 카스티야에 대항하기 위한 목적이기도 했다.

다만 그들은 조선에서 왔던 함대가 했던 말을 잘 기억하고 있었다.

아프리카 최남단의 바다는 세상의 끝이자 지옥이나 마찬가지인 마경이고, 그곳을 통과하다가 수십 척의 배를 잃었었다는 경험담을.

실상은 원정 함대에 동행한 역관이 즉흥적으로 꾸며낸 거짓이었지만, 그 말을 철석같이 믿은 포르투갈 측은 아프리카의 중서부에 전진기지를 세우고 육로로 남하하는 전략을 세웠다.

그 결과 진행은 느리지만 착실하게 포르투갈의 식민지가 늘어났고, 이후 그들이 가져오는 금과 노예들은 왕국의 재정을 풍족하게 해주었다.

이는 이베리아반도의 종주국을 자청하는 카스티야에도 영향을 미쳤다.

그라나다 정복을 마친 다음 해, 1486년 알함브라에서 계속 머물고 있던 여왕에게 방문자가 나타났다.

"경애하는 여왕 전하, 소인은 제노바에서 온 크리스토발 콜론이라 하옵니다."

"음, 일전에 그대가 보냈던 편지의 내용은 잘 기억하고 있다. 정말 아프리카 남단을 거치지 않고 조선과 직통 항로를 개척할 수 있는 건가?"

"예, 그러하옵니다. 제가 계산한 바에 따르면 여기서 서쪽으로 두 달 정도만 항해하면 조선에 다다를 수 있습니다."

"그게 사실이면 어째서 조선의 함대가 아프리카 남단을 돌아 왔겠느냐?"

"그들도 미처 몰랐던 것이겠지요. 하나, 제게 맡겨주신다면 카스티야 왕국과 조선의 수도와 직통할 수 있는 항로를 개설하고 미지의 땅을 발견해 전하게 바치겠나이다."

"그렇게 자신이 있나?"

이사벨은 왠지 모르게 사기꾼처럼 보이는 사내의 말을 신뢰하긴 어려웠다.

"예, 신의 이름에 맹세코 확신합니다."

결국 동경하던 최광손 때문에 탐험에 대한 로망을 간직하고 있던 그녀는 콜론의 말을 완전히 무시할 수 없었다.

"알겠다. 이 일은 내 조언자와 상의해 보고 결정하마. 들고 온 자료를 내게 주고 이만 물러가거라."

"알겠습니다."

그것은 크리스토발 콜론, 후대엔 콜럼버스라 불리는 사내와 여왕의 첫 대면이었다.

\*         \*         \*

이사벨은 항해와 수학에 능통한 이를 불러 콜럼버스의 제안이 타당한지 조언을 구했다.

한참 동안 콜럼버스의 자료를 검토한 사내는 조심스럽게 말을 꺼냈다.

"지극히 아름답고 찬란하신 전하, 아뢰옵기 황송하오나, 그자의 계산법이 심각하게 잘못된 듯하옵니다."

콜럼버스의 자료를 훑어본 남자가 조심스럽게 말하자, 이사벨이 자료를 다시 보며 답했다.

"뭐가 잘못되었단 것이냐?"

"그자는 우리가 사는 이 땅이 구형이 아니라 다른 방식의 형태로 이뤄져 있다고 상정한 듯합니다. 그 모습이 마치… 페라(Pera, 배) 같은 과일과 비슷한 듯합니다."

"그래? 내가 검토하면서 거기까진 알아채지 못했구나. 역시 자네에게 조언을 구한 것이 정답이었어."

여왕의 칭찬에 기분이 좋아진 사내는 얼굴을 붉히며 답했다.

"이 콜론이란 사내는 제 스승의 옛 기록을 참고했는지, 이곳 테라(Terra, 지구)의 형태를 착각하고 있는 듯합니다."

"으음… 그렇단 말이지."

"예."

"그래서 그대가 볼 땐, 이 사내의 제안이 전혀 가능성이 없나?"

"완전히 불가능한 발상은 아니지만, 굉장히 힘들 것이라 여겨집니다."

"그 말은 가능성은 아예 없진 않다는 것인가?"

"일단 이것을 봐주시옵소서. 지금까지 알려진 지형을 종합해서 만든 지도입니다."

"그 지도의 사본을 그대에게 내린 것이 누군지 잊었나? 전부 외고 있노라."

"예, 그럼 바로 본론으로 들어가지요."

사내가 제시한 세계지도는 예전 조선의 함대가 카스티야에 방문했을 때 도움을 받아 만든 것이며, 신대륙이 있어야 할 자리가 공백인 불완전한 지도였다.

그러나 아프리카와 인도, 그리고 태평양 일부와 동남아시아, 그리고 무엇보다 가장 중요한 조선과 동방 일대가 기록된 귀중한 지도였다.

이는 현재 카스티야 왕국의 최고 기밀이었으며, 이사벨 여왕의 다음 목적인 위대한 해양 왕국 카스티야의 원점과도 같았다.

"이 지도에 따르면 히브랄타(Gibralta, 지브롤터) 해협에서 조선까지의 직선거리는 무려 12,000밀리온(마일, 약 19,000㎞)에 가깝습니다. 하지만 콜론이란 사내가 계산한 바에 따르면 2,300밀리온 정도로군요. 따라서 그만한 거릴 한 번에 가로지르는 것은 불가능에 가깝습니다."

"계산이 잘못되었다 쳐도 바로 잡아주면 되지 않겠나? 또한 이곳은 미지의 바다다. 새로 발견하는 섬이나 땅을 기항지로 삼으면 가능성이 있지 않겠나?"

이사벨이 지도에서 손가락으로 가리킨 곳은 정확하게 북미대륙이 위치한 곳이었지만, 지면상으론 오직 바다뿐이었다.

"그건 어디까지나 가능성일 뿐입니다. 조선으로 가고 싶으시다면 육로를 통해 보내는 게 나을 겁니다. 그 길은 아무리 길게 잡아도 서쪽 해로의 절반밖에 안 되니까요."

"하나, 그대도 그 길이 순탄치 않은 것을 알고 있잖는가. 가까운 프랑크는 그렇다 쳐도 신성로마의 영역을 거쳐야 하는데 그들이 거두는 세금은 폭나 마찬가지야. 흑해의 사정은 자네도 잘 알고 있을 테고. 나라고 해서 아무 생각도 없던 것은 아니다."

"으음……."

여왕의 말대로 육로를 통해 사라이로 가는 길은 수많은 나라를 거쳐야 했고, 그들은 각종 통행세와 더불어 갖은 명목으로 세금을 거둬 이득을 취하고 있었다.

신성로마제국령에선 일부 귀족들이 미당과 사치품을 노려 타국의 상단을 몰살하거나 인질로 잡아 교역품을 갈취하는 사례도 있었다.

또한 흑해로 이어지는 해로는 베네치아와 로마가 장악했고, 영해를 지나는 타국의 선박을 상대로 세금을 거두고 있었다.

그들의 징세는 해적으로부터 상단을 보호한다는 명목이었고, 타국 전함의 입항을 허용하지 않았다.

그 대신 특별히 고가의 세금을 바치는 소수에겐 전함 몇 척을 붙여 그들의 영해를 지나는 동안만이라도 호위를 해주곤 했다.

이는 북아프리카와 맘루크에서 발흥하는 이슬람 해적들도 문제가 되고 있었기 때문이다.

사실상 조선령 사라이와 가깝게 지내는 동유럽의 몇몇 국가를 제외하곤, 나머지 나라들은 조선제 교역품을 들여와도 운송비와 인건비, 여정 중에 내야 할 세금 때문에 최소 열 배 이상 가격이 뛰는 게 현실이었다.

"계산이 틀렸다고 해도 조선과 직항로를 개척하는 데 성공할 수만 있다면… 흐름을 바꿀 수 있어."

"어떤 흐름을 말씀하십니까?"

"우리가 인접국을 상대로 향신료 중계무역을 할 수 있지. 요즘 전쟁이 끝난 브리튼에서도 미당과 향신료의 수요가 늘어간다는 군."

"그렇습니까?"

"그래, 우리가 서부의 중심지가 되어 향신료를 적절한 가격에 공급하면 당장 적자투성이인 식민지를 늘리는 것보다 안정적인 수입을 올릴 수 있노라."

여왕의 말대로 영국은 튜더왕조가 들어섰고, 30여 년간 이어지던 내전인 장미전쟁이 끝났다.

그렇기에 향신료를 비롯한 사치품의 수요가 본격적으로 늘어날 기세였지만, 생각보다 어려운 운송 실정 때문에 공급이 더뎌지고 있었다.

"으음… 이 일은 어디까지나 도박과도 같습니다. 전쟁이 끝난 지도 얼마 되지 않았는데, 재정을 이런 데 투자하는 건 자칫 귀족들의 반발을 부를 수 있을 것입니다."

"그건 걱정하지 말게나. 국고 대신 내 개인 자산으로 투자할 터이니."

"진정 뜻이 그러시다면야, 저도 반대하지 않겠습니다. 만에 하나 실패한다고 해도 미지의 땅을 발견할 수도 있으니까요."

"콜론이란 사내가 유능한 항해가임을 자처하지만, 앞서 자네가 지적했듯 미지의 바다에 대한 지식이 부족한 듯싶으니 조력자를 붙여줘야겠네."

"누굴 보내시려고 하십니까?"

"그야, 당연히 자넬 최우선으로 생각하고 있네."

"예? 진심으로 하신 말씀이십니까?"

"그래."

졸지에 목숨을 건 항해에 동행하게 된 사내는 울상을 지었다.

"아름답고 현명하신 전하, 전 어디까지나 수학자입니다. 항해 지식은 그저 부차적으로 익힌 것뿐입니다……."

"그래, 나도 안다. 한데, 토스카넬리의 제자인 자넨 입버릇처럼 스승의 잘못을 바로잡겠다고 하지 않았었나?"

"그러하옵니다."

"콜론이 자네 스승의 잘못된 이론으로 항해 계획을 세웠으니, 그걸 바로 잡을 사람도 바로 자네라고 생각되는데. 그렇지 않은 가?"

"그건 그렇사오나……."

여왕의 말대로 사내의 스승인 수학자 파올로 토스카넬리는 수학계에서 몇몇 업적을 남겼지만, 지구의 크기와 형태를 잘못 계산하는 우를 범했다.

이후 그의 제자였던 알폰소는 여왕에게 고용되어 각종 자료 를 바탕으로 최신 이론을 연구하며 풍족한 삶을 누리고 있었다.

"사실, 자네가 주장한 이론을 현장에서 직접 증명할 기회라고 생각해 우선권을 주려 했었네. 굳이 거절하겠다면 나도 다른 사 람을 보내도록 하지."

"누굴 말씀하십니까?"

"내 밑에 있는 수학자 겸 항해 이론가가 자네뿐만이 아니잖은 가."

알폰소는 잠시 생각하다 여왕과 교류하는 이슬람 수학자들을 떠올렸다.

"설마 전하께선 무어인들을 보내시려는 겁니까?"

"왜, 안 될 이유라도 있나? 개종을 강요하지 않는다는 약속 하나면 자원할 이가 한둘이 아닐 텐데."

그러자 이슬람 학자들과 경쟁 관계에 있던 알폰소는 금세 태도를 바꾸며 답했다.

"그건, 결코 있어선 안 될 일입니다. 국가적 과업을 이교도에게 넘겨주는 것만은 고려해 주소서."

알폰소는 무작정 거부감을 느낀 처음과 다르게 마음이 다급해져 갔다.

"흐음, 그런가? 자넨, 일전에 조선의 수학자들과 교류를 해보고 싶다고 했었지?"

"예, 그러하옵니다."

"그렇다면 자네에겐 새로운 기회가 되겠군."

결국 여왕의 책략에 넘어간 알폰소는 고개를 숙이며 답했다.

"여왕 전하, 제게 영광스러운 기회를 주셔서 감사드립니다."

그렇게 콜럼버스의 수석 항해사를 정한 이사벨은 곧장 알칸타라 기사단장 니콜라스를 불렀다.

"지혜로우신 여왕 전하, 신을 찾으셨습니까."

"그래, 내 이번에 새로운 항로를 개척하려고 함대를 만들려 하네. 그래서 함대의 책임자로 자넬 임명하고 싶군."

그러자 사정을 모르는 니콜라스는 포르투갈령 세우타 남쪽에 개척한 조그만 항구를 떠올리며 답했다.

"그 말씀은 절 아프리카의 총독으로 보내시겠단 말씀입니까?"

"아니, 아프리카가 아니라 경이 고대하는 조선으로 보낼 것이네."

"그게 무슨 말씀입니까?"

느닷없는 말에 어리둥절한 니콜라스는 이내 이사벨에게 자세한 설명을 들었다.

서쪽으로 이어지는 새로운 항로 개척을 하려는데, 최종 목적지는 조선이란 것.

또한 나라를 대표하는 사절단의 책임자로 니콜라스가 필요하며, 항해 중 혹시 모를 사태에 대비해 병사를 보내겠다는 이야기였다.

"자네도 알겠지만, 이 일이 성공하면 그댄 새로운 항로의 개척자로 역사에 길이 남을 걸세. 자네에겐 새로 발견한 땅의 권리도 일부 보장하지."

알칸타라 기사단장 니콜라스 데 오반도는 철없던 어린 시절 최광손에게 결투를 신청했다가 압도적으로 패배했고, 사죄의 의미로 무릎 꿇고 절을 해야 했었다.

그와 함께 결투를 신청했던 기사들은 억지로나마 절을 하고 최광손을 꺼렸지만, 나이가 어렸던 니콜라스는 그들과 달랐다.

니콜라스는 최광손의 열렬한 추종자가 되어 그림자처럼 따라다녔고, 그의 영향을 받아 조금은 껄렁하지만 유연한 사고를 지닌 기사가 되어 단장의 자리까지 올랐다.

니콜라스는 최광손에게 배웠던 조선식 인사법, 즉 큰절을 이사벨에게 올렸다.

이는 여왕의 몇몇 총신들만이 예를 표하는 특별한 방식이기도 했다.

"영광이옵니다, 전하."

"그래, 동행할 병사들은 자네가 선별하도록 맡기지."

원역사에서는 카리브해의 섬 히스파니올라에 파견되었던 총독이자 콜럼버스의 경쟁자였던 그는 이사벨의 명령으로 선단의 책임자가 되었다.

다음 날, 여왕을 알현한 콜럼버스는 일방적인 통보에 당황해 반문했다.

"그 말씀은 제가 이번 항해의 책임자가 아니란 뜻입니까?"

"그래, 자넨 어디까지나 항해 담당이고 조선 정부와 교섭할 권한은 알칸타라 기사단장에게 있네."

"그럼… 전하께서 제게 내리실 권한은 무엇인지요?"

"그대가 처음 발견한 미지의 땅에서 거둔 첫 수입 일부를 보장하고, 자네의 이름을 붙여주지."

"그 일부가 어느 정도인지 알 수 있겠습니까?"

"2할 정도네. 그 정도면 충분하지 않은가?"

"그건……."

"내 조건이 마음에 들지 않는다면 굳이 자네가 아니라도 상관없다만."

본래 콜럼버스가 요구한 권리는 함대 제독의 작위와 더불어 그가 발견한 땅들의 총독이 되어 지속적인 세금을 거두는 것이었다.

"…잠시 생각할 시간을 주시옵소서."

"내가 보장한 기사의 작위와 조건이 마음이 들지 않는다면, 다른 나라에서 자네 꿈을 이루길 바라네."

결국, 콜럼버스는 여왕의 최후통첩과도 같은 일방적 통보에 굴복하고 무릎을 꿇었다.

"예. 전하의 명을 따르지요."

사실 콜럼버스가 이제껏 여러 나라를 떠도는 동안 만난 군주들은 하나같이 그를 사기꾼으로 취급했었다.

그렇기에 제한적인 조건이나마 그의 꿈을 이룰 수 있게 지원하는 이사벨의 말을 따를 수밖에 없었던 것이다.

이후 콜럼버스는 여왕의 개인 자산으로 준비한 다섯 척의 대형 범선에 오를 승무원을 모집했다.

그러나, 미지의 항로로 떠난다는 선단에 지원하는 이들은 적어 항해에 필요한 인원이 모이긴 요원했다.

결국 이사벨은 수감된 죄인 중에서 항해 경험이 있는 이들에게 면죄를 보장하는 조건으로 모자란 선원을 채워야 했다.

이후 항해의 총책임자인 니콜라스는 레콩키스타 전쟁을 거친 베테랑 병사들을 선별해 자신의 기함에 승선시켰다.

"이방인, 앞으로 잘 부탁하지."

"이방인이란 표현은 적절치 않군요. 전 여왕 전하께 기사 작위를 받아, 산토도밍고호의 선장으로 임명되었습니다."

니콜라스는 콜럼버스의 말에 아랑곳하지 않고, 곧바로 질문을 던졌다.

"그대는 일반적인 항해 말고 전투를 겪어보았나?"

"예, 어린 시절에 오스만을 상대로 한 해전에서 복무한 적이 있습니다."

전혀 예상하지 못한 대답에 니콜라스가 반문했다.

"언제, 어디서?"

"발칸 수복 전쟁 당시입니다. 그땐 베네치아의 깃발 아래 있었지요."

"그래? 우리 선장께서 생각보다 거물이었군. 말만 그럴듯하게 하는 줄 알았는데 말이야."

조금은 비꼬는 듯한 니콜라스의 말에 콜럼버스는 한숨을 쉬며 답했다.

"단장님께서 외국 출신인 제게 편견이 있으시군요."

"그래, 내가 어렸을 적 보았던 위대한 제독과는 인상이 딴판이어서 말이야."

니콜라스의 눈이 정확했다.

콜럼버스가 전쟁에 참여한 건 어디까지나 노잡이 경험뿐이고, 강점으로 내세운 풍부한 항해 경험도 실상은 몇 번 되지 않았다.

콜럼버스는 어릴 때 친구들과 함께 사라이 항로에 나섰다가, 오스만 함대에 나포되어 노잡이 노예 생활을 거쳤다.

이후 금각만에서 12척의 배로 수백의 오스만 함대를 상대해 승리한 조선의 쌍룡함대를 목격한 이후로 조선에 매료되었다.

콜럼버스는 베네치아 함대에 의해 해방된 후 젠틸레 벨리니의 신동방견문기에 푹 빠졌고, 조선이야말로 그에게 새로운 기회의 땅이 되리라 생각하고 신항로 개척을 꿈꾼 것이다.

마침내 오랜 꿈의 시작이 이루어졌지만, 그에겐 수많은 난관이 남았다.

수학자이자 깐깐한 성격의 수석 항해사인 알폰소는 둘째 치고, 첫 만남부터 노골적으로 시비를 걸어오는 니콜라스가 자신의 행보에 큰 걸림돌이 되리라는 생각한 것이다.

콜럼버스는 항해 중에 니콜라스를 어떻게든 처리해야겠다고 다짐하며 배에 올랐고, 이윽고 모두에게 기념비적인 항해의 첫걸음이 시작되었다.

*          *          *

콜럼버스는 출항 후 수석 항해사로 임명된 알폰소와 다투게 되었다.

"그러니까, 선장이 주장하는 계산은 완전히 틀린 거라고 몇 번을 말해야 알겠소?"

"내 계산은 고명한 수학자 토스카넬리 님의 저작을 토대로 완성된 것인데, 감히 그분의 이론을 의심하는 거요?"

"선장은 말끝마다 스승님의 이름을 파는구려. 모르고 있었나 본데, 난 그분의 직계 제자요."

"뭣……? 그대가 토스카넬리 님의 제자라고?"

"그렇소."

"……."

철저하게 타인의 권위에 편승한 주장을 퍼던 콜럼버스는 거꾸로 말문이 막히고 말았다.

"내 스승님은 위대하신 분이지만, 그분이 주창하신 이론의 계산은 잘못되었소."

"가… 감히 제자가 스승을 부정하는 것인가?"

"권위에 호도해서 논점에서 벗어나지 마시오. 제자인 내가 잘못된 이론을 바로잡기 위해 이리 나선 것이니."

"알겠소."

콜럼버스는 항해 시작부터 난관에 부닥쳤고, 사사건건 자신을 감시하는 듯한 수석 항해사의 눈초릴 감당하기 힘들었다.

또한, 콜럼버스가 맡은 산토도밍고호가 선두에서 방향을 잡아 나서곤 있지만, 함대의 기함은 니콜라스가 맡은 산타마리아호였다.

그렇기에 그는 현 상황을 타개하고 자신이 함대의 주도권을 잡기 위해 머리를 쥐어짜 냈지만, 당장은 별다른 수가 없었다.

그러던 차에 대서양 한복판에 위치한 아소르스 제도에 도착한 콜럼버스는 산타마리아 섬에 상륙했다.

"여기가 정말 포르투갈의 속령이란 말이오? 사람이라곤 전혀 보이지 않는데……."

"비제우의 대공 엔리케 시절에 이 근처에서 섬들을 발견하고 주민들을 이주시켰다고 하오. 그래서 여왕 전하께선 여길 첫 번째 기항지로 정하신 거요."

"그럼 타국의 속령에 무단 침입한 건데, 문제가 되지 않겠소?"

"여긴 변변한 가치조차 없는 외딴 섬이고, 포르투갈에서도 크게 신경 쓰지 않는다고 알려져 있소. 나중에 항의가 들어온다 해도 여왕 전하께서도 알아서 하실 거요."

알폰소의 말을 들은 콜럼버스는 여왕에게 받은 권한을 떠올리며 방침을 정했다.

"그렇구려."

콜럼버스는 개인화기인 아르카부스(총)와 창검으로 무장한 병사들을 지휘해 상륙하는 니콜라스를 힐끔 바라보곤 알폰소에게 재차 물었다.

"흠, 차라리 이 땅을 여왕 전하께 바치는 것이 어떻겠소?"

"갑자기 그게 무슨 소리요."

"우리 기사단장하고 정예병들도 있으니, 여길 무력으로 점거하고 그분께 바치면……."

콜럼버스는 자신의 라이벌이 될 상대를 이 섬에 남겨두려고 한 제안이었지만, 알폰소는 진지하게 반응하지 않았다.

"재미없는 농담이군."

"재미없었소?"

"끔찍하게 재미없는 소리만 늘어놓는 궁중 광대가 낫단 생각이 들 정도요."

진심을 농담으로 가장한 콜럼버스는 선원들과 함께 섬을 수색하기 시작했고, 이윽고 사람들의 흔적을 발견했다.

"선장님, 여기가 마을인가 본데, 사람은 한 명도 보이지 않습니다."

"그래? 잘되었군. 집들을 수색해 식량을 확보해라."

"정말 그래도 됩니까?"

"그래, 여왕 전하의 대리인으로 징발령을 내리겠다."

대부분이 범죄자 출신인 선원들은 익숙한 몸놀림으로 수십 가구에 달하는 집과 창고를 털어 식량을 모으기 시작했다.

한 시간가량이 지나자, 선원들은 주민들이 비축해 둔 식량을 전부 확보해 마을 중앙에 쌓아두었다.

선원들이 모아둔 식량을 나르려고 할 때, 어디선가 나이 든 사내가 홀로 나타나 애원하기 시작했다.

"나리, 그걸 전부 가져가시면 우린 겨울은 고사하고 가을도 넘기지 못할 겁니다."

"그댄 누군가?"

"전 이 마을의 대표입니다."

"그래? 그럼 어째서 지금까지 모습을 드러내지 않았지?"

"그… 그게 처음 보는 깃발의 함선들이 상륙하니 급하게 숨었습니다."

"흠, 그댄 누굴 섬기나?"

"저… 저와 이 마을 사람들은 리스본의 통치자이시자, 알가르베의 계승자신 주앙 전하를 섬깁니다."

콜럼버스는 리스본에서 포르투갈의 국왕에게 사기꾼 취급당하고 쫓겨났던 것을 기억하며 빈정대듯 답했다.

"그래? 이제부턴 그대는 영명하신 이사벨 전하를 섬기도록 하게."

"예? 그게 대체 무슨 말씀이신지."

"지금부터 이 섬을 카스티야의 적법한 통치자 이사벨 여왕 전하의 영토로 선언한다는 말이다. 따라서 여기 이 식량은 그분께 바치는 세금으로 생각하게나. 자, 이걸 배까지 옮기자고!"

"예, 알겠습니다."

"아, 안 됩니다. 부디 자비를!"

선원들은 선장의 명령에 따라 촌장의 만류에도 아랑곳하지 않고 식량을 나르기 시작했다.

그 과정에서 선원들을 제지하려던 촌장은 어느 선원에게 걷어차인 채 쓰러져 눈물을 흘렸다.

대량의 식량을 확보한 콜럼버스의 탐험대가 의기양양해서 귀환하자, 병사들과 해안을 경계 중이던 기사단장 니콜라스가 물었다.

"선장, 이만한 식량을 어디서 구해온 것인가?"

"이곳의 주민들에게 협조를 구해서 얻었지요."

"주민들에게 받았다고?"

"예, 그렇습니다."

니콜라스가 의심스러운 표정으로 뭔가 말을 하려던 차, 뒤늦게나마 콜럼버스를 따라온 촌장이 울부짖으며 소리쳤다.

"이 빌어먹을 악마들아, 지옥에나 떨어져라!"

니콜라스는 눈치로 사정을 대강 파악하곤 콜럼버스에게 따지듯 물었다.

"협조라고? 감히 제독인 내게 거짓을 고하다니 제정신이냐?"

콜럼버스는 차라리 그 자리에서 마을 사람들의 입을 막는 게 나았을까, 생각하다 답했다.

"여왕 전하의 명을 수행하기 위해서 징발령을 내린 것뿐입니다. 단장 나리께 질책을 들을 만한 일은 아니라고 생각하는데요?"

"뭐가 어쩌고 어째? 근본도 없는 이방인 주제에 감히 그분의 이름을 멋대로 참칭하느냐? 당장 돌려주지 못할까?"

"단장, 나 또한 전하께 귀족 작위를 받은 몸이니 상스러운 말은 삼가시지요. 아무튼, 앞으로 긴 항해에 대비하려면 이렇게 신선한 식량은 아무리 많아도 모자랍니다. 이런 귀중한 식량을 버리고 가겠다는 건 말도 안 되지요."

콜럼버스가 가져온 식량 중엔 신선한 야채들이 가득 있었지만, 분노한 니콜라스의 눈에는 들어오지 않았다.

"말도 안 되는 소리. 감히 도적질, 그것도 외교 문제가 될 만한 타국에서의 노략을 정당화하다니, 널 국법으로 처벌할 수도 있다."

"여왕 전하께선 제게 내린 작위와 권한을 부정하시는 겁니까? 그리고 우리 수석 항해사가 말하길, 여기서 문제가 생겨도 여왕 전하께서 수습해 주실 거라 하더군요. 모르셨습니까?"

콜럼버스의 말대로 그는 기사 작위를 받으며 항해 중 일어나는 사고나 행위를 불문에 부친다는 권한도 받았다.

"난 듣지 못했다."

"생각보단 그분과 가까운 사이가 아니셨나 봅니다."

그러자 니콜라스는 분노해 칼자루에 손을 얹었고, 그것을 본 콜럼버스는 빈정대듯 답했다.

"만에 하나, 여기서 나와 선원들을 죄인으로 벌해 죽이면 이번 항해도 끝입니다. 그렇게 돌아가면 그분께서 단장을 칭찬하시겠습니까?"

죄인 출신 선원이 많아 통제하기 위해 내린 항해 중 면책 권한을 악용하는 콜럼버스에게 허를 찔린 니콜라스는 잠시 생각을 정리했다.

결국 그는 이번 임무의 중요성을 재차 떠올리고 말을 이어갔다.

"그래, 네놈의 그 알량한 면책 권한도 기한이 있다. 항해가 끝나면 네가 저지른 만행을 고발해 지엄한 법정에 세울 것이다."

"뭐, 지금이라도 당장 돌아가시면 되겠네요. 피고 없는 재판이 효력이나 있을진 모르겠지만요."

결국 콜럼버스의 빈정거림을 참지 못한 니콜라스는 그의 뺨을 쳤고, 이는 결투 신청과도 같은 도발이었다.

"그렇게 하지 않아도 제가 졌습니다."

"명예도 모르는 천한 것. 넌 그분처럼 바다의 사나이라고도 할 수조차 없어."

"절 누구와 비교하시는진 모르겠지만, 전 원래 이런 놈입니다. 아무튼, 단장님께선 이 식량이 필요 없다는 뜻으로 받아들이지요."

"그런 부정한 식량 따윈 필요 없다!"

콜럼버스는 그 말로 인해 니콜라스가 바다에 대해 전혀 모른다고 확신하곤 상대가 자신의 함정에 걸렸음을 느꼈다.

한편, 니콜라스는 피해자인 촌장에게 다가가 자신의 돈으로 식량값을 지급하겠다고 나섰다.

그러나 당장 식량이 급했던 촌장에겐 니콜라스의 돈은 위로가 되지 못했다.

결국 니콜라스는 자신의 기함에 실려 있던 선내 보존식을 일부 내어주고 나서 콜럼버스에게 협박하듯 으르렁댔다.

"넌 오늘부터 뒤를 조심해야 할 거야."

"예, 그러지요."

수많은 실전을 겪은 기사의 기세에 눌린 콜럼버스가 눈치를 보며 항해를 이어가던 와중.

콜럼버스의 배 산토도밍고호에서도 무작정 서쪽으로 향하는 것에 반감을 품는 선원들이 나오기 시작했다.

"선장, 회항합시다!"

"동감이오! 아직 늦지 않았을 때 돌아갑시다!"

몇몇 선원들의 외침에 콜럼버스는 잠시 당황했지만, 이내 침착하며 천연덕스럽게 답했다.

"우린 모두 여왕 전하의 명을 받들어 중대한 임무에 나선 상황이니, 너희의 요청은 받아들일 수 없도다."

"젠장, 여왕이고 뭐고 당장 우리가 죽게 생겼는데, 그걸 말이라고 하는 거요?"

죄인 출신의 선원이 험한 말을 내뱉자, 거기에 먼저 반응한 것은 콜럼버스가 아닌 알폰소였다.

"네 이놈, 감히 여왕 전하의 권위를 모독하다니, 나 알폰소 페르난데스, 그분을 대신해 네놈을 즉결 처분하겠노라!"

"뭐? 샌님 주제에 감히 날 죽이겠다고? 할 수나 있겠냐?"

콜럼버스는 상황이 이상하게 돌아가는 것을 보곤, 두 사람 사이에 끼어들어 외쳤다.

"그만! 그만! 잠시 진정하고 내 말을 듣게!"

"그래, 하고 싶은 말이 뭐요?"

졸지에 선원 대표가 되어버린 이가 숨을 몰아쉬며 묻자, 알폰소가 입을 열었다.

"선장, 여왕 전하를 모욕한 죄인을 살려두진 않을 거라 믿소."

"뭐가 어쩌고 어째?"

"자자, 둘 다 진정하고 내 제안을 들어봐. 우선, 자네는 먼저 여왕 전하를 모욕한 것과 수석 항해사에게 사과하게."

"뭐? 내가 왜 저딴 샌님한테 사과해야 하는 거요?"

"그럼, 자네의 뜻은 나와 수석 항해사를 죽이고 선상 반란을 일으키려는 거라고 봐도 되는 건가?"

그러자 주동자가 된 선원이 구릿빛 상체를 뽐내듯 으쓱대며 답했다.

"그렇다면?"

"우리가 산토도밍고호 한 척만 가지고 항해에 나섰다고 하면 성공할 수도 있었겠지. 한데, 우린 선도함일 뿐이고 진짜 기함은 우리 뒤를 따르는 산타마리아호야. 내 말이 무슨 뜻인지 아나?"

아무 생각 없이 나섰던 사내는 이내 상황을 파악하곤 찔끔했다.

"그건……."

"그래, 자네도 알다시피 산타마리아호엔 무어인들과 전쟁에서 단련된 기사와 병사들이 이백 명 가까이 타고 있어. 만에 하나, 자네가 여기서 나와 수석 항해사를 죽이고 반란에 성공한다고 치자. 그러면 이변을 파악한 나머지 4척의 배에 집중포화를 당해 돛이 부러지게 되겠지. 그다음엔 이 배에 오른 정예병이 자네들을 무어인들을 죽이듯 도살하게 될 거야. 정녕 그런 미래를 원하나?"

잠깐이나마 주모자와 선원들은 콜럼버스의 말을 머릿속으로 상상했고 이내 침을 삼켰다.

"그렇지 않소. 우린 그저 살고 싶을 뿐이오."

"그래, 자네들이나 나나 같은 배를 탔고, 사실상 같은 신세야."

"기사 작위를 받은 선장 나리와 우리가 어떻게 같은 신세란 말이오?"

"자네들도 섬에서 봤잖는가? 우리 기사단장께서 날 때리고 모욕하는 거. 귀족이란 이들은 다 그래, 우리 같은 바다 사내들을 천시하지."

나름대로 친근하게 구는 선장과 심리적 동질감을 느낀 주모자와 선원들은 주저하기 시작했다.

"으음… 그건 선장의 말이 맞소."

"그러니 우리가 서로 반목할 게 아니라 힘을 합쳐야 한다고."

"그럼, 선장의 말은 어떻게 하든 우리가 모두 죽을 신세란 거요?"

"그건 아니지, 자비로우신 여왕 전하께선 죽을죄를 지은 너희의 죄를 사면하고 영광스러운 임무를 맡기셨잖아."

"끝이 보이지 않는 바다에서 죽음을 기다리는 게 어떻게 영광이란 말이오?"

"아니, 내 계산에 따르면 우린 한 달, 길어도 두 달 안에 동방의 부국 조선에 도달할 수 있어."

"선장을 제외하면 그 누구도 확신하지 못하잖소."

"아니야, 우리 수석 항해사는 고명한 수학자고 우리의 성공을 장담하고 있지. 조선에만 도착하면 우린 모두 부자가 될거다."

수석 항해사 알폰소는 콜럼버스의 계산이 잘못되었음을 지적하고 싶었지만, 그도 눈치가 아예 없는 사람은 아니었다.

그렇게라도 선원들을 달래야 항해를 지속할 수 있다는 것을 인지한 그는 결국, 콜럼버스의 동조자가 되어 침묵했다.

"조선의 길바닥에 금이라도 깔려 있답니까?"

"아니, 그 대신 향신료와 설탕이 도시의 시장마다 흔하게 널려 있다더군. 상상이 가나?"

"우리가 가진 돈으로 살 수는 있는 거요?"

"그래, 만약 돈이 없는 이들에겐 내가 가진 돈을 털어서 빌려주지."

"우리의 안전을 보장하겠다고 선장의 명예를 걸고 약속하시죠."

"그래, 앞으로 한 달이다! 그 안에 아무것도 발견하지 못한다면 내가 책임지고 배를 돌리지."

"알겠소. 선장을 믿어보지요."

"그럼, 자네. 아까 여왕 전하께 실례된 말을 철회하고 우리 수석 항해사에게 정중하게 사과해라."

그러자 주모자가 쭈뼛대며 고갤 숙였다.

"제가 잠시 정신이 나가 여왕 전하를 모독한 점을 사죄드립니다. 그리고 우리 수석 항해사 나리께도 정말 미안합니다."

"더 정중하게 해야지."

그러자 내심 불편함을 느낀 알폰소는 고갤 저으며 답했다.

"그만하면 되었소."

결국 암묵적으로 콜럼버스의 동조자가 되어버린 알폰소는 기묘한 협력관계를 유지하게 되었다.

한편, 기함인 산타마리아호에선 니콜라스와 선원들이 원인 모를 질환에 시달리고 있었다.

온몸이 무력해지고 피부가 나무껍질처럼 갈라지는 데다 잇몸에서 출혈이 일어나고, 몇몇 중증의 환자는 치아가 빠지기도 하는 병.

미래엔 괴혈병으로 알려진 증상에 시달리는 환자가 속출한 것이었다.

장거리 항해의 경험이 없던 산타마리아호의 선원과 병사들은 자신들이 신에게 저주를 받았다며 절망했다.

가뜩이나 부족한 식량을 마을 사람들에게 나눠준 데다 자신도 괴혈병에 시달린 니콜라스는 부하들의 신임을 잃어갔다.

한편, 콜럼버스는 예전에 여러 나라를 떠돌다 만난 동방 출신의 선원에게 괴혈병의 증상을 들어 알고 있었다.

또한 완전하진 않지만 대처법도 나름대로 들어두었고 이번 항해에서 병이 발생하지 않게 신경을 쓰고 있었다.

피가 흐르는 날생선이나 고기, 혹은 채소를 자주 먹으라는 것. 그 방법을 철저히 지킨 그의 배에선 괴혈병 환자가 발생하지 않았다.

신호를 주고받으며 산타마리아호와 나머지 3척의 사정을 알게 된 산토도밍고호의 선원들을 자신들의 선장이 대단한 사람이었다며 존경의 눈길을 보냈다.

누군가는 신께서 콜럼버스의 배에 축복을 내린 거라며 호들갑을 떨었고, 반대급부로 니콜라스의 입지는 조금씩 줄어 들어갔다.

함대가 끝이 안 보이는 바다를 가르며 전진한 지 한 달가량이 지나자, 콜럼버스는 나뭇가지와 정체 모를 부유물들이 흘러 다니는 것을 발견했다.

"보아라! 이게 바로 육지가 근처에 있다는 증거가 아니겠나!"

콜럼버스의 외침에 선원들도 희망을 품고 크게 외쳤다.

"믿고 있었습니다요. 젠장!"

"젠장? 좋은 날이니 관대히 용서하마."

"으하하하! 역시 우리 선장님이야!"

그렇게 부유물을 발견한 지 일주일 후, 견시수의 외침이 선내에 울려 퍼졌다.

"선장님, 전방에 거대한 섬이 보입니다!"

"그래? 드디어 우리가 미지의 영역에 도달하는 건가! 신께서 우릴 보우하시는구나. 수석 항해사, 저 섬은 조선 옆에 있다는 와(wa) 국이 분명하오."

그러자 알폰소는 고갤 갸웃하며 물었다.

"선장, 저기가 정말 거기라고 생각하시오?"

"저건, 내 계산이 맞았단 증거요! 그대가 그렇게 부정하던 스승의 이론이 옳다 증명된 거고!"

"아니… 그건……."

"수석 항해사는 지금 눈앞의 현실을 부정하는 거요?"

알폰소는 주변을 둘러보니 수많은 선원이 서로를 얼싸안고 기뻐하는 광경을 볼 수 있었다.

"하아. 일단은 그렇다고 합시다."

졸지에 왜국으로 착각 당한 카리브 제도의 섬들은 이미 여러 주민이 살고 있었고, 그들은 조선의 번국 마야 왕부의 지배 아래에 있었다.

부푼 꿈을 안고 상륙한 콜럼버스와 선원들은 누군가 자신들을 지켜보고 있는 것을 모른 채, 오랜만에 밟는 흙과 모래의 감촉에 마냥 기뻐할 뿐이었다.

\*         \*         \*

결코 환영받지 못할 방문자들이 신세계에 도착했을 무렵, 물살을 가르며 이동하던 어느 배 위에선 두 사내가 대화를 나누고 있었다.

　"거, 전하께선 옛 상관을 너무 부려먹는 것 아닙니까? 이건 감독관이 아니라, 사실상 선장 겸 제독으로 임명된 거나 마찬가지 아닙니까."

　"제 기억으론 제독께선 이제 일흔밖에 안되셨을 텐데, 그 정도면 아직 한창일 때가 아닙니까?"

　"그 말씀은 어폐가 있군요. 여든을 목전에 두고 은퇴한 노인에게 제독이라뇨, 아무튼 정식으로 위에 읍소할 겁니다."

　"항의의 명목이 뭡니까?"

　"관에 들어갈 나이의 노친네를 학대한다고요."

　자칭 은퇴한 노인이자 전직 해사 제독 최광손이 엄살을 떨며 투덜대자, 이젠 마흔이 넘어 중년에 접어든 마야 왕부의 남왕 남이가 답했다.

　"그러시든가요. 이참에 정식으로 파견을 끝내고, 미주 왕부로 다시 보내드리지요. 기다리고 계실 상황 폐하와 군부인께서 기뻐하시겠군요."

　둘의 얼굴을 떠올린 최광손은 잠시 움찔했고, 이내 고개를 저으며 답했다.

　"에이, 말이 그렇단 거지. 진짜로 보내달란 건 아니고… 아무튼, 살살 좀 다뤄주시지요. 저도 이젠 바닷바람에 뼛골이 시릴 나이니."

　그러자 남이는 날씨가 덥다며 웃통을 벗어젖힌 최광손을 물끄러미 바라보며 답했다.

"몸만 보면 아직도 현역이십니다. 근압만으로도 누구 하나 죽일 기세신 걸요."

"아이고, 이건 겉보기만 그럴듯한 과시용이고 허우대입죠. 통촉하여 주시옵소서, 전하."

"숙고해서 고려해 보지요."

"생각만 하지 마시고, 옛정을 봐서라도 좀······."

남이는 나이가 들어도 전혀 변하지 않는 옛 상관을 보다 웃음을 참으며 답했다.

"이러고 있으니 옛 생각이 나는군요. 제가 배에 처음 올랐을 때만 해도 갑판 닦는 잡일하기에 바빴는데··· 지금은 제독께 전하 소릴 듣고 있으니, 조금은 기분이 이상합니다."

"그러게 말입니다. 제 생각에도 마냥 사고만 칠 것처럼 보이던 친우의 아들이 일국의 왕이 될 거라곤 전혀 예상하지 못했죠."

"정녕, 그렇게 보셨습니까?"

"예, 그럼요. 들어보시겠습니까? 동백산의 돌은 칼을 갈아 없애고, 송하의 물은 말이 먹여 없앤다. 남자 나이 스물에 만족을 평정하지 못하면······."

어릴 적 술자리에서 읊었던 시가 최광손의 입에서 흘러나오자, 남이는 과거의 자신을 살해하고 싶다는 충동에 휩싸였고 이내 손발을 오그라드는 느낌을 감당할 수 없어 다급하게 말을 끊었다.

"···그만하시지요."

그러자, 최광손은 능청스러운 표정으로 답했다.

"어째서 그러십니까? 이래 봬도 남왕 전하의 시를 끝까지 외우고 있습죠. 이런 불후의 걸작이 잊히지 않게 널리 알리는 것도 중요한 일이 아니겠습니까."

최광손의 말을 들은 남이는 피로함을 느껴 눈가를 주무르며 물었다.

"혹시 대감께선 제 시를 다른 이들에게 들려주신 적이 있으십니까?"

"많이는 아니고, 제 친우들하고 몇몇 선비들에게 들려준 적이 있지요."

남이는 친우란 말에 자신의 아버지도 포함되어 있으리라 생각하곤, 한숨을 쉬었다.

"혹시 그중엔 그걸 받아 적은 사람도 있습니까?"

최광손은 맥시한 주에서 만났던 키 작고 깐깐한 인상의 관료를 떠올리며 답했다.

"거기까진 잘 모르겠는데, 개중엔 남의 이야길 듣고 적는 걸 좋아하는 이가 있었으니 책으로 나올지도 모르겠네요."

결국 남이는 언젠가 그들을 찾아 기록을 없애야겠다고 다짐하며, 주제를 돌렸다.

"그러고 보니, 이 땅에 처음 왔을 때만 해도 참으로 많은 일이 있었죠. 극악무도한 식인국과 싸우기도 하고……."

남이의 말을 들은 최광손은 옛일을 떠올리다, 무언가 생각났는지 찌푸린 표정으로 답했다.

"전하께서 흔적도 없이 실종되었을 때 왕가 놈이 얼마나 걱정했는지 아십니까? 허구한 날 술에 취해서 걱정하면서 자기 탓이라고 울고불고 난리를 쳤는데……."

"뭐, 그땐 저도 길을 잃고 헤매다 보니 연락할 방도가 없어서 그랬지요."

"하긴, 중미주 제일의 미녀와 알콩달콩하게 살고 계셨으니."

남이는 최광손의 말에 여전히 아름답고 열정적인 아내를 떠올리며 흐뭇한 표정을 지었다.

"제가 길을 잃고 헤맨 덕에 현숙한 내자도 얻고 대국의 한 축을 지탱할 번국이 생겼으니, 모두에게 좋은 일 아니겠습니까. 그건 그렇고 이번에 새로 얻은 막내의 초상화 한번 보시겠습니까?"

최광손은 예상치 못한 남이의 반응에 떨떠름한 표정을 지으며 답했다.

"이젠 남왕 전하의 보령도 적지 않으신데 금슬이 여전하시군요. 아무튼, 결과적으론 좋은 일이 되긴 했군요."

"제가 내자의 복 하나는 타고난 사람입니다. 일전에 말씀드렸는지 모르겠는데……."

최광손은 남이의 자랑이 길어질 것처럼 보이자 빠르게 말을 돌렸다.

"그건 그렇고, 이쪽에서 사람을 바치는 풍습의 단속은 어찌 되어갑니까? 몇 년 전에 그것 때문에 반란도 한번 일어났다고 들었는데요."

"완전히 근절된 건 아니지만, 철저한 단속 덕에 사라져 가고 있습니다. 역도들에게 반란은 명분이고 그저 절 몰아내고 싶었던 핑계일 뿐이었던 게지요. 갑자기 그건 왜 물으셨습니까?"

"맥시한(멕시카) 주에서도 왕가가 여전히 고생하고 있다길래 생각이 나서 물었습니다."

아즈텍 지방 일대를 훌륭하게 다스리고 있는 왕충은 멕시카의 총독이나 다름없는 신분으로 출세했고, 산동에 있던 일가를 데려와 정착했다.

"뭐, 거기야 워낙 그런 동네니 그럴 법도 하군요."

아즈텍의 좋지 못한 기억을 떠올린 남이가 살짝 진저릴 치며 답하자, 최광손이 설명을 이어갔다.

"얼마 전엔 사람을 거래하는 밀매 시장을 적발해서 관련자 수백을 처형했다고 하더군요."

"거참, 거긴 아직도 사고가 끊이질 않는군요. 시간이 꽤나 흘렀는데도 그러니."

"그래도, 왕가 놈이 말하길 세대가 바뀌면 더 나아질 거라고 하니, 희망이 아예 없는 건 아니지요."

"그렇습니까?"

"예, 신식 교육을 받는 젊은이들은 사람을 먹는 행위를 심히 부끄럽게 여긴답니다. 옛 전통을 철폐해야 할 악습으로 보고 적극적으로 관부에 동조해서 이번 단속이 성공할 수 있었다고 하더군요."

"그건 다행이군요. 교화가 제대로 이뤄지고 있다는 방증 아니겠습니까."

"뭐, 듣자 하니 김종직이란 이가 힘을 크게 썼다네요."

"아, 계온(季溫)이 거기에 있었습니까?"

"전하도 그를 아십니까?"

"예, 한때 마야 왕부에 사관으로 있었지요."

"그건 몰랐네요. 예전에 한번 그를 만나서 이런저런 이야길

한 적도 있었는데."

이들은 모르고 있었지만, 지금은 기나긴 외지 임기를 마치고 본국으로 귀환해 예조참의로 승진한 김종직은 마야에서 완성했던 첫 소설인 백경에 이어 남이의 일대기 남생정벌기 집필에 들어갔다.

"그런데, 어떻게 교육을 했길래 인식이 많이 바뀌었답니까? 참고하고 싶군요."

"뭐, 저들의 사고방식에 맞춘 명심보감과 삼강오륜을 새로 편찬하고 이해하기 쉽게 그림책으로 엮었다고 합니다."

"그림책이요?"

"예, 그곳의 풍습상 신을 완전히 부정할 수 없으니, 이 땅을 관장하는 빛의 신께서는 인신 공양을 벌이는 이들을 전부 벌할 것이라는 교훈을 담아서 냈다나요."

"태양의 신이 아니라 빛의 신이요?"

"예. 정확하겐 빛과 전쟁을 관장하는 신."

남이는 아내인 이첼 덕분에 중미 지방의 신화를 꿰고 있었기에 생소한 빛의 신이란 말에 의아했지만, 이내 뭔갈 떠올리곤 웃음을 참으며 물었나.

"혹시… 거기 나오는 빛의 신이 그분을 은유하는 겁니까?"

"예, 그렇다네요."

결국 남이는 웃음을 참지 못했고, 최광손도 그를 따라 한참을 웃었다.

"그 누구보다 괴력난신과 신을 부정하시는 상황께서 졸지에 신으로 추앙되었다니, 믿기지 않네요. 그분께선 뭐라고 하셨습니까?"

"뭐… 상황께서도 처음 그 소식을 들으셨을 땐 어이없어하셨죠. 나중엔 현지의 사정상 어쩔 수 없다고 웃으시곤, 종직을 칭찬했지만요."

"그랬군요. 계온의 저작인 백경도 재밌게 읽었었으니, 방금 말씀하신 이야기들도 꼭 구해서 읽어봐야겠습니다."

최광손은 자신이 목숨을 구해준 북해의 제왕 백경을 떠올리다, 소설 속의 내용과는 너무나 다른 모습에 웃음을 지었다.

"아무튼, 이번 순방의 목적을 듣지 못했는데 무슨 일로 카리브에 가십니까?"

"카리브 족의 대추장이 얼마 전 지병으로 급서했다고 하더군요."

최광손은 8년 전 카리브해를 탐사하다 카리브 족의 추장을 만났고 그와 친구가 된 바 있었다.

"아, 그 친구가 벌써 가다니… 세월 참 빠르네요."

최광손은 새삼스럽게 자신의 나이를 실감하며 쓸쓸한 표정을 지었고, 남이는 그런 최광손을 위로하려는 듯 답했다.

"예, 아무튼 그곳의 후계자 선출에 문제가 생긴 듯하니 대감의 중재가 필요합니다."

"거기서 제 도움이 필요하단 말씀입니까?"

"예, 그곳의 사람들은 지금도 여전히 대감을 존중하니까요."

울적해지던 차에 나름대로 기분이 좋아진 최광손은 한결 나아진 기분으로 답했다.

"그렇군요."

"그리고, 카리브 족의 영역에 가기 전에 타이노 섬에도 가보려고 합니다."

"거기도 문제가 생겼습니까?"

"당장 일이 생긴 건 아니고, 거기 사는 토착 호족 중엔 아직도 제게 반감을 품은 이들이 많다고 합니다."

타이노 섬, 즉 쿠바 지방의 기존의 권력자들은 그들을 정복한 남이에게 반감을 품고 있었다.

"그러고 보니, 거기에 유배를 보낸 죄인들도 꽤 있으니 그들이 결탁할 가능성도 있겠군요."

"예, 앞으로 몇 년 내에 적당한 명분을 만들어서 대대적인 정리에 들어갈 생각입니다. 그러기 전까진 제가 가끔이라도 들러서 얼굴을 보여야 딴마음을 품기 어렵겠지요."

"그러고 나선 곧바로 귀환하실 겁니까?"

"아닙니다. 오덕주에도 들르게 될 겁니다."

"거긴 무슨 일로 가려 하십니까?"

"개척촌과 전선 기지에 물자를 보급하기 위함입니다. 요즘 들어 현지의 선주민들과 산발적인 교전이 잦아지고 있다 하더군요."

오덕주는 마이애미 지방이었고, 광무제의 명을 받아 최광손이 개척한 동부의 최전선 요지였다.

"그렇군요. 결국 절 데려온 이유는 혹시 모를 무력 충돌에 대비해서겠군요."

"아무래도 그렇지요. 제가 키운 아국의 무관들도 많지만, 제독만큼 기량을 갖춘 이는 아직 없으니까요."

"제독에서 물러난 지가 언젠데… 그리고 남왕 전하께서도 그간 세운 공적이 저보다 나으십니다."

"그럴 리가요. 보잘것없는 공만 세운 저와 대감을 감히 비교나 할 수 있겠습니까. 그리고 제 가친께선 아직도 상황 폐하를 호종해 전장을 드나드는데, 어찌 오덕군 대감만 편히 쉬려 하십니까?"

내심 군호의 어감이 마음에 들지 않았던 최광손은 잠시 갈등하다 답했다.

"군호는 되었고, 그냥 대감으로 불러주시지요."

"전부터 궁금했는데, 어째서 군호를 꺼리십니까? 오덕은 사람이 살아가며 지켜야 할 인의예지신(仁義禮智信)을 뜻하는 단어이고, 대감께 주어진 특권으로 새로운 땅에 직접 붙이신 지명이 아닙니까."

8년 전 최광손이 카리브해에서 북상해 마이애미를 발견했을 때, 세계의 바다를 떠돌며 사귄 친구들을 기억하며 이 땅에선 생김새나 말이 달라도 다섯 가지 덕목이 통용되길 바라며 오덕(五德)이라고 지었다.

그러나 자랑스럽게 미주 왕부로 귀환한 최광손은 자신이 붙인 지명을 듣고 광무제가 숨도 쉬지 않고 웃어댔던 광경을 목격하게 되었다. 결국 최광손은 자신이 붙인 지명대로 군호를 받아 오덕군(五德君)으로 봉해졌지만, 눈치가 빠른 그는 자신이 모르는 숨겨진 뜻이 따로 있으리라 짐작하고 자신의 군호를 꺼리게 되었다.

"아무튼, 조금 복잡한 사정이 있습니다."

"그런가요. 그건 그렇고, 지금 원정 함대의 제독은 누군가요?"

"남왕 전하께서도 아시는 이거(李琚)입니다."

"이거라면, 제 동기생인 자미(子美)로군요."

"예, 맞습니다. 전하께서 번왕이 되지 않으셨다면 그 자리에 계셨을 수도 있겠네요."

"지금의 삶이 좋으니 거기에 딱히 미련이 있진 않습니다."

"그렇습니까? 마지막으로 들은 소식에 의하면 제가 못 가본 남극대륙으로 갔다는데, 지금쯤이면 발을 디뎠겠군요."

내심 미지의 땅에 대한 욕망이 남아 있는 최광손이 아쉬운 투로 말하자, 남이는 몇 년 전 개정 출간된 최신판 세계지리지의 내용을 떠올리며 답했다.

"거긴 온통 얼음밖에 없다고 하는 극지가 아닙니까? 자미가 거긴 무슨 목적으로 갔지요?"

"현 해사 제독은 그가 발견한 미지의 땅에 아국의 깃발을 꽂기 위함이라고 했지요."

"깃발이라면……."

"후대에 생길 영토 분쟁에 대비해 우위를 점할 목적이라나요."

"그렇습니까. 그런데 일전에 제독께서 서역의 왕국들은 원양 항해에 나설 만한 기술이 없다고 하시지 않았습니까?"

"뭐, 제가 방문했을 때만 해도 그랬긴 한데, 지금이야 모르죠. 세월이 많이 흘렀으니 슬슬 청운의 꿈을 품고 바다로 나오는 이들이 생겨도 이상하진 않습니다."

"그런가요?"

"예, 앞으로는 모든 나라의 흥망이 바다에 달린 거나 마찬가지니까요. 제 아들놈만 해도 언젠간 내금위장 자릴 놓고 바다로 나오겠다고 하던데요."

남이는 잠시 그리운 친구 최계한을 떠올리다, 잠시 서쪽을 바라보며 답했다.

"그렇군요. 수한과 다시 만날 날이 기대됩니다."

남이가 눈부시도록 푸르른 바다를 바라보며 미소 짓자, 최광손은 뒤따라오는 배들을 살펴보았다.

현재 마야 왕부의 함대는 총 55척으로 이뤄져 있었고, 본국 조선과 다르게 조선소 규모와 재정의 한계로 말미암아 노를 병용하는 소형범선 위주로 이루어져 있었다.

다만 남왕의 기함은 갤리선과 판옥선을 결합한 방식의 대형선이었고, 후미에 높다란 망루가 설치되어 있었다.

순수한 범선 대신 노를 보조 동력으로 삼는 건 무풍지대가 많은 미주의 동쪽 바다에 맞추기 위함이었고, 마야 왕부는 이런 해군 전력을 통해 10여 년 만에 남미의 북부와 카리브해를 제패할 수 있었다. 다만 갤리선과 비슷한 함선엔 12문의 가량의 화포가 구비되어 자칫 화력이 부족하다고 여겨질 수도 있었다.

그러나, 본국에서 눈부시게 발전한 금속공학과 화기 제조기술에 힘입어 완성된 후미장전식 화포를 수입해서 쓰고 있었기에, 이들 나름대로 충분한 화력을 갖추고 있다고 할 수 있었다.

결국 시간이 흘러 마야 왕부의 함대가 첫 목적지인 타이노 섬에 도착할 무렵, 최광손과 태평하게 이야길 나누던 남이는 일순간 굳은 표정을 지으며 말했다.

"대감, 일전에 서역의 나라에서도 원양항해를 나설 수도 있다고 하셨죠?"

"예, 갑자기 그건 왜 물으십니까?"

"어쩌면 저들도 그런 무리일지도 모르겠네요."

"예? 그게 무슨 말씀이십니까?"

"저 멀리 보이는 섬에 범선으로 추정되는 5척의 대선이 정박해 있습니다. 산발적으로 연기가 피어오르고 있고요."

최광손은 다급하게 망원경을 꺼내 남이가 가리킨 방향을 살펴본 후 눈을 떼며 답했다.

"…저건 서역의 나라, 카스티야 왕가의 문양인데, 그들이 여기까지 오다니 놀랍기 그지없군요."

"카스티야가 어디입니까?"

"서역에서도 가장 서쪽에 위치한 반도에 있는 나라입니다. 제가 강제로 거길 떠날 때만 해도 회교도와 전쟁이 한창이었는데… 저걸 보니 전쟁이 끝나고 나라가 안정세에 접어들었나 봅니다."

"저렇게 연기가 피어오르고 있으니, 저기서 전투가 벌어진 거라고 봐야겠군요."

"예, 그 추측이 정확하실 겁니다."

"어떻게 할까요?"

"남왕 전하의 판단으로 명령을 내려주소서."

잠시 생각에 잠겨 있던 남이는 이내 엄숙한 표정을 지으며 말했다.

"성상의 권한을 대리한 남왕의 이름으로 명하노니, 오덕군 대감은 제독으로서 함대를 이끌어 아국의 영역을 침략한 이들을 격퇴하라."

최광손은 자신이 꺼리던 군호에도 아랑곳하지 않고, 눈을 빛내며 무릎을 꿇었다.

"예, 소관 최광손이 남왕 전하의 명을 받들겠나이다."

그렇게 최광손의 복귀전이 시작되었고, 그 순간 자신이 왜국의 변방에 상륙했다고 믿어 제멋대로 약탈을 일삼고 있던 침략자들의 운명이 결정되었다.

*        *        *

조선 본토에 입성하기 전 선원들의 부족한 자금을 벌고자 약탈을 허락한 콜럼버스는 기함 산타마리아호에 올라 반쯤 시체가 되어버린 기사단장 니콜라스를 보며 조롱하고 있었다.

"쯧쯧. 그러게 내 호의를 받았어야지. 지금 이게 무슨 꼴이오?"

"네 이놈… 감히 여왕 전하의 이름을 멋대로 참칭해 더럽히다니… 언젠간 그 대가를 치르게 될 것이다."

"정말 그렇게 생각하시오? 당신의 병사들도 살기 위해 날 따르는 마당인데. 그리고 우리 단장 나리께선 무사히 귀환할 수나 있을지 장담 못 하겠는걸."

콜럼버스의 말대로 니콜라스가 선별한 베테랑 병사들은 병을 치료해 주겠다고 접근한 콜럼버스에게 충성을 맹세하고 어느 정도 몸을 회복해 약탈에 참여하고 있었다.

"이 개자식이… 커헉!"

니콜라스는 끝까지 몇몇 기사들과 함께 콜럼버스의 도움을 거절했고, 괴혈병 증상으로 인해 피를 토했다.

"흐흐, 그 꼴을 보아하니 갈 날이 머지않았군."

"…넌 지옥에 떨어지게 될거다."

"내가 왜? 이곳은 동방에서도 변방에 불과하고, 세례를 받은 적도 없는 이교도투성이인데. 고작 이교도들 좀 어떻게 한다고 내가 지옥에 갈 리가 없잖소."

"그걸 지금 말이라고⋯ 비록 이교도라곤 하나 무고한 이들을 학살하고 약탈하는 것도 엄연히 중죄다."

"흐음, 내가 신부나 주교들에게 듣던 것과는 다르구려. 그 사람들은 이교도를 죽일 때마다 천국에 가까워진다던데."

"그건 그릇된 믿음이다. 불신자를 개종시킬 의무는 있을지언정, 멋대로 죽여도 된다는 소린 성경에 없어!"

콜럼버스는 구약성경의 가나안 학살을 떠올리며 자신의 행위를 정당화하려다 이내 방향을 틀었다.

"흠, 그 부분은 각자의 해석이 다르다 치고, 단장이야말로 이교도와의 전쟁에서 죽인 무어인의 수가 어마어마할 텐데? 그런 그대와 내가 다를 건 뭐고?"

"그건 어디까지나 우리의 땅을 되찾기 위한 전쟁이었다."

"그래서 단 한 명도 무고한 사람을 죽인 적이 없다고 주장하는 건가?"

"그래, 나와 내 병사들은 어디까지나 전장에 나선 병사들을 상대했을 뿐. 신께 맹세코 이교도라고 해도 죄 없는 민간인을 약탈하거나 해친 적이 없다."

"하, 평생을 전쟁터에서 굴렀다는 이가 이렇게도 순진할 줄이야. 그러니까 병사들이 내게 붙었지."

"뭐가 어쩌고 어째?"

"잘 들으시오, 단장. 사람은 말이야⋯ 누구나 고결한 척해도 실상은 자길 먹여 살려주는 사람을 따르게 되어 있다고. 전장에서 약탈을 금지했다고? 그거야말로 상관으로서 진정한 횡포지."

"관용을 보이는 것이 횡포라고?"

"그래, 단장에게 대놓고 말은 못 해도 불만이 엄청났을 테지."

"네놈이 전쟁에 대해 뭘 안다고! 우린 여왕 전하의 깃발 아래 성전을 수행―!"

콜럼버스는 분노하며 반박하려던 니콜라스의 말을 빠르게 끊었다.

"모를 리가 있나. 나도 한땐 전장에서 살아남기 위해 이교도의 개가 되어 발을 핥았다고."

"뭐?"

"전에 내게 참전한 적이 있느냐고 물었었지? 그때의 이야기다."

"네놈은 설마, 이교도에게 굴복했었단 거냐?"

"그래, 살기 위해서였다. 제아무리 고결하고 신앙이 깊다 한들 먹을 것과 채찍질 앞엔 무의미해질 뿐이지."

"너, 너야말로 진정한 이교도의 앞잡이로구나!"

"뭐, 그것도 잠깐이었지만 말이야. 결국 어떻게든 살아남는 게 제일 중요한 거지. 내가 잠시 지었던 죄는 회개하면서 씻어졌고."

"……."

추악한 본색을 드러낸 콜럼버스에게 니콜라스는 욕지기가 치밀어 올라 아무 말도 할 수 없었다.

"뭐, 그래도 명색이 기사단장인데, 여왕 전하껜 그대가 명예롭게 죽었다고 전해주지."

간신히 진정한 니콜라스가 옛일을 떠올리며 자조하듯 답했다.

"평생 다섯 미덕을 지키고 살던 내가 이런 무뢰한 때문에 허무하게 죽게 된다니, 실로 꼴이 우습게 되었구나."

"내 생각보다 훨씬 더 고리타분한 놈이네. 이 와중에도 용기와 명예, 어쩌고저쩌고하는 기사도를 신봉하는 거냐?"

니콜라스는 어릴 적 만났던 위대한 제독, 사실상 정신적 스승의 가르침을 떠올리며 답했다.

"아니, 너 따윈 절대 이해할 수도 없는 고귀한 신념이다. 네가 사단(四端)에 따른 인의예지신을 아느냐?"

조선의 부유함을 동경하지만, 정작 조선말이라곤 하나도 몰랐던 콜럼버스는 생소한 어감의 단어를 알아듣지 못하고 자리에서 일어났다.

"그게 뭔 개소리야. 아무튼, 다음엔 네 장례식에서나 보자고."

"역시… 너 같은 놈이 다섯 미덕의 고귀한 가치를 알 리가 없지. 기억하라. 언젠간 네놈이 벌인 만행의 대가로 지엄한 심판을 받으리란 걸."

"과연 그럴까? 내가 책에서 봤는데, 와국은 자기네들끼리 해적을 양성해 서로 약탈을 벌이는 야만스러운 땅이더라고. 목격자만 전부 처리하면 그 누구도 알 수 없고. 그럼 이만."

신동방견문록에서 간략하게 언급되었던 와국의 사정을 기억한 콜럼버스는 이번 약탈이야말로 원점범죄나 마찬가지라고 여기며 갑판으로 올라왔다.

정작 함대가 상륙한 곳은 와국과는 연관조차 없는 히스파니올라섬의 동북쪽 해안이지만, 여전히 자신의 판단이 옳다고 확신하고 있었다.

"제독, 큰일 났습니다!"

자연스럽게 콜럼버스를 제독이라고 부른 산타마리아호의 견시

담당 선원이 다급하게 다가오자, 콜럼버스는 의아해하며 물었다.

"무슨 일이지?"

"서남쪽에서 수십 척의 함대가 접근 중입니다!"

"뭐? 그게 정말이냐? 잘못 본 것은 아니고?"

"예, 틀림없습니다. 진행 방향과 속도로 볼 때 대략 2~3시간 정도면 우리와 마주치게 될 겁니다."

시계와는 다르게 조선제 망원경은 수출금지품목으로 지정되어 유럽에 유통되지 않은 상황에서 견시수의 보고는 꽤 정확한 편이다.

본래 유럽에서의 망원경은 1600년대에서나 발명되었고, 이후 대항해시대의 물결을 따라 실용화되어 널리 퍼지게 되지만, 아직은 먼 이야기였다.

"일단 섬 안쪽으로 들어간 녀석들에게 귀환 명령을 전달해, 나머진 전투준비를 시작하고!"

"그럼, 단장 나리하고 기사들은 어찌할까요?"

순간, 니콜라스를 바다에 던져 버릴까 고민하던 콜럼버스는 그나마 실낱같이 남아 있는 양심 덕에 다른 지시를 내렸다.

"여기 있어 봐야 방해만 될 테니, 해안가 아무 데나 던져두고 와라."

"알겠습니다."

카스티야 왕국의 기술이 집약된 전투함 산타마리아호를 장악한 콜럼버스는 총 54문이 갖춰진 대포를 믿었다.

산타마리아호는 본래 이사벨이 광무함을 모델로 삼아 건조한 시험형 전투함이었지만, 기술과 재정의 한계로 인해 타협할 수밖에 없었다.

하지만 인근의 국가들이 보유한 해양 전력 중에선 가장 진보된 전함이기도 했다.

한편, 산타마리아호의 전투력을 과신하고 있는 콜럼버스가 파악하기론 와(Wa), 즉 왜국은 변변한 화약 무기도 없는 후진국이었다.

그렇기에 압도적으로 우월한 화력으로 기선을 제압하면 이길 수 있으리라 확신했다.

1시간 후 다급한 소식을 듣고, 노획물도 그 자리에 두고 온 선원과 병사들이 빠르게 승선해 전투를 준비했지만 그중 3분의 1가량은 소식이 닿지 못해 행방이 묘연했다.

카스티야 함대는 왜국의 선단으로 추정되는 상대와 5㎞가량의 거릴 두고 만반의 준비를 마쳤다.

콜럼버스는 적 함대 후미에 자리한 한 척의 큰 배를 제외하곤, 확연히 차이 나는 체급의 작은 배들을 확인하고 등선을 허용하지 않는다면 이길 수 있다고 자신하게 되었다.

콜럼버스는 상대가 선상 백병전으로 승부를 걸어오리라 생각하고 5척의 배에 나뉘어 승선한 병사들에게 초기형 화승총, 이르카부스를 언제든 발사할 수 있게 준비시켰다.

카스티야군이 사용하는 대포의 유효 사정거리인 2㎞ 안에 적선이 들어오길 기다려 발사하려고 준비할 무렵, 콜럼버스가 전혀 예상치 못한 상황이 벌어졌다.

오십 척에 달하는 소형선들이 일제히 대포를 발사한 것이었다.

눈이 시리도록 푸른 하늘과 바다를 배경으로 섬광과 연기가 먼저 피어올랐고, 한 박자 늦게 공기를 가르는 소리와 함께 수많은 물기둥이 솟아올랐다.

"엎드려!"

뒤늦게 상황을 파악한 선원들이 고함을 지르며 갑판에 납작 엎드렸다.

"꽉 잡아!"

제대로 된 해전 경험이 없었던 콜럼버스는 전투에 앞서 갑판 위에 물건들을 정리하거나 줄로 묶어 고정해 두지 않았다.

결국 진동으로 인해 배가 흔들리자 참나무통과 각종 짐이 어지럽게 흩어지며 누워 있던 선원과 병사들을 깔아뭉갰다.

"으아악! 내 다리!"

몇몇 운이 없던 이들은 어지럽게 구르는 통에 머릴 부딪혀 사망했고, 뒤이어 이어지는 대포 공격에 선체를 직격당하자 제대로 서지도 못하고 숨기에 바빴다.

"말도 안 돼!"

"선장, 어떻게 할까요?"

"일단 버텨!"

약 20분 가까이 일방적으로 포격에 노출된 콜럼버스는 전세가 불리한 현실을 인정하고 전략을 수정했다.

"돛을 반개하고 전진해!"

콜럼버스는 역풍을 맞춰 돛을 반으로 접어 적의 함대에 접근하려 했지만, 그마저도 쉽지 않았다.

산타마리아호는 최신형 군함이라 그나마 멀쩡했지만, 본래 자신의 배였던 산토도밍고호와 나머지 배들은 무차별적인 포격에 돛대가 일부 파손되어 속도가 제대로 나오지 않았다.

본래 수학자라 제대로 된 경험이 없던 수석항해사 알폰소는 산토도밍고호의 선장 대행의 임무를 제대로 수행하지 못하고, 어찌할 줄 몰라 하고 있었다.

결국 콜럼버스는 산타마리아호가 선두에서 포격을 받아내고 다른 배들이 그 뒤를 따라오도록 지시했지만, 상대의 반응이 한발 더 빨랐다.

노를 이용한 범선들은 기민하게 움직여 길게 늘어서 있던 진형을 반원형 포위진으로 바꾸었고, 콜럼버스의 함대가 전진하는 속도에 맞춰 후퇴하며 대포를 쏠 만한 거리를 내어주지 않았다.

결국 3시간에 걸친 집중 포격 끝에 3척의 배는 완전히 파손되어 항해 능력을 잃었고, 콜럼버스의 배였던 산토도밍고호는 선수 하단이 완전히 관통되어 침수되고 있었다.

산타마리아호도 전방의 돛대가 완전히 파손되어 쓰러졌고, 그나마 멀쩡한 나머지 돛대에 달린 돛들은 산탄 공격으로 너덜너덜하게 찢어져 기능을 상실했다.

콜럼버스가 자랑스럽게 생각했던 54문의 포구도 집중포화를 받아 기능을 거의 상실했고, 그저 침몰만을 기다리는 신세가 되었다.

결국 제대로 된 반격조차 해보지 못한 콜럼버스가 자신의 운명을 직감할 무렵, 다시 한번 의외의 상황이 벌어졌다.

적 함대 후방에 있던 기묘한 형태의 거대 함선이 산타마리아호에 접근하기 시작한 것이었다.

콜럼버스는 적들이 자신의 배를 나포하려는 것이라 짐작하고, 살아남은 선원들을 독려하듯 크게 소리쳤다.

"마지막 전투를 준비해라, 이번이 마지막 기회다!"

절망하고 있던 선원과 병사들은 현재 상황을 잘 알고 있었다. 이미 대세가 기울어졌다는 걸.

그러나 해적 혐의로 잡히면 어느 나라에서든 목이 매달릴 것을 알기에 필사적인 각오로 실낱같은 희망에 모든 것을 걸기로 마음먹었다. 산타마리아호에 승선 중이던 테르시오 부대장은 그나마 온전한 병사들을 모아 전투에 대비했고, 아르카부스 사수들은 미리 탄환 장전을 마치고 만반의 준비를 갖췄다.

그러나 불행하게도 그들이 준비한 총이 발사되기 전, 적의 기함에서 먼저 개인화기 일제사격이 수차례 이어졌고 삼 분의 일에 달하는 병사들이 무력화되었다.

간신히 살아남은 사수들은 적의 기함이 사정거리 안에 들어오자 일제히 총을 발사시켰다.

무수한 격발 음과 함께 화약 연기가 그들의 시야를 가렸고, 그사이 둔탁한 소리와 함께 난간에 무수한 갈고리가 걸리며 적 기함의 접현을 허용했다.

"신께서 우리에게 가호를 내리시길. 모두 자유 사격 후 백병전에 돌입하라!"

부대장의 명령대로 남아 있는 탄환을 있는 대로 쏘아댄 병사들은 검을 뽑아 백병전에 대비했다.

그사이 적들이 사다리와 줄을 타고 건너왔고, 카스티야의 병사들과 선원들은 적의 실체를 확인할 수 있었다.

일견 동양인과 비슷하면서도 묘하게 다른 듯한 생김새의 전사들은 뻣뻣한 가죽 아래 철판을 징으로 고정한 갑옷, 즉 브리

건딘(Brigandine)과 유사하면서도 양식이 다른 갑옷으로 무장하고 있었다.

붉은색으로 물들인 갑옷의 가슴 부분엔 표범처럼 보이는 그림이 자수되어 있었고 투구 또한 표범의 형상이었다.

이방인인 이들은 모르고 있었지만, 이는 중남미의 재규어 신앙을 상징하는 양식의 두정갑과 투구였다.

한편, 하프 플레이트나 브레스트 플레이트로 무장한 카스티야의 병사들은 그동안 이교도와 전쟁에서 자신의 목숨을 구한 톨레도산 강철 검을 단단히 신뢰하며 백병전을 시작했다.

거기에 맞선 적들은 등에 지고 있던 라운드 실드 형태의 둥근 방패를 꺼내 침략자들의 칼날을 방어했고, 이내 짧고 단단한 철퇴를 꺼내 공격하기 시작했다.

그나마 만반의 상태에서 맞붙었더라면 호각일 수도 있었겠지만, 괴혈병에서 회복한 지 얼마 되지 않은 데다 크고 작은 부상에 시달려 사기마저 급감한 카스티야 병사들은 금세 제압되거나 싸늘한 시체가 되었다.

한편 선장실에 숨어 사태를 관망하던 콜럼버스는 투구째로 머리가 찌그러져 쓰러지는 병사들을 보곤 황급히 머릴 굴리기 시작했다. 금세 난관을 타개할 방법을 떠올린 그는 자신이 걸치고 있던 화려한 옷을 전부 벗어 던지곤, 무두질용으로 준비해 두었던 탄닌을 찾아 온몸에 칠하고 자신의 얼굴을 스스로 때려 상처를 만들었다.

무고한 피해자 겸 납치당한 인질로 행세할 준비를 마친 콜럼버스는 다시 한번 밖을 내다보았고, 마침 근사한 풀 플레이트 아머를 갖춰 입고 승선한 두 명의 사내를 보게 되었다.

그들은 승선과 동시에 최후의 항전을 벌이고 있던 테르시오 부대장을 금세 제압해 무릎을 꿇렸다.

"오! 신이시여, 감사합니다! 여러분은 제 생명의 은인이시군요."

혼신의 연기로 인한 눈물을 흘리며 나타난 콜럼버스를 발견한 선원들과 병사들은 잠시 할 말을 잊었고, 이내 분노하며 저주의 말을 쏟아냈다.

"염소와 붙어먹을 개자식아! 지옥에나 떨어져라!"

"네가 그러고도 선장이냐?"

"이런 박쥐 같은 자식!"

콜럼버스는 생존자들의 야유에도 아랑곳하지 않고 지휘관으로 추정되는 이들의 발에 입을 맞추며 감사를 표했다.

콜럼버스는 이들과 말이 제대로 통하지 않으리라 생각하곤, 표정과 몸짓으로 납치된 피해자를 연기하면 상황을 모면할 수 있다고 여긴 것이다.

그러자 투구의 바이저를 개방한 중년 사내와 노인이 자기들끼리 무언가 대화를 나누었고, 콜럼버스는 그들이 웃는 것을 보곤 나름대로 자신의 연기가 통했다고 확신하며 미소를 지었다.

그리고 잠시 후 나이 든 노인이 입을 열자, 콜럼버스는 당황할 수밖에 없었다.

"그래, 저놈들이 말하길 네가 이 배의 선장이자 함대의 제독이라더군. 네놈이 저지른 짓에 대한 각오는 되어 있겠지?"

콜럼버스의 예상과 다르게 덩치가 커다란 노인이 유창하게 카스티야의 말을 한 것이었다. 마치 왕족이나 귀족들이나 쓸 법한 억양을 구사한 노인이자 독시 제독 최광손은 한 손으로 엎드려 있던 콜럼버스의 목을 잡아 강제로 일으켜 세웠다.

상대의 근력과 기세에 압도된 콜럼버스는 절망했고, 결국 자신이 저지른 만행에 대해 심판을 기다리는 신세가 되었다.

한편, 복귀전을 압도적인 승리로 장식한 최광손은 카스티야 함대가 약탈한 섬에 아직 남은 병력이 있다는 포로의 진술을 듣고 상륙했다. 최광손과 남이가 병력을 이끌고 해안에 상륙했고, 백사장에 쓰러져 있던 이들을 발견해 체포하려고 할 때 전혀 예상치 못한 인물과 재회했다.

"마에스트로!"

최광손이 발견한 중년의 사내는 다 죽어가는 듯 보였지만, 눈빛만큼은 살아 있었다.

"그댄… 혹시……?"

"예, 마에스트로의 제자. 니콜라스 데 오반도가 이렇게 인사드립니다. 그간 강녕하셨습니까?"

최광손과 재회한 니콜라스는 온 힘을 다해 큰절을 올렸고, 최광손은 잠시 우두커니 그 광경을 바라보다 힘이 다해 쓰러진 니콜라스를 다급하게 업고 달리기 시작했다.

최광손과 이양인의 기묘한 재회를 본 남이는 상황이 파악되지 않아 어리둥절한 표정을 지었고, 남은 병력을 이끌어 섬에 남아 있던 약탈자들을 제압했다.

이로써 유럽 최초의 조선 직항로 개척 시도는 그 누구도 예상하지 못했던 만남으로 끝을 맺고 말았다.

＊　　　＊　　　＊

　콜럼버스와 그의 추종자들이 잡힌 다음 날, 니콜라스는 눈을 뜨자 누군가 자신을 지켜보고 있다는 사실을 알아챘다.

　"니콜라스, 정신이 좀 드냐?"

　니콜라스의 기억 속 모습보다 주름과 흰머리가 조금 늘었지만, 전체적으론 크게 변하지 않은 최광손의 얼굴을 본 제자는 안도의 한숨을 쉬었다.

　"마에스트로… 역시 꿈이 아니었군요."

　"사정은 네 수하에게 간략하게 들었다. 지금은 몸조리부터 해."

　니콜라스는 주변을 잠시 둘러보곤, 자신이 천막 안에 있음을 깨닫고 몸을 일으켜 고개를 숙이려 했다.

　그러나 괴혈병에 시달린 육체는 그의 의지를 배신해 명령에 따르지 않았다.

　"움직이지 말고, 그대로 누워."

　"예를 지키지 못해서 죄송합니다."

　"예법도 사정에 따라 달라지는 거니, 내게 사과할 필요 없다."

　"제 잘못은 그것뿐만이 아닙니다. 사정이야 어쨌든 군주의 이름을 더럽히고 무고한 사람을 여럿 죽게 했으니, 전 이제 기사라고 칭할 수조차 없군요."

　"아니, 네게 잘난 듯이 이런저런 걸 가르쳐 놓고 정작 바다 이야긴 거의 하지 않았던 내 잘못도 크다."

　"마에스트로, 그게 갑자기 무슨 말씀이십니까?"

　"너와 네 수하가 시달린 병의 대처법 말이다. 내겐 너무나도 당연한 상식이라… 다들 알고 있으리라 생각했었어. 네가 이렇게 바다로 나올 줄 알았더라면 미리 가르쳤어야 했는데."

"아닙니다. 그게 어떻게 스승님의 잘못이겠습니까. 저야말로 스승님의 가르침을 지침 삼아 지금의 자리까지 오를 수 있었으니, 그저 그 은혜가 난망할 뿐입니다."

최광손은 중간중간 능숙하게 조선말을 섞어 쓰는 니콜라스에 대한 옛 기억을 떠올렸고, 새삼 그가 많이 변했다고 생각했다.

한때는 착각에 빠져 피부색과 믿음이 다른 이를 차별하던 건방진 귀족이 2년간의 짧았던 인연으로 인해 달라진 것이었다.

"그래도… 네가 병에 시달리지만 않았어도 콜론이란 사기꾼 놈이 이런 무도한 짓을 벌이지 못했을 텐데."

"죽거나 다친 와국의 사람들이 얼마나 됩니까?"

"와국? 그게 무슨 소리냐."

"그 썩어빠진 이교도의 앞잡이 놈이 말하길……."

"앞잡이? 대체 누굴 말하는 거냐."

"산토도밍고호의 선장 콜론 말입니다. 제게 이교도의 수하였었다고 고백했었거든요."

"그러냐. 아무튼 아까 말한 건 무슨 뜻이지?"

"그놈이 제게 말하길 여기가 조선 옆에 있는 섬나라라고 하던데, 아닙니까?"

소중한 옛 인연이 허무하게 죽을 뻔했고, 현지 주민들의 죽음 때문에 내심 우울해하고 있던 최광손은 순간 웃음을 참지 못했다.

참지 못하고 실소를 흘리는 최광손을 본 니콜라스는 의아해하며 재차 질문을 던졌다.

"설마… 우리는 외국이 아니라 조선 땅에 상륙한 것입니까?"

"뭐… 크게 보면 그 말도 틀리진 않는데, 이걸 어디서부터 설명해야 할지 모르겠구나."

"경청하겠습니다."

"그런데, 내 말을 듣고 진실을 알게 되면 넌 다시 고향으로 돌아갈 수 없을지도 모른다. 그래도 듣고 싶으냐?"

"어째서입니까?"

"본국의 현 방침이기 때문이지. 아무튼 너도 고향에 가족이 있을 테니, 신중하게 생각하거라."

"저는……."

"고향으로 돌아갈 생각이면, 보내주겠다. 시간은 좀 걸리겠지만."

"으음, 좀 더 생각해 보고 결정하겠습니다."

"그래, 오늘은 일단 쉬어라."

니콜라스의 천막에서 나온 최광손은 동쪽을 바라보며 생각에 잠겼다.

살아남은 포로들이 말하길 카스티야 왕국의 현 군주는 자신이 한때 딸처럼 생각했던 이사벨이며, 그녀는 이제 막강한 권력을 휘두르는 여왕이 되었다고.

"추억은 그저 추억으로 남기는 것이 가장 좋은데, 이런 식으로 다시 엮일 거라곤 생각조차 못 해봤네."

한편, 이 모든 사건을 초래한 주동자 콜럼버스는 그가 선상에서 보인 추태로 인해 함께 수용된 죄수들에게 시달리고 있었다.

"어이, 이 빌어먹을 사생아 새끼, 너 때문에 우리 모두 다 죽게 생겼잖아. 이걸 어떻게 책임질 거야?"

"이보게, 잠깐 진정하고 말로……."

"말로 하자고? 똥을 싸고 있네. 내가 네게 줄 건 이것뿐이다. 네 어미랑 붙어먹을 잡놈아."

한때 선상 반란을 주도하려 하다 콜럼버스의 심복이 되었지만, 운 좋게 살아남아 사형만을 기다리던 죄수 출신의 선원이 콜럼버스를 무자비하게 두들겨 패기 시작했다.

"으어어억, 그만! 그만! 제발……."

"좆 까, 어차피 죽을 몸인데, 이렇게 된 이상 내가 먼저 널 죽이고 갈 거다."

거의 벌거벗은 채로 포로가 되었던 콜럼버스는 아직도 옷을 제대로 입지 못했었고, 그의 나신은 순식간에 피투성이가 되었다.

"거기, 가만히 있지 못해?"

임시 수용소를 감시하던 마야의 병사가 그들의 말로 소리쳤지만, 전혀 알아듣지 못한 선원은 제지에도 아랑곳하지 않고 몇몇 동조자와 함께 쓰러져 있던 콜럼버스를 발로 짓밟았다.

결국 중무장한 병사들이 난입해, 한쪽 면이 넓적한 형태의 몽둥이로 폭행 주동자들을 무자비하게 두들기기 시작했다.

"아오, 씨! 한 대만! 딱 한 대만 더! 우읍!"

그렇게 문제를 일으킨 죄수들이 먼저 제압되어 재갈이 물린 채로 결박되자, 폭행에서 벗어난 콜럼버스는 안도의 한숨을 쉬었지만 곧바로 그도 마찬가지 신세가 되고 말았다.

"난 아니오! 난 어디까지나 저들에게 일방적으로… 으읍!"

콜럼버스와 말이 통할 리 없는 마야의 병사들은 그저 단순한 싸움이 벌어진 것으로 인식해 모두를 공정하게 처리하고 자리를 떴다. 제대로 먹지도 못하고 꼬박 하루를 묶인 채, 통증으로 인해 잠도 제대로 잘 수 없었던 콜럼버스는 눈물로 밤을 지새워야 했다. 그사이 마야 병사들은 약탈당한 마을들을 찾아다니며, 빼앗긴 식량과 귀중품들을 돌려주었다.

그와 동시에 상세한 피해 조사에 들어갔고, 이번 침략으로 인해 죽거나 다친 사람만 500여 명인 데다가 그 와중에 강간당한 여인들이 생긴 것을 알곤 분노했다.

그로부터 일주일 후 콜럼버스는 마야 남왕의 앞으로 끌려 나갔다.

"남왕 전하, 소관이 통변을 맡을 테니 하문하시지요."

"예, 대감. 먼저 저들이 여기 온 목적을 다시 한번 확인하고자 합니다."

남이에게 정중히 고갤 숙인 최광손은 콜럼버스를 매섭게 노려보며 물었다.

"네놈의 이름이 크리스토발 콜론이라고 했던가? 전하께서 네놈이 여기 무슨 목적으로 왔냐고 물으신다."

"저… 저의 본명은 크리스토포로 콜롬보입니다."

"네놈은 베네치아 출신인가? 그런데 어떻게 카스티야의 기사가 되었지?"

콜럼버스는 이름만으로 금세 타국 출신임을 알아챈 최광손 때문에 식은땀을 흘렸지만, 이내 상황을 모면하기 위한 말을 이어갔다.

"아닙니다. 전 제노바 출신입니다. 제 작위는 카스티야 왕국의 군주, 영명하신 이사벨 여왕 전하께 받았습니다."

최광손은 이사벨의 이름이 콜럼버스에게서 언급되는 걸 불쾌해하며 말을 이어갔다.

"아무튼, 그건 차치하고 네놈이 여기 온 목적부터 밝혀라."

"전 어디까지나 여왕 전하의 명으로 카스티야와 조선의 직항로를 개척하고 양국 간의 교역을 하고자 여기까지 왔습니다."

"지금 나와 말장난을 하자는 거냐. 교역을 위해서 온 놈이 처음 보는 땅에서 약탈을 하나?"

"아닙니다. 전 어디까지나 그들을 말리려 했습니다. 한데, 저같이 약해 빠진 놈이 무슨 수로 거칠고 사나운 바다 사내들을 말릴 수 있었겠습니까. 전 약탈이 벌어지던 시간에 기사단장과 함께 배에 있었습니다."

최광손이 남이에게 말을 통역하자, 콜럼버스는 억울한 표정을 지으며 말을 이어갔다.

"전 어디까지나 선량한 피해자이고, 무도한 범죄자들의 모함에 당한 겁니다."

한편, 니콜라스에게 항해 도중의 사정을 들어 파악하고 있던 최광손은 콜럼버스의 뻔뻔함에 혀를 내두르며 말을 이어갔다.

"네가 항해 중에 저지른 만행은 이미 들어서 잘 알고 있다. 그런데 아직도 결백을 주장하느냐? 정녕 뻔뻔하기가 이루 말할 수 없구나."

"대체 누구에게 무슨 이야길 들으신지 모르겠지만, 전 정말 결백합니다."

분통이 터진 최광손이 콜럼버스의 죄명을 하나하나 나열하려고 할 때, 누군가 심문장에 나타나 소리쳤다.

"알칸타라 기사단의 단장이자, 신의 뜻을 섬기는 수사이며, 유가의 선비 니콜라스 데 오반도가 죄인 크리스토발 콜론을 고발하겠습니다."

이미 죽었으리라 생각했던 니콜라스가 수척한 모습이나마 살아 있는 것을 본 콜럼버스는 소스라칠 듯이 놀랐다.

그러나 그것도 잠시, 콜럼버스는 니콜라스에게 소리쳤다.

"나야말로 단장의 임무를 대행해 선원들과 병사들을 다독여 여기까지 온 공을 세웠소. 아무것도 한 것 없는 그대가 날 무슨 권한으로 고발하겠단 거요?"

"여왕 전하께서 내게 내리신 권한을 기반으로 고발하는 거다. 내겐 전시에 죄를 지은 기사와 귀족을 처벌할 권한이 있단 것을 몰랐나?"

"뭣? 단장께서 잊은 듯한데, 내겐 그분의 이름으로 보장된 면책 권한이 있소."

"그래, 그런 게 있었지. 한데, 그 기한이 언제까지인지 잊었나? 항해는 이미 끝났다."

"말도 안 되는 소리! 조선에 도착하기 전까진 항해는 끝나지 않았소."

"홋, 네가 아직도 착각에 젖어 사나 본데, 여기가 바로 조선이다."

"뭐……? 그게 대체 무슨 소리지?"

"여긴 네가 줄기차게 주장하던 와국도 아니고, 조선 본토와도 거리가 멀지만, 조선의 속령이기에 조선에 도착한 거나 마찬가지란 뜻이다."

한층 더 의문이 깊어진 콜럼버스는 질문을 이어가려 했으나,

니콜라스의 말이 계속 이어졌다.

"마에스트로, 죄인 크리스토발 콜론은 타국의 영해와 영토를 무단으로 침략해 선원과 병사들이 약탈과 방화, 살인, 강간을 저지르도록 사주했습니다."

"그래, 계속해 보게."

"마에스트로? 설마 둘이 아는 사이……?"

"그래, 이분이 바로 역사에 남을 위대한 대제독이자, 진정한 바다의 사나이시지. 너 같은 놈하곤 비교조차 할 수 없는 분이시다."

"이건 공정치 않아! 제대로 된 법정에서……."

"시끄럽다. 넌 포르투갈 왕국령에서도 태연하게 마을을 약탈했고, 선상 반란을 일으켜 네 멋대로 제독을 자청했다. 또한, 일련의 죄를 짓고도 반성조차 없이 해전을 벌여 수많은 이들을 죽게 했지. 이상이 너의 죄들이다. 할 말이 있느냐?"

"그래, 난 어디까지나……."

니콜라스의 말을 통역하던 최광손은 콜럼버스의 말이 끝나기도 전에 남이의 말을 전했다.

"방금 마야 왕부의 군주이신 남왕 전하께서 죄인의 처결을 내리셨다."

최광손의 말이 떨어지기 무섭게, 니콜라스는 남이를 향해 정중히 사배를 올렸다.

이양인이 조선식 예절을 철저히 지키는 모습을 지켜본 남이는, 낯설긴 해도 그를 마음에 들어하며 말을 이어갔다.

"황제 폐하의 대리인으로서 죄인에게 판결을 내리겠노라. 대죄인 콜론의 죄를 입증하는 선원과 병사들, 그리고 본래 함대의 책임자인 니콜라스 제독의 증언을 채택해 무단 점거와 약탈, 모살과 살인, 무고와 강상죄, 그리고 모반죄와 교전권 무단 위반의 항목으로 능지형에 처하겠노라."

최광손을 통해 자신의 죄목과 형벌을 들은 콜럼버스는 이해가 가지 않는 단어가 많아 의아했지만, 이내 무죄를 주장했다.

최광손은 콜럼버스의 말을 무시하고 남이의 마지막 한마딜 덧붙였다.

"그리고 마지막으로 형 집행은 죄인 콜론이 저지른 범죄의 피해자들에게 맡길 것이니라."

"당신들 멋대로 이럴 순 없습니다. 이런 불법 재판은 인정할 수 없소! 차라리 날 본국으로 돌려보내 재판받게 해주시오!"

"뭘 모르나 본데, 네놈이 작위를 얻은 카스티야도 그렇고 네 고향 제노바도 우리와 맺은 조약이 있어서 이건 정당한 재판이다."

최광손의 말에 콜럼버스는 눈을 동그랗게 뜨며 물었다.

"그게 대체 무슨 소리요?"

"아국의 영토 사라이를 통해서 조선과 교류하는 나라의 사절들이 가장 먼저 하는 절차가, 통상 조약이다."

"그게 대체 뭔데, 당신들이 날 마음대로 할 수 있다는 거요?"

"통상 조약은 기본적으로 나라간 교역과 권리 보장에 관한 조약이지만, 양국 간의 범죄자 처리나 인도 조항 같은 게 포함되어 있다. 교역하기 위해 왔다면서 그것도 몰랐나?"

처음부터 교섭에 관한 권한은 단장 니콜라스에게 있었고, 태생이 뱃사람인 콜럼버스는 복잡한 공법이나 나라 간의 조약을 알 리 없었다.

"난… 난… 그런 거 인정할 수 없어."

"넌 네가 거물인 줄 착각하는 모양인데, 넌 세상에 해악만 끼치는 난신적자다."

"나─안신? 자꾸 알아듣지도 못할 말을 하는데 대체……."

"뭐겠냐. 딱 너 같은 놈을 이르는 말이지."

"그 말씀이 맞습니다. 마에스트로, 죄인은 삼강의 도리도 모르고 자기 편리할 대로 신앙을 바꾸는 간사한 소인배입니다."

"아무튼, 네 살점으로 이곳의 주민들이 축제를 벌이게 될 거다."

"으아아아! 네놈들 모두 지옥에나 가라!"

자신의 처지도 잊고 땅바닥을 구르며 성질을 부리던 콜럼버스는 니콜라스에게 명치를 차였다.

"마에스트로, 이 정도는 해도 괜찮겠지요?"

"그래, 난동을 부리는 죄인을 긴급 제압한 거라고 치지. 그런데 네 결정을 후회하지 않겠느냐?"

며칠 전 니콜라스는 최광손에게 진실을 듣길 청했고, 긴 설명을 듣곤 상황을 파악하곤 결심을 굳혔다.

"사실, 본국에 남겨둔 가족이 조금 걱정되긴 하지만 어쩔 수 없지요. 전 스승님 곁에 남고 싶습니다."

"네 고향에서 군주를 버리거나 바꾸는 일이 죄악이 아님을 나도 안다. 한데… 유자를 자청하는 네가 그래도 괜찮겠느냐?"

"전 그분을 다시 볼 면목이 없습니다. 아무리 바다에 대해 무지했다곤 하나, 수많은 사람을 죽게 했고 배들을 가라앉혔으니… 조선과 여왕 전하께 미친 해악이 얼마나 될지… 차마 가늠이 안 되는군요."

"하, 건방졌던 애송이가 이렇게 재미없게 변할 줄이야."

"절 이렇게 가르치신 분이 마에스트로십니다. 건방진 정신머리를 뜯어고치겠다고 생전 들어본 적도 없는 유가의 경전을 강제로 주입하시지 않으셨습니까."

최광손은 한때 니콜라스에게 사대부, 즉 기사라면 문무 양도에 통달해야 한다면서 무술과 글을 같이 가르쳤다.

본래 최광손의 의도는 시건방진 어린놈을 조금 골려주려던 것이지만, 니콜라스는 그의 가르침을 흡수해 자기 신앙에 맞게 유학을 받아들여 삶의 지침으로 삼은 것이었다.

"뭐, 그거야 그렇긴 한데, 네가 이 정도로 변할지 나도 몰랐지. 아무튼, 앞으로 어떻게 할 생각이냐?"

"비록 조국을 등졌다곤 하나, 선비로서 두 군주를 섬길 순 없습니다. 그러니 당분간은 스승님의 제자로서 새로운 대륙을 둘러보고 싶군요."

"그래, 그러자꾸나."

최광손은 선비기사 니콜라스의 골수까지 미친 유교적 사고에 내심 혀를 내둘렀으나, 미주 왕부로 데리고 돌아가면 어떻게든 되겠다 싶어 그 제안을 수락했다.

다음 날 콜럼버스의 형이 결정되었다.

먼저 콜럼버스에게 동조해 약탈을 벌인 선원과 병사들은 그들의 전통 방식대로 교수형에 처해졌다. 시체들이 길가를 따라 목이 매달린 채 전시되었고, 주민들은 거기에 침을 뱉으며 저주했다.

"이거 놔… 놓으라고……."

양귀비를 정제한 마취약에 취한 콜럼버스가 흐리멍덩한 표정을 지으며 형틀에 묶이자, 남이의 명령이 떨어졌다.

명령을 받은 이가 먼저 중미의 전통적 방식인 흑요석 칼날로 콜럼버스의 뱃살을 도려내자, 주민들은 환호하며 그 광경을 지켜보았다. 그다음은 약탈자에게 부모를 잃은 소년이 나와 조심스럽게 팔 부분의 살을 도려냈고, 더러운 것을 만진 듯 얼굴을 찌푸리며 던져버렸다.

그렇게 피해자의 유족들이 차례대로 나와 콜럼버스의 육체를 조금씩 천천히 도려냈고, 섬뜩한 소릴 견딜 수 없었던 콜럼버스는 티 없이 푸른 하늘을 바라보며 죽음을 맞이했다.

결국 그는 죽어가면서도 자신이 신대륙을 발견했다는 사실을 알지 못했다.

니콜라스와 함께 생존한 두 명의 기사는 남왕에게 자신들을 돌려 보내줄 것을 청했고, 남이는 적당히 사실을 왜곡해 그들에게 전했다. 콜럼버스와 무도한 무리가 조선 땅에 상륙해 해적 행위를 벌였으니, 정식으로 항의할 것이며 배상금을 청구하겠노라고.

한편, 사정을 알게 된 최광손은 이사벨에게 보내는 편지를 그들에게 건넸다. 그로부터 1년 후, 카스티야에서 선단의 귀환을 고대하던 이사벨에게 새로운 방문자가 도착했다.

퇴역한 광무함 대신 새로 건조된 신형 전함들이 즐비한 원정 함대와 현 해사 제독 이거가 카스티야를 찾은 것이다.

남극에서 미주로 귀환했던 이거는 졸지에 제대로 쉬지도 못하고 두 명의 이국인을 데리고 카스티야까지 오게 된 것이다.

이사벨은 느닷없는 원정 함대의 방문에 당황했지만, 극진하게 손님을 맞이하곤 원정대의 소식을 듣게 되었다.

항해는 성공했지만, 콜럼버스가 멋대로 약탈을 저지르고 수많은 주민을 학살했다는 이야길. 그 결과 함대는 전멸하고 모두가 처형당했다는 충격적인 소식에 모두가 경악했다.

이제껏 왕위에 오르고 단 한 번도 실패한 적 없었던 이사벨은 극심한 충격을 받아 쓰러졌고, 알현은 졸지에 파행되었다.

다음 날, 무사히 깨어난 이사벨은 혼란스럽던 머릿속을 추슬렀고, 뒤늦게 최광손의 편지를 읽다가 눈물을 흘렸다.

*　　　　　*　　　　　*

이사벨이 확인한 최광손의 편지엔 별다른 내용은 없었다.

다만 간단한 안부 인사와 더불어 너무 무리하진 말고 끼니를 거르지 말라는 말들이 적혀 있었을 뿐이었다.

일찍이 가족의 정을 모르고 살았던 이사벨은 스승이자 아버지 같았던 그의 안부 인사가 무척이나 따듯하게 느껴져 감정을 주체하지 못하고 눈물을 흘렸다. 그녀의 잘못된 선택으로 인명과 재산 피해가 났는데도 탓하지 않은 것은 그녀를 기쁘게도 했지만 다른 한편으론 어째서 그가 자신을 책망하지 않는지 고민하게 만들어 죄책감을 느끼기도 했다.

자신의 선택을 후회하며 콜럼버스에 대한 증오를 표출하려던 그녀는 인기척이 다가오는 걸 느꼈다. 이사벨은 최광손의 편지를 소중하게 접어 서랍에 넣으며 황급히 눈물을 닦아냈다. 여왕을 살피던 시녀는 이사벨이 깨어난 것을 보곤 조심스럽게 다가오며 물었다.

"여왕 전하, 몸은 좀 괜찮으십니까? 당장에라도 의사를 불러오 겠습니다."

"아니, 이젠 괜찮다. 내가 쓰러졌을 때 의사는 뭐라고 하더냐?"

"지나치게 과로하신 데다 충격이 크신 것 같다고 했습니다. 그 러니 당분간 쉬시면서 상세를 두고 봐야 한다고······."

과장된 몸짓으로 팔을 쭉 펴 보인 이사벨은 평소처럼 냉정한 표정을 지으며 답했다.

"별것도 아닌데 지나치게 호들갑 떠는구나. 아무튼, 내가 쓰러 진 사이에 귀빈 대접에 소홀함은 없었겠지?"

"예. 그런데, 귀빈들과 동행한 선의가 여왕 전하께 약을 지어 바치겠다고 하던데 어떻게 할까요?"

순간 약한 모습을 보이기 싫어 거절할까 생각하던 이사벨은 자신의 실수로 인해 조선과 관계가 나빠졌기에, 그 와중에 보이 는 호의마저 거절할 수 없다 여기며 고갤 끄덕였다.

"그래, 고맙게 받겠노라고 전하라."

"예, 그대로 전달하겠습니다."

"아참, 그전에 옷을 입어야겠으니 날 돕거라."

"예?"

"못 들었느냐? 정무에 복귀하려면 옷을 입어야 할 것 아니냐."

"하지만, 의사가 안정을 취해야 한다고 거듭 당부했습니다. 그 러니, 당분간은 쉬시는 게······."

"그럴 필요 없대도. 감히 네가 내 말에 거역하려는 것이냐?"

"아, 아닙니다. 제가 어찌 감히······."

결국 이사벨은 시녀나 관료들의 만류에도 불가하고 정무에 복귀해 예전처럼 바쁜 하루를 보냈다.

그리고 다음 날, 조선 원정 함대의 선의가 그녀를 위해 제조한 약을 바칠 겸 이사벨을 알현하겠다고 청했다.

"이건, 뭐라고 하는 약인가?"

"붉은 인삼이라고 하는데, 만드라고라와 비슷한 모양의 약재를 끓여 제조한 강장제라고 합니다."

"그래, 나도 그 소문을 들은 적이 있다. 조선엔 미당만큼이나 값비싼 약재가 있다던데, 이게 그것인가 보군. 귀중한 선물, 잘 받겠다고 전하거라."

만일에 대비해 시종이 먼저 홍삼약탕의 맛을 본 후 일정 시간이 지나자, 이상이 없음을 확인한 여왕은 식은 액체를 들이켜곤 의외의 말을 하는 통역관에게 물었다.

"방금, 저 의사가 날 진찰하고 싶다고 한 거냐?"

"예, 그렇다고 합니다."

"내게 값비싼 약을 선물한 것은 고맙지만, 그럴 필요까진 없다고 전하거라. 내 몸은 내가 잘 알아, 이제 멀쩡하다."

이사벨은 쓰러진 동안 밀려 있는 정무를 처리하려 거절하자, 통역관은 그녀가 차마 거부할 수 없는 대답을 들려주었다.

"이것은 자신의 뜻이 아니라, 전임 제독의 당부이자 부탁이라고 합니다."

"그게 정말이냐?"

"예. 또한, 저 의사는 젊었을 적 전임 제독과 함께 우리나라에 방문한 적이 있다고 하는군요. 상관의 마지막 당부를 지킬 수 있게 진찰을 허락해 주시면 감사하겠다고 했습니다."

결국 최광손의 뜻을 거절할 수 없던 이사벨은 한숨을 내쉬고, 못 이기는 척 원정 함대 선의의 진찰을 받기 시작했다.

진찰에 앞서 선의가 수면 시간에 관해 묻자, 왕궁에서 누구보다 일찍 일어나 가장 늦게 잠드는 것을 자랑스럽게 대답한 이사벨은 웃으며 말을 이어갔다.

"귀국의 황제 폐하께서도 나처럼 업무에 매진하신다고 들었다. 군주의 미덕은 신하들의 모범이 되어야 하는 거라 배웠지."

그러나 잠시 후 돌아온 대답은 그녀의 기대를 배신했다.

"그게… 요즘은 그렇지 않다고 하는군요."

"그래? 요즘은 어떻다고 하느냐?"

"황제 폐하께선 정해진 일과 내에 업무를 마치고, 의무적으로 8시간의 수면을 지킨다고 합니다."

"내가 어릴 적에 들었던 이야기하곤 다르구나."

어렸을 적 최광손에게 들었던 조선의 궁중 사정을 인상 깊게 새겼던 그녀는 왕위에 오른 후 잠을 줄여가며 열정적으로 업무에 임했다. 그 대신 시간이 날 때마다 먹는 것으로 스트레스를 풀었고, 많이 먹어야 몸을 유지할 수 있다고 믿었다.

선의는 문진이 끝나자 남자인 자신이 감히 여왕의 몸에 손을 댈 수 없다며 시녀의 도움을 요청했지만, 그녀는 그럴 필요 없다며 상대의 신체 접촉을 허락했다.

결국 여왕의 허락하에 진찰을 시작한 선의는 그녀에겐 생소한 진찰 기구들을 꺼냈고, 심장의 박동을 측정하겠다며 기다란 고무관에 달린 기구를 가슴에 대었다.

"측정하는 동안은 말을 하면 안 된다고 하는군요."

아무렇지도 않게 고개를 끄덕인 이사벨은 차가운 금속의 감촉에 잠시 놀라 몸을 움츠렸다.

의사는 아랑곳하지 않고 회중시계를 꺼내 청진기에 연결된 귀꽂이를 통해 그녀의 심장 박동을 세어 기록했다.

뒤이어 오른팔에 생소한 기구를 매단 그녀가 의아해하자, 통역관이 재차 입을 열었다.

"저도 잘 이해가 가진 않지만, 피가 흐르는 압력을 측정하기 위한 기구라고 합니다. 안정적인 측정을 위해 잠시 이대로 기다려야 한다는군요. 그리고 앞서와 마찬가지로 말을 하시면 안 된다고 합니다."

잠시 후, 의사가 기기를 조작하자 이사벨은 강하게 팔을 조이는 압력에 고통을 느끼고 눈을 찌푸렸다.

"조금 불편하시겠지만, 사정상 어쩔 수 없으니 조금만 참아달라고 하는군요."

"알겠다."

이사벨에게 조심스럽게 고갤 숙인 선의는 신중한 표정으로 청진기를 대어 혈압을 측정해 기록했다. 이사벨의 상식으론 이해가 가지 않는 의료 방법들이 계속 이어졌지만, 자신의 건재함을 과시하려는 그녀는 기꺼이 감내하고 길었던 진찰을 마쳤다.

"현명하신 여왕 전하, 이런 말을 올리게 되어 죄송하지만 이 의사가 말하길……."

통역관의 표정을 본 이사벨은 잠시 병이라도 생긴 것인가 생각하여 가슴이 철렁했지만, 이내 평소처럼 당당하게 물었다.

"빠짐없이 전하라."

"예, 지금 당장은 큰 이상은 없다고 합니다."

"그럼, 좋은 것 아니냐? 어째서 사과를 하지?"

"그게… 지금만 그럴 뿐이고, 여왕 전하의 용태가 나빠질 거라고 합니다."

"대체 어디가 어떻게 좋지 못하단 거냐? 난 이렇게나 멀쩡한데."

"혹시 이유 없이 가슴이 심하게 뛰거나, 어지러움을 느끼지 않냐고 물었습니다."

가끔 현기증 겪었던 그녀는 대수롭지 않게 답했다.

"그 정도야 누구에게나 가끔 일어나는 증상이 아니냐?"

"이 의사가 말하길, 그게 아니라고 합니다. 여왕 전하께선 잠을 거의 주무시지 않고 육체를 혹사한 데다, 불규칙한 식사로 나날이 건강이 나빠지고 있다 합니다."

"…으음."

이사벨이 평소 자신에 대한 생각에 잠긴 사이, 통역관은 쉼 없이 통역을 이어갔다.

"피로는 수많은 병의 원인이고, 적절히 해소하지 못하면 몸에서 여러 신호를 보낸다고 합니다. 앞서 전하께서 쓰러지신 것은 위험을 감지한 몸의 경고라고 하는군요."

"단순한 어지럼증을 두고 지나치게 확대한 것은 아니냐?"

선의의 말을 들은 통역관은 조심스럽게 말을 이어갔다.

"현재, 여왕 전하께선 혈액의 압력이 건강한 사람보다 상당히 높다고 합니다."

"그게 대체 무슨 문제인데, 그렇게 난리지?"

이사벨과 마찬가지로 의학에 무지한 통역관은 선의에게 몇 번을 재차 물어가며 고혈압으로 일어날 수 있는 각종 질환의 위험성을 설명했다.

"그러니, 지금 내게 당분간 필요한 것이 휴식이란 이야기인가?"

"예. 또한 그것만으론 부족하다고 하더군요."

"내 사정상 그럴 수 없단 것을 알고 있잖는가. 충고는 고마우니 조심하려 노력하겠다고 전하거라."

그러나 잠시 후 통역관은 본인도 이해가 잘 안 되는 말을 전했다.

"그게… 누군가의 딸을 아끼는 마음에서 드리는 요청이라고 합니다. 일단 통역하긴 했으나, 무슨 의미인지는 저도 잘 모르겠습니다."

의미 모를 말을 전한 통역관은 당황했다. 언제나 냉기가 흐르던 철의 여왕이 눈물을 흘리며 답한 것이었다.

"정녕, 그분께선 이런 날 여전히 딸처럼 생각해 주시고 계셨던 건가… 알겠다."

결국 고집을 꺾은 그녀는 그날부터 업무량을 줄이고 본격적인 건강관리에 들어갔다. 이사벨은 식단 조절과 더불어 혈압 강하에 좋은 약재를 처방받았고, 건강에 도움이 될 만한 운동을 배웠다. 결국 과중한 업무로 인해 망가져 가던 그녀의 몸은 차츰 회복되어 갔다.

이후 원정 함대는 여왕의 허락을 얻어 니콜라스의 가족들을 배에 태워 미주로 귀환했고, 여왕은 자신이 오래 살길 바라는 최광손의 바람대로 일과 삶의 균형을 맞췄다.

이후 그녀는 거리를 두고 있던 자녀들과 함께 보내는 시간도 늘렸고, 모든 일을 자신이 전부 결정하고 처리해야 한다는 압박에서도 조금씩 벗어나 각계각층에서 선별한 조언자들을 관료로 임명해 본격적으로 착취하기 시작했다.

처음엔 신분이나 인종, 종교를 불문하고 발탁된 이들은 출세를 마냥 기뻐했지만, 얼마 되지 않아 과거의 자신이 내린 선택을 되돌아보게 되었다.

콜럼버스 때문에 조선 직항로 개척을 포기한 이사벨은 시선을 아프리카로 돌려 본격적인 식민지 개척을 시작했다.

한편, 그라나다 정복을 기점으로 멀어졌던 이사벨의 남편이자 아라곤의 국왕 페르난도는 아내가 쓰러졌었단 소식을 듣고 찾아와 가족과 시간을 보냈다.

이후 이사벨은 남편과 재회를 계기로 어느 정도 관계를 회복하고 부부는 다음 해에 새로운 자식을 보았다.

*　　　　　*　　　　　*

한편, 미주에 남기로 한 니콜라스는 미주 중부의 대평원을 개척 중이던 굉무제와 알현했디.

스승에게 말로만 들었던 굉무제를 알현한 니콜라스는 최광손과 비슷한 연배의 그가 홀로 세월이 비껴간 것을 보곤 마냥 부럽다고 느꼈고, 다른 한편으론 그의 기세에 압도되어 자연스럽게 무릎을 꿇었다.

최광손의 추천으로 명예직을 받아 객장으로 미주 왕부에 영입된 니콜라스는 가벼운 마음으로 임관에 응했으나, 그 상대는 태상황 세종 다음으로 인력 착취에 도가 튼 광무제였다.

니콜라스는 자신의 직책을 용병이나 자유 기사의 일종이라 여겼지만, 광무제는 이민족의 족장들을 조선에 융화시켰듯이 단계별로 착실하게 상대를 노예화하는 작업에 들어갔다.

결국 두 주군을 섬기지 않겠다고 맹세했던 선비기사는 1년 후 원정 함대가 데려온 가족과 재회하여 자신도 모르게 백인계 이주민의 선조가 되었고, 신대륙에서의 본격적인 삶을 시작했다.

"마에스트로, 조선의 기사, 아니, 사대부들은 모두 이렇게 살아야 하는 겁니까?"

어느덧 세월이 흘러 니콜라스는 자신을 헤어나올 수 없는 구렁텅이 속에 빠트린 스승에게 피로에 찌든 눈초릴 보냈다.

"어허, 이 녀석이. 나 때는 말이야……."

"스승님이 제 나이쯤에 극악한 식인 국가를 무너뜨리고 무도한 이들을 교화하셨다고 말씀하시려는 겁니까."

"뭐, 그렇지. 이젠 현실을 직시할 때도 되지 않았느냐. 넌 당장 아들놈 대신 내 뒤를 이어 줄 하나뿐인 제자고."

이제 여든이 넘은 최광손은 개척 임무와 치안유지 같은 임무들을 니콜라스에게 전부 떠넘기고, 유유자적한 말년을 보내고 있었다. 최광손은 친우 남빈과 함께 직속상관이었던 성삼문을 비롯해 광무제를 따라온 유성원이나 박팽년 같은 이들과도 막역한 사이가 되었다. 요즘은 광무제와도 한결 편하게 지내며 새로 개발하는 먹거리나 놀이를 즐기는 게 말년의 낙이기도 했다.

"너도 시간이 나면 우리가 노는 자리에 한번 끼워주마."

"괜찮습니다. 저는 도박을 해본 적도 없으니, 끼어봐야 분위기만 흐리겠지요."

니콜라스는 미주 왕부의 관료들이 카드를 가지고 자주 옥신 각신하는 광경을 보았기에, 도박이라 짐작하며 선을 그었다.

"도박이라니, 그런 거 아니다. 이게 얼마나 건전하고 재미있는 건데……."

광무제가 미래의 트레이딩 카드 게임들을 참고해 만든 놀이는 요즘 들어 관료들에게 선풍적인 인기를 끌었고, 개중 몇몇 관료 들은 업무 중에도 덱 구상을 하게 만들 정도의 중독성을 지녔다.

"아무튼, 저도 여기에 와서 얻은 교훈이 있습니다."

"그게 뭔데?"

"저만 이렇게 살긴 억울하니까, 더 많은 인재를 영입해야겠다 는 거죠. 일단은 한미하게 사는 친척들부터 시작해 볼까 합니다."

"오오, 네가 거기까지 깨달았구나. 정말 장하다."

"이런 걸 중오… 아니, 신뢰의 연쇄라고 하면 되겠군요."

니콜라스의 결심으로 인해 그의 먼 친척이자, 아직은 어린아 이인 에르난 코르테스의 운명이 그 순간 결정되었다.

"그보다 등용의 연좌라고 하는 게 낫겠구나. 아무튼 말이 나 와서 하는 소린데, 조만간 정식으로 카스티아하고 서쪽 항로 교 역을 개시할 거라고 하더구나. 그때 편지를 보내면 될 거다."

"그렇습니까?"

"그래, 자세한 사정은 나도 잘 모르지만, 상황께서 사탕 생산 체계를 완성하셨다고 하시더구나."

니콜라스는 모르고 있었지만, 얼마 전 마야 왕부가 장악한 카 리브해 일대에서 거대한 규모의 사탕수수 농장이 완성되었다.

광무제가 미주의 죄인들을 카리브해 일대로 유배 보낸 것도 사탕수수 농장 건설의 일환이었던 것이다.

광무제는 마야의 확장이 예상보다 빨라지자 미주 왕부에서 모자란 재정을 충당하려 설탕 무역 계획을 세웠고 그 대상을 포르투갈이나 카스티야 중 하나로 생각했다.

비록 시작은 불미스러웠지만, 미주와 카스티야와의 교역은 자연스러운 흐름이 되었다.

콜럼버스가 끼친 해악으로 인해 카스티야가 물어야 할 배상금의 규모가 상당했던지라, 이사벨은 조금 불공정한 조선의 조건을 무조건 수용할 수밖에 없던 것이다.

두 나라 간의 조약이 체결되었고, 카스티야와 마야 직항로를 통해 대규모 설탕 무역이 시작되었다.

본래 유럽이 신대륙에서 일방적으로 빨아들였어야 할 재화가 거꾸로 흘러들어 와 미주를 풍요롭게 만들기 시작했다.

그렇다고 해서 카스티야가 일방적인 손해를 본 것은 아니다.

카스티야도 나름 합리적인 가격에 들여온 대량의 설탕과 소량의 미당을 서유럽 일대에 중계 무역으로 공급하며 이득을 취했으니, 양측이 모두 이익을 보는 상황인 것이다.

카스티야는 조선과 독점 설탕 무역으로 쌓은 부로 연합인 아라곤과 합병해 스페인 왕국이 되었고, 대항해시대가 늦어진 유럽은 원역사와 확연히 달라진 흐름을 타게 되었다.

제5장
[외전] 끝과 시작

2040년의 대한민국, 정철수는 지극히 평범한 고등학생이었다.

지극히 촌스러운 이름 때문에 조금 이른 반항기를 잠시 겪은 것을 빼면, 여동생과 별것 아닌 일로 다투는 평범한 오빠이자 부모님에겐 사랑스러운 아들.

여느 때와 같이 티브이 앞에 모여 식사를 하던 철수의 가족들은 아버지 때문에 강제로 정치인들의 토론 프로를 봐야 했다.

"그러니까! 제 말은 소중한 국민들의 일자릴 빼앗고 범죄나 저지르는 불법체류자와 난민들을 전부 추방해야 이 나라가 산다 이 말입니다!"

"아니, 요즘 같은 글로벌 시대에 그게 무슨 시대착오적인 소리입니까?"

"내 말이 틀렸습니까? 조선족들은 자기가 유리할 때만 동포

행세하고, 범죄를 저지르면 자긴 중국인이라면서 제대로 처벌도 안 받아요. 작년에 일어났던 여대생 집단 성폭행 사건의 주범이 어찌 된지 기억 안 나세요?"

"그거야, 중국 정부에서 인도받아 중형을 선도했다고……."

"하, 우리 의원님 참 순진하시네. 그걸 믿습니까? 하긴, 평소에 우리나라가 앞으로 살길은 중국에 있다고 뒤를 빨아댔으니 그럴 법도 한데 적당히 좀 하세요, 적당히! 지금 시대가 어느 때인데, 중국을 사대하던 썩어빠진 사대부보다 더하십니다."

"뭐, 뭐요? 말 다 했어?"

"아니요, 아직 할 말 남았습니다."

다른 토론자들에 비교해 젊어 보이는 40대 초반의 사내 이유정이 나이 지긋한 후보에게 일갈하자 방청객들의 박수가 쏟아졌고, 건설업의 특성상 외국인 노동자들과 함께 일하는 철수의 아버지는 혀를 찼다.

"쯧, 이놈이고 저놈이고 실정을 모르니, 저딴 헛소릴 내뱉지. 당장 다 쫓아내면 건물은 누가 지어?"

정치라곤 하나도 관심 없는 철수는 아버지의 푸념을 듣는 둥 마는 둥 하며, 방청석에 클로즈업된 미모의 관객을 보며 웃음을 흘렸다.

"아빠, 그냥 다른 데 보면 안 돼? 음방 할 시간인데."

철수의 동생이자 오빠와 마찬가지로 이름이 불만인 영희가 불만 어린 표정으로 묻자, 방금 얼굴을 비친 방청객의 SNS를 찾아보려던 철수가 대신 답했다.

"그냥 봐, 다시 보기로 보면 될 걸 가지고, 왜 유난이야."

"아, 씨, 오늘 데뷔하는 오빠들 봐야 한다고! 그렇게 치면 아빠도 이런 거 다시 보기로 볼 수 있잖아."

"야, 아버지가 허구한 날 노는 너랑 같냐? 어쩌다 한 번 보시는 거 가지고 왜 난리야."

"재수 없어."

불편한 눈으로 화면 속의 정치인이 마냥 증오 어린 말을 쏟아내는 광경을 지켜보던 철수의 아버지는 한숨을 쉬며 리모컨을 딸에게 넘겼다.

"딸, 너 보고 싶은 거 봐."

"진짜?"

"그래. 저런 건 별로 보고 싶지 않네."

그렇게 영희가 채널을 돌려 새로 데뷔한 아이돌그룹의 노래를 감상하던 차, 화면엔 긴급 속보란 말과 함께 음악방송이 중단되고 뉴스 화면으로 넘어갔다.

"아! 뭐야."

영희가 짜증을 부리던 차, 화면 속의 앵커는 다급한 표정으로 뉴스를 전달했다.

"긴급 속보입니다. 모든 국민 여러분께선 현재 하는 일을 멈추시고 가까운 방공호나 건물 안으로 대피하시길 권고드립니다."

"어, 뭐야……."

철수의 가족들이 멍하니 화면을 바라보자, 앵커의 말이 계속 이어졌다.

"다시 한번 말씀드립니다. 이건 훈련 상황이 아닙니다. 가까운 방공호나……."

"설마 또, 북에서 미친 짓을 한 건가?"

철수의 말대로 2040년의 북한은 존재감을 드러내려 허구한 날 도발을 해대며 대한민국을 불안케 했다.

철수의 아버지는 다급하게 채널을 돌리다 아까 보던 토론 방송에서 젊은 정치인이 카메라를 바라보며 하는 이야길 듣고 충격에 빠졌다.

"국민 여러분, 미국이 핵미사일을 중국에 발사했습니다. 이것은 실제 상황이니 가까운 방공호에……."

그러자, 아까 면박을 들었던 나이 든 정치인이 소리쳤다.

"말도 안 되는 소리 그만하시오! 국회의원이란 사람이 거짓 정보로 선동이나 하고 말이야."

"믿을 만한 소식통에게 들어온 정보입니다. 당신도 현 상황에 대해 아무것도 모르면서 뭘 안다고 내 말을 막아!"

"당신? 야! 너 몇 살이야?"

이유정은 나이 든 삼선 의원의 말에도 아랑곳하지 않고 카메라를 정면으로 응시하며 말을 이어갔다.

"국민 여러분, 이것은 실제 상황입니다. 중국이 남사군도에 무단으로 건설하던 인공섬에 미국이 핵미사일을 발사했습니다."

한편 화면 속의 난장판을 바라보던 철수와 가족들은 지금 일어나는 일이 현실처럼 느껴지지 않아 멍하니 바라만 볼 뿐이었다.

"아빠… 어떻게 해?"

아직도 현실이 믿어지지 않는 영희가 묻자, 아버지가 입을 열었다.

"아들, 넌 저쪽 차단 창부터 닫고, 딸, 너는 문단속하고. 자긴,

화장실 쪽 환풍구부터 차단해."

아버지의 신속한 결단에 멍하니 있던 가족들은 빠르게 움직여 지시를 수행했다.

철수는 본래 미세먼지를 차단하기 위해 두껍게 제작된 특수 창을 닫곤, 안도하며 말했다.

"이럴 땐 반지하 사는 게 꼭 나쁜 일은 아닌 것 같아. 벙커나 다름없네."

"벙커가 뭔데?"

"좀비 영화에 나오는 거 있잖아. 지하에다 먹을 거 잔뜩 쌓아 놓은 데."

"뭐야, 그게. 씹덕 같아."

"우리 오빠들~ 오빠들 하는 네가 더 씹덕."

당장 할 수 있는 조치를 마치고 남매가 평소처럼 싸우는 광경을 본 부모는 내심 다행이라 여기며 뉴스에 집중해 대화를 이어 갔다.

"내일부터 어떻게 해?"

"나도 모르겠네. 자기, 일단 집에 먹을 건 좀 있어?"

"장이야 어제 봐왔으니, 당분간은 괜찮겠지. 근데 진짜 전쟁 나는 걸까?"

"그렇게 되지 않길 빌어야지."

철수의 부모가 뉴스를 지켜보며 뜬눈으로 밤을 지새운 것과 달리, 긴급 상황은 금세 종결되었다.

"긴급 속보입니다. 괌 일대에서 미군 태평양 함대와 대치하던 중국의 해군이 물러났다고 합니다. 이어서 청와대로 연결해 대변인의 공식 성명을 듣겠습니다……."

"아버지, 어떻게 된대요?"

"더 지켜봐야겠지만, 당장은 안전한 것 같구나."

"진짜요? 학교도 쨌으니 개이득이네."

"그렇게 좋으냐?"

"아빠… 아니, 아버지도 학교 빠졌으면 좋아하셨을 거잖아요."

요즘 들어 어른스러운 척하며 존댓말을 쓰지만, 여전히 철없는 아들의 반응을 본 아버진 실소를 흘리며 답했다.

"그래, 나도 그랬지. 아무튼 당분간 밖엔 나가지 말고, 방에서 게임이나 하고 놀아."

"예."

한편, 뉴스와 각종 스트리밍 사이트에선 중국과 미국의 충돌을 비중 있게 다루며 향후의 예상을 쏟아냈다.

중국이 겁을 먹고 물러났으니 잘나가던 세가 꺾일 것이란 것부터 시작해, 남사군도에서 갈등을 겪고 있던 베트남과 필리핀을 침공할 수도 있다는 추측.

그렇게 되면 중국과 미국 사이의 태평양 전쟁이 벌어지게 될 거라며, 대한민국이 취해야 할 태도에 대해서 훈수를 두는 이들까지. 수천수만의 의견이 어지럽게 쏟아져 나왔고, 며칠 후 백악관 대변인의 공식 발표가 이어졌다.

"정의로운 나라 미합중국은 중화인민공화국의 불법적인 영토 획득을 바라만 보지 않을 것입니다. 이 일은 그저 시작일 뿐이며, 태평양 함대가 중국을 계속 감시할 것입니다."

기자들의 쏟아지는 질문을 뒤로하고 대변인이 퇴장해 방송이

종료되자, 중국에선 공산당의 외교부 대변인이 카메라 앞에 나서 카랑카랑한 말투로 미국에 대한 비난을 쏟아냈다.

세계 각국이 조심스럽게 사태를 관망할 무렵, 의외의 국가가 미국을 비난하고 나섰다.

"우리 일본 정부는 이번 사태를 유감스럽게 생각하며, 역사상 유일했던 피폭국의 입장에서 미국의 결정은 일미 양국 간의 동맹을 저해하는 행위이며, 핵무기 없는 세상을 꿈꾸는 당국의 이념을……."

아직도 자신들이 전범국이 아닌 피해자라 믿고 있던 일본 정부의 입장은 자신들에게 양해도 없이 핵 공격을 한 미국과 거리를 두는 것이었다.

핵 공격을 받았다곤 하지만, 미리 경고를 받고 인공섬 건설 현장에서 미리 인력을 대피시켜 사상자가 없었던 중국은 일본의 심정을 이해한다며 아시아끼리 뭉쳐야 한다는 태도를 보였다.

한편, 반중국 정서가 극에 달했던 대한민국에선 생방송 토론에서 정확한 소식을 알려주었던 젊은 초선의원 이유정의 인기가 나날이 높아져 갔다.

"그러길래, 제가 뭐라고 했습니까! 이번 사태는 어디까지나 중국의 잘못입니다."

생방송 시사프로에 출연한 이유정이 중국을 비난하자, 사회자가 조심스러운 태도로 답했다.

"그래도 어디까지나 선제공격을 당한 건 중국이 아닙니까?"

"그건 자업자득이지요. 암초를 멋대로 섬으로 바꾸고 자기네 땅이라고 우기는데, 지난 20년 동안 그들이 건설한 인공섬의 수만 해도 무려 30여 개에 달합니다."

"그런데 막상 남해와 난사군도에서 피해를 본 당사자는 베트남과 필리핀이 아닙니까. 미국이 너무 지나친 대응을 했다고 생각하진 않으십니까?"

"남해라니, 사회자님께선 지금 중국의 편을 드십니까? 남해는 중국에서 자국의 내해로 지정해 멋대로 부르는 명칭입니다. 정식 명칭인 남중국해로 정정해 주시지요."

"예, 그렇게 하겠습니다. 아무튼, 일각에선 재선을 노리는 미 대통령이 벌인 사건이란 말도 있습니다."

"미국은 중국의 불법적인 인공섬 건설을 멈추라고 몇십 년 전부터 경고했어요. 이번에도 신사적으로 공격을 알리고 인력을 전부 철수할 시간까지 줬습니다. 한데, 저들은 전혀 반성하고 있지 않습니다. 일본도 마찬가지예요. 어디서 감히 뻔뻔하게 피해자를 자처하면서 중국과 손을 잡아요?"

"그럼 이유정 의원의 의견은 대한민국이 앞으로 어떻게 나가야 한다는 겁니까?"

"우린 어디까지나 혈맹인 미국을 지지해야 합니다. 그리고 멋대로 기생하면서 나라를 분열시키는 불법체류자를 몰아내야죠."

"이번 일을 계기로 이유정 의원께서 대권 주자로 나선다는 소문이 있습니다. 여론도 의원님께 호의적이고요. 어떻게 생각하십니까?"

"전 아직 젊고 정치 경험도 미천합니다."

"그래서 대권론에는 관심이 없다는 뜻입니까?"

"하지만, 저를 지지하는 국민 여러분들이 뜻이 그렇다면 따를 수도 있지요. 가능성은 열려 있다고 생각하시면 될 겁니다."

그 순간, 방청석에선 박수와 함께 환호가 쏟아졌고 사회자는 당황한 표정으로 클로징 멘트를 이어갔다.

"예, 이유정 의원과 함께한 특집을 이만 마치겠습니다. 늦은 시간까지 시청해 주신 분들께 감사의 말씀 올리며 이만 물러가 겠습니다."

중국과 미국의 충돌 이후 대한민국의 여론은 극적으로 변하기 시작했다.

백인을 제외한 외국인에 대한 혐오가 도를 넘었고, 출입국도 발 빠르게 움직여 불체자 단속을 늘렸다.

한편, 중국과 미국의 대립이 한때의 해프닝이라고 생각했던 철수도 어느덧 시간이 흘러 대학생이 되었고, 대세로 떠오른 이유 정은 차기 대선에서 마흔 중반의 나이에 대통령으로 당선되었다.

생각지 못한 일본의 태도 변화로 아시아 방위선에 차질을 빚은 미국은 새 대통령을 지지하며 힘을 실어주었고, 이례적으로 취임식 직후 양국 정상회담까지 열렸다.

"아, 씨, 귀찮게 왜 주민등록증을 다시 만들래?"

"안 하면 벌금이래. 그러니까 영희하고 다녀와."

"야, 너도 주민등록증 만들 나이냐?"

"그래! 나도 이제 성인이다."

"고삐리 주제에 성인은 무슨. 대학이나 들어가고 그런 말해라."

"야, 니가 주민등록증 받았을 때 뭐라고 했어! 이제부턴 으른 이라고 가까이 오지 말라매!"

"울지 말고 천천히 말해. 뭐라고?"

"아, 씨, 짜증나. 너 혼자 가."

"싸우지 말고 빨리 다녀와!"

남매는 어머니의 성화로 동사무소에서 도착했고, 예상과는 다른 광경을 보게 되었다.

"저기요. 주민등록 하는 데 혈액이 왜 필요해요?"

"이번에 관련 법이 개정되어서요. 이젠 지문 대신 유전자 정보를 수집해서 데이터베이스에 저장하게 되어 있습니다. 앞으로 민원인님이 긴급한 사고를 당해서 수혈이 필요할 때도 도움이 될 거고요. 또 향후 개발될 기기와 연동해 각종 질병을 조기에 파악해서⋯⋯."

집에서 게임하고 싶은 생각이 가득했던 철수는 결국 직원의 말을 대충 흘리며 답했다.

"예, 예. 여기 앉으면 되는 거죠?"

"예, 잠시만 기다려 주시면 끝날 거예요."

결국 철수와 영희가 새로운 방식의 주민등록을 마치고 집에 돌아오자, 아버지와 어머니가 싸우고 있는 걸 보게 되었다.

"왜 당신 멋대로 애들을 거기 등록해!"

"내가 뭘 잘못했길래, 이런 소릴 들어야 해? 안 하면 벌금이라잖아. 그리고 나도 당뇨 있잖아, 애들도 걸리면 어쩌려고? 조기에 발견할 수도 있다는데 대체 왜 그래?"

"그게 앞으로 어떻게 쓰일 줄 알고⋯ 하아."

"다녀왔습니다."

"어, 왔어? 배고플 텐데 밥 먹자."

남매는 부모님이 싸운 이유를 알 수 없었다.

그리고 다음 해, 철수는 아버지가 출근하는 날이 점점 줄어들고 있음을 알게 되었고, 어느 날 술에 취한 아버지에게 부름을 받았다.

"저기, 아들. 아빠가 할 말이 있는데……."

"네, 아버지. 말씀하세요."

"그게… 아빠가 요즘 일이 줄어서 사정이 조금 힘들어. 그러니까… 당분간 군대에 가 있는 건 어떻겠니?"

"1년만 있으면 졸업인데, 그때 다녀오면 안 될까요?"

"너도 알다시피 네 동생이 이젠 수험생이잖니. 그 아이 학비도 감당하기가 힘들다……."

한참을 고민하던 철수는 어쩔 수 없이 아버지의 뜻을 따르기로 마음먹었다.

"예, 이번 학기 마치고 휴학계 낼게요."

"그래, 딱 일 년만 고생하고 와. 고맙다."

대한민국 군대의 복무 기간은 일 년으로 줄어든 상황이었고, 봉급을 비롯한 생활 개선도 많이 이뤄져 일 년짜리 아르바이트 뛰고 온다는 생각으로 입대하는 이들도 있었다.

대체복무 방안도 늘어, 군대가 옛날 같지 않다는 이야기도 나오고 징병제 폐지에 대한 여론도 자주 나오곤 했다.

그러나 철수가 휴학계를 내고 입대 신청을 할 무렵, 이변이 일어났다.

핵 공격 이후로 부쩍 가까워진 중일 양국이 범아시아 조약기구를 창설하고 동시에 전략적 동맹조약을 체결하자, 날이 갈수록 세습 통치에 힘겨워하던 북한이 거기 동참한 것이었다.

중국은 그런 북한의 지지에 경제와 군사적 지원으로 답했다.

결국 주변 나라에 둘러싸여 고립되다시피 한 대통령 이유정은 특별 조치를 실행했다.

대대적인 군 복무 기간의 확대와 더불어 급료 축소.

사병들은 한 달에 십만 원도 안 되는 봉급을 받게 된 것이었다.

최저 시급의 3분의 2가량의 급료를 받던 현역 병사들은 반발했지만, 대통령은 간부들의 급료는 소폭 상승시켜 직업군인들의 지지를 끌어냈다.

결국 선진화 병영이란 명목으로 개선되었던 군대는 2000년대 초반과 다름없는 상황으로 돌아갔고, 현역들은 군대의 특성상 불만을 대놓고 표출하진 못했다.

대통령의 인기로 말미암아 압도적으로 총선에 승리한 여당은 단독으로 법안을 수정할 힘을 쥐고 있었다.

거기에 대통령이 하는 일이라면 무조건 따르는 여론과 시민들의 지지와 더불어 나날이 늘어가는 북한의 도발 덕에 관련 법안은 빠르게 통과되었고, 철수는 결국 3년간의 의무복무를 해야만 했다.

철수는 과 선배들에게 들었던 훈련소 이야기와 차원이 다른 훈련을 소화해야 했고, 요즘 것들은 하나같이 나약하다는 나이든 간부들의 비아냥을 들어야 했다.

그리고 자대에 배치되자, 미군식으로 변했던 유격훈련도 옛 방식대로 돌아갔다.

40㎞가 넘는 유격 행군 코스와 더불어 교육생은 이름 대신 올빼미로 불리고, 지옥과도 같은 반복 구호와 열외 등, 철수와 동기들은 속으로 대통령을 욕하며 훈련을 받았다.

철수는 단 한 번만이라도 유격 조교가 되고 싶어 따로 지원도 해봤지만, 그럴 기회는 주어지지 않아 한으로 남았다.

철수는 끝이 보이지 않는 괴로운 군 생활 동안 많은 일을 겪었다.

먼저 첫 휴가에서 사귀고 있던 여자친구에게 차였다.

커피 향이 은은히 감도는 카페에서 아무렇지도 않게 이별을 통보받은 그는 그날 가게가 문을 닫을 때까지 움직이지 못했다.

그 후엔 인력난으로 인해 손수 많은 일을 혼자 도맡아 하던 철수의 아버지가 건설 현장에서 사고로 죽었다.

회사는 최근 개정된 법을 근거로 내세워 그의 죽음을 산업재해로 인정해 주지 않았고, 도의적 보상이라며 본래 지급받아야 할 금액의 절반 정도를 주고 합의할 것을 종용했다.

거기에 굴복하지 않은 철수의 어머니는 회사를 상대로 소송했고, 남은 가족을 위해 바쁘게 일을 하며 법정에 출석했다.

결국 철수의 어머니는 과로로 인해 지병인 당뇨가 악화되어 급성심근경색으로 세상을 떠났다.

그 일로 충격을 받은 영희는 힘들게 간 대학을 자퇴하고 집안에 틀어박혀 부모가 남기고 간 유산으로 살아갔다.

휴가를 나가도 동생의 얼굴 한번 제대로 보지 못한 철수는 길었던 삼 년간의 복무를 마치고 취업 전선에 뛰어들었지만, 대학 중퇴자인 그를 써주는 회사는 없었다.

철수는 가족에게 닥친 불행들을 생각하며 세상을 원망했고, 곁에 있지 못한 자신을 원망했다.

그리고 무엇보다, 삼 년의 삶을 빼앗아간 군대와 정부를 증오하게 되었다. 그 후 철수가 아르바이트로 연명하며 동생을 먹여 살리게 된 몇 년 동안 많은 변화가 생겼다. 언론에선 세계 최초로 대한민국이 새로운 기술을 발명했다고 호들갑을 떨었다.

인간의 의식을 일부나마 데이터로 변환하는 데 성공한 것이다.

사람에게서 복사된 인격은 새로운 AI 기술 개발에 박차를 가했고, 관련된 회사들은 주식시장에서 엄청난 상승세를 타기 시작했다. 그러나 먹고살기 바빴던 철수는 거기에 별다른 반응을 보이지 않았고, 당뇨 때문에 돌아가신 어머니처럼 되지 않기 위해 꾸준히 운동하는 것이 유일한 취미가 되었다.

어느 날, 방문을 열고 나타난 영희는 통보하듯 오빠에게 선언했다.

"취직하겠다고?"

"그래, 해야 할 일이 생겼어."

"나오겠단 건 좋은 일인데, 대체 무슨 일 하게?"

"그건 내가 알아서 할 일이고. 아무튼 머리 자르게 돈 좀 줘."

한때 부모님의 유산을 낭비했던 동생은 오빠에게 용돈을 타고 있었다.

"지난번에 보내준 건?"

"다 쓰고 없어."

"그래, 계좌로 보내줄게."

철수가 스마트폰을 꺼내 뱅킹 앱을 실행하려고 하자, 영희는 얼굴을 찌푸리며 물었다.

"뭐야, 너 아직도 칩 없어? 누가 요즘에 그런 걸 써."

"…돈 아까워서. 한 푼이라도 아껴야지."

"그게 얼마나 한다고, 밖에 거의 안 나가는 나도 있는 건데."

영희가 말하는 칩은 체내에 이식하는 마이크로칩이자, 스마트폰을 대체하는 차세대 기기다.

간단한 조작으로 시신경에 작용해 인터페이스를 띄워 사용자의 명령에 반응하고, 사용자의 건강상태 등을 감지해 관리하기도 한다.

또한, 정부가 수집한 유전자 정보와 연동해서 범죄 단속에도 도움을 주고 있기도 했다.

영희는 그날부터 적극적으로 살았고, 오빠는 그런 동생의 변화를 나름 기뻐했다.

부모님이 돌아가신 후 손에 꼽을 정도로 대화가 적었던 남매가 조금씩 말문을 텄고, 나름대로 예전의 모습을 되찾아간 것이었다.

그리고, 2년 후 철수가 힘겹게나마 조그만 회사에 취직한 날 동생은 목숨을 끊었다. 졸지에 가족 모두를 잃은 철수는 영희의 유서를 읽고 망연자실해졌다.

그녀는 새로 개발된 사후 세상, 즉 인간의 의식을 데이터화해 저장하고 가상의 공간에서 살아가는 프로젝트 애프터 라이프에 참여해 그 속으로 들어갔다는 이야기가 담담한 필체로 적혀 있었다. 유서 마지막엔 웹주소가 적혀 있었고, 거기로 자신을 찾으러 오라는 문장으로 마무리되었다. 철수는 어째서 자기가 이런 일을 겪어야 하는지 의문을 품고 분노를 쏟아냈다.

그동안 달라지고 있던 세상에 별다른 관심이 없던 그는 그날부터 동생이 무슨 생각을 했는지 알려보려고 애썼다.

그리고 그녀가 칩 이식 전에 쓰던 스마트폰을 되살려내 몇몇 친구들과 나눈 메신저나, SNS의 비밀글들을 보곤 큰 충격을 받았다. 그녀는 지독한 우울증을 앓고 있었고, 자신에게 말도 없이 병원에 다니고 있었던 것이다.

목숨을 끊으려 시도했던 것도 수차례, 하지만 전부 실패했고 마지막으로 목을 매려 했지만 홀로 남겨질 자신 때문에 포기했었다는 이야기.

그렇게 어쩔 수 없이 살던 그녀에게 희망이 생겼다고 한다.

괴로운 현실에서 벗어나 살 수 있는 또 다른 세상, 애프터 라이프야말로 그녀가 꿈꾸는 이상의 장소였던 것이다.

그 후론 실험에 관한 이야기라든가, 이해하지 못하는 프로젝트 이야기가 언급되자, 철수는 그녀가 유서에 남겨둔 웹주소를 찾아갔다.

컴퓨터로 접속 가능한 클라이언트를 설치하고 웹캠을 연결한 철수는 칩이 없어서 복잡한 인증 절차를 거쳐, 또 다른 세상 애프터 라이프 2.0에서 살아가고 있는 동생과 재회했다. 그렇게 재회한 동생은 생전과는 달리 활달한 표정을 짓고 있었다.

"아, 왔어?"

"…내게 말이라도 한마디 해줄 수 있었잖아."

"반대할 게 뻔하니까. 다물고 있었지."

"거기에서의 생활은 즐겁냐?"

"응, 여기선 내가 원하는 모습으로 바꿀 수도 있고, 거추장스러운 몸도 없으니 날아갈 거 같은 기분이야."

"네가 우울증 앓고 있던 것도 난 전혀 몰랐어."

"이제 지난 일이야, 오빠 잘못은 없어."

생전 처음으로 동생에게 오빠라고 불린 철수는 뭐라 표현할 수 없는 감정을 느끼며 힘겹게 질문을 이어갔다.

"그냥 백업만 하고 늙어가는 방법도 있었잖아. 왜 목숨을 끊은 거야?"

"인격을 데이터로 변환한 시점에서 내 육체는 빈 껍질이나 다름없어. 만에 하나 이쪽에 의식을 유지하고 그쪽 세상에 남는다 해도 내가 둘인 거나 마찬가지잖아. 그건 좀 그렇지 않아?"

"너랑 같이 지내는 사람은 많아?"

"지금은 20명 정도?"

"거기서 친구는 생겼고?"

"아니, 아직은. 그래도 괜찮아. 여기 팀장님이 조만간 여럿이 들어올 거라고 하셨어. 엄마, 아빠도 여기 계셨다면 좋았을 텐데."

철수는 끓어오르는 감정을 토해내고 싶었지만, 행복하게 산다는 동생의 기분을 망치기 싫어 참았다.

"넌… 아니다. 자주 보러 올게."

"그래, 오빠도 나중에 돈 벌어서 와. 너무너무 좋아."

철수는 그날부터 동생을 살펴야겠다던 삶의 목적을 잃고, 기계적으로 살았다.

그저 살아 있으니 먹고, 운동하고, 자고 일어나 돈을 벌고.

한편, 애프터 라이프 2.0의 성공은 금세 널리 알려졌고, 사회적으로 엄청난 파장을 불러일으켰다.

인간의 생로병사를 초월했다는 평가에서부터, 데이터가 된 시점에서 사람으로 인정할 수 없다는 의견까지.

세계 각국에선 기술을 탐내며 제휴나 구매를 원했지만, 대통령의 대답은 다음과 같았다. 해당 기술은 우리나라만의 고유한 특허 기술이고 대한민국 국민들을 위한 기술이니, 먼저 혜택을 보는 건 자국의 사람들 우선이라고.

이후 애프터 라이프 2.0는 사후복지제도라는 이름으로 법안이 상정되었고, 여론은 이 기회에 유명무실해진 국민연금을 폐지하자며 정부의 정책을 지지했다.

이젠 나이가 들어 죽을 날만을 기다리던 연예인과 유명인들은 사후복지제도의 좋은 선전 대상이 되었다.

가상의 공간에서 전성기 시절의 외모를 되찾은 배우들은 티하나 없이 맑은 피부를 뽐내며 광고에 출연했고, 미래는 애프터 라이프에 달려 있다며 국민들을 유혹했다.

가상공간 속 스타들의 섭외는 비싼 돈이 필요하지 않았고, 제작사들도 기존의 방식보다 손쉽게 영화나 드라마를 만들 수 있었다.

값비싼 카메라와 촬영 장비, 그리고 스튜디오도 필요 없고 의상부터 배경 모든 것을 원하는 대로 만들 수 있었기 때문이다.

덕분에 비싼 제작비로 인해 쇠퇴해 가던 사극 장르가 활성화되었고, 배우들의 아역조차 필요 없기에 수많은 양작이 쏟아져 나왔다. 전성기 시절의 기량을 되찾은 가수들은 자신의 채널을 개설해 폭발적인 조회수를 기록했다.

결국 애프터 라이프 2.0으로 인해 현실 세상에서도 잊혔던 옛 스타들이 유명세를 되찾았고, 무한한 가능성이 열린 새로운 시대를 맞이했다며 모두가 열광했다. 그 덕에 할리우드의 스타들도 진지하게 한국으로의 이민을 고려하고 있는 실정.

그로부터 몇 년 후 시험적으로 운영되던 사후보장제도는 전 국민을 대상으로 확대되었고, 국민연금보다 몇 배는 더 비싼 세금을 납부하게 되었지만, 불만을 가지는 이들은 없었다.

여당에 불만을 가진 나이 든 계층도 지금은 태도를 바꿔 절대적인 지지를 보내고 있는 실정이었다.

외국에선 한국의 사후보장제도와 더불어 애프터 라이프 도입을 원한다는 요청이 끊이지 않았고, 한국이 부럽다는 리액션 영상을 올리며 한국 사람들을 흡족하게 하곤 했다.

2058년, 여전히 칩 대신 구형 스마트폰과 컴퓨터만으로 살아가던 철수는 어느 날 예상치 못했던 방문자를 맞이하게 되었다.

"안녕하세요, 정철수 씨."

동생과 대화 중에 현관으로 나온 철수는 귀찮다는 듯 손을 저으며 답했다.

"누구시죠? 제 이름은 어떻게 아시고? 종교나 이상한 기기 권유하러 온 거면 가주시죠."

"그런 거 아니니, 긴장 푸시고요. 일단 제 말부터 들어보시죠."

"그쪽 용건이 뭔지는 모르겠지만, 됐습니다."

"만약, 철수 씨의 불행을 되돌릴 수 있다면 어떻게 하시겠어요?"

"뭐? 당신이 뭘 안다고 그딴 말을 지껄여? 안 나가면 경찰 부른다?"

"누구보다 현 정부를 증오하는 사람이 경찰을 부르겠다고요?"

"…너, 대체 누구야."

"당신의 소원을 이뤄줄 사람이라고 하죠. 아무튼 반갑습니다. 고귀한 혈통의 계승자님."

철수는 정체불명의 여자와 만났고, 이후 자신이 현재 상황을 되돌릴 수 있는 특별한 자격을 갖췄음을 깨닫게 되었다.

*          *          *

집 안으로 들어온 여자의 이야길 듣던 철수는 한숨을 내쉬며 답했다.

"그래서 당신의 말을 정리하자면… 내가 선택받은 핏줄을 타고났고, 시간 여행을 해야 한다는 건가?"

"예, 보기와 다르게 이해가 빠르시군요."

철수 역시 예쁜 얼굴로 독설을 던지는 여자에게 뭐라 하고 싶었지만, 적당히 참아 넘기며 답했다.

"내가 세상 돌아가는 데 관심이 없는 편이긴 한데, 말도 안 되는 소리를 믿을 정도로 순진하진 않은데."

"갑자기 이런 이야길 들으면 누구든 그렇게 생각하실 겁니다. 한데, 철수 씨는 어릴 적에 지금과 같은 사회를 상상해 본 적은 있으세요?"

"그게 무슨 뜻이야."

"사람의 의식을 데이터로 만들고, 정부의 통제하에 관리가 되는 세상 말입니다. 지금이야 다들 당연하게 여기고 있지만, 수십 년 전만 해도 영화에나 나올 법한 이야기나 다름없었죠. 그것과 마찬가지입니다."

"그래서… 시간 여행이 실재한다는 건가?"

"예, 그리고 철수 씨가 사는 이 세상은 시간 여행자가 바꿔버

렸습니다."

"지금 내가 사는 세상이 누군가에 의해 바뀐 상태라고?"

"예, 이상하다고 생각하지 않으셨어요? 세계 어느 나라도 발명하지 못했던 첨단 기술들이 대한민국에서만 계속 나오는데."

"당신이 말한 시간 여행자가 대체 누군데?"

"전임 대통령 이유정입니다."

군대 때문에 이유정에게 증오를 품고 있던 철수가 얼굴을 찌푸렸다.

"그 새끼가 시간 여행자였다고? 확실해?"

"예, 맞습니다. 그리고 전 멋대로 자신의 권력이나 욕망을 위해 거대한 흐름을 거스르는 범죄자들을 단속하는 임무를 맡고 있지요."

"그 말은 당신이 경찰이라는 건가?"

"그건 아닙니다. 따지고 보면 비공식 조직에 가깝죠. 그리고 저와 같은 사람들이 몇 명 더 있습니다. 저는 이유정이 바꾸지 않은 미래에서 왔고요."

철수는 그거야말로 말도 안 되는 이야기라고 일축하며 반박했다.

"그럼, 날 찾아올 필요 없이 당신들이 시간을 거스른 범죄자를 찾아가서 미리 처단하면 될 문제 아닌가? 아니면 과거로 연락을 하던가."

"저도 그러고 싶지만, 사람을 과거로 보내는 문제는 그렇게 간단한 게 아니고… 제 경우엔 관리자에 가깝습니다. 그리고 달라진 시간 선마다 실시간으로 소통하는 건 불가능에 가깝습니다."

"시간 여행이 왜 힘든데?"

"시간 여행이 최초로 개발되는 것은 지금으로부터 20여 년 후입니다. 그리고 철수 씨가 생각하는 것처럼 자기 몸을 가진 채 시간을 거스를 수도 없어요. 대상자의 육체를 고스란히 보존해서 과거로 보내려던 시도는 전부 실패했지요."

"왜?"

"제가 철수 씨에게 복잡한 전문 기술적인 걸 설명해 봐야 이해하실 순 없을 것 같으니, 간단하게 말씀드리죠. 사람의 몸이 그 과정을 버틸 수 없기 때문입니다."

"그럼… 시간 여행이 어떤 식으로 이뤄지지?"

"사람의 의식을 정보 사념체로 변환해서 과거로 전송하고, 적합한 목표의 육체를 강탈하는 방식으로 이뤄집니다."

"뭐? 남의 몸을 빼앗는다고?"

"예, 보통은 과거의 자신이 가장 적합한 대상이고, 윤리적인 문제에서도 자유롭죠."

"그럼 당신도 과거의 자신의 몸을 빼앗은 거야?"

"그건 자세히 말씀드릴 수 없군요."

"만에 하나, 뭔가 잘못돼서 과거의 자신이 없으면 어떻게 해?"

"좋은 질문이십니다. 제가 철수 씨에게 부탁드리고 싶은 이야기도 연관이 되어 있고요."

"일단 대답부터 해."

"예, 유전자 정보가 어느 정도 일치하는 대상을 찾아 자아를 지우고 덮어쓰기를 하는 겁니다."

"가족이나 뭐, 친척들 같은 대상으로?"

"예."

"아까 그쪽이 말한 건, 내가 친척들에게 들어가야 한다는 뜻인가?"

"뭐… 따지고 보면 목표 대상과 조상이 같으니 딱히 틀린 말은 아니겠네요."

"대체 누굴 대상으로 삼길래 그러지?"

"좀 전에 말씀드린 전임 대통령 이유정입니다."

전혀 생각지도 못한 대상에 철수는 황당함을 느끼며 되물었다.

"내가 그 자식과 먼 친척이라고? 성씨도 다른데?"

"두 사람 다 뿌리는 하나입니다. 조선 왕가에서 갈라져 나온."

"나… 아니, 우리 집안이 조선 왕가랑 연관이 있었어? 그걸 당신이 어떻게 알아?"

"뭐 잘 모르시겠지만, 미래엔 현재와 과거를 아우르는 유전자 지도가 있습니다."

철수는 잠시 고민하다가 되물었다.

"그걸 어떻게 만들었는데? 죽은 사람들 무덤과 왕릉이라도 파헤친 건가?"

"설명하기 복잡한데, 무덤을 전혀 손상하지 않고 조사할 방법이 있었다고만 알아두시면 됩니다."

"그래서, 내 조상이 대체 누군데?"

"으음, 가장 유명한 분 중에선 세종대왕님하고 태조 이성계 정도겠네요."

자신의 핏줄 따윈 전혀 생각조차 해보지 않았고 역사에 무지했던 철수는 누구나 다 아는 이름이 언급되자, 자신도 모르게 가슴이 벅차올랐다.

"진짜?"

"예, 진짭니다."

"그럼 어째서 우리 집안이 이씨가 아니라 정씨 성을 가진 건데?"

"으음… 어디서부터 설명을 해야 하나. 조금 긴 이야기가 될 것 같네요."

"시간도 마음대로 돌릴 수 있다면서 느긋하게 해보지그래?"

"시간 여행에 대해 아직 아무것도 이해하지 못하신 모양이군요. 아무튼 설명은 말로 하는 것보단 이걸 받아 이식하는 게 빠를 겁니다."

여자가 품 안에서 꺼낸 자그만 상자를 본 철수는 거부감을 느끼며 답했다.

"그게 뭐야? 혹시 나한테 칩이라도 주려고?"

"아니요. 칩이란 건 제가 드리려는 것을 열화한 모조품에 가깝습니다. 제가 드리는 선물은 그런 것과는 차원이 달라요. 잠시 고개를 들어보세요."

"아니, 난 아직 준비가 안 되었는데, 그렇게 수상한 걸 덥석 받을 생각도 없고."

"걱정하지 마시죠. 통증 같은 건 없을 겁니다."

여자가 상자 안에서 작은 앰풀 같은 것을 꺼내 들고 철수에게 가까이 다가왔다.

"어? 자, 잠깐."

복무 기간 3년을 기다릴 수 없다며 자신을 차버린 첫 여자 친구 이후, 솔로로 지내던 철수가 얼굴을 붉히자 그녀는 상대의 머리채를 잡아 고개를 강제로 젖혔다.

"아, 아파! 지금 뭐 하는 거야?"

"힘 빼세요. 그래야 안 아프답니다."

누가 들으면 오해할 말을 아무렇지도 않게 한 여자가 다른 한 손으로 앰풀을 개방하자 투명한 무언가가 흘러내려 철수의 콧구멍 안으로 흘러 들어갔다.

섬뜩한 이물감에 몸부림치려던 철수는 여자의 주짓수 기술에 제압되어 옴짝달싹할 수 없었고, 이내 의식을 잃었다.

그리고 잠시 후, 눈을 뜬 철수는 그가 이제껏 보고 있던 세상과 다른 시야를 얻게 되었다.

알아보기 힘든 복잡한 화면이 눈앞에 떠올랐고, 생각만으로 수많은 지식이 떠올랐으며 실시간으로 인터넷에 연동할 수 있었다.

수없이 쏟아 들려오는 정보에 아찔해진 그가 잠시 정체성의 혼란을 겪자, 여자가 철수의 움켜쥐었던 머릴 상냥하게 쓰다듬으며 말했다.

"처음엔 어지러울 수 있습니다. 의식을 한군데 집중하고, 차단 모드를 발동하십시오."

철수는 여자의 말대로 따라 했지만, 마음처럼 되지 않았다.

결국 10여 분 만에 간신히 의식을 집중해 홍수처럼 쏟아지는 정보를 차단한 철수는 평소의 자신으로 돌아올 수 있었다.

"이게 대체 뭐야……?"

자기가 누군가의 무릎을 베고 있다는 사실도 잊을 정도로 혼란스럽던 철수에게 여자는 자랑스러운 표정으로 답했다.

"정식 명칭은 스피릿 뉴로 인터페이스라고 합니다. 기분이 어때요?"

시신경으로 이어진 인터페이스를 통해 사물의 정보가 인터넷으로 연동되어 보이자, 철수는 솔직하게 자신의 심정을 털어놓았다.

"어우, 머릿속에 거대한 전자사전이 들어온 기분인데."

"그걸 겨우 사전에 비유한다고요? 감성이 참 틀따……."

철수는 자신을 노골적으로 경멸하는 눈빛으로 바라보는 여자의 무릎에서 벗어나며 그녀의 말을 끊었다.

"아무튼, 아까 그쪽이 설명하려던 거 찾아보려면 어떻게 하면 돼?"

이후 여자의 복잡한 설명을 들은 철수는 이해가 되지 않아 고개를 저으며 되물었다.

"그냥 일반적인 컴퓨터처럼 쓰는 방법은 없어?"

"하, 아까 사전이니 뭐니 할 때부터 짐작은 했지만, 정말 구시대적인 생각만 하시네요. 사고의 연동이나 시선으로 검색하면 될 걸. 조선시대 사람을 데려다 놔도 철수 씨보단 잘할 겁니다."

"솔직히 그건 아니지. 아무튼 익숙해질 때까지만이라도 내 방식대로 할래."

결국 철수는 여자로부터 가상의 키보드를 생성하는 방법을 배웠고, 웹 서핑 하듯 지식을 얻을 수 있었다.

그리고 잠시 후 철수는 유전자 지도를 통해 자신이 세종대왕의 손녀 경혜공주의 아들 정미수의 먼 후손임을 알게 되었다.

"그런데, 기록상으론 정미수에게 후손이 없다고 하던데, 어떻게 나까지 핏줄이 이어진 거야?"

"꼭 결혼해야만 애를 낳을 수 있는 건 아니지 않습니까. 그 나이 먹도록 이렇게 순진해서야… 혹시 경험 없으세요?"

철수는 순간 발끈했지만, 이내 무시하는 것이 답이라 여기며 말을 이어갔다.

"아아. 그런 거구나. 우리 조상님도 할 건 다 하고 다녔네."

"뭔가 착각하고 계시나 본데, 조선 초기엔 지금보다 성 관념이 더 개방적이었어요."

"뭐? 그럴 리가 없잖아. 남자가 부엌에 가면 그게 떨어진다고 하는 게 조선시대 아냐?"

"이렇게 무지할 거라곤 생각 못 했는데… 아무튼, 제가 드린 거로 공부 좀 하세요."

"…역사에 관심 없으면 모를 수도 있지. 아무튼 내가 알 필욘 없는 거잖아?"

"네, 그래도 조상님이 어떻게 살았는지 정도는 알아두시는 게 좋을 겁니다."

이후 역사에 관심이라곤 전혀 없던 철수는 정미수에 대해 검색했고, 계유정난의 주범이자 그의 어머니, 경혜공주를 불행하게 만든 세조에게 좋지 못한 감정을 품게 되었다.

"이제 목표 대상인 이유정에 대해 알아보시죠."

"이미 찾아봤어. 그는 세종대왕님의 아들 영응대군의 후손이었네."

"예, 맞습니다. 그런데, 진짜 그의 정체가 이유정이라곤 장담할 수 없지만요."

"그건 무슨 소리야?"

"그 안의 내용물은 다른 사람일 수도 있다는 겁니다."

"너도 그의 정확한 정체를 몰라?"

"예."

"네가 가진 기술로도 파악 못 한 거야?"

"네, 그리고 과거로 온 시점에서 쓸 수 있는 장비도 제한되어 있고요."

"그럼 그가 시간 여행을 한 건 어떻게 알고?"

"저, 그리고 우리는 항상 모든 유명 인사의 행적을 추적하고 확인합니다. 특히나 소설 속 인물처럼 세상의 중심에 서 있는 이들을요."

"그래서?"

"오랜 시간 그를 관찰해 온 결과, 희미한 시간 이동의 흔적을 잡아낼 수 있었지요. 그리고 그의 지난 행보를 종합해 시간 여행자로 결론지은 겁니다."

철수는 여자의 긴 설명과 추측을 들으며, 이유정의 과거, 그리고 목적에 대해서도 알게 되었다.

그는 인터넷 화폐가 유행이던 시절, 어린 나이에 미래의 지식을 이용해 선점했다가 최고 가치에 도달했을 때 정리해 큰돈을 벌었다. 이후 유망한 주식에 투자하고 회사를 인수·합병해 가며 고작 20대의 나이에 성공한 자수성가 기업인이 되었다.

그리고 40대엔 정치로 방향을 선회해 대중의 인기를 끌고, 토론회에 나서서 핵 공격의 정보를 알리며 대선주자가 되었다.

여자는 그거야말로 전형적인 시간 여행자가 아니라면 할 수 없는 행동이라며, 설명을 이어갔다.

나라를 장악한 그는 시간 여행에 관련된 기술을 일부 응용해 애프터 라이프를 완성하고, 사후보장제도를 사회의 일부로 만든 것이며 국민들을 데이터로 만드는 시점에서 그들의 생사는 애프터 라이프 2.0의 실소유자 이유정에게 귀속된다고.

여자는 이유정의 궁극적인 목적을 추론해 철수에게 말했다.

현실과 가상공간의 경계가 희미해질수록 이유정은 불멸의 권력을 손에 쥐게 되며, 실험 과정에서 불법적인 일도 여러 번 저질렀다고. 현재 애프터 라이프의 버전이 2.0인 이유는 철수의 동생같이 삶을 포기했던 이들을 모아 실험하다가 대부분이 실패해 사망했고, 거기서 얻은 데이터를 기반으로 안정된 기술을 완성한 것이었다.

그러나 지금의 애프터 라이프도 완전치 않은 것이, 1,000명 중에 한두 명은 인격 전송에 실패하고 빈껍데기가 되어 완전한 죽음을 맞이한다.

그렇게 생긴 공백은 비슷한 사람들의 인격을 일부 이용하고, 생전의 상담기록을 토대로 제작한 AI를 이용한 편법으로 메꾸는 것이다. 모두가 이상적인 세상이라고 말하지만, 사실은 소유자에 의해 구성원들을 마음대로 조작할 수 있는 허상에 불과했던 것.

여자의 예상으론 현행법상 5년의 임기를 마치고 물러나야 했던 이유정은 다시 한번 대통령 자릴 노리고 있다고 한다.

실제로도 과반을 차지한 여당을 움직이고, 나아가 여론몰이를 이용해 국민투표를 거쳐 헌법을 개정한 뒤 재선에 나서 종신 대통령 자리에 오르는 것이 그의 진정한 목적이다.

철수는 길었던 설명을 듣곤, 기계가 지배한 가상공간 안에서 살아가는 고전 SF영화를 떠올렸다.

인류를 생체발전기로 삼는 기계 군단 대신 절대적인 권력자가 그 위에 있다는 점이 다르긴 하지만, 철수가 보기엔 다를 것이 없다 느끼곤 그를 반드시 막아야겠다는 사명감에 불탔다.

철수는 눈치채지 못했지만, 그는 스피릿 뉴로 인터페이스를 이식받은 시점에서 자연스럽게 여자의 의도대로 생각하고 움직이기 시작했다. 막연히 거부감을 느끼던 시간 여행도 어느샌가 참가하는 것이 당연시되었다.

살면서 처음으로 목적이 생긴 철수는 시간 여행을 하기 위한 사전 지식을 되새기고, 각종 훈련을 받아가며 임무에 대비했다.

목표인 이유정의 과거 행적, 위치 등을 숙지하고 효율적으로 그를 제압할 방법부터, 철수의 개인적인 욕망으로 적절한 돈을 벌어둘 방법까지. 그리고 세월이 흘러 찾아온 시간 여행의 순간, 서울 교외에 위치한 창고에 도착한 철수는 덩그러니 놓여 있는 침대 같은 기구를 보곤 당황했다.

"여기 누우면 끝이야?"

"예, 영화처럼 거창한 기계를 기대하신 겁니까? 기대에 부응하지 못해 죄송하네요. 겉보기로라도 적당히 꾸며둘 걸 그랬나 봐요."

"내가 당신한테 뭘 기대하겠어. 여태 이름도 안 알려주는데 말이야."

"저랑 헤어지기 아쉬우신 겁니까? 그럼 가기 전에라도 진하게 한번 해드려요?"

전혀 생각지 못한 제안에 당황한 철수는 얼굴을 붉히며 고갤 돌렸다.

"헛소리 그만하고 시작이나 해."

"어? 설마, 진짜로 기대하신 건가요? 와… 그렇게 안 봤는데 완전……."

"그런 거 아닌데."

"그래요? 저도 나름대로 진심이었는데."

철수는 나름대로 여자와 오래 지냈지만, 여전히 속을 뚫어볼 수 없는 그녀에게 진저리를 치며 물었다.

"아무튼, 내가 해야 할 일이나 정리해 보자고."

"예, 최우선 목표는 이유정에게 접근해 그의 영자를 완전히 소멸시키는 겁니다."

"그래, 그걸 위해서 가상공간 속에서 시뮬레이션도 수백 수천 번 했지."

"만에 하나, 그게 불가능해지면 제가 훈련한 대로 과거의 철수 씨에게 들어가 이유정을 암살해야 합니다."

철수는 전역 후 운동을 쉬지 않았고, 여자에게 각종 전투기술을 배워 웬만한 성인은 금세 제압이 가능했지만, 과거의 그는 달랐다.

"흠… 그때의 난 평범한 학생이라고. 정말 해낼 수 있을지 의문이란 말이야."

"그러기 위해서 영자와 결합 가능한 나노 부스트를 가져가는 겁니다."

"그거 진짜 효과는 있는 거야?"

"예, 일시적이긴 한데, 짧은 시간 동안이나마 몇 배의 힘을 내주는 효과가 있습니다. 잘 응용하면 신진대사를 조절해 죽을 만한 부상을 회복시킬 수도 있고요. 대신 단 한 번뿐이니 신중하게 쓰셔야 합니다."

"효과는 영구적이고?"

"아닙니다. 그냥 일시적일 겁니다."

"'일 겁니다'는 또 뭐야."

"그건 제가 만든 것이 아니고, 나노 의학 쪽은 아직도 미지의 영역이니까요. 추측하건대, 사용하고 나서 효과가 다하면 몸이 좀 건강해지는 정도겠죠."

"내가 다시 돌아올 수 있는 건, 확실하지?"

"몇 백 년 전으로 가지만 않으면 아마도요."

"불길한 소린 집어치우고, 다녀오면 역사가 바뀌어 있을 거 맞아?"

"그건 저도 장담하지 못합니다. 저도 지금 이 시대에 머물러 있지만, 제가 살던 시간대로 돌아가 보지 못했으니까요."

"하, 그러니까 아무것도 장담할 수 없단 이야기네?"

"예, 솔직하게 말씀드리자면, 시간은 인류가 감히 통제할 수 있는 영역이 아닙니다. 평행세계 같은 이론도 있지만, 그 무엇 하나 제대로 증명된 것이 없으니까요."

"그럼 내가 과거로 돌아가 뭔가 한다 해도, 여기선 달라지는 게 없을 수도 있단 소리야? 그럼 아무 의미 없는 거 아냐?"

"전 그저, 의무를 다할 뿐입니다. 그건 그렇고… 동생분에게 마지막 인사는?"

"그 녀석을 보면 마음이 흔들릴 것 같아서 참을래."

철수의 쓸쓸한 표정을 본 여자는 처음으로 진심을 보였다.

"만에 하나 임무가 실패해도, 철수 씨는 과거에 남아 가족들과 함께 행복한 삶을 사셔도 됩니다."

"그것도 역사를 바꾸는 일인데, 조직의 단속 대상 아니야?"

"철수 씨가 큰 흐름을 바꾸지 않고 선을 지키면, 저의 재량으로 눈감아 드릴 수 있지요."

나름대로 미래의 지식을 이용해 돈을 벌 궁리를 했던 철수는 이미 모든 것을 파악당했던 것이다.

"…고마워."

철수가 자신도 모르게 눈물을 흘리자, 여자는 질색하는 표정을 지으며 답했다.

"철수 씨가 실패한다고 해도 다른 사람들을 보낼 생각이니까, 너무 부담 갖지 말란 소립니다."

"뭐야. 오직 나만이 특별한 거 아니었어?"

"뭔가 자신이 주인공이라고 착각하시나 본데, 옛 조선 왕가에서 갈려 나온 후손이 한둘인 줄 아십니까? 지금 후보로 점찍어 둔 대상만 해도 수백에 가까워요."

졸지에 황당해진 철수는 어처구니없는 표정으로 물었다.

"그럼 내가 선택된 이유는 뭔데?"

"제가 본 후보 중에서 가장 안쓰럽게 살고 있었으니까요. 기회를 드리고 싶었어요."

"그런 거였구나… 고마워."

철수의 진심 어린 감사에 살짝 얼굴을 붉힌 여자는 고개를 돌리며 답했다.

"…누워주세요."

침대에 누운 철수에게 여자가 각종 장치를 연결했고, 철수는 뉴로 인터페이스에 표시되는 메시지들을 보며 마음을 가라앉혔다.

아버지와 어머니의 얼굴을 다시 볼 수 있다는 기대에 부풀어 있던 철수는 서서히 의식을 잃었고, 잠시 후 데이터 스피릿 혹은 영자(靈子)라고 명명된 정보 사념체로 변환되어 육체에서 분리되기 시작했다.

철수는 말로만 듣던 유체이탈이 이뤄진 것 같아 신기한 기분을 느꼈고, 잠시 후 육체에서 완전히 분리된 철수의 영자가 전송기를 통해 과거로 가려고 하는 순간, 자신을 감시하던 여자의 꼬리를 잡은 이유정이 보낸 습격자들이 도착했다.

외골격 강화 슈트와 각종 화기로 무장한 이들이 창문과 문을 부순 다음 섬광탄을 투척했고, 뒤이어 연막탄을 투하하곤 열화상 탐지기를 통해 목표를 식별해 사격을 개시했다. 무방비하게 침대에 누워 있던 철수의 몸은 총알 세례에 벌집이 되었다.

한편, 자신의 뉴로 인터페이스와 나노 부스트를 이용해 상실했던 시각과 청각을 빠르게 회복한 여자는 기관단총을 꺼내 대응사격을 하곤, 황급히 전송을 마치기 위해 기기를 조작했다.

그러나 그것도 잠시, 창고의 전원이 차단되었고 전송이 마무리되지 않은 상황에서 치열한 총격전이 이어졌다.

고작 침대를 하나를 두고 수많은 습격자와 대치하던 여자는 자신의 뉴로 인터페이스로 순식간에 계산을 마쳤고, 벽면에 탄환을 튕기는 도탄 사격으로 두 명의 방탄복의 틈새를 노려 무력화해 시간을 벌었다.

그리고 잠시 후, 간신히 비상 전원을 되살린 여자가 모종의 긴

급조치를 취하자, 철수는 마침내 그 장소에서 벗어나게 되었다.

철수가 마지막으로 볼 수 있었던 건 힘을 다해 전송을 마치곤 피 흘리며 쓰러지는 여자의 얼굴에 떠오른 미소.

육체를 상실해 눈물조차 흘릴 수 없던 철수는 이내 어딘가로 빨려 들어가는 듯한 느낌을 받았다.

그리고 차마 말로는 표현할 수 없는 광경들, 자연에 존재하지 않는 색채들로 이뤄진 장소, 사실 공간이라고 말하기 모호한 것들을 빠르게 지나친 철수는 시간이 얼마나 흘렀는지 체감조차 되지 않는 경험 끝에 이유정의 자택이 있는 가회동에 도착했지만, 예상치 못한 광경을 보게 되었다.

눈부신 조명이나, 홀로그램 간판 하나 없이 암흑과 같은 어둠 속. 회색의 콘크리트 대신, 기와를 올린 낮은 담벼락이 즐비하게 늘어선 광경, 아스팔트 대신 흙만 가득한 길바닥.

자동차를 비롯한 운송 수단이라곤 전혀 보이지 않고, 가회동의 명물인 한옥마을로도 보이지 않는 장소에 떨어진 것이었다.

예상 밖의 광경에 다급해진 철수는 뉴로 인터페이스를 작동시켜 자신이 도착한 시간과 장소를 파악하려 했다.

그러나 GPS를 기반으로 한 위치 정보는 먹통이 되었고, 뒤이어 표시된 날짜는 1440년 2월 6일 10시 35분이라고 적혀 있었다.

무려 600여 년 전으로 돌아온 철수는 무엇인가가 잘못되었고, 여자가 설명한 시간 여행의 한계를 초월했음을 알게 되었다.

여자는 기술적 문제로 시간 여행의 한계는 고작 몇 십 년 범위라고 단정 지었지만, 그가 현재 겪은 상황은 앞 자릿수가 다른 오차였다.

악재는 그것뿐만이 아니었다. 전송 당시 문제가 생겼는지, 철수의 활동 한계가 8시간으로 줄어든 것이었다.

슬퍼하거나 감상에 젖을 겨를도 없이 자신이 처한 상황을 이해한 철수는 자신에게 주어진 이유정 말살 임무 따윈 잊고, 오직 살기 위해 움직였다. 육체가 없는 철수는 제한 시간 내에 적합 대상의 몸에 깃들지 못하면 소멸할 뿐이다.

뉴로 인터페이스의 인터넷 연결은 끊겨 있지만, 그가 전자사전으로 명명한 종합데이터베이스는 백업에 성공했는지 여전히 작동했다. 그것을 통해 옛 한성의 지도를 찾아보고 미래의 지도와 대조해 본 철수는 현재 자신이 가회동과 율곡로 근처에 있음을 깨닫고 목적지를 궁으로 정했다.

다급하게 움직여 경복궁과 육조거리의 사이에 도착한 그는 붉은색 곤룡포를 입은 채 성문을 나서는 중년 남자와 마주쳤다.

좌우에 수염 없는 사내들을 데리고 활과 검으로 무장한 이들과 함께 등불에 의지해 육조로 나선 남자는 조선의 제4대 국왕 이도, 훗날 세종으로 불릴 위인.

뉴로 인터페이스의 유전자 지도를 통해 상대의 정체를 파악하고, 위인전에서나 보던 위대한 조상을 멍하니 바라보던 철수에게 한 줄의 메시지가 떠올랐다.

[대상 적합도 81%]

그 순간 이대로 세종에게 깃들까 생각했던 철수는 잠시 갈등하다 마음을 고쳐먹었다.

비록 뉴로 인터페이스와 백업된 데이터베이스가 있다곤 하나, 자신의 머리론 도저히 세종만큼 해낼 자신도 없었거니와, 자신이 역사를 망칠 수 있다는 불안감 때문이었다.

게다가 상대는 밤잠도 없이 돌아다니는 상황. 철수는 모르고 있지만 현재 세종의 목적은 불철주야 일해야 하는 조정의 노예들을 단속하기 위함이었다.

"전하, 몬져 가샤 마라쇼셔."

수염 없는 사내, 내관 엄자치가 조심스럽게 말하자, 세종은 작게 고갤 끄덕이고 걸음의 속도를 늦췄다.

한편, 철수는 알아들을 수 없는 성조가 섞인 중세어에 새삼 과거로 왔다는 자각이 들어 한숨을 쉬려 했지만, 유령이나 다름 없는 그는 그럴 수 없음을 깨달았다.

철수는 결국 상대가 잠을 자지 않는다는 현실적 이유와 더불어 범접할 수 없는 세기의 위인에게 들어갈 수 없다는 이유로 그 자리에서 물러났다.

이후 경복궁 안으로 들어선 철수는 침전에서 자는 왕족들을 하나씩 확인하면서 대상을 추리기 시작했다.

본래 목적이었던 이유정의 조상, 영웅대군이 어린아이의 모습으로 자는 것도 확인했고, 후손을 잘못 둔 그에게 불만을 토하며 적합도를 확인했다.

영웅대군의 적합도는 41%였으며, 나이가 어려 궁에서 거하는 후궁 소생의 왕자들은 22%, 43%, 하나같이 50% 미만의 동조대상들만 가득했다. 적합도가 낮으면 대상의 몸에 깃든다 해도 통제권을 상실하거나, 영자가 분리될 우려가 있었다.

그리고 무엇보다 유아 사망률이 높은 시대에 어린아이에게 깃드는 건 크나큰 모험이나 다름없기에, 철수는 어린 왕자들을 대상으로 하는 건 포기했다.

그렇게 궁궐을 헤매던 철수는 자선당이라고 적힌 거처의 침소에서 땀을 뻘뻘 흘리며 자는 젊은 남자를 발견했다.

[대상 적합도 92%]

유전자 맵으로 상대의 신분을 확인한 철수는 상대가 세종의 맏아들 이향, 훗날 문종으로 불릴 상대인 것을 알게 되자 뉴로 인터페이스의 도움으로 그의 간략한 행보를 파악할 수 있었다.

'아버지 세종을 닮아 총명했으나 38살의 나이에 간 비운의 군주. 사후 믿었던 친동생 수양대군에게 아들인 단종마저 잃었고. 내 조상인 경혜공주의 아버지.'

철수가 조선에서 마주친 이들 중, 가장 높은 적합도를 가진 대상 세자 이향은 현재 종기를 잃아 의식이 희미했기에 안성맞춤의 대상이나 다름없었다.

철수는 세자가 잃는 종기 정도는 데이터베이스에 저장된 의학 지식을 사용해서 낫게 만들 자신도 있었고, 만에 하나 그러지 못해도 나노 부스트로 회복할 수 있다.

잠시 고민하던 철수는 자신에게 남아 있는 시간을 확인하고 결심을 굳혔다.

'정말 죄송합니다. 그 대신, 그분께 효도해서 보답할게요.'

철수는 자신이 가진 지식을 활용해 아까 파악했던 세종의 건강을 개선하겠노라고 다짐했다.

그도 당뇨로 인해 어머니를 잃었고, 조상님이기도 한 세종이 남처럼 느껴지지 않았기도 했고. 철수는 관우처럼 무성한 수염 속에 감춰진 세자의 용모를 보곤, 잘생긴 얼굴이 내심 아깝다고 생각하며 융합 후 신체 조정 과정에서 제모하리라 마음먹었다.

조선시대에 보기 드문 큰 키에 자신의 원본과는 비교조차 할 수 없는 미남에 깃들 수 있다고 생각하자, 우울한 기분이 조금 나아진 철수는 육체를 강탈하기 위한 절차를 시작했다.

다급하게 진행하느라 순서가 조금 어긋나긴 했지만, 이내 바로 잡았고 대상의 영자를 말살하는 프로그램이 무사히 작동되었다.

그 순간, 이변이 발생했다. 얌전히 있어야 할 대상이 의식을 되찾고 반항하기 시작한 것이었다. 철수가 유약하다고 판단한 세자 이향의 정신력은 평범한 사람들과는 달랐다.

이향은 본래의 역사 속에서도 부모의 삼년상을 연달아 수행했고, 신하들이 주상의 몸을 생각해서라도 간소화하자는 것을 무시하고 모든 절차를 빠짐없이 치를 정도로 지독한 정신력을 가지고 있었다. 또한 어렸을 때부터 아버질 닮아 천재로 자라 자아가 유독 강한 탓도 있어, 누군가 자신의 영역에 침범하는 것을 민감하게 반응한 것이다.

30%가량 이향의 육체에 동화되었던 철수는 절차를 잠시 중단하고, 다급하게 대상의 의식을 잠재운 뒤 자아를 소멸시키려 했다.

그러나 그것도 잠시, 금세 깨어난 상대는 오히려 육체의 주도권을 일부나마 회복하고 날뛰며 자해를 시작했다.

섬뜩한 소리와 함께 세자의 얼굴이 으스러졌고, 코와 입에선 피가 쉴 없이 흘러내렸다. 동화도 마치지 못한 상태에서 이향은 심각한 부상을 자신에게 입혔고, 이대로 가다간 그가 흘리는 피로 기도가 막혀 익사할 지경이 되었다.

다급해진 철수는 단 한 번만 쓸 수 있는 나노 부스트를 이용해 그를 치료했고, 동시에 자신이 육체를 장악하려 애를 썼다.

그러나 그것도 잠시, 힘을 회복한 세자는 강화된 괴력으로 자신의 가슴뼈를 박살 내고 그 충격으로 심장이 멎고 말았다.

결국 한계 시간을 넘긴 데다 이향과 일부 동화되어 있던 철수의 영자 결합은 대상의 사망으로 실패하고 말았다.

'아, 안 돼! 난 이대로 사라질 수 없어.'

엄청난 공포에 시달리던 철수는 순간, 아버지와 어머니의 얼굴을 떠올렸고, 그를 과거로 보내고 목숨을 잃은 이름 모를 여자를 떠올렸다.

그리고 마지막으로 인사조차 나누지 못한 동생의 얼굴을 떠올리며 뒤늦게 후회한 순간, 철수는 눈물 대신 그의 영체를 구성하던 입자를 사방으로 흘리며 흩어지기 시작했다.

그는 마지막 순간, 힘을 다해 뉴로 인터페이스로 가족들의 모습을 구현해 지켜보았고, 이내 환상처럼 그들이 움직이며 철수를 감싸주었다.

결국 온 힘을 다한 철수는 삽시간에 분해되기 시작했고, 개중일부의 파편만이 그가 육체를 강탈하려던 대상에게 흡수되고 말았다. 철수를 구성하던 영자가 흩어져 어디론가 빨려가듯 사라져갔고, 그는 결국 시공의 미아가 되어 기약 없이 떠돌게 되었다.

그렇게 누군가에겐 끝이 되었지만, 다른 누군가에겐 시작일이야기가 펼쳐지게 되었다.

\*　　　　\*　　　　\*

"아들, 아직도 잠이 덜 깼어? 일어나."

철수는 어느 순간, 자신이 침대에 누워 있음을 깨닫게 되었고, 상대의 모습을 확인하곤 반문했다.

"어머니……?"

"그래, 내가 니 엄마다. 얼른 일어나서 밥 먹고 학교나 가."

"어… 진짜 어머… 아니, 엄마야?"

철수는 눈앞에 현실이 믿기지 않아 확인할 겸 어머닐 껴안았고, 느닷없는 아들의 애정표현에 놀란 그녀는 징그럽단 표정으로 아들을 밀어내려다 의미 모를 말을 읊조리며 우는 아들을 보곤 웃는 표정을 지었다.

"어이쿠, 우리 아들 이상한 꿈이라도 꿨어? 갑자기 왜 그래?"

"엄마… 엄마. 엄마… 정말 보고 싶었어요."

하염없이 어머니의 품에 안겨 울던 철수는 뒤이어 어처구니없는 표정을 짓고 자신의 방을 들여다보는 영희를 발견했다.

"와, 미쳤다. 미쳤어. 아침부터 무슨 주책이래."

철수는 모니터 속의 데이터가 아닌, 진짜 동생의 모습에 감격해 어머니의 품에서 벗어나 동생에게 달려가 그녀를 안았다.

"아오, 시발. 왜 이래? 미쳤어? 이거 놔!"

"아무리 힘들어도 죽겠다는 생각은 하지 마."

"죽긴 누가 죽어? 너 돌았냐? 아빠! 얘 좀 어떻게 해봐!"

"아들, 일어났으면 씻고 밥이나 먹을 것이지. 왜 아침부터 동생이랑 싸움박질이야?"

"아버지……."

"엉? 아버지? 아침부터 낯간지럽게 왜 이래? 자기야, 우리 아들어제 뭘 먹었길래 이래?"

그러자, 철수의 어머니가 웃으며 답했다.

"나도 몰라."

잠시 후 간신히 감정을 추스른 철수는 세수하고 거울을 보며 집이 기억 속의 반지하가 아닌 아파트란 점에서 위화감을 느꼈지만, 무시하고 테이블에 앉았다.

"…야, 밥상 앞에서 제사 지내?"

철수가 음식을 물끄러미 바라만 보고 있자, 영희가 어처구니없는 표정으로 물었다.

"그냥, 오랜만에 보는… 아니다. 먹을 거야. 먹어야지."

"딸, 네 오빠가 오늘 기분이 좀 별론가 본데, 건드리지 마."

"어우, 아빠! 누가 내 오빠야. 쟨 어제도 내가 사놓은 빙과를 멋대로 먹고 안 그런 척했다니까? 저거 다 연기하는 거라고."

"아무튼, 가족이잖니."

그러자 철수는 눈물을 훔치며 답했다.

"그래, 넌 하나밖에 없는 내 동생이잖아. 기억은 안 나지만 내가 잘못했으니까 용서해 줘."

그러자 영희는 소름이 돋은 팔뚝을 훑으며 답했다.

"어우… 싫다, 싫어. 갑자기 왜 이래."

결국 둘의 대화는 아버지가 틀은 뉴스에 묻혀 중단되었다.

"오늘의 뉴스입니다. 최근 불거진 태자 전하의 열애설이 사실무근인 것으로 밝혀졌습니다. 지난주 모 매체에서 보도한 특종 사진은 어디까지나 정교하게 조작된 것이었으며……"

철수는 앵커의 말에 뭔가 위화감을 느끼고 동생에게 물었다.

"태자 전하가 누구야? 그런 연예인도 있던가?"

"아빠, 얘 진짜 제정신이 아닌가 봐."

"아들, 아직 잠이 덜 깼어?"

"아뇨? 전 멀쩡한데요."

"그런데, 태자 전하가 누군지 모른다고?"

"예."

그러자, 영희가 손목에 차고 있던 생소한 기기를 조작해 잘생긴 20대 남자의 입체영상을 띄웠다.

"이게 우리 태자 전하. 진짜 몰라?

철수는 이전에 본 적 없던 생소한 기기에 놀랐지만, 첨단 기술이었던 뉴로 인터페이스나 시간 여행을 겪은바 응용 기술로 이해하고 답했다.

"진짜 모르겠는데, 누군가랑 닮은 것 같긴 하지만."

"야, 너 진짜 조선 사람 맞아? 어떻게 우리 오빠… 아니, 태자 전하를 몰라?"

철수는 자신도 모르게 헬조선이란 말이 떠올라 정색하고 답했다.

"동생아, 시대가 어느 땐데 조선이야. 나는 자랑스러운 대한민국의 직장인… 아니, 고등학생이지. 아무튼 장난 그만 쳐."

"장난은 무슨, 그리고 대한민국은 대체 어디 붙어 있는 나라야? 이번엔 가상 국가 놀이 하냐?"

"아무리 그래도 조국을 조선이라고 비하하는 건……."

"조선을 조선이라고 하지 뭐라고 해, 멍청아. 아무리 멀어졌어도 우리 집이 황실 종친인 거 까먹음?"

"종친? 대체 무슨 소리야."

"아빠, 얘 진짜 머리가 이상해."

"아들, 오늘 학교 쉬고 아빠랑 병원 갈래?"

비록 타고난 눈치는 없지만, 이쯤 되면 뭔가가 잘못되었단 걸 느낀 철수는 결국 웃음으로 상황을 모면했다.

"아, 웃겨보려고 한 건데. 노잼?"

"노잼은 또 무슨 말이야."

"재미가 없냐고."

"오, 니가 만든 말이야? 괜찮네. 오늘 학교 가서 써먹어야지."

"얼른 먹고 학교 가라. 늦겠다."

결국 철수는 먹는 둥 마는 둥 하며 식사를 마쳤고, 자신의 방에서 시계처럼 생긴 기기를 발견했다.

동생이 보여준 조작을 기억한 그는 사용법을 알아내려 애썼지만, 애초에 철수는 아날로그 감성이 충만한지라 실패하고 말았다.

결국 학교 가는 법도 알 수 없던 철수는 몸이 좋지 않다며 아버지에게 태워달라고 졸랐다.

그렇게 아버지의 차에 올라탄 철수는 차에 바퀴가 없는 것을 보고 경악했고, 거리에 나서자 자동 운전이 보편화된 광경과 더불어 생소한 거리 풍경에 충격을 받았다.

버튼조차 보이지 않은 손목시계를 작동하려던 그는 무의식중에 뉴로 인터페이스를 사용하는 감각으로 신경을 움직였고, 그러자 마침내 기기가 작동했다.

[어서 오십시오, 강철수 님.

현재 시각 4380년(2040) 10월 28일 8시 32분 13초

현재 위치 조선연방 제국 한성 특별시 관수동 개천로.]

'내가… 정철수가 아니라… 강철수? 대체 이게 무슨……'

철수는 시간 여행에서 무슨 일이 일어났는지 기억하지 못하고 있었다. 그에게 남아 있는 기억은 가족의 불행과 더불어 그가 소멸하기 전 그나마 가족처럼 지냈던 이름 모를 여자뿐. 그를 구성하던 영자의 일부가 누군가에게 흡수되었기 때문이다.

혼란스럽던 철수는 개천로라는 지명이 생소해 고갤 돌려 창밖의 하천을 바라보았다. 분명 생김새는 달랐지만, 청계천과 비슷한 모습에 혼란함을 느끼며 기기에 되물었다.

'조선 왕조 초기부터 지금까지 역사를 알고 싶어.'

[사용자가 제시한 검색어를 조선연방 제국의 역사로 대체합니다.

총 55,201,015,251,141건의 기록이 검색되었습니다.

사용자의 요청대로 조선 개국부터 지금까지의 역사 기록을 나열하겠습니다.]

철수는 상상도 못 해본 단위에 놀라 황급히 의사를 철회했다.

'그거 말고 요약된 역사를 보여줘.'

[알겠습니다.]

철수는 자신이 과거를 방문했던 그 순간부터 무언가 달라졌음을 깨달았고, 그가 아는 문종 이향, 지금은 고조 광무제라 불리는 위인 시절부터 본격적으로 역사가 바뀌었음을 깨닫게 되었다.

달라진 역사 속엔 이유정도 없었고, 대한민국도 사라졌다.

그 대신 세계를 아우르는 거대한 연방 제국이 남았다.

그리고 가족에 대한 것을 검색하다 자신이 강씨인 이유도 알게 되었다. 영양위 정종 대신 금천군 강유와 결혼한 경혜공주에서 지금까지 이어진 핏줄. 이젠 황실과 종친이라고도 부를 수 없을 정도로 먼 사이가 되었지만, 동생은 철수 대신 잘생긴 태자 전하를 마음속의 오빠로 삼았고 아이돌 대신 황실 덕질을 하게 된 것이다.

'역사가 이렇게나 바뀌었는데… 어째서 우리 가족들은 그대로 태어날 수 있었던 거지?'

철수는 알 수 없었지만, 가족들을 비롯해 과거의 철수와 현재의 철수는 엄연히 다른 존재였으며, 지금의 철수는 알 수 없는 기억이 떠올라 혼란에 빠진 것이었다.

중요한 기억이 일부 결여된 철수가 의문을 품는 사이, 아버지는 학교에 도착해 그를 내려주었다. 아버지에게 고개 숙여 인사한 뒤 보낸 철수는 혼란스러운 머릴 정리하며 교문 안으로 들어설 무렵 익숙한 목소리가 말을 걸었다.

"야, 오늘은 무시하고 가기냐?"

"어, 누구……."

"누구? 누군 누구야, 내가 니 여자 친구다. 짜샤."

"어, 넌, 그 여자……."

"어쭈, 이젠 막 부르기로 한 거야?"

"어, 당신… 원래 이런 성격이었어?"

"갑자기 아저씨처럼 뭐라는 거야. 이리 와."

철수는 자신을 과거로 보냈던 이름 모를 여자와 고등학생의 신분으로 재회하자, 자신의 볼을 꼬집어 보았다.

"왜, 나같이 예쁜 애랑 사귀는 게 아직도 안 믿기냐?"

"저기, 미안한데… 네 이름이……?"

"와, 이젠 다 잡은 물고기다 이런 거야? 나 갑자기 슬퍼지려 하네."

"진지하게 답해줘."

결국 철수의 그녀는 반쯤 장난하는 투로 웃으면서 답했다.

"안녕하세요, 철수 씨. 제 이름은 윤미, 신윤미예요."

환하게 웃는 윤미를 본 철수는 잠시 넋이 나가 예전의 그라면 털어놓지 못했을 본심을 말했다.

"얼굴만큼이나 예쁜 이름이네."

"오~ 이러려고 깔아둔 거였어? 이야, 우리 철수 많이 늘었네. 이리 와, 누나가 먹을 거 사줄게."

그 순간 철수는 아픈 기억 따윈 잊은 채, 그녀를 따라갔다.

미래엔 고리타분하다고 구박만 받던 철수의 아재 감성과 개그도 지금의 세상에선 생소한 것들이라 윤미를 즐겁게 했다.

수백 년의 시간을 뛰어넘어 재회한 두 명은 웃으며 하루를 만끽했다.

철수는 비로소 지난 모든 일을 보답받을 수 있었고, 지금과 같은 현재를 만들어준 누군가에게 마음속으로 감사를 표했다.

제6장
[외전] 그리고 새로운 시대로

　1500년의 한성, 중심가 육조거리에 자리 잡은 관청들이 일제히 공사에 들어가 있었다.

　이는 허울만 남아 있던 북명의 천자에게 선양받은 천순제 이홍위가 태산에 올라 봉선 의식을 치르고 황위에 올랐기 때문이다.

　명분상 외왕내제의 체계에서 정식으로 천자국으로 격상해 제국에 오른 조선은 대대적인 내각 개혁을 시행했고, 이·호·예·병·형·공과 같은 기존의 육조에 더불어 광무제 치세와 천순제 시기에 신설된 농조와 상조가 부로 격상했다.

　사정을 잘 모르는 사람들은 방대한 제국을 관리하려면 팔부만으로는 모자랄 수 있다고 생각하겠지만, 팔부는 장관격인 판서, 이젠 상서로 격상된 관료들의 관할하에 수많은 소속 기관이 있다.

　이부는 산하에 인사청과 행정청을 두고 관원의 인사 업무와 더불어 지방 기관에 행정명령을 전달하는 동시에, 감찰청을 두고 관료들을 감시하는 업무를 맡고 있다.

호부는 산하에 통계청과 국세청을 두고, 관세청을 신설해 국가 전반과 번국, 그리고 조공국과 식민지의 재정을 담당한다.

예부는 본래 외교와 공교육 전반, 그리고 문화 체육과 보건의 임무, 그리고 한때는 외국과의 교역과 각종 제례 등 일일이 나열하기도 힘들 정도로 많은 임무를 맡아 관료들의 무덤으로 인식되기도 했으나, 신임 예부상서 김시습의 눈물겨운 노력과 장외투쟁 덕에 수많은 산하기관을 독립시켜 외교와 문화 전반의 업무를 담당하게 되었다.

병부는 국방과 우정사업, 그리고 무관의 양성과 인사 전반을 담당하며, 정기적으로 실시하는 잡색(예비군) 훈련이나 병기 시연회 때를 제외하면 그나마 여유가 있는 부서다.

형부는 법무청과 각종 법원을 담당하며, 정승들의 입회하에 입법을 추진할 수 있는 권한을 가지고 있고 내각 의회제에 비하면 다소 모자란 면도 있으나, 형조에서 상정한 신규 법안은 의정부와 삼정승이 엄격한 절차를 거쳐 입법하여, 황제를 거쳐 의결된 법령은 산하기관에 공포와 동시에 유예기간을 두는 방식으로 진행되니 군주제에선 나름대로 합리적인 체제를 운영하고 있었다.

공부는 개발이 가속화된 근래에 들어 가장 바빠지고 있는 부서이며, 건설청과 교통청, 그리고 수산청 외에도 수많은 산하기관을 두고 있었고, 10년 전 상업과 공업 전반을 담당하던 산하기관을 독립시켜 상조로 나누었다.

농부는 농업 전반과 축산, 유통을 담당하며 최근엔 공조에서 이관된 수산청을 산하에 두었고, 초대 농조판서이자, 관료 중에서 황희 다음으로 장수하는 바람에 평생 현역으로 삶을 마감한 이천(李蕆) 덕분에 급성장한 부서기도 하다.

상부는 상업과 교역, 공업 전반을 관장하고 경제 전반을 아우르는 부서며, 회사란 명칭으로 변해가는 상단을 지원하나, 다른 한편으론 담합 행위를 비롯해 경제를 어지르는 불법을 감찰하며, 1490년에 상조로 독립했을 때, 베네치아 출신의 유대인 관료 아이작이 중앙정부로 진출해 참판으로 승진한 첫 번째 선례를 가진 바 있다.

팔부가 개편과 동시에 관사를 개축하는 이유를 요약하자면, 일하는 사람은 늘어난 데 비해 공간이 한정되어 있었기 때문이다.

이젠 전성기의 중화권 왕조보다도 훨씬 더 많은 중앙관료를 보유한 조선 정부는 육조거리의 한정된 공간을 감당할 수 없었다. 북명의 중앙관료들도 북경에서 한성으로 이주해 새로 개편된 부서에 출퇴근하고 있었고, 유대인 출신 중앙관료를 배출한 살래를 통해 한성에 진출한 여러 피부색의 관료들 역시 수많은 기관에 분산되어 배치된 상황.

정부에서 나름대로 육조 주변의 부지를 사들여 조금씩 확장해 나가는 것도 한계에 도달했을 때, 유럽식 건축에 조예가 깊던 피렌체 출신 공조 참판이 적절한 발상을 내놓았다.

공간이 한정되어 있으니 관사를 복층으로 만들어 위로 뻗어 나가자는 발상.

한때는 난방이 문제될 수도 있다는 반대에 부닥쳤지만, 그 문제는 미주에서 소식을 들은 광무제와 더불어 심양국립대학교를 세운 티무르의 건축 기술자들이 적절한 방안을 제시했고, 결국 1년 만에 관사 확장안이 가결되어 대대적인 공사에 들어간 것이었다.

그리하여 새로운 관사들은 본래 조선에서 가장 높은 건축물이었던 법주사의 5층 목탑 팔상전을 뛰어넘어 8층으로 설계되었다.

유럽식 축성법도 지금의 조선에 보편화하였고, 장강을 경계로 한 대 남명 전선에는 중화와 유럽의 장점만 취한 대형 요새가 지어지고 있었다.

결국 동서양 건축 기술의 정수가 모인 데다, 광무제가 조언해 설계된 관사는 미래의 오피스텔 빌딩이나 다름없었다.

난방 문제는 새로운 난방 기구 방열기(라디에이터)를 설치해 해결했다.

그 과정에서 온돌보다 성능이 떨어지는 방열기만으로는 겨울을 버틸 수 없다는 불만이 나오기도 했지만, 관사가 너무 따듯하면 업무 효율이 줄어든다는 천순제의 한마디에 방열기 사용이 허락되었다.

막강한 정통성을 바탕으로 할아버지와 아버지에게 배운 대로 관료들을 쥐어짜던 이홍위의 권력은 북명을 흡수해 천자의 자리에 오르며 정점에 달했다.

천순제 이홍위는 백련교로 문제를 일으키던 대하국 정벌에 이어 왜국에서 일어난 다이묘들의 내란을 진압하고, 영주들의 배후에 있던 자칭 천자 왜황 후사히토를 일개 친왕으로 격하시켰고, 조공국인 대월을 지원해 인도차이나반도의 동남쪽 해안을 점유하던 참파를 복속시켜 조선 직할령으로 삼았다.

이홍위는 아버지를 닮아 전쟁을 두려워하지 않았고, 끊임없는 확장과 개척만이 제국으로 거듭난 조선이 앞으로 나아갈 길이라 여겼다.

하지만 그런 그의 나이도 어느새 예순에 가까워졌고, 선례에 따라 상황으로 물러나고 싶어 했지만, 아직 태자의 나이가 차지 않았다.

이홍위가 황후 권 씨와 사이에서 낳은 자식들은 모두 딸이었고, 유독 아내를 아껴 후궁들을 등한시하던 이홍위는 뒤늦게나마 후사를 잇기 위해 의무를 다했지만 소용없었다.

후궁들에게서도 딸만 계속 태어나, 공주가 열둘이 넘어간 시점에서 천순제는 도원군 이장의 아들 이혈(李娎)이 유독 총명하단 이야길 듣고 양자로 들이려 은밀하게 의사를 타진했었다.

그러나 이혈은 알게 모르게 차별당한 아버지처럼 살기 싫어 살래에서 뿌리를 내렸고, 조선 황족 중에서 최초로 정교회 신자가 되어버렸다.

원역사에서 연산군의 아버지이자, 가장 이상적인 유교적 군주로 꼽히던 성종 이혈이 신앙 세계에 귀의하자, 가까운 로마에선 조선에 신앙을 퍼뜨릴 좋은 기회라 생각해 주교직을 제의했고, 이혈도 기꺼이 제안을 승낙했다.

아버지 광무제의 영향으로 만민을 다스릴 군주는 신앙이 없어야 한다고 철석같이 믿고 있던 이홍위는 결국, 이혈의 양자 입양을 포기하고 다른 종친을 알아보려던 차에 의외의 일이 벌어졌다.

마흔이 넘은 황후가 기적적으로 회임하여 아들을 낳은 것이다.

뒤늦게 아들을 본 천순제는 그제야 안도했고, 자신이 태어났을 때 그랬던 것처럼 아버지에게 갓 태어난 아일 원자로 인정받

왔다.

광무제는 태자에게 오래 살라는 의미로 수한(壽瀚)이란 이름을 지어주었다.

이홍위는 친구이자 둘도 없는 총신 최계한의 자(字)와 한자는 다르나, 발음이 같은 아들의 이름을 기꺼워했고, 행여나 아이가 아프지 않을까 하며 애지중지하며 아일 키웠다.

이홍위는 자신이 아버지에게 받았던 사랑을 아이에게 되돌려주려 노력했고, 내심 자신이 고생했던 걸 떠올리며 군역의 의무를 지우지 않을까도 고민했지만, 그간 착실히 쌓아온 선례를 망칠 순 없다고 생각해 태자의 나이가 차자 관례를 치르고 사관학교로 보냈다.

이홍위의 걱정과 달리, 태자 이수한은 군 생활이 적성에 맞았는지 부사관에서 영관으로 임관 신청 후, 최전선 근무를 희망했다.

선례에 따라 태자가 수도 한성에서 근무하리라 예상했던 황제와 관료들은 그의 뜻을 꺾으려 했으나, 이수한은 친정에 나섰던 할아버지 광무제와 아버지 천순제의 선례를 들어 자신도 군무를 제대로 알아야 한다며 뜻을 굽히지 않았다.

최전선에서 선봉에 서길 원하는 태자는 전쟁에서 가장 중요한 것은 치중, 즉 보급이란 천순제의 말에 침묵했다.

결국은 타협해서 태자는 대위이자 보급중대장으로 임명되어 대 남명전선의 후방에서 복무 중이며, 그가 돌아와야만 이홍위가 아버지 광무제에게 받았던 진짜 은혜, 즉 대리청정을 시킬 수 있는 것이다.

천순제 이홍위는 태자에 대한 생각을 떠올리다 아버질 떠올렸고, 어떻게 해야 내리사랑으로 아들을 참교육할 수 있을까 고민하며 웃음을 지었다.

"폐하, 무엇이 그리도 즐거우신지요?"

이젠 내관 중에서 가장 나이가 많은 태감 김처선이 천순제의 표정을 읽고 묻자, 이홍위는 성벽 넘어 보이는 새로운 전각, 즉 관사 빌딩을 가리키며 답했다.

"대신들이 요즘 내게 청을 올리더군. 그게 우스워서."

아들을 강하게 키우려는 본심 대신, 요즘 여러모로 화제가 되는 주제를 꺼낸 이홍위에게 김처선이 물었다.

"어떤 청을 말씀하십니까?"

"짐이 관사의 건축을 윤허해 줬더니, 감히 신하 된 자로서 짐을 내려다볼 수 없다면서 내가 기거하는 전각과 내전을 9층으로 올려야 한다고 말이야."

"그건 타당한 청이 아니옵니까?"

"관원들이 머물 관청을 짓는 것과 궁을 짓는 건 별개의 문제로다. 짐은 궁궐 개축 같은 하찮은 것에 매달리긴 싫노라."

"하오나……."

"내 권세가 높은 전각에서 나온다더냐? 천자의 권위는 본인이 걸어온 행적에서 자연스레 나오는 법이다. 내 아바마마께서 그러하셨듯 말이다."

"신도 태상황을 오래 모신바, 폐하의 말씀이 옳은 것을 알고 있으시옵니다."

"아, 그랬지. 자네야말로 후세에 내관 중에선 가장 많은 군주를 섬긴 이로 이름이 남겠어."

"그것은 그저, 하는 일도 없이 오래 살다 보니 그리된 것입니다. 한데, 이 보잘것없는 늙은이가 감히 청컨대, 궁을 개축하는 것을 한번 고려하심이 어떨지……."

"아까도 이유를 말하지 않았느냐. 그것만으론 부족한가?"

"하오나, 후세엔 이를 두고 신권이 황권을 앞선 계기라는 엉뚱한 해석을 내놓을 여지가 있사옵니다. 또한, 후사의 건강을 생각하시옵소서."

"건강? 건물을 높게 올리는 것하고 건강이 무슨… 아. 설마 자네가 생각한 게 그건가?"

이젠 자연스럽게 눈치로 대화를 이어갈 정도로 가까운 두 사람은 순간 웃음을 지었다.

"아마도 맞을 듯하옵니다."

"그건 생각해 보지 못한 관점이로고. 계단을 오르내리는 것으로 자연스럽게 단련을 시킨다니. 한데, 벌써 퇴직을 청하는 발칙한 노비… 아니, 관료들에게 새로운 핑곗거리가 되지 않겠나? 내가 볼 땐 이젠 계단을 오를 수 없어 사직을 청한다는 핑계가 나올 게 뻔한데."

"폐하, 이미 대소신료들은 나이순으로 층을 배정해 두었사옵니다."

"나이가 많을수록 아래층으로 가는 건가?"

"예, 그렇사옵니다."

"만에 하나 궐에도 전각을 높이 올린다 치고, 내가 계단을 오를 수 없어지면 어쩌지?"

"예전에 태상황께서 전함을 건조하기 위해 거중기를 고안하면서 함께 등록한 기물의 도면이 특허청에 남아 있사옵니다. 그것을 이용하시옵소서."

"그게 뭔가?"

"승강기란 기물이옵니다. 도르래의 원리를 이용해 사람이나 물자를 위아래로 이동시킬 수 있나이다."

"그래? 거기에 들어가는 동력은?"

"적당한 무게라면 인력으로, 사람보다 무거운 것을 오르내릴 때는 소로 끌게 했사옵니다."

"으음… 나이 든 대신이나 황족을 탑승 대상으로 두면, 적당한 인력으로도 충분히 운용할 수 있겠군. 혹시 승강기가 보편화된 지역이 있나?"

"심양엔 복층 건물이 대중화되었고 나이 든 관료 출신 학자들 덕에 많진 않아도 승강기가 어느 정도는 보급되었다고 하옵니다. 또한 인력을 대체할 동력 기기를 개발 중이라고도 하옵니다."

이홍위는 장영실의 유작이나 다름없는 걸작을 떠올리며 답했다.

"흠, 거긴 자고 일어나면 신기술이 쏟아져 나오는 동네니, 그럴 법도 하군. 하긴, 10년 전에만 해도 증기기관을 처음 보곤 진정 대단하다 여겼는데, 지금 개량된 증기기관이 몇 번째 판인지도 모를 정도야."

"혹자는 그런 말을 하더군요."

"무슨 이야길 들었나?"

"옛 조선 이래 3,000년간의 변화보다 지난 50년의 변화가 더 극적일 정도로 빠르다고 들었습니다."

"그럴 법도 하군. 이게 다⋯ 내 조부 선황마마 때부터 시작된 흐름이라 할 수 있지. 진정 그렇고말고."

김처선은 이번만큼은 천순제의 의도를 짐작하지 못해, 조심스럽게 물었다.

"이 노신이 감히 폐하의 어심을 알 수 있겠사옵니까?"

"그래, 내 부황께서도 수많은 기물을 만들어 나라를 발전시키셨지만, 그 근본엔 선황께서 창제하신 문자가 있다."

김처선은 전혀 생각해 보지 못한 천순제의 관점에 눈을 크게 떴다.

"모두가 글을 알지 못할 땐, 지식과 술기는 지극히 소수를 위한 것이었다 들었다. 비인부전을 내세우며 학맥과 혈연을 내세우는 풍조가 만연했다지."

김처선은 까마득한 옛일을 떠올리며 고개를 숙였다.

"그 말씀이 옳습니다."

"한데, 지금은 누구나 쉽게 배울 수 있는 문자를 기반으로 나라에서 교육을 시행하지. 그 덕에 누구나 자신의 지식을 정리해 남기는 풍조가 만들어졌어."

김처선이 황제의 관점에 감탄하며 침묵하자, 이홍위는 몇 년 전의 사례를 꺼냈다.

"평범한 아낙도 쉽게 살림하는 법을 책으로 정리해 삽시간에 유명 작가가 되어 큰돈을 벌지 않았는가. 지식의 전달이 될 매개체, 정음이 아니었다면 나라가 이렇게 빠르게 변하지 못했을 거다."

"듣고 보니, 그 말씀이 참으로 지당하시옵니다."

"내가 어렸을 땐, 부황께서는 언제나 할바마마와 자신을 비교할 수 없다며 언제나 겸양하시곤 했지. 그땐 그저… 교만하지 않으시려 그러시는 줄 알았는데, 아니었어. 할바마마야말로 진정 시대를 앞서가신 분이었던 거야. 내 마음 같아선 묘호를 다른 것으로 바꿔 올리고 싶을 만큼."

"하나, 태상황의 의지가 단호하셨으니… 당분간은 어쩔 수 없겠지요."

"그래, 세종이 나쁜 묘호는 아니지만, 그분의 위대한 업적을 담기엔 모자라지."

"하면, 폐하께서 생각해 두신 존호와 묘호가 있사옵니까?"

"할바마마께선 천년에 한 번 나올 법한 성군이셨다. 따라서 그분에겐 천고일제(千古一帝)와 성조(聖祖) 정도는 되어야 격에 맞는다 생각하네."

김처선은 생각 이상으로 거창한 존호와 묘호가 언급되자, 잠시 당황했고 이내 표정을 숨기려 고갤 숙였다.

"…그렇사옵니까."

"자넨 할바마마의 대단한 점을 아직 잘 모르고 있나 보군."

"아, 아니옵니다. 소신이 어찌 감히 그런 물충을……."

"이해하네, 언젠간 모두가 나처럼 생각할 날이 올 걸세."

"알겠습니다. 그러면 오후엔 궁궐 증축의 안건부터 들이라 할까요?"

"그럴까, 일단 도면부터 보내도록 전하라. 그리고 내일은 공부 상서와 이하 선공감 장인들을 출석시키도록."

"예, 그리하겠사옵니다."

새로운 세기의 평온한 어느 날은 여전히 그랬듯, 또한 앞으로도 쭉 그러하게 될 관료들의 고생으로 이어져갔다.

결국 한성에 생긴 고층건물을 시작으로 복층 건물이 대대적으로 보급되었고, 이는 건축 기술과 콘크리트의 발전으로 이어졌다.

훗날 이홍위의 바람대로 세종 이도는 고손자에 의해 성조로 추존되었고, 하나의 문화권이 된 조선 근대 학문과 과학의 시조로 대대로 추앙받으며 미래엔 전 세계인의 존경을 받게 되었다.

*　　　*　　　*

조선이 본격적인 전성기를 맞이한 1545년, 고층 건물이 즐비한 중경(한성)의 중심가 육조거리엔 머리에 흰 띠를 둘러맨 관료들이 모여 물결을 형성했다.

그들의 선두에 선 노년의 관료, 김안로가 선창하자 재래연과 경극에서나 쓰일 법한 원뿔형 거대 확성기를 통해 그의 목소리가 우렁차게 퍼져나갔다.

"폐하, 부디 관료들의 근무시간을 보장하여 주시옵소서!"

김안로의 말이 끝나기 무섭게 거리를 가득 메운 관료들이 합창하듯 외쳤다.

"보장하여 주시옵소서!"

"대소신료들도 가정이 있사옵니다! 부디 후사를 보게 해주소서!"

"해주소서!"

"관무원과 궁인들은 행정 업무 시간이 법령으로 정해져 있사옵니다. 하나 사대부 출신 관료들은 여전히 명확한 기준 없이 업무에 매진해야 하옵니다. 이는 실로 부당하다 할수 있사옵니다."

"옳습니다! 옳습니다!"

"형조에서 재작년에 발의한 행정 업무 법령을 통과시켜 주옵소서!"

"주옵소서! 주옵소서!"

거리에 나선 대소신료들은 결연한 표정으로 나무판을 하나씩 목에 걸고 있었다.

육조거리를 지나려던 사람과 인력거, 마차는 난데없이 수천, 사실상 2만에 가까운 인파에 막혀 우회로를 찾아야 했고, 결국 교통이 마비되어 아수라장이나 다름없어졌다.

인력거를 끌고 길을 지나가려다 막힌 남자가 시위 현장을 지키고 있는 거구의 사내에게 물었다.

"여보쇼, 말 좀 물읍시다."

"무슨 일입니까? 지금은 시위… 아니, 연좌 상소 중이니 돌아서 가주시오."

"대체 무슨 목적이길래, 길을 이리도 꽉 막고 있대요?"

"이건 우리가 살기 위한 투쟁이오."

"그게 대체 뭔 소리래요……."

"건국 이래로 나라를 위해 불철주야 혹사당하고 있는 사대부들의 피 끓는 외침이 보이지 않으시오?"

"거, 그쪽도 사대부인가 보네요?"

"그렇소. 난 중경 한성부 소속 중위 임가라고 하오."

스무 해 전, 세계의 중심 수도라는 뜻으로 중경(中京)이라 명명된 한성은 산하 관청으로 한성부를 유지하며 두 가지 명칭을 혼용하고 있었다. 한편, 당당하게 신분을 밝힌 임꺽정(林巨正)에게 인력거꾼이 고갤 갸웃대며 물었다.

"거, 예전에 풍속 서관에서 본 책에서 나온 말인데요. 무릇 사대부라면 부와 권리에 따른 책임과 의무를 지어야 한다나… 아무튼 그런 문구였는데……."

"혹시 군자의 의무를 말씀하시오?"

"아, 그거네. 아무튼, 사대부라면 평소에 누리는 거로 충분한 거 아닌가요? 대체 뭐가 불만이길래, 다른 사람들을 불편하게 한대요. 이거야말로 민원 감인데."

한성부 소속 관원이라면 누구나 두려워하는 민원이란 말에, 임꺽정은 자기도 모르게 아픈 기억을 떠올리며 목소릴 높였다.

"어허, 그쪽이 생각하는 거완 다르오. 우리가 월봉으로 받는 금전이 많아도 그걸 쓸 기회가 주어지지 않는단 말이요. 식솔 모두가 잠든 후에 죄인처럼 이불 속에 숨어 들어가야 하는 가장의 고통을 아시오? 아비의 낯선 얼굴을 보고 울음을 터뜨리는 아이를 보는 심정은? 우리도 좀 사람답게 살고 싶단 말입니다!"

임꺽정이 타고난 덩치에 어울리지 않게 눈물을 보이며 열변을 토하자, 인력거꾼은 자신도 모르게 동정심을 느꼈고 대강 맞장구를 쳐줬다.

"아, 그래요. 참으로 고생이 많으시겠네요. 다들 바라시는 대로 이뤄졌으면 좋겠습니다."

"크흑, 우리의 고충을 알아주시다니, 진정 귀인이시구려. 참으로 고맙소이다."

임꺽정의 초롱초롱한 시선이 부담스러웠던 인력거꾼은, 고갤 돌려 거리에 앉은 사대부들의 면면을 바라보았다.

그들이 몸에 진 나무판엔 하나같이 행정 업무 시간 보장이란 문구가 적혀 있었고, 개중 몇몇에는 '보장이 아니면 죽음을!', '충신은 불사이군이오, 명신은 근무시간 엄수', 같은 해괴한 말이 적혀 있었다.

젊은 사대부들은 퇴청 시 지는 해를 봐야 밤에 달을 딸 수 있다는 문구와 함께 뒷면엔 가정 수호라고 적힌 띠를 몸에 비스듬하게 두르고 있었다.

결국, 가진 자들의 배부른 고민이라고 생각했던 인력거꾼은 사대부들의 결연한 기세에 눌려 그 자리에서 발을 돌렸다.

한편, 자릴 피한 사람들과 다르게 재미있는 광경이라도 본 것처럼 주위에 모여 웃으며 시위를 구경하는 이들도 있었다.

사대부들에겐 생존이 걸린 비극이었지만 멀리서 보는 이들에겐 한편의 희극이나 다름없었던 것이다.

마침 가까운 소학당에서 수업을 마치고 집으로 가던 아이들은 사대부들을 흉내 내늣 따라 소리쳤고, 사정을 아는 성인들은 들어주지 마소서라고 외치며 사대부들의 시위를 비꼬았다.

이젠 법률상으로 노비제도도 완전히 사라진 데다, 성인이라면 신분과 상관없이 군역의 의무를 지며 어울리게 된 조선 사회에서 관료란 공공을 위해 일하며 돈 많이 받는 일꾼 정도로 인식되고 있었다.

정작 당사자인 사대부들은 철저하게 실력으로 뽑혔다고 자부하고, 세간의 그런 인식을 철저히 부정하며 나날이 나빠지는 처우를 개선하고 싶어 했다.

한편, 이들이 거리를 점거한 탓에 생긴 교통체증은 예상외로 심각했다.

이젠 누구나 운송 요금만 내면 이용할 수 있는 택시형 공공마차부터, 주소 제도가 완전히 정착된 한성에서 먼저 시범 운용 중인 우편배달 마차 등 여러 운송 수단이 인파에 가로막힌 탓이다.

새로운 작물들로 인해 말먹이가 풍부해지고 화령과 몽골, 중앙아시아 일대의 스텝초원에 유목민들이 만든 기업형 목장이 성업하자, 말의 공급이 큰 폭으로 늘어나며 말 값이 내렸다.

거기에 평균 소득이 증대되면서 극빈층을 제외하고 여유가 있는 가정에선 덩치가 작아 값싼 과하마나 당나귀 한 마리씩 정도는 가질 수 있는 세상이 되었다.

부유한 집은 외래품종의 명마를 선호했고, 그중에선 유독 다리가 길거나 선명한 털 빛깔을 가진 말이 고가로 거래되었다.

말이 늘어난 덕분에 한때는 길거리에 뿌려지는 분뇨 오염 문제가 대두되었지만, 나날이 한성으로 몰려드는 인구들이 늘며 거리청소부라는 새로운 직업이 생겼다.

그들이 수거한 분뇨는 수도 인근의 농부들이나 퇴비제조사에 팔렸고, 말먹이의 수요도 증가하며 사료 전문 생산사도 생기는 등, 안장과 더불어 각종 마구 산업도 발전해 안정된 시장을 형성했다.

그것과 별개로 화기 장인으로 유명한 영천 최씨 집안의 후손은 증기기관을 동력으로 삼는 동차(動車)를 만들겠다고 노력하고 있지만, 완성이나 실용화는 아직 먼 이야기였다.

"황제 폐하, 납시오!"

한편, 취미 생활 중에 소음을 견디지 못한 천자, 경덕제 이수한이 결국 호위들을 대동하고 거리로 나섰다. 그러자 거리에 몰려 있던 이들은 일제히 고개를 숙이며 경의를 표했고, 시위 중이던 사대부들은 앉아 있던 자세 그대로 큰절을 올렸다.

"그래, 경들의 마음을 이해하노라. 그러니 오늘은 이만 물러가고! 상서 이하 참판 이상이 내일 아침에 편전에 출석해서 논의하도록 하라."

황제의 우렁찬 대답이 떨어지자, 젊은 관료들은 목숨을 건 투쟁이 먹혔다 여기며 고개를 숙였다.

"성은이 망극하옵니다!"

그러나 황제가 지목한 참판 이상 판서에서 상서까지의 벼슬을 가진 이들은 경험상으로 이후에 일어날 일을 예측하곤, 다른 의미로 절을 올리며 외쳤다.

"아니 되옵니다! 황상께선 부디 이 자리에서 확약을 주시옵소서!"

"허, 이렇게 시끄럽게 굴지 말고 내일 논의하자니까. 그대들이 이럴수록 주변에 폐가 되는 것 모르겠는가?"

"하오나… 황상의 약조를 듣기 전엔 물러날 수 없사옵니다."

이수한은 아버지 천순제 이홍위에게 이른바 사직 노비 사용법을 대리청정 때부터 뼈에 새길 정도로 배워왔다.

실제로 군역을 마치고 돌아오자마자 자신이 노비가 되어 충분히 실습했으니 누구보다 관료들의 마음을 잘 알고 있었던 것이다.

이수한의 머릿속에 든 사용서에 따르자면 업무에 대한 불만이 나오면 적당히 들어주는 척하고, 잠시 풀어주었다가 조금씩 강도를 올려서 한두 달 후에 다시 원래대로 돌아가면 그만이었다.

예전엔 황제 자신도 국가의 부품이 되어 관료들처럼 밤낮없이 일했었지만, 지금은 달라졌다.

이수한의 할아버지, 광무제 이향이 이홍위에게 가르쳤던 지론 때문이다.

군주가 솔선수범해서 정무에 빠져 단명하는 것보다, 건강을 지키고 오래 살아서 후계자를 잘 교육하고 보위를 물려주는 것이 결과적으로 나라에 더 도움이 된다는 이야기.

한땐 살인적인 일정을 자랑하던 황제의 하루는 현재 8시간의 정무와 더불어 가끔 있는 시강과 경연에 참여하는 것 외엔 일과 삶의 균형을 맞출 수 있게 설계되어 있었다.

그 덕분에 황실에선 여러 가지 취미와 유희를 즐기는 게 보편화된 상황이었다.

이수한은 할아버지 광무제가 창시한 트레이딩 카드게임 전상지패(戰尙智牌)의 초회 한정판을 전부 수집했고, 가까운 신료들이나 가족들과 게임을 하는 게 취미였다.

최근엔 할아버지가 만든 진영인 조선과 명, 오이라트와 티무르에 이어 살래 왕가와 국혼으로 이어진 스페인을 추가하려다 전통을 고수하는 보수파에게 선례를 거스르지 말라며 반대에 부닥친 상황.

스페인의 추가는 최근 유럽에도 조금씩 유행하기 시작한 전상지패의 저변을 넓힐 기회였으나, 생각지도 못한 반대로 짜증이

쌓인 데다, 애지중지하는 태자와 취미를 즐기던 차에 노비들이 반기를 들고 일어난 것이었다.

"그댄, 짐에게 무슨 이야길 듣고 싶은 거지?"

신권이란 단어도 유명무실해졌고, 사실상 국가 선출직 공무원이나 다름없어진 사대부의 대표 김안로는 기세가 흉흉한 황제에게 목숨을 걸고 힘겹게 답했다.

"부디, 사대부의 주당 근로 시간을 최대 66시간으로 한정하고, 1일 휴무로 법령에 명시해 보장하소서."

법으로 정해져 있진 않지만, 대대로 이어진 암묵적인 규칙상 모든 관료가 주당 72시간 이상을 일한다.

사실 경국대전을 편찬한 성조 이도와 광무제 이향이 관료의 업무 시간에 대한 규정을 없앤 장본인이었다.

당시 형조판서였던 김종서는 목숨을 걸고 업무 시간 보장에 대해 간언했지만, 광무제에게 나랏일에 시간을 따질 셈이냐고 면박만 듣고 말았다.

"어허, 나랏일을 한다는 이들이 어찌 이리도 답답하게 구는가. 그댄 나라에 환란이 닥쳐도 퇴청할 시간이라고 집에 갈 셈이냐? 무릇 진정한 사대부라면 나라를 위해 모든 것을 우선해야 하지 않는가?"

광무제와 똑같은 논리로 나서는 이수한에게 노신들이 겁먹은 표정을 짓자, 김안로만이 홀로 침착한 표정으로 답했다.

"황상, 지난번 형부에서 상정한 노동개정법에 따르면 특수한 경우엔 예외를 두고 적용할 것이 명시되었사옵니다. 설마… 황상께선 그 법안을 읽지 않으시고 부결하신 것이옵니까?"

김안로의 말대로 경덕제 이수한은 모든 관료의 간절한 마음이 담긴 법안을 읽지 않은 채 반려했었다.

그러나 이수한은 천연덕스럽게 웃으며 대꾸했다.

"영상 대감, 그럴 리가 없잖나. 짐이 보기엔 모자란 점이 많아 반려했을 뿐일세."

"하면, 이 노신이 그 연유를 여기서 들을 수 있겠사옵니까?"

이수한은 편전 안에서라면 자신과 눈도 제대로 못 마주치는 소심한 김안로가 거리에 모인 관료들을 믿고 없던 용기가 치솟았다고 여기며 즉석에서 생각난 답을 주었다.

"부서별로 업무의 특성이 다를지언대, 전혀 고려치 않은 일괄 적용이 첫 번째요. 여러 번국과 직할령의 시차를 고려치 않은 시간 적용이 두 번째. 그리고 무엇보다 야근 수당을 적용받아 이름만 올리고 멋대로 퇴청하는 파렴치한 이들을 제재할 방법도 없으니 반려했노라. 어때, 내 말에 틀린 점이 있는가?"

황제의 기세에 압도된 김안로는 젊은 시절 북방의 험지에서 야수와 싸웠던 기억을 떠올리며 용기를 북돋웠고, 이내 조심스럽게 반론을 꺼냈다.

"아, 아니옵니다. 분명 신이 확인한 바로는 순라직과 숙직에 대한 규정도 명확하게……."

김안로가 본격적인 반론을 하려고 할 때, 황제가 선수를 쳤다.

"당장 연좌를 멈추고 물러나면 한 주에 이틀을 쉬도록 조치하지."

그러자 목숨을 내놓았던 김안로는 두 눈을 부릅떴고, 거리에 모인 사대부들도 차례대로 앞줄로부터 사정을 전해 듣곤 절을 올렸으며, 2만에 가까운 인파가 시차를 두고 절을 하자 그들이 입은 푸른색 관복 탓에 거대한 파도가 치는 것처럼 보였다.

각양각색의 인종들로 구성된 관료들은 감격해 눈물을 보이기도 했고, 누군가는 서로 얼싸안기도 했다.

"성은이 망극하옵니다!"

모두가 황제의 제안에 기뻐하며 자리에서 일어나려 할 때, 김안로가 산통을 깨며 외쳤다.

"황상, 그 말씀은 혹시 하루에 15시간을 공무에 매진하라는 뜻이옵니까?"

이수한은 김안로의 지적에 이래서 눈치 빠른 늙은이가 싫다고 생각하며 답했다.

"그래, 이런 걸 유연근무제라고 하지. 본인의 선택에 따라 조금 무리하면 주 4일 근무에 3일 휴무도 가능하지."

그러자, 김안로는 이런 말장난에 넘어갈 수 없다 여기며 고갤 숙였다.

"다시 한번 생각해 주시옵소서. 이는 근본적인 문제를 개선하긴커녕 더 나쁘게……."

조삼모사나 다름없는 황제의 제안에 김안로가 다시 한번 반박하려 할 때, 그가 예상치 못한 사태가 벌어졌다.

그와 함께 연좌에 나섰던 이들이 광란 상태에 빠진 것이다.

"주 4일 정무! 4일! 4일!"

"5일만 해도 꿈같은데? 4일이라니!"

"우와아아아!!!"

"폐하, 부디 만수무강하소서!"

"만세! 만세! 만만세!"

김안로가 보기엔 불합리한 말장난이었지만, 평소에도 야근을 밥 먹듯 하고 업무 분기의 마감 땐 16시간이나 24시간 근무도 허다했던 관료들에겐 몰아서 일하고 몰아서 쉬는 제도야말로 이상향이나 다름없었다.

결국 경덕제 이수한의 의견에 승복한 관료들이 자리에서 일어나 가야 할 곳으로 돌아가자, 김안로만이 아무 말도 하지 못한 채 우두커니 엎드려 있었다.

그런 김안로에게 황제는 무심하게 말을 이어갔다.

"자넨 오늘 남아서 자송문(自訟文, 반성문)이나 써서 제출하게. 자필로 100장, 내관을 보내둘 테니 대필시킬 생각은 꿈도 꾸지 말고. 그리고 오늘 멋대로 거릴 점유해서 민간에 피해를 줬으니, 감봉은 각오해야 할 거야."

궁으로 돌아가던 경덕제 이수한은 이번 일을 계기로 연좌 상소 사전 허가제를 만들어야겠다고 생각하고 형부에 사람을 보냈다.

결국 이후로도 조선 관료들의 투쟁은 끝없이 이어져 17세기 말, 조선 산업혁명의 시기가 찾아오고 나서야 주 66시간 근무가 법령에 명시되었다.

*　　　　　*　　　　　*

1593년 가을의 브리튼, 즉 잉글랜드 왕국의 수도 런던의 어느 극장에선 최근 이름이 알려지기 시작한 신예 작가 윌리엄 셰익스피어의 작품 멋진 신세계(Brave New World)를 상연하고 있었다.

이는 여왕 엘리자베스의 60세 생일을 축하함과 동시에 유럽 최초로 아프리카 최남단을 점령하고 인도까지 항로를 개척한 사략 함대의 공을 기리기 위함이었고, 귀족들과 여왕이 연극을 관람하고 있었다.

셰익스피어가 여왕을 위해 쓴 극본의 내용은 다음과 같다.

주인공은 프랜시스 드레이크, 독실한 성공회 신자에다 여왕에 대한 충성심이 대단한 기사이며, 그의 동료들은 죽음의 바다로 향하는 길을 마다치 않는 의리의 바다 사나이들.

드레이크는 목숨을 건 고된 항해 끝에 아프리카 남단에 위치한 원주민 제국에 도착해 손님으로 환대받았지만, 어느 날 충격적인 실상을 파악하게 된다.

제국이 주변 국가를 탄압하고 주기적으로 대규모 인신 공양을 열어 사람을 잡아먹는 실태를 목격하게 된 것이다.

드레이크는 이런 만행을 두고 볼 수 없다며, 여왕의 이름으로 성전을 선포하고 압제자에게 고통받던 원주민들을 해방한다.

결국 드레이크와 친구들은 고작 수백에 달하는 병력으로 만 명이 넘는 군대와 싸워 영웅적인 승리를 달성했고, 사악한 식인종의 황제를 잡아 처형하는 장면이 배우들의 열연으로 재현되자 관중들이 환호했다.

"Long Live the Quene!"

"용맹한 캡틴(capitane) 드레이크에게 영광이 있으라!"

악의 원흉을 처형한 드레이크가 황금으로 장식된 궁전을 점령하고 그 땅을 여왕의 영지(Quene's Town)로 선포하는 장면을 본 엘리자베스 여왕도 미소를 지으며 흡족한 표정을 보였다.

본래는 네덜란드 소속 케이프타운이었어야 했지만, 뒤바뀐 흐름 덕에 네덜란드는 독립하지 못했고, 19세기에서나 영국이 점령했어야 할 땅이 이른 시기에 새 주인을 맞이한 것이다.

"후, 다들 이런 이야기를 좋아하다니, 기분이 더럽다 못해 머리가 썩어 들어가는 느낌이군."

함대가 인도에 도착하는 것으로 극을 마무리한 배우들이 여왕과 관중들에게 경의를 표하는 것을 본 셰익스피어가 작게 읊조리자, 그의 후원자이자 친구인 프랜시스 베이컨이 물었다.

"윌리엄, 뭐가 마음에 안 들지?"

"자넨, 이런 쓰레기 같은 이야기가 맘에 드나?"

"이야기 자체로만 보면 흠잡을 데가 없더군. 인물들도 하나같이 개성이 있는 데다 한 편의 서사시를 본 기분이었어. 그리고 자네가 그토록 고대하던 첫 작품 상연인데 대체 뭐가 문제야?"

그러자 셰익스피어는 베이컨에게 가까이 다가가 속삭이듯 진실을 털어놓았다.

"이 작품은 내가 돈의 유혹에 넘어가 싸질러 놓은 배설물이야."

"뭐? 대체 뭘 했길래 그래?"

"용맹하고 충성스러운 캡틴 드레이크? 엿이나 먹으라고 하지. 이건 전부 날조에다 표절한 이야기라고."

"뭐? 그럼 사략 함대가 퀸즈타운을 점령한 게 없었던 일이란 건가?"

"아니, 그건 진실이지. 다만 그 과정이 전부 날조일 뿐이고."

"어느 부분이……?"

"사람을 잡아먹는 야만인의 제국? 그런 건 없어. 외부와 접촉조차 없던 원주민이 있었을 뿐. 그들은 지금 전부 노예가 되어 어디론가 팔려갔겠지."

"…그게 사실인가?"

"그래, 난, 왕실에서 내어준 외국의 책을 고쳤을 뿐이고… 달리 말하면 번역이라고 봐도 되겠군. 아무튼 내가 당사자를 꼭 만나서 인터뷰를 해야겠다고 고집을 부렸어."

"그래서 만나 봤는가?"

"그래, 결국 어렵게 만날 수 있었지. 그리고 해적… 아니지, 용맹한 캡틴께서 왕실의 사정을 몰랐는지 술에 취해 자랑스럽게 진실을 떠벌이더군. 최대한 멋지게 써달라고 금화까지 쥐어주던데?"

셰익스피어는 조선 사람이라면 누구나 한 번쯤 본 이야기책, 남왕정벌기, 통칭 남정기의 주인공 최광손과 남이의 행적을 프랜시스 드레이크의 이야기로 각색한 것이었다.

"그럼 당사자는 지금 어디 있지?"

"캡틴, 아니지. 이젠 경(Sir)이라고 해야 하나. 아무튼 그는 인터뷰를 마치고 인디아로 떠났네. 아마 지금쯤이면 도착했을 거 같군."

"그럼… 저 이야기가 모두……."

"그래, 난 돈의 유혹에 넘어가, 양심을 팔고 남의 작품을 베낀 데다, 범죄자를 미화하는 죄악을 범했네. 철의 처녀(Iron Maiden)를 자처하는 여왕의 업적을 칭송하기 위해서 말이야."

처녀 여왕(The Virgin Quene)이라 불리는 엘리자베스를 은근슬쩍 비꼰 셰익스피어에게 베이컨이 심각한 표정을 지으며 물었다.

"진실을 아는 사람이 얼마나 되지?"

"글쎄, 여왕의 총신들이라면 다들 알고 있으리라 생각되는데. 저기 보이는 여왕의 두 번째 애인도 그렇고."

셰익스피어가 여왕의 옆자릴 차지한 에식스 백작 로버트 데버루를 지목하자, 베이컨은 놀란 표정으로 답했다.

"뭐? 에식스 백작은 청년인데 그게 무슨 말도 안 되는 소린가. 나이 차이를 생각하게."

"말이 안 되긴 무슨, 저 둘 사이의 분위길 보면 모르나?"

"무슨 분위기? 그저 사이좋은 할머니와 손자처럼 보일 뿐인데."

"자넨, 사람 보는 눈을 더 키워야겠군. 저건 할머니와 손자가 아니라, 고양이와 주인에 가깝지."

"둘 중에 누가 고양이란 건가?"

"그거야 당연히, 에식스 백작 쪽이지. 우리의 여왕께선 말 안 듣는 고양이를 길들이려 애쓰는 주인이고."

"자네의 말은 항상 그런 식이라 알아듣기가 어렵군."

"뭐, 자네야 나 같은 놈과 다르게 이성적이고 합리적인 철학을 중시하니까, 지난번에 내게 이야기했던 귀납적 방법론이었던가? 그건 인상적이었어."

"그래, 예전에 외국에서 들여온 책에 본 문구에서 영감을 얻었거든."

"그게 뭔데?"

"실사구시, 우리말로 하면 '사실을 바탕으로 진실을 탐구하라.(Seeken trewþe from factum)' 정도겠군."

"그런가. 철학이나 과학으로 한정하면 좋은 이론이긴 한데, 사람과 사람 사이는 그것만으로 설명되지 않는 게 많아. 저 둘도 마찬가지고."

"아무튼. 나도 언젠간 아버지의 뒤를 이어 왕실 관료가 될 몸인데, 내 앞에서 여왕과 왕실을 모독하는 건 좀 삼가게나."

"나보다 더 만사에 비판적인 자네가 그런 말을 하니 웃기군. 권위와 우상의 상관관계에 대해 열변을 토하던 자넨 어디로 갔지?"

"쯧, 자네도 지금 여왕 전하의 권위가 얼마나 대단한지 알잖나."

"그렇지, 차마 거부할 수 없을 정도로 많은 돈을 주셨으니 내가 극장주가 될 수 있었고."

"아무튼, 어디 가서 이런 이야기를 털어놓진 마. 자칫 잘못하면 자네가……."

"나도 사람을 봐가면서 용감해지는 성격이야. 자네 앞이니 이런 말을 하는 거지. 아무튼, 이번 일로 다음 작품에 대한 영감이 떠올랐어."

"무슨 이야기인데?"

"왕실을 배경으로 한 추악한 인간 군상과 파멸에 관한 이야기려나."

"설마 우리나라의 왕실을 풍자할 셈인가?"

"아니, 내 목숨이 여러 개 있는 것도 아닌데, 적당히 바꿔서 써야지. 주인공은 남자로, 배경은 타국의 왕실로 만들 거야."

"그래? 기대하겠네."

셰익스피어가 햄릿에 대한 영감을 얻어 집으로 돌아갈 무렵, 왕궁으로 귀환한 여왕 엘리자베스 1세가 어린 애인 에식스 공작 데버루와 함께 침소에 들려던 참에 방해를 받았다.

"대체 무슨 일인데, 이 시간에 날 깨우려 하느냐?"

대놓고 좋은 시간을 방해받았다고 말할 수 없던 여왕의 신경질적인 질책에 시종장은 말없이 고갤 숙이며 단단히 봉인된 서신을 건넸다.

그러자 편지의 인장을 확인한 여왕은 아프리카발 급보임을 알아챘고, 그것을 받아 시종을 내보내고 조심스럽게 봉인을 해체하고 편지를 읽어보았다.

그리고… 잠시 후 엘리자베스는 충격적인 소식에 어지럼증을 느끼곤 편지를 바닥에 떨구며 쓰러지고 말았다.

"거기 누구 없는가! 어서 의사를 불러라! 여왕 전하께서 쓰러지셨다."

에식스 공작이 다급하게 문을 열고 사람을 부르자, 바닥에 떨어진 편지가 바람에 휘날리며 엘리자베스가 읽었던 대목이 펼쳐졌다.

[…인도양 방면에 진출해 활동하던 사략 함대가 덕수 클랜 출신의 애드미럴(admiral) 이(Yi)가 이끄는 조선 원정 함대와 충돌했고, 3번에 걸친 전투 끝에 총 200척에 달하는 전함과 무장상선이 전부 나포되거나 침몰했으며 드레이크 경의 생사 또한…….]

해가 지지 않는 해양 왕국을 꿈꾸며 인도 진출을 꿈꾸던 엘리자베스의 희망은 60세의 생일에 저지되었다.

*　　　　*　　　　*

1810년 남명의 수도 남경에서 새로운 황제가 즉위했다.

전대 황제가 젊은 나이에 후계자 없이 요절하고 난 후, 급하게 즉위한 황제의 이름은 주익현.

전대 황제의 이복형을 아버지로 둔 그는 돌아가신 아버지를 황제로 추숭(追崇)하고, 전대 황제를 백부로 삼으려고 했다.

"황상, 아뢰옵기 송구하나 이는 옳지 못합니다."

어전에 모인 관료 중 이부상서 왕청이 고갤 숙이며 고하자, 황제는 노골적으로 얼굴을 찌푸리며 답했다.

"어째서지?"

"황실의 정통성이 달린 문제입니다. 하여, 선황을 황고(皇考, 아버지)로 모시옵고, 장헌왕(莊獻王) 전하를 백부로 모심이 옳사옵니다."

"어찌하여 짐의 친부를 백부로 모셔야 한단 말이냐? 아버지를 아버지라 부르지도 못하는 게 천자라고 할 수 있는가?"

젊은 황제가 옥좌를 내리치며 격분하자, 초대 병부상서였던 우겸을 뒤를 이어 대대로 병부상서를 역임한 우씨 가문의 후손 우근이 대신 답했다.

"고금의 선례를 뒤져봐도 황상께서 선황의 아들이 되는 것이 법도에 맞사옵니다. 또한 이는 황실의 정통성이 달린 중대한 문제입니다."

"아까부터 선례와 정통성을 운운하는데, 내가 반정이라도 치르고 여기에 오른 것이냐? 나도 홍무제의 피를 이은 황손이니라!"

"고정하시옵소서. 이는 어디까지나 유가의 종법에 따른 말입니다."

"듣기 싫다. 말끝마다 공자가 이랬느니, 주자가 이랬다니 그러는데, 그런 거 말고 다른 핑계는 없느냐?"

"이는 어디까지나 충정에서 드리는 고언일 뿐이옵니다. 너무 언짧게 생각지 마소서. 또한 신하된 자로서 직분을 다하지 않고 군주께서 도리를 잃게 하면 유자라 할 수 없으니, 통촉하여 주시옵소서."

"병부상서의 말이 옳습니다. 의필고아(意必固我)의 뜻을 되새기시옵소서."

의필고아는 논어의 구절에서 억측과 잘못된 기대, 고집과 아집을 경계하라는 뜻이었고, 이들은 황제에게 대놓고 뜻을 꺾으라 하고 있었다.

"그렇게 말했는데도 말끝마다……."

"통촉하여 주소서."

"에잉, 오늘은 물러가거라."

대강 일정을 마치고 침전으로 돌아온 주익현은 무엇 하나 마음대로 할 수 없는 자신의 처지에 서글픔을 느꼈다.

얼떨결에 황위에 오른 자신을 대신들이 길들이려 한다 여겼고, 이내 다짐했다.

명문의 후손임을 믿고 오만방자한 우근과 왕청의 기를 꺾어야겠다고.

그리고 다음 날, 황제는 숙적 조선의 갑옷을 흉내 낸 양식의 철갑을 직접 차려입고, 무관들에게 시퍼렇게 날을 세운 창검과 총을 들려 어전에 세웠다.

병기 앞에서도 당당하게 말할 수 있겠냐는 위협의 발로였지만, 진정한 유학자임을 자부하던 관료들은 오히려 물 만난 고기처럼 날뛰어 황제를 되레 침묵하게 했다.

현재 남명은 대학자인 설선과 동문이 북에 남아 조선으로 학맥이 이어진 데다, 양명학의 창시자인 왕수인이 없었기에 우겸과 왕직의 가문을 중심으로 한 정통파 성리학이 대세로 이어져 왔다.

게다가 환관 정치를 혐오한 초대 황제 경태제는 학문을 권장하고 현명한 신하들의 의견에 귀 기울여 나라를 이끌었었다.

이후의 황제들도 유학의 이상대로 신하들을 존중하는 방식으로 국정을 이어갔고, 남명의 학자나 선비들은 조선에 흡수된 북명 대신 자신들이 진정한 중화의 학맥을 이었다고 자부했다.

신료들은 황제가 방계인 건 상관없었고, 그저 황실의 정통성을 위해 옳다고 생각하는 바를 밀고 나갈 뿐이었다.

결국, 죽여도 좋으니 할 말은 하게 해달라는 우근과 왕청에게 질린 황제는 다음 날 어전 회의에 출석하지 않았다.

그러나 관료들은 당황하지 않고 자신들이 할 수 있는 일을 했다. 하지만, 며칠이 지나고도 황제는 어전을 찾지 않자 일부 관료들은 당황했고, 황제를 알현하려 했지만 돌아오는 대답은 한결같았다.

"황상께선 보체가 불편하셔서 오수에 드셨습니다. 그러니 나중에 전해 드리지요."

토목의 변을 일으킨 원흉, 왕진 때문에 환관을 혐오한 경태제가 만든 선례를 따라 여인의 몸으로 관복을 입고 내관을 대신한 직책을 맡은 사서(司書) 이청이 정중히 고갤 숙이자 신료들은 발을 돌릴 수밖에 없었다.

"알겠네."

관료들이 물러가자, 주익현은 이청을 불렀다.

"이 사서, 다들 물러갔느냐?"

"예."

"그럼 뭐 하고 있느냐. 얼른 이리 오지 않고."

"이… 이러시면 아니 되옵……."

주익현은 주저하는 이청의 손을 잡아 침전으로 끌어들였다.

"정사고 뭐고 다 신물이 난다. 난 이 사서만 있으면 그만이야."

"황송하옵니다."

황제는 말직이긴 하나 엄연히 문관의 품계를 가진 사서와 정을 통한 것이다. 이제껏 역대 황제 중 그 누구도 사서에게 손댄적 없었는데, 비로소 그 선례가 무너지게 된 것이었다.

그것만이 문제가 아니었다. 사서란 직책은 이런 일을 방지하기 위해 어디까지나 남편이 있는 재녀를 대상으로 시험을 치게한다. 황제는 어린 시절 혼인해 즉위와 함께 황후로 승격된 배우자가 있었고, 후궁이나 궁녀를 대상으로 잠자리를 한 것도 아니기에, 남명의 국법상 엄연히 간통에 해당하는 행위가 황궁에서벌어진 것이었다.

잠시 후, 욕구를 해소한 주익현이 땀을 닦아주는 이청의 손길을 느끼며 말했다.

"사실 짐은 그댈 만나기 전까지만 해도 어린 여자가 좋다고 생각했는데, 이젠 바뀌었노라. 예전엔 마냥 천박하다고 생각했던위무제(魏武帝)의 취향이 이해가 된다."

"그저 황은이 망극할 뿐이옵니다."

주익현은 위무제 조조의 경우를 들어 대놓고 유부녀가 좋아졌다고 당당하게 말하자, 이청은 불안감을 느끼면서도 다른 한 편으론 잘하면 신분 상승의 기회가 왔다고 여기며 순응했다.

그리고 주익현이 사서에게 빠져 공무에 태만해지자, 곤란을 겪는 건 관료들이 되었다. 부서마다 독립적인 권한이 있긴 해도 중요한 결재는 모두 황제의 승인을 거쳐야 했고, 그런 중대사는 회의를 통해서 결정했기 때문이다.

황제가 태업한 지 반년이 지나자, 이청의 배가 눈에 띄게 불러왔다. 그녀의 남편은 외지에 파견 중이라 아이 아버지를 속일 수도 없었기에, 이청은 황제를 붙잡고 애원했다.

"폐하, 부디 소첩을 살려주십시오."

주익현은 이청에게 흥미를 잃고 싸늘하게 답했다.

"이것 놔라, 네 배 속에 든 아이가 내 아이라고 어찌 장담한단 말이냐?"

"어찌하여 그런 말씀을 하십니까?"

"흥, 네 남편의 자식을 황자로 만들려는 술책 따윈 내게 통하지 않는다."

짧게나마 정인이라 믿었던 황제에게 배신당한 이청은 황망한 표정으로 항변했다.

"황상께서도 소첩의 정절을 의심하십니까?"

"정절? 실로 웃기는 소리로구나. 이젠 궁에서 나가줘야겠어."

"아니 되옵니다⋯⋯. 부디 소첩을 거두어주소서."

"여봐라, 거기 아무도 없느냐?"

"황상⋯⋯."

결국 이청이 출산 퇴직이란 명분으로 궁에서 떠밀리듯 쫓겨나자, 주익현은 눈독 들이고 있던 다른 사서를 침실로 끌어들였다.

향락에 빠진 황제의 태업으로 선대 황제들이 악조건에서도 기반을 다졌던 남명에 금이 가기 시작했다.

결국 다급해진 신하들은 어떻게든 주익현의 마음을 돌리려 그의 아버지를 황제로 추숭했지만, 늦고 말았다.

주익현은 신하들의 대대적인 항복 선언에도 불구하고 향락에 물들어 정치에 완전히 흥미를 잃고 향후 10년간 파업을 이어갔다.

주익현은 마음에 안 드는 황후를 외면한 채, 12명의 사서를 임신시켰고 상대가 아이를 가지면 궁 밖으로 쫓아내길 반복했다.

한편, 주요 인사권을 쥔 황제의 태업 때문에 남명의 관료들은 10년 동안 인사이동도 없이 직책을 그대로 유지했다.

태업의 부작용이 처음 나타난 것은 지방에서부터였다.

주기적으로 임지를 옮겼어야 할 고위 무관들이 토호들과 결탁해 독자적인 군벌로 변할 조짐을 보인 것이다.

개중 몇몇 이들은 군권을 바탕으로 왕이나 다를 것 없이 굴었고, 현 상황에서 중앙군이 제대로 움직이지 못하는 것을 알곤 세금 일부를 착복해 쓰기도 했다.

거기에 초대 병부상서 우겸이 심혈을 기울여 정비한 상비군과 예비군 소집 제도 때문에 동원 가능한 병사는 성마다 몇 만에 달했기에, 그 누구도 감히 군벌들을 건드리지 못했다.

그리고 주익현이 국정을 팽개친 지 13년이 되던 해, 그는 38세의 나이에 혈관 질환으로 인해 급사했다.

책임 없는 쾌락과 술에 빠진 대가를 뒤늦게 치른 것이다.

방계로 이어졌던 보위에 공백이 생기자 관료들은 난리가 났고, 후계자 찾는 일이 시급해졌다.

남명 황가는 대대로 자손이 귀했고, 주익현의 등극 당시에 후보로 거론되었던 계승자들은 전부 세상을 떠났기에 황통이 단절될 위기에 처했다.

그러던 어느 날, 관료들은 시중에 떠도는 소문을 듣게 된다.

선황이 몰래 만든 서자가 있다는 이야기.

관료들은 남편에게 이혼당하고 어렵게 살고 있던 전직 사서 이청을 찾아가 소문의 진위를 확인했다.

"맞습니다. 이 아이야말로 선황의 장자."

"그럼 이제부터 귀비로 예우하여 황궁으로 모시겠습니다."

그렇게 이청의 아들 이적이 주씨로 개명하고 선황의 정실이었던 태후의 양자로 입적되어 제위에 오르려던 차에 이변이 일어났다. 광동을 장악한 군벌의 사촌 동생이 주익현의 둘째 아이와 함께 사촌에게 의탁하고 있었던 것이다.

"누구 마음대로 내 조카를 제치고 태자 책봉을 한단 말이냐?"

물경 5만의 군사를 동원 가능한 광동의 군벌이 남경을 위협하자, 거기에 자극받은 절강의 명문 척 씨 가문이 반발했다.

초대 병부상서 우겸의 사문이며 수 세기 동안 왜구와 싸우며 단련된 절강병의 주인이자, 한때 남경까지 위협했던 왜구들의 대규모 침공인 항주왜란을 제압한 척계광의 후손이 협천자를 명분으로 남경에 붙었다.

이후 사태를 주시하던 군벌들은 각자 사생아 황자들을 찾아 옹립해 남명의 난세가 개막되었다.

이는 후세에 사서의 난이라 불리게 되었다.

*      *      *

남명의 내란이 본격화된 1840년대, 대 남명 전선의 주요 거점이자 장강의 유서 깊은 교통의 요충지인 형주의 성벽 위에 두 남자가 있었다.

"태자 전하, 정말 전선으로 가실 생각입니까? 다시 한번 생각하시는 게 어떨지요."

태자로 불린 남자는 얼핏 보면 여자로 착각될 곱상한 얼굴을 지니고 있었고, 여리여리한 체형을 감추기 위해서 맞춤형 제복을 걸치고 있었다.

"지금은 중대장이라고 불러. 위대하신 고조 황제께서도 친정에 나서셔서 이 나라의 기틀을 마련하셨지 않았느냐. 천고의 기회가 왔는데 어찌 가만히 있을 수 있겠느냐."

"하나… 폐하께서 전하께 맡긴 일은 어디까지나 치중이옵니다."

"거, 최 부관은 사람이 왜 그리 뻣뻣해? 치중에 나선 김에 마주친 적을 섬멸할 수도 있는 거지."

"남적들이 사용하는 구식 화기도 맞으면 죽을 수 있습니다."

"걱정하지 말아라. 내 갑옷은 아바마마께서 주신 명품이니라."

"요즘 세상에 누가 판갑을 입고 전장에 뛰어듭니까. 그리고 신분을 생각해서라도 자제하시지요."

"에이, 요즘엔 낭만이란 게 없어."

"태자 전하께서도 우리 부대가 시범 운용 중인 신형 제사포의 위력을 잘 아시지 않습니까. 하물며 그것은 태자 전하께서 직접 고안하신 화기입니다."

태자는 제사포로 명명된 초기형 기관총의 화력 시범을 떠올리자, 거부감을 느꼈다.

"음… 그건 내가 구상하긴 했어도 너무 과한 듯하다. 뭔가 사내답지 못해."

"그거랑 포탄으로 죽는 병사랑 다를 것은 뭐고요."

"그래도 사나이라면 말 한 필에 몸을 맡기고 적장과 칼날을 맞대야 하는 법 아니겠냐."

부관은 사관학교 시절부터 보아왔던 태자의 행적을 떠올리곤 한숨을 쉬었다.

태자는 무골로 유명한 황가에서 병약한 몸을 가진 채 태어났지만, 정작 본인은 고조 광무제를 동경해 위대한 무인이 되고 싶어 했다.

그러나 아무리 살을 찌우려 해도 그의 저주받은 체질은 나아지지 않았고, 본신의 무예 실력은 보통의 병사보다 조금 나은 정도에 지나지 않았다.

그 대신 그는 특별한 재능을 타고났다.

남들은 보지 못하는 흐름을 볼 수 있는 직감과 더불어 다소 엉뚱해 보이지만, 결과적으로 성공하는 전법과 각종 무기를 설계하는 능력.

정작 본인은 타고난 재능을 살리지 않고, 기마 돌격을 제일 선호하기에 주변 사람들을 마음 졸이게 했다.

태자는 사관학교의 모의전에서 명문 무가인 최 씨와 동 씨가 연합한 적군을 상대로 맞아 보병의 절반을 잃은 불리한 상황에 빠졌었다.

전장을 지켜보던 교관들도 전혀 의도를 이해하지 못했던 포병 운용을 이어가던 태자는 몰이하듯 적의 집결지를 한곳으로 강요했고.

구릉지 아래서 재집결한 적을 상대로 구릉을 타고 내려가 기마 돌격을 감행해 역전승을 거머쥐었다.

정작 지휘를 담당했던 장본인 태자는 적 지휘관 동 씨에게 낙마당해 뒤늦게 전사 처리당하고 뻘쭘한 표정을 지었지만, 교관들이나 태자의 동기생들은 느낄 수 있었다.

처음부터 끝까지 태자가 계획한 대로 전장이 움직였다고.

옛 생각을 털어버린 부관은 태자의 고집을 꺾으려 말을 돌렸다.

"중대장님, 화차의 설계자가 누군지 잊으셨습니까?"

"으흠, 모를 리가 있나. 고조 황제 폐하가 아니더냐."

"총의 설계자는요?"

"그것도 역시 고조 폐하시지."

"네, 소이 병기를 비롯해 고조께서 설계하신 화기만 물경 스무 개에 달합니다. 전하의 허리에 달린 육혈포도 그렇고요."

그러자 태자는 개량된 리볼버를 뽑아 손가락에 끼어 한 바퀴 돌려보곤, 한숨을 쉬었다.

"그래그래. 내가 잘못했다. 사람이 낭만이 없어."

"태자 전하께서 위대하신 선조를 동경하시는 건 저도 압니다. 한데 지금은 시대가 바뀌었지 않습니까."

"나도 알아. 당대의 적들에겐 판갑을 뚫을 만한 무기가 없었으니 고조께서 그리 활약할 수 있었단 거. 그러니 지금은 불가능하단 것도."

"그거 말고 다른 이유도 말씀드릴까요?"

"뭔데."

"태자 전하의 무재가 고조 황제 폐하를 넘어선다 생각하십니까? 태자 전하께서 그 당시에 태어나셨어도 그분처럼 되시진 못합니다."

"……."

평범한 병사 수준의 기량, 물론 그것도 나름 대단한 편이지만, 사람의 형상을 한 홍기 광무제의 기량에 발끝에도 미치지 못한 태자는 부관의 사실 나열에 무너지고 말았다.

"그럼, 말보다 빠르게 움직이고 포탄과 총알에도 버틸 수 있는 병기를 개발하면 되겠네. 그런 병기가 생기면 내가 선봉에 서도 되겠지?"

"예? 그런 게 있을 리 없잖습니까."

"쯧쯧, 자네는 명문 병기 장인의 후손이잖나. 내가 구상한 제사포를 만든 것도 자네고."

"그거 만든다고 고생 좀 했지요. 군기감에 계신 가친의 도움도 받았고요."

"아무튼, 그런 자네가 고정관념에 빠져 살아서 되겠어? 자네의 선조도 나처럼 안 되는 것을 되게 하려는 의지가 있었기에 성공하셨을걸?"

태자의 말에 발끈한 부관이 항변했다.

"만에 하나, 철갑을 두른 동차를 만든다고 치면 바퀴는 어떻게 해결하시게요? 길이 조금만 물러도 무게를 못 이겨서 바퀴가 빠져 버릴걸요? 전쟁은 포장된 길에서만 하는 게 아닙니다."

"으음… 그건… 미처 생각해 보지 못했군."

부관이 잠시 우쭐대자, 군기감 예하의 군수공장에서 본 컨베이어벨트의 구조를 떠올린 태자는 손뼉을 치며 말했다.

"꼭 마차처럼 생긴 바퀴를 달 필요는 없을 거 같은데? 여러 개의 바퀴를 두고 그 위에 이렇게 연결한 띠를 두르면 지형에 덜 구애받겠지."

태자가 종이에 무한궤도의 구조를 그려서 보여주자, 부관 최현호는 전혀 생각지도 못했던 발상에 넋을 잃었다.

한편 태자는 생각난 구상을 종이에 적어가며 거침없이 설명을 이어갔다.

"동력은 요즘 시험 중인 석유기관으로 하고, 출력을 이쯤으로 상정해서 전면에 두꺼운 철갑을 두르고 상단에 소구경 야포랑 제사포를 장착하면… 움직일 수 있는 야전 포대나 마찬가지잖아. 생각해 보니 고조께서 구상하신 광무함도 나와 비슷한 발상 아냐? 결과적으로 바다 위에 움직이는 요새를 구현하신 거니."

"…구상은 좋지만, 실현이 가능할지는 모릅니다. 어디까지나 이론일 뿐이지요."

"그런 것 치곤 거기서 눈을 떼지 못하네?"

"아닙니다."

"솔직히 말해봐, 만들어보고 싶지?"

"아닙니다."

"현호야, 딴 사람은 몰라도 이 형님을 속일 수 없지."

그러자, 최현호는 돌연 태도를 바꿔 머릴 긁으며 답했다.

"쯧, 누가 내 형이야. 나보다 생일도 느린 게."

태자는 최현호의 반말에 익숙한 듯 웃으며 답했다.

"어허, 최 부관. 상관 모독죄로 입창하고 싶은가?"

"타고난 혈통으로 상관 되고, 날 노비처럼 부려먹으면서 양심도 없냐."

"히히, 그럼 너도 우리 집안에서 태어나든가."

"하, 앞으로도 계속 네 밑에서 일해야 한다고 생각하니 눈앞이 깜깜하네."

"야, 지금은 밑이 아닌 것처럼 말한다?"

"아이고, 우리 대위님을 몰라봬서 미안합니다~ 감히 중위 나부랭이가 까불어서 죽을죄를 지었사옵니다!"

"아무튼, 될 거 같아, 안될 거 같아?"

"동력 기관하고 아까 설명한 궤도란 바퀴 띠만 다듬어 보면 될 거 같아. 그런데 석유 기관은 아직 기대 안 하는 게 좋을걸? 그거 어디까지나 시험작이지, 석탄 동력 기관에 비교할 게 아냐."

"그럼 철마에 사용되는 대형 기관을 동력으로 삼으면 어떨 것 같아?"

태자가 증기기관 열차를 떠올리며 묻자, 최현호는 고개를 저었다.

"안 돼, 철마에 들어가는 기관은 크기가 너무 커. 그럼 차체도 거기에 맞춰 더 커져야 하는데, 너무 비효율적이야."

"아쉽네. 아무튼 천천히 생각하기로 하자고."

그리고 다음 날, 영내 대기 중이던 두 사람 앞으로 명령서가

하달되었다.

명령서를 읽어본 최현호가 한숨을 쉬며 말했다.

"우리가 할 일은 동쪽 요새에 거주한 아군에 치중 물자를 내려주고 강을 따라 내려가서 강릉의 건너편에서 남명의 장사군 지휘첨사와 접촉해 길을 안내하는 거라네."

명령서를 받아 읽어본 태자는 진지한 표정을 지으며 물었다.

"지휘첨사가 투항한다는 거 어떻게 생각해? 위장이 아니라 진짜일까?"

"내 생각엔 진짜인 것 같아. 내전으로 보급이 끊기니 굶주리는 병사들을 보다 못해 투항한다고 했으니. 애초에 데려오는 병력도 그다지 많지 않으니까, 우리가 나선 거겠지."

"내 생각엔 이참에 정식으로 개전하고 남명을 흡수하는 게 좋을 거 같은데."

"넌 왜 큰 그림을 못 보냐? 지금 남명의 인구가 몇인진 알아?"

태자가 무심하게 답했다.

"대강 2~3천만쯤 되려나?"

"최소 추정치가 7천만이고, 1억이 넘는다는 예측도 있어."

"남명의 인구가 그렇게나 많았어?"

"그래, 넌 아국의 인구가 얼만지 알아?"

"대충 2억쯤 되려나?"

"미주까지 합쳐서 3억 넘어간 게 30년 전이다. 넌 왜 그리 숫자랑 통계에 무심하냐."

"그럴 수도 있지. 뭘."

그러자 최현호는 그가 외우고 있던 통계와 숫자를 인용해 남명의 전세를 분석해 태자에게 들려주었다.

조선은 북명을 흡수한 시점에서 마음만 먹었다면 장강 이남을 정복할 수도 있었다.

당시 황제인 천순제 이홍위는 남명의 인구도 수천만에 달한데다 강남에서 나오는 생산력 때문에 끝이 보이지 않는 소모전에 접어들 것을 염려했고, 적당히 힘을 빼놓는 선에서만 그쳤었다고. 현재는 내란을 겪고 있는 남명에선 장강의 동쪽 방위선의 통제권만큼은 남경에서 간신히 유지하고 있었으나, 예전에 멸망한 잔평국이 있던 지방, 복건성에서 사민평등을 외치는 민란이 일어났다.

서양에서 들어온 천주교가 결합해 사교에 가까운 종교로 변한 잔평의 후예들은 예전의 민란 때보다 한층 더 잔혹한 면모를 보이며 관료들을 학살했다.

한편, 협천자 중인 절강의 군벌, 척가에서 민란을 제압하기 위해 투입되었지만 그 기회를 보아 다른 지방의 군벌들이 움직이고 있다고.

"사정이 예전과는 달라. 아국이 진격하면 기껏 갈라진 나라를 하나로 만들어줄 뿐이라고."

"어째서?"

"남경에 있는 허수아비를 구심점으로 삼아 뭉치겠지. '중화인이여, 외적에 맞서라'라는 명분으로."

"그럴 수도 있겠네."

"만에 하나 이겨도 문제야. 남명엔 불사이군을 외치는 유학자나 선비들도 많고, 사교를 신봉하는 복건의 광신자들도 또 다른 압제자를 섬길 수 없다며 난리가 날걸?"

"아하, 그렇구나."

"아하, 그렇구나? 야, 네가 나보다 사정을 더 모르면 어떻게 해?"

그러자 태자는 해맑게 웃으며 답했다.

"흠… 넌 아무래도 화기 장인보다 이런 쪽이 적성이 더 잘 맞는 거 같아."

그러자, 최현호는 한숨을 내쉬며 답했다.

"나도 네 재능의 절반만 가지고 있었어도… 동생 대신 가업을 이어갔을 거다."

"뭐, 우리가 친구인 게 다행 아니냐? 이렇게 서로 부족한 점을 채워주니 말이야."

"아이고, 너 같은 주군을 모시고 평생을 고생할 생각하니 아찔하다. 차라리 복무가 끝나는 대로 퇴직하고 민간 회사에 취직하는 게 낫지."

"그걸 누가 허락해 준대? 넌 앞으로도 계속 내 참모가 될 운명이야."

"이럴 때만 맷돌 혈통의 자질이 나오네."

"야, 자꾸 선 넘는다. 그거 황실 모독죄인 거 몰라?"

"솔직히 내가 틀린 말 했냐. 우리 집안이 대대로 갈려 나간 거생각하면……."

최현호는 위대한 조상 최무선 이래로 고생만 했던 선조들을 떠올리며 진저리를 쳤다.

이후 태자는 이야길 마치고 보급 중대를 이끌고 첫 번째로 주어진 보급 임무를 완수한 뒤 강을 따라 이동했다.

부대가 목적지인 나루터에 도착하자 배에서 내려 도보로 이동했고, 이백의 병사를 이끌고 온 남명의 장사군 지휘첨사와 만났다. 부대끼리 대치한 채 목표 인물을 만난 태자는 자연스럽게 군모를 벗어 인사했다.

"반갑습니다. 귀관의 안내 임무를 맡은 부대장입니다."

"본관이 장사군 지휘첨사 중모라고 하오."

중모라고 이름을 밝힌 지휘첨사 중국번의 거만한 태도에 불쾌함을 느낀 최현호는 태자의 신분을 밝히려고 했지만, 태자가 손짓으로 저지했다.

"지휘첨사께서 폐하께 충성을 서약한다고 의사를 밝혔으니, 인수와 깃발을 넘겼으면 합니다."

"그러지."

"그런데, 병사들의 가족은 어떻게 할 생각입니까?"

"나를 따르는 병사 대부분이 배고픔 때문에 군에 들어왔네."

"그래서요?"

"작년에 기근이 생겼고, 병사들의 가족은 천자처럼 구는 내 직속상관의 징수관들에게 남은 식량을 빼앗겨 아사했네. 그리고 지금은 치중마저 끊겨 모두가 굶고 있지. 난 그들을 살리기 위해 투항을 결심한 것이야."

중국번이 사정을 이야기하며 울분을 토해내자, 태자는 아랑곳하지 않고 물었다.

"수하들을 살리고자 불사이군의 원칙을 버리려는 겁니까?"

"내 평생을 유자이자 성리학자라 자부했지만, 작금의 난세엔 누가 내 주군인지 모르겠네. 병사들을 살리기 위해 투항하지만 귀국의 군주를 섬긴다고 결정한 것도 아니야."

"그럴 땐, 귀공의 입장에선 남경에 있는 천자를 주군으로 생각해야 옳은 것 아닙니까?"

"음탕한 어미의 치마폭에 둘러싸여 있는 얼빠진 서자 놈이 천자라니 개가 웃을 일이군. 정말 선대의 혈통이 맞는지도 불분명한데 말이야."

중국번이 남명의 상황에 비웃듯 개탄하자, 전령이 다급하게 뛰어왔다.

"중대장님, 적군이 나타났습니다!"

"적의 규모와 방향, 병종은."

"남동쪽에서 1천가량, 화기로 무장한 보병들입니다."

중국번은 침음을 흘리며 답했다.

"아무래도 본관의 실수인 듯하군. 악양의 방위군이 내 투항을 눈치채고 따라온 듯하네."

"현재 응전 가능한 병사가 얼마나 됩니까?"

"고작 수십 명 남짓할 걸세. 나머진 제대로 먹지 못해 거동조차 제대로 못 하는 환자들이고."

"우리가 타고 온 배까지 도착하는 데 필요한 시간은요?"

잠시, 생각에 잠겼던 중국번은 조심스럽게 답했다.

"최소 한 시간은 필요하네."

"알겠습니다. 제가 시간을 끌지요."

"고맙네. 이 은혜는 반드시 갚도록 하지……."

"나중에 날 섬겨서 갚도록 하세요!"

중국번이 의아해하며 물러나자, 최현호는 정색하며 물었다.

"대체 무슨 생각이야? 우린 고작 1개 중대에 불과하다고. 상대는 거의 연대급 병력이고."

"시간을 버는 정도는 할 수 있지."

"혹시 제사포를 믿고 그러는 거야? 우리가 가진 건 고작 2정뿐이라고. 접근을 허용하는 순간 끝이야!"

그러자, 주변의 지형을 둘러본 태자는 웃으며 답했다.

"여긴 땅도 무르지 않은 게, 마차가 오가기 적합하네."

"마차는 왜?"

"일단 치중용 마차 두 대에 짐을 비우고 제사포를 거치시켜. 나머진 언제든 후퇴할 수 있는 대형을 짜고. 넌 화포 다룰 줄 알지?"

"우리 집안이 어딘지 잊었냐? 글하고 숫자 떼자마자 사격지휘의 개념 외우게 하고 제원 계산법 배우는 게 가풍이라고."

"그럼 넌 배로 돌아가서 내 신호에 맞춰서 발사해."

"마차로는 뭘 하려고?"

"지켜보면 알게 될 거야."

최현호는 태자의 지시대로 움직였고, 지휘 준비를 마친 태자는 마차를 끄는 말을 보며 혼잣말을 했다.

"마음 같아선 직접 말을 몰아 돌격하고 싶은데 말이야……."

태자는 자신을 뜨악한 눈으로 바라보는 제사포수의 시선을 외면하며 헛기침을 했다.

마차기수와 제사포수에게 작전 지시를 마친 태자가 자리로 돌아오자, 배 쪽으로 신호를 보냈다.

지원화기의 포격을 시작으로 선형진을 짜고 천천히 전진하는 남명의 군대를 향해 마차가 돌진하기 시작했다.

남명의 군대도 구식이긴 하지만, 나름 개량된 화승총을 이용한 전열 보병 전술을 사용하고 있었다.

나름대로 엄중한 군기를 갖추고 전진하는 병사들의 방진은 틈이 없어 보였지만, 단점도 있었다.

어디까지나 사선이 병사들의 진형을 상대하는 것으로 짜여 있기에 급격한 방향 전환이 힘들다는 것.

제사포를 탑재한 마차 두 대가 양쪽으로 갈라져 빠르게 달리자, 남명군의 지휘관은 배에 탑승 중인 인원을 공격하려 마차를 무시하고 전진을 명했으나 이내 그의 실착을 깨닫게 되었다.

빠르게 움직이는 마차에서 쏟아져 내리는 총알의 비는 밀집해 있던 부대에 무시할 수 없는 피해를 줬다.

남명군의 지휘관은 처음 보는 신식 화기에 당황했지만, 총알의 한계가 있으리라 생각하고 재차 전진을 명령했다.

그러나 제사포는 여전히 작동해 병사들을 혼란케 했다.

뒤이어 배에서 발사한 벌집탄이 흩뿌려지며 선두의 병력이 피를 흘리며 쓰러졌다. 악양의 군대는 아예 굶주리던 장사군 보단 사정이 조금 낫지만, 피차 보급의 어려움을 겪긴 마찬가지였다.

결국 사기를 잃은 남명의 전열 보병이 진형을 흩트리자, 지휘관은 어쩔 수 없이 눈엣가시 같은 마차에 대응사격을 명했지만 소용없었다. 애초에 움직이지 않는 상대로도 명중률이 낮아 화망을 형성하는 방식으로 발전한 남명의 군대가 사람보다 몇 배는 더 빠르게 움직이는 마차를 맞추긴 요원했다.

결국 1천의 병력이 마차 두 대에 발이 묶여 철저히 농락당한 사이, 장사군 소속의 병사는 배에 오르는 데 성공했고, 뒤이어 태자가 이끌던 병력도 철수를 마쳤다.

이후 훌륭하게 임무를 수행한 마차가 귀환하자, 배에 오른 태자는 적군을 향해 손을 흔들며 작별을 고했다.

고작 두 대의 마차와 대포만으로 1천의 연대급 병력 중에 3백에 가까운 사상자가 나왔다.

이는 훗날 무종으로 불릴 태자 이현의 첫 실전이었으며, 이후 조선은 남명의 혼란을 틈타 형주 이남 지방을 일부 장악해 세를 넓혔다. 그러나 그것도 잠시, 여명의 시기가 찾아든 조선에도 난세가 열렸다. 최전성기에 이르렀던 조선도 어느덧 경제적 위기를 겪었고, 본토에 집중한 사이 미주와 몽골 일대가 독립을 주장하고 반기를 든 것이다.

이후 25세의 나이로 대리청정을 거쳐 즉위한 무종 이현은 잊혀가던 전통 예케 쿠릴타이를 선언해 북방계 일족을 소집해 북으로 진격했고, 몽골과 더불어 오이라트의 후신 동방정교국을 완벽하게 복속한다.

이후 무종은 신하들의 도움으로 경제를 안정화하고, 군수공장과 대형 조선소를 여럿 신설해 5년간 군을 정비한 다음, 군제를 개편해 미주로 친정했다. 한때 조선과 대양의 패권을 두고 다퉜던 숙적 영국의 지원을 받은 미주의 반란군은 철갑선과 더불어 철갑을 두른 전차의 행진을 막을 수 없었다.

그들이 믿고 있던 참호와 요새는 전차 앞에 무력했고, 전쟁의 흐름이 삽시간에 바뀌어 버렸다.

이후 무종은 단 3년 만에 미주의 모든 반란군을 제압하고 내전을 종식했으며, 무너져 가는 조선을 연방 제국으로 재편했다.

그렇게 위기를 넘긴 조선은 새로운 시대를 향해 나아갔고, 이후 유럽과 아프리카에서 시작된 식민지 전쟁, 통칭 세계대전을 거쳐 세계를 아우르는 패권국으로 거듭났다.

그리고 다시 세월이 흘러 기나긴 평화의 시기가 도래했다.

역사의 흐름을 주도한 조선의 시작엔 성조 이도와 광무제 이향이 있었고, 길을 헤맨 미래의 방문자가 영향을 주었다.

우연히 미래에서 과거로 이어졌던 인연이 다시 미래까지 영향을 끼친 역사의 흐름은 앞으로도 계속 이어지게 되었다.

『내가 바로 세종대왕의 아들이다』 完.